Chère lectrice,

Comme vous le savez peut-être, 2018 est une année très importante pour les éditions Harlequin qui célèbrent leur quarantième anniversaire. Quarante années placées sous le signe de l'amour, de l'évasion et du rêve… Mais surtout quarante années extraordinaires passées à vos côtés ! Azur, Blanche, Passions, Black Rose, Les Historiques, Victoria mais aussi HQN, &H et bien d'autres encore : autant de collections que vous avez vues naître, grandir et évoluer, avec un seul objectif pour toutes – vous offrir chaque mois le meilleur de la romance. Alors merci à vous, chère lectrice, pour votre fidélité. Merci de vivre cette formidable aventure avec nous. Les plus belles histoires d'amour sont éternelles, et la nôtre ne fait que commencer…

40 ANS

Pour l'amour d'un garde du corps

_____

L'ombre des souvenirs

ELIZABETH HEITER

Pour l'amour
d'un garde du corps

Traduction française de
CHRISTIANE COZZOLINO

BLACK ROSE

HARLEQUIN

Collection : BLACK ROSE

Titre original :
POLICE PROTECTOR

HARPERCOLLINS FRANCE
83-85, boulevard Vincent-Auriol, 75646 PARIS CEDEX 13
Service Lectrices — Tél. : 01 45 82 47 47

www.harlequin.fr

ISBN 978-2-2803-9502-1 — ISSN 1950-2753

1

Serrant contre elle deux gros sacs de courses, Shaye Mallory arborait un sourire confiant en regagnant sa vieille guimbarde, garée tout au bout du parking de la supérette. Cela faisait pile une semaine qu'elle avait repris le travail au laboratoire de la police scientifique du comté de Jannis, dans le Maryland, et jusqu'ici personne ne lui avait tiré dessus.

Elle avait donc décidé de fêter ça, d'où son excursion chez Roy pour acheter un pot de glace au chocolat avec des morceaux de brownie. Cette glace, elle allait la dévorer seule, jusqu'à la dernière cuillerée, en regardant un vieux film. C'était un peu pathétique, elle en convenait, mais elle refusait de se laisser démoraliser par la perspective de cette banale soirée télé.

Il n'y avait que deux ans qu'elle vivait dans le Maryland. Elle était venue pour le poste d'experte judiciaire dans le domaine du numérique. Elle s'était fait quelques potes parmi ses collègues policiers, mais elle n'avait pas l'habitude de vivre seule et sa famille lui manquait. Elle n'avait pas non plus l'habitude d'être prise pour cible dans une fusillade. Lorsqu'elle avait quitté le labo, l'an dernier, après ladite fusillade, elle avait perdu le contact avec la plupart de ses collègues. Au boulot qu'elle avait pris alors, dans l'assistance technique, elle ne s'était liée avec personne. De toutes ses connaissances, aucune n'était assez proche pour venir fêter avec elle cette première semaine de travail au labo sans coups de feu et sans dépression nerveuse. Quant à fêter ça avec sa famille par vidéo conférence, jamais de la vie ! Non seulement c'eût été encore plus pathétique mais, de surcroît, ses proches auraient recommencé à se faire du souci pour elle.

Cette journée était cependant à marquer d'une pierre blanche. Un an plus tôt, lorsqu'elle avait démissionné, elle avait juré que jamais plus elle ne foulerait le sol du parking — que le labo partageait avec le poste de police de Jannis —, ce parking sur lequel elle avait vu mourir trois policiers. Quand la fusillade avait éclaté, elle s'était jetée par terre, complètement paniquée, persuadée qu'elle aussi allait y passer.

Un frisson lui parcourut l'échine, qu'elle mit sur le compte de cette pénible évocation. Pour pouvoir extirper de sa poche sa clé de voiture, elle cala ses sacs sur son bras gauche. Le parking de la supérette s'était presque entièrement vidé pendant qu'elle faisait ses courses. Il est vrai qu'elle était sortie tard du travail et qu'elle avait pas mal traîné au rayon des glaces. Inquiète, brusquement, elle dut se faire violence pour ne pas se retourner, pour ne pas regarder autour d'elle, pour ne pas céder à une paranoïa qui s'était souvent révélée gênante au cours de la semaine écoulée.

Elle ne devait rien lâcher. Elle avait surmonté sa peur et, au bout d'un an, elle avait rappelé le laboratoire et finalement accepté de reprendre son poste. Ce n'était donc pas le moment de flancher.

Mais chaque matin, quand elle arrivait sur le parking

où avait eu lieu la fusillade, elle devait lutter contre la panique. Sortir de sa voiture exigeait d'elle un effort de volonté surhumain. Puis elle courait comme une dératée jusqu'au labo.

Shaye savait cependant qu'à la longue elle finirait par reprendre confiance. Par oublier. Un jour viendrait où elle n'aurait plus peur.

Ce jour n'était hélas pas encore arrivé. Ignorant les poils qui se hérissaient sur sa nuque, elle balaya du regard le parking quasi désert et chichement éclairé. Encombrée par ses sacs de courses, elle entreprit, d'une main mal assurée, de déverrouiller la portière de sa voiture. Elle jura lorsque l'un des sacs glissa et faillit lui échapper.

S'accroupissant, elle posa le sac par terre avant que les œufs ne finissent prématurément en omelette. C'est alors que retentit un grand *boum* qu'elle identifia immédiatement. *Un coup de feu !*

Effrayée, elle lâcha les sacs dont le contenu se répandit sur le sol. Un autre coup de feu fendit l'air, et Shaye ressentit une douleur fulgurante dans le haut de la cuisse.

D'instinct, elle se coucha par terre en scannant du regard le parking, à la recherche de la berline toute rouillée de l'an dernier, avec ses jantes en aluminium et ses vitres baissées par lesquelles se penchaient les membres du gang armés de pistolets semi-automatiques. Mais tout ce qu'elle vit, ce fut la silhouette d'un homme seul qui fonçait vers elle, revolver au poing.

Elle poussa un gémissement et, terrorisée, se mit à trembler comme une feuille tandis que le sang qui coulait de sa blessure commençait à imprégner sa jambe de pantalon.

Non, par pitié ! Elle ne voulait pas revivre ce cauchemar.

Surtout que cette fois elle était seule. Cole Walker, l'inspecteur de police courageux qui l'avait protégée et qui, déjà bien avant cet acte héroïque, était l'objet tous ses fantasmes, n'était pas là pour lui venir en aide.

La peur l'empêchait de réfléchir, son cerveau se focalisant sur le souvenir épouvantable de la fusillade de l'an passé, lorsqu'un gang de rue revanchard avait ouvert le feu sur le poste de police alors que Shaye, peu pressée de rentrer chez elle, traînait à proximité, espérant tomber sur Cole.

S'obligeant à se concentrer sur l'instant présent, elle leva les yeux vers la portière de sa voiture. La clé était restée dans la serrure. Aurait-elle le temps d'ouvrir la portière, de se glisser à l'intérieur du véhicule et de démarrer avant de se faire à nouveau tirer dessus ?

Elle se retourna vers le tueur, qui avait parcouru la moitié de la distance qui les séparait, et qui levait son arme et la visait.

Comme un ressort, Shaye bondit et s'élança vers l'avant de sa voiture. Une balle se logea dans l'aile du véhicule, mais elle n'y fit pas attention. Boostée par un afflux d'adrénaline, elle ne sentait ni sa blessure ni les vilaines éraflures qu'elle s'était faites aux mains et aux genoux lorsqu'elle s'était jetée par terre. Elle se faufila de l'autre côté de la voiture, derrière laquelle elle serait plus difficile à atteindre. Son cœur battait à tout rompre.

À trois ou quatre mètres d'elle, il y avait une autre voiture. Si elle arrivait à courir jusque-là pour s'abriter, peut-être que quelqu'un aurait le temps d'appeler la police. Ou qu'une autre voiture arriverait et que le tueur s'enfuirait. Elle s'apprêtait à foncer lorsque le bruit de pas se rapprocha brusquement et qu'elle comprit que, quoi qu'elle fasse, elle n'avait aucune chance d'échapper au tueur.

Étouffant un sanglot, elle décida de tenter le coup malgré tout. L'an dernier, elle s'en était tirée, finalement, et elle avait réussi ensuite à surmonter ses angoisses et à retourner au labo ; alors ce n'était pas pour mourir bêtement sur le parking d'un supermarché.

— COUPS DE FEU SUR LE PARKING DE ROY !

Lorsqu'il entendit sa radio de bord relayer cet appel, Cole Walker se renfrogna, puis il pressa le bouton pour répondre.

— Inspecteur Walker. Je suis tout près. Je m'en occupe.

Il démarra en trombe tandis que la voix de Monica se faisait à nouveau entendre.

— Mais vous n'êtes pas en service, inspecteur ?

C'était une question rhétorique à laquelle il ne prit pas la peine de répondre. Un flic n'était jamais vraiment de repos.

— Nous pensons qu'il y a un seul tireur, poursuivit Monica. C'est le propriétaire de la supérette qui a appelé. D'après lui, il y aurait au moins un client sur le parking. Nous n'en savons pas plus pour l'instant.

— OK, marmonna-t-il sans se soucier de presser le bouton de la radio.

Peu importaient les détails. Dès lors que des coups de feu avaient été tirés, ses collègues et lui devaient faire comme s'ils avaient affaire à plusieurs tireurs. Depuis la fusillade au poste de police l'an dernier, ils redoublaient de précaution quand on leur signalait des coups de feu.

Cette pensée fit surgir en lui l'image de Shaye Mallory. Il ne se serait jamais trouvé à proximité de la supérette s'il ne s'était pas rendu chez elle pour une visite surprise. Il jeta un regard à la bouteille de champagne enturbannée qui tomba du siège et roula sur le tapis de sol lorsqu'il donna un coup de volant pour entrer dans le parking de chez Roy.

L'endroit était très mal éclairé, mais il repéra immédiatement le tireur. L'homme jeta un coup d'œil dans sa direction. Une capuche dissimulait son visage. Il fit à toute vitesse le tour d'une des deux voitures garées sur le parking, puis tira sur quelque chose — ou quelqu'un — réfugié derrière, avant de prendre la fuite.

Pied au plancher, Cole traversa le parking en cherchant du regard d'autres tireurs. Il passa devant la première voiture sans avoir vu personne. Comme il s'apprêtait à passer devant la seconde pour tenter de rattraper le tireur, la marque et le modèle de la première le firent soudain réagir. Reconnaissant la voiture, il pila net, mit le frein à main et extirpa son revolver de son holster avant même d'ouvrir la portière.

— Shaye !

— Cole ?

Elle avait une petite voix mais, en l'entendant, il ressentit un tel soulagement qu'il faillit tomber à genoux. Dieu merci, elle était vivante !

Il fit le tour de la seconde voiture et trouva la jeune femme accroupie près de la roue arrière. Le pneu était à plat. Cole en conclut avec effroi que le tireur avait manqué sa cible de peu.

Puis il s'aperçut que Shaye avait été touchée. Il y avait une traînée de sang par terre, sur toute la longueur de la voiture. Il attrapa son téléphone et s'empressa d'appeler Monica.

— Le tireur s'enfuit à pied vers l'est. Il s'agit d'un homme de type caucasien, de taille et corpulence moyennes. Il porte un jean et un sweater à capuche foncé. Il est armé. Prévoyez du renfort et envoyez-moi une ambulance immédiatement.

Tout en restant en ligne avec Monica, il s'agenouilla à côté de Shaye, qui était blanche comme un linge. Ses taches de rousseur ressortaient plus que d'habitude et ses beaux yeux noisette lui mangeaient le visage.

— Dites-moi quelque chose, Shaye. Où avez-vous mal ?

Il remit son arme dans son étui et, le téléphone coincé contre son épaule, il se pencha sur la jeune femme pour l'examiner. Il vit presque tout de suite d'où elle saignait. Elle avait reçu une balle en haut de la cuisse droite, juste sous la hanche. Sans hésiter, il déchira la toile de son pantalon à l'endroit où la balle était entrée.

— Eh, doucement ! protesta-t-elle faiblement.

La tête appuyée contre la voiture, elle le laissa examiner la plaie. Elle saignait beaucoup, mais ça aurait pu être bien pire. La balle n'avait pas touché l'artère. Mais comme il le soupçonnait, elle était ressortie de l'autre côté, traversant de part en part la cuisse de la jeune femme.

— C'est grave ? murmura celle-ci, les paupières mi-closes.

— Non, ça va aller, assura Cole.

— Que se passe-t-il ? demanda Monica, à l'autre bout du fil. Le renfort sera là dans deux minutes.

Cole jura intérieurement. Le tireur serait loin lorsque la police arriverait. En deux minutes, il avait largement le temps de filer. Ce salaud avait tiré sur Shaye. Il fallait à tout prix l'arrêter.

— Je vous envoie l'ambulance tout de suite, ajouta Monica.

— Ce n'est pas la peine, fit-il en se redressant à moitié.

Il prévint Shaye.

— Attention, ça risque d'être un peu douloureux.

Après avoir essuyé ses mains ensanglantées sur les jambes de son pantalon, il souleva la jeune femme dans ses bras.

— Shaye Mallory a été touchée, dit-il à Monica, qui était toujours en ligne.

Shaye passa ses bras autour de son cou et se blottit contre sa poitrine. Il la vit grimacer de douleur et serrer les dents.

— Je l'emmène à l'hôpital, déclara-t-il en se dirigeant vers son pick-up au pas de course.

Après avoir déposé avec moult précautions la jeune femme sur le siège passager, il s'empressa de faire le tour pour se mettre au volant.

— Je vous rappelle dès que nous y sommes, Monica. Tenez-moi au courant de la suite des événements.

Il raccrocha, sauta dans le pick-up et démarra.

Comme il sortait du parking, Shaye demanda :

— Vous aviez un rendez-vous galant ?

— Pardon ?

Il lui jeta un regard perplexe, déconcerté par sa question autant que par sa voix soudain lointaine, comme si elle était dans les vapes.

Elle esquissa un geste vers le tapis de sol. Il comprit alors qu'elle faisait allusion à la bouteille de champagne, miraculeusement intacte.

— C'était pour vous, répondit-il.

— Ah bon ?

— Appuyez bien sur la plaie, recommanda-t-il sans quitter la route des yeux car il roulait à très vive allure.

Elle obtempéra. Comme si elle venait de découvrir qu'elle saignait abondamment, elle posa ses deux mains à plat sur le haut de sa cuisse et se mit à presser de toutes ses forces.

Toutes les victimes de fusillade réagissaient de la même façon : le danger écarté, elles cédaient à la panique.

Il essaya de la rassurer. Il venait de s'engager sur l'autoroute et roulait maintenant à presque cent cinquante kilomètres/heure.

— Dans moins de trois minutes, nous serons à l'hôpital, déclara-t-il le plus calmement possible en dépit de la peur qui l'étreignait. Tout va bien se passer. Ça saigne beaucoup, mais ce n'est pas bien grave. Juste une blessure superficielle.

À première vue, la vie de Shaye n'était pas en danger, mais il savait par expérience qu'avec une blessure par balle il fallait s'attendre à tout. Il avait vu des blessés graves qui, galvanisés par l'adrénaline, se relevaient et se mettaient à courir alors qu'ils auraient déjà dû être morts. Et il avait vu des blessures bénignes se révéler mortelles.

Mais Shaye allait s'en sortir.

Fort de cette pensée, il quitta l'autoroute, traversa deux carrefours sur les chapeaux de roues et prit un sens interdit pour entrer sur le parking de l'hôpital. Il pila, jeta ses clés au voiturier et sauta à bas du pick-up pour aller ouvrir la portière du côté passager.

Un aide-soignant se précipita vers eux avec un fauteuil roulant, mais Cole l'ignora. Se penchant vers la jeune femme, il la prit dans ses bras. Elle était livide et hébétée. Cela lui rappela la fusillade sur le parking du poste de police, un an plus tôt. Des voyous avaient ouvert le feu depuis une voiture. Shaye avait eu la malchance d'être au mauvais endroit au mauvais moment.

— Pourquoi a-t-il fallu que ça recommence ? murmura-t-elle avant de s'évanouir.

2

Lorsqu'elle rouvrit les yeux, Shaye était couchée dans un lit d'hôpital, la couverture remontée jusqu'au menton. Une infirmière à l'air revêche était en train de prendre sa tension.

— Comment vous sentez-vous ?

Cette voix, elle l'aurait reconnue entre mille. Shaye tourna la tête. Assis du bout des fesses sur une chaise à côté du lit, Cole, d'habitude si impénétrable, semblait soucieux. Ses cheveux blond roux étaient tout ébouriffés, comme s'il n'avait pas arrêté de se passer la main dedans.

Elle sentit le rouge lui monter aux joues. Était-elle tombée dans les pommes ?

Bon, d'accord, elle avait un travail de bureau et n'avait *strictement* aucune expérience des attaques à l'arme automatique — mis à part la fusillade de l'an dernier qui la faisait encore cauchemarder. N'empêche qu'elle avait quand même réussi à aller se cacher derrière une voiture jusqu'à l'apparition providentielle de Cole ! Et à plus ou moins garder son sang-froid jusqu'à leur arrivée à l'hôpital.

Pourquoi avait-il fallu qu'elle se trouve mal devant le meilleur inspecteur de police de Jannis, celui qui, justement, avait démantelé le gang responsable de la fusillade ?

Il n'y avait pas plus courageux que Cole.

Et elle n'était rien qu'une mauviette !

— Pas trop mal, répondit-elle d'une voix qui lui parut faiblarde.

— On vous a fait quelques points de suture, dit l'infirmière, qui prit des notes sur une feuille avant de lui enlever le tensiomètre du bras. Vous avez eu de la chance : la balle a traversé sans toucher aucun organe vital. Vous allez rester en observation pendant quelques heures, mais ensuite vous pourrez rentrer chez vous. Vous vous remettrez vite.

Shaye acquiesça d'un hochement de tête, mais la perspective de sortir de l'hôpital était loin de la réjouir. Une fois dehors, comment réagirait-elle ? Oserait-elle seulement encore s'aventurer hors de chez elle ?

Terrifiée à cette seule pensée, elle sentit ses yeux s'emplir de larmes, qu'elle s'efforça de contenir car elle ne voulait pas craquer devant Cole.

Dès qu'elle eut recouvré un minimum de sang-froid, elle leva les yeux vers lui et demanda, confiante :

— Le tireur a-t-il été arrêté ?

Il secoua la tête.

— Non, pas encore. Mais nous avons contacté les médias et son signalement sera diffusé ce soir dans tous les journaux télévisés. Il y aura bien quelqu'un qui le reconnaîtra. Nous le retrouverons, où qu'il soit.

Elle frissonna, soudain glacée, et s'enfonça machinalement sous la couverture. Le tireur était en fuite, et la police n'était peut-être pas près de le rattraper. Non qu'elle n'eût pas confiance en ses collègues policiers. Elle les avait vus à l'œuvre et savait qu'ils faisaient tout leur possible, mais l'enquête risquait de piétiner. La police n'avait rien, en dehors d'une vague description du tireur. Tireur qui avait réussi jusque-là à passer entre les mailles du filet.

Cole avait dû deviner le cours qu'avaient pris ses pensées car il ajouta :

— La police scientifique est sur place, en train d'extraire les balles tirées dans votre voiture. La caméra de surveillance de la supérette était bidon, dissuasive tout au plus. Mais nous interrogeons tout le voisinage. Un des habitants a peut-être vu le tireur s'enfuir. Nous contrôlons également les radars. À moins que le tireur ne vive dans le coin, sa voiture devait être stationnée tout près. Dans un cas comme dans l'autre, nous le coincerons.

À la détermination qu'elle perçut dans sa voix, elle comprit qu'il comptait bien procéder lui-même à l'arrestation.

Tout était fait pour retrouver le tueur, elle le savait. Son travail à elle — qui consistait à analyser les ordinateurs et les téléphones portables que lui apportaient les flics — n'était pas en rapport direct avec les enquêtes, mais elle n'ignorait rien des moyens déployés par la police pour retrouver un suspect.

La supérette était située dans un quartier tranquille, très résidentiel, comptant de nombreux commerces indépendants. Les gens faisaient attention les uns aux autres. Les coups de feu n'avaient pas pu passer inaperçus. Si, alerté par les détonations, quelqu'un avait vu le tireur s'enfuir, ce quelqu'un en informerait la police. Lorsqu'elle saurait dans quelle direction il était parti, elle serait en mesure de retrouver sa voiture. La plaque d'immatriculation du véhicule lui permettrait ensuite de remonter jusqu'au propriétaire. Shaye avait souvent vu la police procéder ainsi. Et la plupart du temps, avec succès.

Mais il lui était également arrivé de participer à des

enquêtes qui n'avaient jamais abouti, et quelque chose lui disait que dans celle-ci la police allait faire chou blanc. Et dire qu'elle n'avait même pas pu l'aider ! Le signalement que Shaye avait donné du tireur ne l'avait pas beaucoup éclairé. Il s'agissait d'un homme, probablement blanc, et manifestement déterminé à la tuer.

— Pensez-vous qu'il s'agisse des mêmes personnes que l'an dernier ? demanda-t-elle.

Les gangs ne renonçaient jamais. Quand ils vous avaient dans leur collimateur, ils ne vous lâchaient plus.

Certains des membres du gang avaient été tués par la police au cours de la fusillade, et c'était grâce au signalement qu'en avait fait Shaye à l'époque que le conducteur de la voiture avait été appréhendé. L'arrestation du chef du gang leur avait donné du fil à retordre. Pour tous les boucler, les enquêteurs avaient dû suivre la piste numérique qu'elle avait mise au jour avant la fusillade et les faire inculper pour racket. Mais les membres du gang étaient-ils bien *tous* derrière les barreaux ?

Certains d'entre eux étaient-ils déjà sortis ?

Tout était possible, y compris qu'un inconnu ait tenté de ressusciter le gang et de prendre l'ascendant en éliminant le témoin clé dans le procès qui avait fait tomber l'ancien chef. Après avoir témoigné, Shaye avait plus que jamais craint pour sa sécurité. Il avait été alors fortement question de l'inscrire au programme de protection des témoins.

Mais Cole et son coéquipier avaient persévéré, allant jusqu'à collaborer avec le FBI. Elle avait quitté le labo, à ce moment-là, mais elle avait entendu parler de ce groupe d'intervention. Cole ne s'était pas laissé intimider par les menaces de mort qu'il avait reçues. Il avait enquêté sans relâche, jusqu'à ce que tous les membres du gang soient en prison.

Le démantèlement du gang avait fait la une des journaux. À ce moment-là, Shaye appréhendait toujours de reprendre son travail d'experte judiciaire, mais elle avait fini par se raisonner : après tout, elle n'avait plus rien à craindre.

— Nous le saurons bientôt, répondit Cole, les mâchoires crispées. Mais il est probable que cette attaque n'ait rien à voir avec la fusillade de l'an dernier. Disons que vous vous êtes trouvée là au mauvais moment. Il aurait tiré sur n'importe qui.

— Vous pensez que ce type avait projeté de tirer dans le tas. De faire un carnage ?

Peut-être Cole était-il arrivé avant que le tireur n'entre dans la supérette pour y faire d'autres victimes… Quoi qu'il en soit, c'était la deuxième fois que Cole lui sauvait la vie.

Elle se remémora la première fois, sur le parking du poste de police. Quand les tireurs avaient ouvert le feu et qu'elle s'était couchée par terre, persuadée qu'elle n'en réchapperait pas. En dehors d'elle, il y avait trois policiers sur ce parking. Ils étaient armés, mais ils n'avaient pas eu le temps de sortir leurs pistolets. Elle s'était aplatie sur le sol, faute d'un endroit où se réfugier. Les balles sifflaient au-dessus de sa tête. Et soudain Cole avait jailli du poste de police au milieu de la ligne de feu.

— Ce n'est pas impossible, répondit Cole, la tirant de ses pensées.

Auquel cas, cette deuxième fusillade n'avait rien à voir avec celle de l'an dernier. En dehors du fait que les deux fois Shaye avait été une victime collatérale. Elle se trouvait

21

simplement au mauvais endroit au mauvais moment. Mais elle ne passerait pas toujours entre les balles, et Cole ne serait pas toujours là pour lui sauver la vie.

Un frisson la parcourut, aussi s'empressa-t-elle de changer de sujet, Cole ayant visiblement perçu son malaise.

— Depuis combien de temps suis-je ici ? demanda-t-elle.

— Quelques heures.

Était-il resté assis là pendant tout ce temps ? L'aisance avec laquelle l'infirmière avait contourné sa chaise pour sortir semblait indiquer qu'il était là depuis un bon moment.

Elle se rappela tout à coup son tout premier jour au labo. C'était les paumes moites d'appréhension et la démarche raide qu'elle avait franchi la porte du poste de police, qu'elle croyait relié directement au labo. Et là, elle était tombée nez à nez avec Cole Walker.

Avec ses talons hauts, choisis pour aller avec son plus beau tailleur, elle était presque aussi grande que lui. Mais elle n'avait pas sa démarche souple et nonchalante. Au détour d'un couloir, elle l'avait percuté de plein fouet. Déséquilibrée par l'impact, elle avait failli se retrouver par terre.

Le souvenir de ce moment embarrassant lui fit monter le rouge aux joues. Cole esquissa un sourire, comme s'il avait lu en elle. Redoutant qu'il lui fasse une réflexion, elle bredouilla :

— Je ne pars pas.

Il eut l'air surpris. Elle l'était presque autant que lui. Les mots avaient jailli de sa bouche spontanément, mais, dès qu'elle les eût prononcés, elle sut qu'ils exprimaient exactement le fond de sa pensée.

L'année dernière, la fusillade au poste de police l'avait

amenée à interrompre sa carrière. Le cours de sa vie tout entier avait été bouleversé par la tragédie.

Elle voulait rester, mais elle avait peur et se demandait combien de fois encore elle allait se faire tirer dessus.

Elle en avait assez du stress que cela induisait chez elle, de la paranoïa qu'elle avait fini par développer. Croisant le regard de Cole, elle se laissa distraire un instant par le bleu azuré de ses yeux. Puis elle sentit ses épaules se redresser sur l'oreiller inconfortable de son lit d'hôpital.

— Tout doit être mis en œuvre pour retrouver le salaud qui m'a tiré dessus, déclara-t-elle d'une voix ferme. Et je tiens à contribuer personnellement à son arrestation.

L'euphorie que Cole ressentit fut de courte durée. Il devait avant tout se soucier de la sécurité de Shaye.

Il avait été ravi de la voir reprendre son travail au labo. Lorsqu'il l'avait appelée, un mois plus tôt, c'était en partie dans le but de la faire revenir. Au téléphone, il avait prétendu qu'Andrew, son frère adoptif, avait besoin d'un coup de main dans une affaire qu'il ne pouvait ébruiter. Lorsque Shaye avait fourni une information clé qui les avait aidés à identifier l'homme qui harcelait la nouvelle compagne d'Andrew, Cole avait senti qu'elle reprenait confiance en elle et que son travail d'experte judiciaire dans le domaine du numérique lui manquait cruellement.

Depuis qu'il était dans la police, il avait travaillé avec suffisamment d'experts judiciaires pour se rendre compte que Shaye était extraordinairement douée. Aucun ordinateur ne lui résistait. Elle pouvait faire parler n'importe lequel d'entre eux. Or, pour avoir ce genre de talent, il fallait forcément être passionné.

Lorsqu'elle avait démissionné, il n'avait pas cherché à

la retenir. Il s'était même presque réjoui de la voir partir. Elle échappait ainsi aux risques du métier, aux représailles orchestrées par le redoutable gang qu'ils cherchaient à démanteler. Mais il avait regretté de ne plus la voir, Shaye et lui ayant pris l'habitude d'arriver chaque matin à la même heure et de s'attendre le soir, juste devant le commissariat, pour échanger quelques mots avant de partir chacun de leur côté.

Dès qu'il avait été certain d'avoir arrêté tous les membres du gang, Cole avait tenté deux ou trois fois de convaincre Shaye de revenir. Il savait que son chef de service aussi avait essayé de la récupérer. Mais il n'y avait pas eu moyen. Shaye avait peur de se retrouver à nouveau au beau milieu d'une fusillade et elle assumait très mal le fait d'avoir peur. Aussi était-il stupéfait de l'entendre maintenant déclarer qu'elle voulait prendre une part active dans l'enquête.

— Vous êtes sûre ? demanda-t-il. Non que je ne veuille pas de vous au labo — bien au contraire, car vous y êtes d'une grande utilité —, mais vous avez failli être tuée, Shaye. Je ne pense pas que vous étiez visée personnellement, mais je préférerais m'en assurer. Votre sécurité est la priorité.

— Je…

— Nous allons le coincer incessamment et découvrir, selon toutes probabilités, qu'il a agi seul et tiré sur vous par hasard. Mais, tant que nous ne sommes pas fixés, il serait préférable que l'on vous mette sous protection.

La voyant sur le point de protester, il leva une main.

— Je ne parle pas du programme de protection des témoins, précisa-t-il. Pas besoin de changer de nom et de lieu de résidence. Ce n'est pas du tout comme l'an dernier.

Du moins l'espérait-il. Les circonstances étaient très différentes : le tireur ne portait pas les couleurs du gang et il avait fait feu sur Shaye à la supérette, et non au poste de police, où se trouvaient les cibles potentielles du gang.

Mais il n'avait aucune certitude à ce stade de l'enquête et craignait que quelqu'un n'en veuille à Shaye et n'ait cherché à la tuer.

— Il s'agirait en l'occurrence d'une protection policière temporaire, continua-t-il d'un ton qu'il s'appliqua à rendre léger. Dès que nous serons sûrs que vous ne risquez rien, vous pourrez retourner au labo.

Il lui prit la main, qui était glacée et semblait minuscule au-dessus de l'énorme couverture.

— On fait comme ça ? demanda-t-il.

— Non.

Il faillit éclater de rire. Shaye savait ce qu'elle voulait. Ou plutôt ne voulait pas. Son air buté avait quelque chose de comique, sauf que l'heure n'était pas à la plaisanterie.

— Non ? répéta-t-il d'une voix bourrue.

Dans ce lit d'hôpital, elle lui parut si vulnérable qu'il ressentit encore plus le besoin de la protéger. Il ne pouvait s'empêcher de penser que c'était lui qui l'avait poussée à revenir travailler au labo. Il était en partie responsable de ce qui lui était arrivé.

Et il s'en voulait terriblement de l'avoir mise en danger. D'autant plus que Shaye lui plaisait beaucoup, et ce depuis le tout premier jour.

Quand elle avait poussé la porte du poste de police, elle affichait un air décidé mais n'en menait pas large. Il n'avait jamais compris comment elle avait fait son compte pour lui rentrer dedans. Quoi qu'il en soit, la collision avec ses jolies rondeurs et ses muscles fermes l'avait troublé. Mais c'est en la voyant rougir jusqu'aux oreilles qu'il était tombé sous le charme de la jeune femme. Par la suite, il s'était débrouillé pour la croiser chaque jour, sans jamais oser, cependant, l'inviter à boire un verre après le travail. Elle était douce et gentille, et venait d'une famille très unie, aussi Cole supposait-il que lorsqu'elle envisageait l'avenir, elle se voyait avec un homme solide et très présent, un homme avec des horaires de travail réguliers. Elle méritait beaucoup mieux que ce qu'il avait, lui, à lui offrir.

Mais pour ce qui était d'assurer sa sécurité, de la protéger, il savait qu'il était le meilleur.

Rien qu'à la regarder, il devinait qu'elle était morte de peur. Mais elle secoua la tête.

— Pas question que je fasse comme l'an dernier. Je ne suis pas flic, certes, mais je n'en travaille pas moins dans la police. Je ne vais pas prendre la fuite à chaque fois qu'il y a une fusillade.

— Il n'y a pas de honte à se planquer pendant quelque temps, déclara Cole. Vous retrouverez votre emploi sans problème.

— Oui, mais quand même, s'obstina Shaye en secouant de nouveau la tête. Je sais que si je pars, cette fois je ne reviendrai pas. Or j'aime ce travail. Et la vie que j'ai ici. Je ne veux pas tout abandonner.

Cole la dévisagea longuement, se demandant ce qui lui plaisait tant dans la vie qu'elle menait. Mais il comprit qu'elle ne céderait pas. Et qu'il allait donc devoir la protéger malgré elle. La mission risquait d'être bien plus périlleuse que si Shaye avait accepté de se planquer, comme il le lui avait suggéré, mais tout bien réfléchi elle n'était pas sans comporter également quelques avantages.

Rien ne prouvant qu'elle était visée personnellement, il aurait beaucoup de mal à convaincre son chef de mettre en place une protection rapprochée. Il finirait probablement par avoir gain de cause, à condition que ladite protection ne se prolonge pas trop longtemps. Étant donné que Shaye tenait à continuer de travailler au labo, il allait se débrouiller pour prendre lui-même en charge sa protection.

— D'accord, concéda-t-il sans lui lâcher la main, ce qui semblait embarrasser la jeune femme, à en juger par la couleur de ses joues. Faites comme vous voulez, mais attendez-vous à m'avoir sans arrêt dans vos jambes. Tant que nous n'aurons pas arrêté l'homme qui vous a tiré dessus, je ne vous quitterai pas d'une semelle, sachez-le.

3

Il ne la quitterait pas d'une semelle ?

Shaye s'imagina en train de prendre une douche sous la surveillance étroite de Cole. Elle caressa longuement ce fantasme, donnant à Cole, qui la fixait bizarrement, tout le temps de lire dans ses pensées.

Elle baissa alors les yeux, le cœur battant à tout rompre, et retira la main qu'il tenait toujours dans la sienne. Avec Cole, ça avait été un vrai coup de foudre. Mais elle avait vite compris qu'ils n'étaient pas faits l'un pour l'autre, et la fusillade de l'an dernier le lui avait confirmé. Alors que le lendemain matin elle démissionnait — par téléphone parce qu'elle avait trop peur de retourner sur la scène de crime —, Cole, lui, avait repris le travail comme si de rien n'était.

Ils ne seraient jamais égaux. Avec son insigne et son arme, Cole serait toujours cet inspecteur valeureux, voire héroïque, tandis qu'elle ne serait jamais qu'une pauvre femme sans défense, toute tremblante de peur. Il suffisait de les regarder : elle, enfouie sous ses couvertures, perdue dans une chemise de nuit d'hôpital hideuse, et lui, piaffant d'impatience, prêt à se lancer sur les traces du tireur.

Mais tout cela allait changer, se jura-t-elle *in petto*. C'est vrai qu'elle était bien trop effacée, bien trop maladroite, bien trop ennuyeuse pour un homme tel que Cole Walker, mais elle en avait assez d'être une poltronne. Il y avait deux ans de cela, elle avait quitté le Michigan pour venir vivre dans le Maryland, laissant derrière elle une famille aimante dans laquelle Shaye peinait à trouver sa place, étant la troisième d'une fratrie de cinq. Elle avait quitté ce cocon douillet pour affronter l'inconnu. Elle avait même acheté une maison, histoire de ne pas être tentée de repartir si jamais ça devenait trop dur. Et pour être dur, ça l'avait été.

Elle ne pouvait pas s'en aller maintenant, quitter un travail qu'elle aimait et une ville dans laquelle elle se plaisait et se sentait chez elle.

Serrant les mâchoires, elle leva les yeux vers Cole, priant pour que ses joues ne soient pas trop rouges.

— À ce stade de l'enquête, en quoi mes lumières pourraient-elles être utiles ? demanda-t-elle.

Son domaine de compétence était le numérique, mais elle avait plusieurs cordes à son arc. Sans doute pouvait-elle aider la police à retrouver le tireur. Plus vite ils le coinceraient et mieux cela vaudrait pour elle. Elle avait hâte de reprendre sa vie en main.

— Pour l'instant, je veux que vous vous occupiez de vous. Il faut que vous récupériez.

— Je vais bien, rassurez-vous.

Elle savait qu'il ne cherchait pas à se montrer condescendant, mais, si elle voulait qu'il voie en lui une vraie professionnelle — en non une victime dont il devait prendre soin —, il fallait qu'elle lui montre de quoi elle était capable. Repoussant drap et couverture, elle sortit du lit et se leva, en oubliant complètement le pied de perfusion auquel elle était accrochée.

La sonnerie du moniteur retentit, et aussitôt l'infirmière accourut, tout affolée.

Cole se leva et rattrapa Shaye, qui tenait mal sur ses jambes.

— Mais qu'est-ce que ce vous faites ? demanda-t-il.

— Je rentre chez moi.

— Vous devez rester en observation, objecta l'infirmière en tamponnant avec un coton le sang qui coulait sur le bras de la jeune femme.

— Je vais bien, affirma Shaye. Ma blessure à la jambe ne saigne plus, mon rythme cardiaque et ma pression artérielle sont parfaits, je n'ai donc aucune raison de rester ici plus longtemps. Vous m'avez dit vous-même que j'allais sortir. Je suis prête.

L'infirmière la toisait d'un air désapprobateur, mais ce n'était rien à côté de la tête que faisait Cole. Un mélange d'inquiétude, d'impuissance et de colère se lisait sur son visage.

Shaye maintint sa position.

— Le médecin peut venir vérifier, si vous voulez, mais je vous répète que je me sens bien et que je veux rentrer chez moi.

L'infirmière maugréa dans sa barbe avant de déclarer d'un ton sévère :

— D'accord. Mais si vous êtes prise de vertiges ou si votre blessure se rouvre, il faudra revenir immédiatement. C'est bien compris ?

Shaye opina du bonnet, craignant en son for intérieur de faire un caprice et d'avoir peut-être à le regretter. Mais elle en avait assez d'être allongée dans ce lit d'hôpital et brûlait de savoir qui avait tiré sur elle et pourquoi. Or ce n'était pas en restant couchée qu'elle allait résoudre cette énigme.

Elle ne voulait plus subir. Désormais, elle allait agir.

— Rien à signaler. Tout est calme, annonça Marcos, en planque dans sa voiture, lorsque Cole, au volant de son pick-up, arriva à sa hauteur.

Marcos Costa était l'un de ses frères cadets. En fait, Marcos, Andrew et lui n'avaient aucun lien de parenté — ils avaient été placés dans la même famille d'accueil lorsqu'ils étaient enfants —, mais ils étaient encore plus proches que des frères de sang. Après avoir laissé Shaye travailler au labo une partie de la journée, Cole l'avait ramenée chez elle et avait appelé ses frères pour savoir lequel des deux était disponible pour surveiller la maison jusqu'à ce qu'il sorte du travail. Andrew était en mission pour le FBI, mais Marcos avait répondu présent.

Il était 3 heures du matin et la rue de Shaye était tout ce qu'il y avait de plus tranquille. La maison était située dans un joli petit lotissement qui se voulait résidentiel et familial. Le genre d'endroit où un rôdeur serait tout de suite repéré.

Mais, dès lors qu'il s'agissait de Shaye, Cole ne voulait prendre aucun risque. Travaillant pour la brigade des stupéfiants, la célèbre DEA, son frère Marcos avait l'œil pour repérer le moindre individu suspect.

— Merci, dit Cole à travers sa fenêtre ouverte lorsque sa voiture se fut immobilisée à côté de celle de Marcos.

— De rien. Que ne ferait-on pas pour Shaye ? répondit Marcos en saluant d'un signe de tête Luke, le coéquipier de Cole. Mais pourquoi faire le guet devant la maison plutôt que dedans ?

— Shaye n'est pas au courant. Voilà pourquoi.

— Je m'en doutais un peu, dit Marcos en lui décochant un sourire plein de fossettes. Mais y a-t-il une raison à cela ?

— Elle a refusé toute protection policière, expliqua Luke Hayes, assis sur le siège passager. Nous ne pouvons pas la lui imposer.

Marcos se renfrogna.

— Oui, sauf que si quelqu'un cherche à la tuer…

— Personne ne cherche à la tuer, l'interrompit Cole. La fusillade de ce soir ne la visait pas elle spécifiquement.

— Ah, d'accord, fit Marcos en opinant du bonnet d'un air entendu.

— C'est juste une précaution, continua Cole, agacé de ne pas se sentir soutenu.

Il sentait bien que Marcos et Luke pensaient qu'il en faisait un peu trop. Et qu'avec quelqu'un d'autre que Shaye il ne se donnerait pas autant de mal. Et qu'il serait toujours là pour elle, même si elle était trop bien pour lui.

— Content de t'avoir rendu service, dit Marcos en démarrant. Je rentre me coucher parce que je tombe de sommeil. Tu ne crois pas que tu devrais dormir un peu, toi aussi ?

— C'est bien pour ça que je suis venu avec Luke.

Marcos lui décocha un sourire.

— Parce que lui, il peut passer la nuit éveillé ? Un marine ne dort jamais, c'est ça ? lança-t-il sur le ton de la plaisanterie.

Le partenaire de Luke était un ancien marine qui s'était reconverti dans la police.

— Ne t'en fais pas, on va se débrouiller. Pendant que l'un dormira, l'autre montera la garde.

— Bonne chance, les gars. Appelle-moi si tu as besoin de quelque chose, OK ?

— Je n'y manquerai pas.

Cole se gara à la place que Marcos venait de libérer, car elle était idéale pour surveiller la maison de Shaye, qui faisait l'angle de deux rues. Les autres côtés de la maison donnaient sur les jardins de ses voisins, plus difficiles d'accès pour un rôdeur.

Il coupa le moteur de son pick-up. En novembre, les nuits étaient plutôt fraîches et celle-ci ne faisait pas exception à la règle, mais Cole ne voulait pas attirer l'attention d'un éventuel noctambule. Et puis, Luke et lui en avaient vu d'autres. Tous deux avaient patrouillé dans les rues, comme simples flics, avant d'être promus au rang d'inspecteurs.

Ils gardèrent le silence pendant quelques minutes, surveillant les alentours, puis Luke demanda :

— En avons-nous fini avec la voiture de Shaye ?

La voiture était restée sur le parking de la supérette, qui avait été interdit d'accès pour que Cole, Luke et quelques techniciens de la police scientifique puissent procéder au relevé des indices. Il y avait une heure qu'ils avaient fini, mais Cole n'avait pas jugé utile d'en avertir Shaye.

— Normalement, c'est bon. Je pensais aller la rechercher demain matin.

— Fais-la plutôt remorquer, suggéra Luke. Il faudra que Shaye passe chez le carrossier pour la faire arranger.

Le tireur avait fait feu trois fois. La première balle avait touché la portière de la voiture de Shaye, la seconde avait transpercé le pneu arrière de la voiture de Roy et la troisième avait blessé Shaye. Cole avait demandé aux techniciens de se dépêcher d'analyser les projectiles, mais ceux-ci l'avaient assez mal pris. Shaye étant leur collègue de travail, ils faisaient déjà le maximum.

— Et du côté des caméras de surveillance, avons-nous quelque chose ? demanda Cole.

Celle de la supérette était factice, mais il y en avait d'autres, dans les environs, que des policiers étaient en train de visionner. S'il y avait eu du nouveau, il en aurait probablement été informé car il avait prévenu toute l'équipe en charge de l'affaire qu'il voulait être tenu au courant des avancées de l'enquête en temps réel. Mais comme il avait passé plusieurs heures à l'hôpital au chevet de Shaye, laissant à Luke le soin de diriger les opérations, il aurait pu rater quelque chose.

— Non, pas encore, répondit Luke qui, par acquit de conscience, s'empressa d'envoyer un texto à un de leurs collègues.

La réponse fut presque immédiate. Luke secoua la tête.

— Les enregistrements n'ont rien révélé pour l'instant.

Cole n'en fut pas surpris. La supérette ne se trouvait pas dans un quartier très commerçant. De plus, la criminalité était plutôt rare dans ce secteur. Il y avait donc beaucoup moins de caméras de surveillance que dans le centre-ville. Était-ce la raison qui avait poussé le tireur à choisir le parking de chez Roy ?

— Shaye n'a pas eu de chance.

— Pardon ? demanda Cole en se tournant vers Luke qui ne se départait jamais de son air sérieux, qu'accentuaient encore sa coupe en brosse d'ancien marine et ses yeux bleu turquoise au regard implacable.

— C'est juste une question de malchance. Elle est sortie du labo à 20 heures, bien plus tard que d'habitude, et elle s'est rendue directement à la supérette, ce qu'elle n'avait pas prévu au départ. Si le tireur l'avait visée elle, il aurait fallu qu'il fasse le guet devant le labo pendant des heures. Avec le poste de police à deux pas, cette longue surveillance ne serait pas passée inaperçue. Le type aurait fini par se faire repérer, tu ne crois pas ?

Cole acquiesça. Le raisonnement de Luke se tenait. Tout portait à croire que cela n'avait en effet rien à voir avec Shaye. Pourtant, à l'instant même où il avait déboulé sur le lieu de la fusillade, Cole avait senti que quelque chose ne tournait pas rond. Or son instinct le trompait rarement.

— Si l'homme avait juste voulu tirer dans le tas, pourquoi a-t-il attendu que le parking soit presque désert ?

Luke fronça les sourcils, perplexe.

— Oui, ça me chiffonne, moi aussi. Mais il venait peut-être de faire un mauvais coup et, quand il s'est engouffré dans ce parking, Shaye s'est trouvée sur son chemin.

— Un mauvais coup ? On ne nous a rien signalé qui corrobore ce scénario, fit remarquer Cole.

— Non, rien pour le moment. Il se peut aussi qu'il n'ait pas eu l'intention de s'arrêter là et qu'après avoir tiré sur tout ce qui bougeait sur le parking, il ait projeté d'aller continuer le carnage dans les autres commerces du coin. Les deux ou trois restaurants qui sont dans cette rue étaient bondés.

C'était une des raisons pour lesquelles ils n'avaient encore aucun témoin. Un vendredi soir, il y avait foule dans les bars et les restaurants, mais aussi paradoxal que cela puisse paraître, avec tout ce monde, avec la musique, personne n'avait rien entendu ni rien remarqué. Mis à part Roy, le patron du supermarché, qui avait appelé la police.

— Ce n'est pas impossible, admit Cole sans pouvoir

cependant se débarrasser du pressentiment que c'était Shaye, et personne d'autre, que le tireur avait cherché à tuer.

Parce que sinon elle n'aurait vraiment pas eu de chance, comme disait Luke. Mais était-il possible d'être aussi malchanceux ? Au point de se faire tirer dessus deux fois en l'espace d'un an ?

— Cela fait presque un an qu'a eu lieu la fusillade au poste de police, dit Cole.

Luke n'avait pas pu oublier. Il était là, lui aussi. Il s'était précipité dehors au premier coup de feu, juste derrière Cole, et avait riposté. Mais, contre les semi-automatiques des membres du gang, leurs armes de service avaient semblé bien dérisoires.

— Oui, je sais. C'est bien pour ça que je suis ici avec toi plutôt que dans mon lit, répliqua Luke. Nous avons eu tous les membres du gang sans exception, mais ces types-là ont de la famille, eux aussi.

Cole acquiesça à nouveau. Il ne lui était pas venu à l'esprit qu'un parent d'un des membres du gang pouvait chercher à se venger de Shaye, qui avait témoigné au procès, quelques mois plus tôt. Il avait surtout pensé aux familles des victimes, ses trois collègues policiers qui avaient perdu la vie ce jour-là. Luke et lui avaient tué deux des tireurs au cours de la fusillade, et quatre autres étaient morts par la suite, parce que au lieu de lever les mains en l'air, comme les policiers venus les arrêter le leur avaient ordonné, ils avaient dégainé leurs armes. Chacun de ces hommes — ou de ceux qui avaient fini en prison — était susceptible d'avoir un parent ou un ami déterminé à le venger.

— Le problème, continua Luke, c'est que là encore, si Shaye était visée personnellement, il a fallu que le tireur la suive jusqu'à la supérette. Quelqu'un qui a des accointances avec un gang n'hésitera sans doute pas à surveiller un poste de police. Ces mecs-là ne reculent devant rien. En revanche, je doute qu'ils soient assez malins pour réussir à ne pas se faire remarquer.

— Très juste. Et s'il s'agissait vraiment d'une vengeance, ils se débrouilleraient pour qu'on le sache, non ? Ou bien ils s'en prendraient au poste, à toi, à moi, et pas seulement à Shaye ? Un an après la fusillade, c'est vraiment bizarre, je trouve. Et peut-on vraiment imputer au hasard le fait qu'elle ait été visée deux fois en…

— Elle n'avait pas été visée avant, l'interrompit Luke. Les membres du gang ne pouvaient pas savoir qu'elle avait participé à l'analyse numérique qui nous a permis d'identifier leur chef. Ils sont venus parce que *nous* leur cherchions des noises. Elle s'est trouvée là au mauvais moment.

Une bouffée de culpabilité envahit Cole. Il savait pourquoi Shaye traînait devant le poste de police alors que le labo de la police scientifique se trouvait de l'autre côté. La plupart du temps, Shaye et lui sortaient à la même heure et bavardaient un petit moment avant de rentrer chacun chez soi. Ce jour-là, il était en retard, plongé dans des paperasses. Et elle avait failli le payer de sa vie.

— Certes. N'empêche qu'elle s'est pris une balle deux fois en une année. Je n'aime pas ça du tout.

— Moi non plus, dit Luke qui, levant les yeux, poussa un juron.

— Qu'est-ce qu'il y a ?

— La voilà qui arrive.

— Quoi ? s'exclama Cole en se retournant.

Son coéquipier avait raison. Bien que clopinant un peu

à cause de sa blessure à la jambe, Shaye fonçait vers eux d'un pas de grenadier, l'air furibond. Mais tout ce que Cole voyait, c'était sa chemise de nuit, bien trop courte et bien trop fine pour la saison.

La bouche sèche comme le désert du Ténéré, il sortit du pick-up et se précipita à sa rencontre, passant un bras plein de sollicitude derrière ses épaules au cas où elle ne se sentirait pas encore très solide sur ses jambes. Derrière lui, Luke descendait également du véhicule, mais avec moins d'empressement.

Shaye repoussa son bras sans ménagement.

— Qu'est-ce que vous fichez là ? demanda-t-elle.

— On surveille, répondit Cole. Jusqu'à ce que le tireur ait été arrêté.

Elle lui fit les gros yeux mais, dans sa chemise de nuit, elle n'était pas vraiment impressionnante. Ce qu'elle portait ressemblait en fait à un grand T-shirt en coton, mais sur elle c'était hyper sexy. D'autant plus que ses cheveux détachés cascadaient sur ses épaules, tout emmêlés.

— J'ai dit que je n'avais pas besoin de protection. C'était pourtant clair, non ?

Cole avait le plus grand mal à la regarder dans les yeux quand elle parlait et elle dut s'en rendre compte car, brusquement, elle se mit à tirer fébrilement sur le bas de sa chemise de nuit, comme pour l'allonger. Puis elle jeta un regard à Luke, fixa de nouveau Cole et fit volte-face.

Cole pensa qu'elle allait leur ordonner de partir immédiatement et appeler le poste de police pour se plaindre, mais elle se contenta de lancer par-dessus son épaule :

— Oh ! et puis restez si vous y tenez ! Mais venez donc chez moi, tant qu'à faire. Vous n'allez pas passer la nuit dans votre voiture.

Toutes sortes d'images déferlèrent aussitôt dans l'esprit de Cole, profondément troublé par cette fichue chemise de nuit trop courte. Il savait qu'il devait refuser et remonter sagement dans le pick-up avec son partenaire. Mais ce fut plus fort que lui : il suivit Shaye à l'intérieur.

4

Shaye essayait de marcher normalement bien qu'elle fût plus que jamais consciente du balancement de ses hanches et de sa fâcheuse tendance à s'emmêler les guiboles. Arrivée devant chez elle, tandis que d'une main elle tirait sur le bas de sa chemise de nuit, de l'autre, elle ouvrit la porte et invita Cole à entrer, sans oser le regarder car elle sentait bien qu'elle était écarlate.

En elle, la colère le disputait à la gêne. Elle avait refusé d'être protégée, comme le lui avait proposé le chef de police, qui semblait penser que ce n'était pas vraiment nécessaire. Mais Cole avait passé outre et décidé de la protéger, qu'elle le veuille ou non.

Elle réprima un soupir d'exaspération. Il ne pouvait s'empêcher de jouer les gardes du corps.

— Je reviens tout de suite, lança-t-elle par-dessus son épaule en se dirigeant vers sa chambre.

Elle enfila un pantalon de jogging et un T-shirt, grimaçant de douleur à chaque fois qu'elle bougeait sa jambe blessée. L'effet des antalgiques commençait à diminuer.

Examinant son reflet dans le miroir, elle se passa une main dans les cheveux pour les démêler. Elle avait une petite mine et des cernes sous les yeux. Avec un peu de maquillage, elle aurait pu arranger tout ça, mais elle n'avait pas envie de se faire belle pour Cole. Après tout, il lui était tombé dessus sans prévenir, lui imposant une surveillance dont elle n'avait que faire. Elle était sur le point de s'endormir lorsqu'elle avait entendu sa voiture arriver.

De retour dans la salle de séjour, elle constata que Luke avait pris ses aises. Affalé sur le canapé, les mains croisées derrière la nuque, il semblait détendu et, en même temps, prêt à bondir à la moindre alerte. Elle lui adressa un signe de tête et chercha Cole du regard. D'un coup de menton, Luke lui indiqua la cuisine.

Elle y trouva Cole en train de vérifier que la porte-fenêtre était bien verrouillée.

— Je ne la ferme jamais.

Il fit volte-face.

— Quoi ?

— La porte d'entrée non plus. On entre ici comme dans un moulin, le taquina-t-elle.

Il fronça les sourcils et lui décocha un regard réprobateur.

— Ce n'est pas drôle.

Les mains sur les hanches, elle se déporta discrètement sur sa jambe gauche car la droite lui faisait de plus en plus mal.

— J'ai dit au chef de police qu'il n'y avait pas de problème. *Vous* m'avez dit que je n'avais rien à craindre, que c'était juste un coup de malchance. En ce cas, qu'est-ce que vous faites-vous là ? M'avez-vous raconté des bobards ?

Il parut décontenancé, comme si elle l'avait pris au dépourvu. *Parfait*. Elle en avait plus qu'assez de vivre dans la peur et de devoir compter sur les autres pour résoudre ses problèmes. Elle en avait plus qu'assez de ne pas être informée de ce qu'il se passait réellement.

— Non, répondit-il lentement en la dévisageant, ne reconnaissant plus l'experte du numérique froussarde qu'elle était jusqu'à récemment.

Elle avait changé, avait envie de lui dire Shaye. Plus jamais elle n'aurait peur. Sauf que c'était faux.

En vrai, elle était terrorisée. Mais elle voulait prendre en main son destin et refusait désormais de laisser le mauvais sort s'acharner sur elle.

— Vous devriez vous asseoir, suggéra Cole.

À sa grande honte, Shaye, tout excédée qu'elle était, se sentit sur le point de fondre en larmes. Mais après ce qu'elle avait vécu aujourd'hui elle avait des excuses. Sans compter que sa blessure la faisait cruellement souffrir.

— Ça va, mentit-elle. Je vous assure que je n'ai pas besoin de deux baby-sitters.

— En tant que baby-sitter, mon tarif est de dix dollars de l'heure, cria Luke depuis la pièce d'à côté.

Elle réprima tant bien que mal un sourire tandis que Cole levait les yeux au ciel.

— Je ne vous ai pas raconté de bobards, affirmat-il en s'approchant plus près, sa main à portée de son coude, comme s'il s'apprêtait à la rattraper, au cas où elle perdrait l'équilibre.

— Nous n'avons aucune raison de penser que ce type en avait après vous. Comment aurait-il pu savoir que vous seriez là à ce moment-là ? S'il avait voulu vous tuer, il serait plutôt venu ici, en pleine nuit, pendant que vous dormiez, et il aurait forcé la serrure bidon de votre porte d'entrée.

Elle avait dû pâlir parce qu'il s'empressa d'ajouter :

— Ce n'est pas ce qu'il a fait. Vous vous trouviez juste au mauvais endroit au mauvais moment, c'est tout.

— Alors que faites-vous là ? demanda à nouveau Shaye.

Fronçant les sourcils, il ne sut que répondre. C'était la première fois qu'elle le prenait de court.

— Eh bien ? insista-t-elle, intriguée. Si c'est juste un coup de pas de chance, si je n'étais pas visée, que diable faites-vous devant chez moi, planqués dans votre voiture ?

On lui cachait quelque chose ; elle le sentait. Elle sonda ses yeux bleus, en quête de la vérité.

— Le tireur est un membre du gang, n'est-ce pas ? Qui cherche à se venger.

— Non, ça n'a probablement rien à voir.

— C'est quoi, alors ? s'énerva-t-elle en déportant la totalité du poids de son corps sur sa jambe valide.

Elle avait du mal à rester debout et se serait volontiers assise, mais Cole la dépassait déjà d'une bonne tête. Sans compter qu'il était habillé, parfaitement décent, alors qu'elle était en tenue d'intérieur.

Mais elle ne lâcherait pas le morceau. Elle voulait savoir ce qu'il se passait, ce qu'ils faisaient là tous les deux. Pourquoi ils surveillaient sa maison.

— Je vous écoute, dit-elle en le fixant droit dans les yeux.

— Je préfère ne pas prendre de risque, lâcha-t-il d'un ton excédé.

Elle chancela.

— Cela a bien un rapport avec la fusillade de l'an dernier, n'est-ce pas ?

Elle se revit dans le parking du poste de police, les balles sifflant au-dessus de sa tête. Terrorisée, elle s'était couchée par terre, d'instinct, certaine cependant qu'elle n'en réchapperait pas. Elle avait alors pensé à tout ce qu'elle n'avait pas accompli dans sa vie.

— Non, ça n'a rien à voir. Tout le monde se demande ce qu'il me prend. Mais c'est parce que c'est vous…

Elle ne sut que répondre mais comprit, en un éclair, la raison de la colère, de l'inquiétude, du désarroi qu'elle lisait dans son regard. Cole avait le béguin pour elle. Et pas juste parce qu'il l'avait vue en nuisette. Non, c'était bien plus profond que ça.

Cette découverte la bouleversa. Inconsciemment, elle fit un pas vers lui et se pencha légèrement.

Pendant un temps infini, il resta immobile, comme figé. Puis la flamme du désir embrasa soudain son regard.

Shaye sentit son cœur s'emballer lorsque, très délicatement, il se mit à caresser son visage. Puis il enfouit ses doigts dans sa chevelure et écrasa sa bouche sur la sienne.

Je suis en train d'embrasser Cole Walker. Cette pensée ahurissante rugissait dans sa tête tandis qu'il pressait ses lèvres contre les siennes, les lui léchait, les lui mordillait, en forçait doucement le barrage. Quand il glissa sa langue dans sa bouche, Shaye sentit un long frisson la parcourir.

Elle s'affaissa contre lui mais, heureusement, il la prit par la taille, l'empêchant ainsi de tomber. Elle sentait sur sa peau, à travers son T-shirt, la chaleur de ses grandes mains viriles. Elle songea brièvement qu'elle aurait dû enfiler une tenue plus sexy mais, lorsque Cole approfondit encore leur baiser, ses terminaisons nerveuses furent comme électrisées et toute pensée cohérente déserta son esprit.

La barbe naissante qu'elle sentait sur son menton lui râpait le visage, mais elle n'en avait cure, avide de le sentir encore plus près. Nouant ses mains derrière sa nuque, elle se haussa sur la pointe des pieds pour que son corps épouse encore plus étroitement celui de Cole, mais une douleur fulgurante dans la jambe lui arracha un cri.

Il leva brusquement la tête, visiblement inquiet.

— Je vous ai fait mal ?

— Non.

Il la tenait à bout de bras, tout pantelant.

— Je n'aurais jamais dû. Je suis désolé.

Elle allait protester, mais il ne lui en laissa pas le temps et la poussa sur la chaise qu'il s'était empressé d'approcher.

— Votre blessure s'est rouverte ?

— Non.

— Vous êtes sûre ?

Comme il tendait la main vers le bas de son pantalon de jogging, elle s'esquiva.

— Oui, absolument certaine. Tout va bien, je vous assure.

Il se redressa et s'écarta.

— J'étais venu m'assurer que vous ne courriez aucun danger. Ce… qui vient de se passer n'était pas prémédité.

Elle se sentit rougir. De honte, cette fois. Il l'avait embrassée avec fougue et prétendait maintenant qu'il n'y avait rien eu là de prémédité ? Il ne manquait pas de toupet ! Si Luke n'avait pas été dans la pièce d'à côté, elle lui aurait dit sa façon de penser. Peut-être même qu'elle l'aurait embrassé à son tour.

Au lieu de quoi, elle acquiesça d'un hochement de tête et se leva, ignorant la main qu'il lui tendait.

— Nous sommes copains, vous et moi, dit-il. Je ne veux pas gâcher notre amitié.

Shaye lui décocha un piètre sourire, cachant tant bien que mal l'envie qu'elle avait d'éclater en sanglots. Parce qu'elle savait qu'il mentait.

— Écoutez…

— Bonne nuit, Cole.

Quel imbécile !

C'était exactement ce que Luke lui avait dit lorsqu'il l'avait rejoint dans la salle de séjour après que Shaye eut regagné sa chambre. Mais ça, Cole le savait déjà.

Il avait tenu Shaye Mallory dans ses bras et il l'avait repoussée. Il fallait être le roi des imbéciles pour agir ainsi.

Oui, mais, même s'il avait apprécié le baiser qu'ils avaient échangé, Cole avait tout de suite su que c'était une erreur. Pour tout un tas de raisons ; parce qu'il était là pour la protéger, parce qu'elle était blessée, parce qu'ils étaient amis, et surtout, parce que Shaye n'était absolument pas le genre de femme à avoir des aventures.

Or, entre eux, aucune relation durable n'était envisageable ; ils étaient bien trop différents l'un de l'autre. Shaye avait fait des études ; elle était promise à un brillant avenir. Elle était entrée dans la police, mais Cole savait que contrairement à lui elle ne s'y éterniserait pas et qu'elle ferait carrière dans le privé. Elle y serait infiniment mieux qu'au sein des forces de l'ordre, loin des malfrats et des dangers auxquels il était confronté chaque jour. Et elle y rencontrerait un homme bardé de diplômes, qui lui donnerait la vie de rêve qu'elle méritait et que Cole ne serait jamais en mesure de lui offrir. Jamais il ne prétendrait le contraire.

Il tenait trop à elle pour la faire marcher.

N'était-ce pas précisément ce qu'il avait fait pendant toute l'année écoulée ? Il s'était vite rendu compte qu'elle avait un faible pour lui et, au lieu de garder ses distances, il avait continué de la fréquenter. Chaque matin, il l'avait attendue pour échanger avec elle quelques mots, histoire de se mettre en train pour la journée, et chaque soir, après le travail, il l'avait retrouvée avec plaisir pour bavarder à nouveau, son joli sourire et sa voix douce le réconfortant quelque peu des frustrations liées à son boulot.

Il était grand temps qu'il change d'attitude à son égard, qu'il s'efforce de la traiter comme n'importe quel citoyen ayant besoin de la protection de la police. Mais, il avait beau se le répéter, il ne pouvait oublier le baiser que Shaye et lui avaient échangé. Il sentait encore sur sa langue le goût mentholé de son dentifrice et, sur sa bouche, l'empreinte de ses lèvres sensuelles. Pour quelqu'un d'aussi timide et réservé en temps normal, cette fille était une véritable bombe. Elle l'avait rendu fou de désir.

Luke s'était installé sur le canapé dès que Shaye était partie se coucher, laissant à Cole le gros fauteuil relax. Il avait déjà dormi dans pire que ça mais, lorsque le soleil s'infiltra à travers les rideaux, il s'aperçut qu'il n'avait pas fermé l'œil de la nuit.

— Il faut que tu tournes la page. Ou bien que tu trouves une solution.

La voix de Luke le fit sursauter. Cole releva la tête pour regarder dans sa direction. Son collègue avait ouvert un œil. Il avait la faculté de détecter le moindre mouvement, même endormi. Et, plus extraordinaire encore, de deviner ce qui se passait dans la tête des gens. Mais là, en l'occurrence, ces dons hors du commun exaspéraient Cole.

— Et que suis-je censé faire, d'après toi ?

En voyant Luke hausser les sourcils d'un air sarcastique, Cole prit la mouche.

— Ne sois pas grossier, s'il te plaît. Il s'agit de Shaye, je te rappelle. Je ne peux quand même pas…

— Tu ne peux pas quoi ? l'interrompit Luke. Coucher avec elle ? Lui dire que tu n'as pas cessé de penser à elle depuis le jour où elle a franchi la porte du commissariat ? Qu'est-ce qui t'en empêche ?

Cole jeta un coup d'œil au couloir qui menait à la chambre de la jeune femme. Pourvu qu'elle dorme à poings fermés, songea-t-il.

— Vas-y, vide ton sac, dit-il à mi-voix. Nous sommes potes, toi et moi.

Luke haussa les épaules.

— D'accord, mais c'est toi qui commences.

Jurant entre ses dents, Cole se traîna jusqu'à la cuisine. Il fouilla dans les placards, en extirpa une boîte de café soluble et mit de l'eau à chauffer. Comme il s'apprêtait à regagner la salle de séjour, une tasse de café noir à la main, il entendit Shaye dire bonjour à Luke.

Dès qu'il posa les yeux sur elle, vit son menton relevé, ses joues empourprées, son regard le mettant au défi de dire quoi que ce soit au sujet de leur relation, il comprit qu'elle avait les entendus, Luke et lui. Des dizaines de jurons lui vinrent aux lèvres, mais il n'en lâcha aucun et se contenta de tendre à Shaye la tasse de café, en gage de réconciliation.

Elle la prit et la vida quasiment d'un trait. Il n'en fut pas surpris car il savait qu'elle non plus n'avait pas dormi de la nuit. Peut-être sa blessure l'avait-elle fait souffrir, malgré les antalgiques. Ou bien avait-elle été préoccupée par ce qui lui était arrivé. Elle l'avait échappé belle, encore une fois.

— Je vais me chercher un café, déclara Cole.

— J'en boirais bien un, moi aussi, claironna Luke

en bondissant comme s'il venait de dormir dix heures d'affilée.

— Puis nous reviendrons sur les événements survenus hier soir et les examinerons à nouveau. Pas question de laisser échapper le moindre indice, dit Cole.

Shaye acquiesça, mais ses mains tremblaient légèrement autour de sa tasse.

— Si je dois subir un interrogatoire, mieux vaut avoir l'estomac plein.

Elle se dirigeait déjà, clopin-clopant, vers la cuisine, mais Cole lui posa une main sur le bras. Elle se dégagea d'un geste brusque, comme sous l'effet d'une brûlure.

Feignant de ne rien avoir remarqué, Cole déclara :

— Je m'occupe de préparer le petit déjeuner. Allez donc vous asseoir.

— Il n'y a rien à préparer, répliqua-t-elle en passant devant lui. Je n'ai que des céréales et du café. Mes courses sont restées sur le parking de la supérette. Sinon, j'ai aussi des burritos surgelés.

Il la suivit dans la cuisine tandis que Luke se rendait à la salle de bains, dans la direction opposée.

Elle sortit posément quelques boîtes de céréales d'un placard, tournant le dos à Cole, comme pour cacher son embarras. Lorsque, finalement, elle se résolut à lui faire face, elle n'était pas beaucoup moins rouge.

Shaye n'avait jamais su donner le change. Lui qui avait affaire à des escrocs et à des menteurs à longueur de journée trouvait ce trait de caractère adorable. Mais il savait que pour sa part elle déplorait cette absence de duplicité.

— En ce qui concerne hier soir…

— Je vous en prie, le coupa-t-elle en rougissant de plus belle.

— Shaye…

— N'en parlons plus.

Luke arrivant juste à ce moment-là, Cole obtempéra. Plutôt que de se confondre en excuses — ce qui ne l'avancerait probablement à rien —, il se concentra sur sa mission de protection et essaya d'oublier qu'il avait peut-être gâché leur belle amitié. Mais à cette seule pensée son cœur se serrait, et il se maudissait intérieurement.

— Reprenons le déroulement de votre journée depuis le début, suggéra-t-il en reposant sa cuiller à côté de son bol de céréales intact. Quand vous êtes sortie de chez vous, hier matin, êtes-vous allée au travail directement ?

— Oui.

— Votre voiture était dans le garage, je présume ? Êtes-vous sortie de chez vous pour ramasser un journal ou quelque comme ça ?

— Ma voiture était au garage, en effet. Et non, je n'ai pas mis le nez dehors avant de monter dedans pour me rendre au labo. Je précise également, car je sais que vous allez me le demander, que je n'ai pas été suivie et que je n'ai rien remarqué d'anormal. Ni hier, ni récemment, ni jamais. Et qu'autant que je sache personne n'a une dent contre moi. Du moins depuis que le gang a été démantelé.

— Et au labo ? interrogea Luke. Il ne s'est rien passé non plus ?

Shaye parut perplexe.

— Comme quoi, par exemple ?

— Je ne sais pas. Des collègues qui se mettent à avoir un comportement bizarre avec vous, un type un peu lourd bien que vous lui ayez fait comprendre qu'il ne vous plaisait pas. Ce genre de choses, quoi.

Shaye secoua lentement la tête.

— Non. Après mon départ, l'an dernier, il y a eu quelques changements, mais j'ai retrouvé la plupart de mes anciens collègues. Quant aux nouveaux, ils ont l'air sympa. Mais au labo, vous savez, on est toujours débordés, alors on ne fait pas trop attention à ce qui se passe autour de soi.

Cole, qui lui avait rendu visite plusieurs fois au labo, avait remarqué qu'elle était effectivement très concentrée quand elle était penchée sur un appareil numérique. Pour qu'elle se rende compte de sa présence et lève le nez, il fallait qu'il lui adresse la parole.

Était-elle *toujours* comme ça ? Si quelqu'un l'avait suivie, s'en serait-elle rendu compte ?

Il n'en savait rien, hélas. Car s'ils se fréquentaient régulièrement dans le cadre du travail, et avaient pris l'habitude de bavarder quelques minutes chaque matin et chaque soir, Cole l'avait rarement vue en dehors. Leurs relations tournaient toujours autour des enquêtes en cours. Le mois dernier, il lui avait bien demandé un coup de main, mais bien qu'il se fût agi d'une affaire privée, c'était à son expertise professionnelle qu'il avait fait appel. Shaye ayant pris une telle place dans sa vie, ce constat le stupéfia car force lui était d'admettre qu'en tant qu'individu il la connaissait à peine.

Fallait-il en déduire que leur amitié était particulièrement solide ? Ou bien qu'il vivait en vieux loup solitaire ? Il ne manquait pourtant pas d'amis et il lui arrivait encore d'aider des jeunes de l'assistance publique à s'insérer dans la société. Alors comment se faisait-il que Shaye fût pour lui une quasi-inconnue ? La réponse lui échappait, mais il sentait confusément que cette réponse-là, il risquait de ne pas l'aimer.

— Sur quoi travaillez-vous, en ce moment ? lança Cole lorsqu'il s'aperçut que le silence s'éternisait.

— Je bosse sur cette affaire d'espionnage industriel. Il y a pas mal d'ordinateurs à analyser. Et je dois aussi vérifier que celui de cette fille qui a porté plainte pour harcèlement n'a pas été piraté. Mais cela fait seulement une semaine que je suis revenue. Alors pour l'instant, c'est à peu près tout.

Aucune de ces affaires ne semblait liée à la fusillade, mais ils allaient devoir vérifier. Les deux entreprises impliquées dans l'affaire d'espionnage industriel avaient été plusieurs fois condamnées pour diverses infractions, mais Cole les imaginait mal en venir à de telles extrémités. Quant au harceleur, c'était un jeune, inconnu jusque-là des services de police. Il aurait pu s'en prendre à sa victime, mais pourquoi aurait-il tiré sur Shaye ? Parce qu'elle enquêtait sur l'affaire ? Cela était peu probable.

— Et les affaires de l'an dernier ? demanda Cole. Y en a-t-il encore qui n'aient pas été jugées ?

— Oui, sans doute. Certaines d'entre elles sont pendantes, mais ce sont des affaires dans lesquelles j'ai joué un rôle très mineur. Je n'ai pas été appelée à témoigner. En tout cas pour l'instant. Je suppose que je pourrais encore être assignée à comparaître.

Luke secoua la tête.

— Laissons tomber celles-là, dit-il. Mais nous pourrions répertorier les affaires qui se sont soldées par des peines de prison — celles dans lesquelles votre nom a été cité.

Shaye ne semblait pas convaincue.

— N'est-ce pas une perte de temps ? Ne vaudrait-il pas mieux se concentrer sur les dépositions des témoins éventuels de la fusillade ?

— En travaillant en amont et en aval de la fusillade, nous nous donnons plus de chances de retrouver le tireur, dit Cole.

Elle repoussa son bol de céréales et se pencha sur le comptoir.

— En amont et en aval, dites-vous ? Mais vous pensez toujours que je n'étais pas visée personnellement, n'est-ce pas ? Que les deux fois où on m'a tiré dessus, ça a été de la malchance ?

Il y eut un long silence. Cole aurait voulu la rassurer, lui répondre par l'affirmative comme il l'avait fait la veille, mais plus il y pensait et plus il se disait que Shaye était au cœur d'un dangereux règlement de comptes. Et il n'avait pas la moindre idée de ce dont il s'agissait.

5

— Allons-y.

Shaye ouvrit la porte du labo et invita Cole et Luke à entrer.

Elle avait les nerfs à vif mais s'efforçait de prendre sur elle. Le week-end, il n'y avait jamais grand monde au labo. Le parking était donc presque vide, en dehors des voitures de police, garées les unes derrière les autres. Leur nombre impressionnant aurait dû l'aider à se sentir en sécurité.

Elle avait presque réussi à baisser sa garde, au cours de cette première semaine de travail, mais il devait être écrit que jamais elle ne retrouverait sa tranquillité d'esprit. Ses parents et ses quatre frères et sœurs avaient sans doute raison : elle n'était pas faite pour travailler dans la police. Le risque de recevoir une balle était décidément bien trop grand.

Tandis que Luke examinait les lieux avec curiosité, Cole avait les yeux rivés sur elle, comme s'il cherchait à deviner ses pensées. Elle baissa la tête, gênée. Si elle manquait de cran à ce point, ce n'était pas pour nouer une relation sentimentale avec un inspecteur de police. Non que ledit inspecteur lui eût déclaré sa flamme. Il l'avait juste embrassée comme personne ne l'avait fait jusque-là.

Après s'être assurée que la porte s'était bien refermée derrière eux, elle les guida dans le dédale de couloirs du Laboratoire de la police judiciaire du comté de Jannis. Ils passèrent devant les salles de Biologie /ADN, Armes à feu, et Toxicologie, avant d'arriver devant une porte, tout au bout du corridor, dont la plaque flambant neuve indiquait : Expertise numérique. C'était là qu'elle travaillait.

Avant son arrivée — et pendant l'année où elle avait travaillé ailleurs —, les appareils numériques ne pouvant être analysés sur place, il fallait les envoyer au laboratoire d'État. Mais le numérique étant en progression constante, Shaye avait, contre toute attente, retrouvé son poste sans problème, après son année de disponibilité.

Elle utilisa sa carte clé pour entrer dans la pièce, ce qui sembla impressionner Luke.

— La sécurité est top, fit-il remarquer.

— Oui, nous tenons à faire les choses bien. Nous devons nous assurer, par exemple, que personne ne va venir fouiner en notre absence. Tout ce qui se passe ici est consigné et repéré par une trace numérique. Si je fais une recherche pour vous, on saura ce que j'ai cherché, à quelle heure et combien de temps cela m'a pris.

Elle avait largement contribué à la mise en place de ces dispositifs. C'était ce sur quoi elle avait principalement travaillé lorsqu'elle était arrivée au labo.

Elle balaya du regard son minuscule bureau, dans lequel s'entassait tout un bric-à-brac d'ordinateurs. Elle se sentait souvent confinée entre les quatre murs de cette pièce aveugle, mais aujourd'hui elle appréciait de ne pas avoir de fenêtre. Et encore plus de se sentir enfin utile à quelque chose. Elle en avait assez de rester chez elle à tourner en rond, sous la garde de Cole et Luke, qui n'arrêtaient pas une seconde. Ils avaient installé des verrous partout, fait de la musculation dans son salon, et passé d'innombrables coups de fil au poste de police. Tout cela avant 10 heures du matin. Alors, quand ils avaient décidé de dresser une liste de suspects potentiels, elle avait proposé qu'ils aillent au labo.

Cole tira le tableau blanc au milieu de la pièce.

— On s'y met ? suggéra-t-il.

Il portait le même jean et la même chemise que la veille, sauf qu'aujourd'hui ils étaient un peu fripés. Sa barbe avait poussé, constata également la jeune femme, troublée par le souvenir du contact râpeux de ses poils durs sur ses joues et sur son menton. Une pensée en entraînant une autre, elle se revit dans les bras du bel inspecteur, blottie contre sa large poitrine. Craignant que son émoi ne la trahisse, elle s'empressa de chasser ces rêveries stériles de son esprit.

Cole avait tracé trois colonnes sur le tableau :

SUSPECTS ÉVENTUELS,   PEU PROBABLES,   EXCLUS.

— Passons en revue les affaires dans lesquelles vous avez témoigné ou joué un rôle, maintenant ou l'année dernière, lança-t-il d'un ton plein d'enthousiasme.

De l'enthousiasme, il en fallait sûrement une sacrée dose pour passer des heures et des heures à compulser des indices et à cogiter pour découvrir le coupable.

Elle comprenait ce type d'acharnement car elle faisait la même chose avec les appareils numériques qu'on lui confiait pour analyse. Tant qu'ils ne lui avaient pas livré tous leurs secrets, elle n'avait de cesse de fouailler leurs disques durs et leurs mémoires. Ce zèle participait chez elle de tout autre chose, cependant. Il trouvait son origine dans les années qu'elle avait passées, timide et effacée, au sein de sa famille, si nombreuse et si exubérante. Quand on est le troisième enfant d'une fratrie de cinq, on n'a pas tellement le choix : soit on tire la couverture à soi, soit on se passe de couverture.

Elle adorait sa famille, qui lui manquait énormément. Tout comme ses parents, ses frères et sœurs vivaient tous dans le Michigan. Mais elle ne regrettait pas d'être partie ; pour exister en tant que *Shaye*, et pas seulement en tant qu'un des enfants Mallory, elle n'avait eu d'autre choix que de rompre les amarres.

Elle prit place dans son siège de bureau, un fauteuil qui avait déjà bien vécu. Le moment était venu de montrer ce dont elle était capable, quitte à découvrir que ce don pour le numérique qui lui avait permis de s'affirmer pouvait aussi la conduire à sa perte.

— Commençons tout d'abord par ce qui vient à l'esprit en tout premier, suggéra Luke en s'asseyant à son tour, tandis que Cole, feutre en main, restait debout face au tableau.

— Le gang de Jannis, murmura Shaye.

Le seul fait de prononcer son nom la mit mal à l'aise. Elle ouvrit le fichier relatif à cette affaire. Comme elle faisait partie des victimes, son patron avait envoyé au laboratoire d'État les appareils numériques saisis après la fusillade, de manière à éviter tout conflit d'intérêts. Mais elle avait témoigné car c'était elle qui avait permis de retrouver le chef du gang. De plus, elle était la seule personne capable d'identifier le tueur puisque les trois policiers qui l'avaient vu en dehors d'elle avaient été tués.

Dès que la fusillade avait éclaté, Cole et Luke s'étaient précipités dehors et avaient tiré sur la voiture, touchant les deux hommes qui se trouvaient à l'arrière mais manquant le conducteur. Au procès, Shaye l'avait désigné sans la moindre hésitation, le condamnant ainsi à la prison à perpétuité.

— Une chose est sûre : ce n'est pas Ed Bukowski, déclara Cole en notant son nom dans la colonne des EXCLUS. Il a été assassiné en prison la semaine dernière.

À ces mots, Shaye fit pivoter son fauteuil vers eux tandis que se formait dans son esprit l'image du gangster, une main tatouée sur le volant, l'autre tenant une arme automatique à la crosse plaquée or et tirant par la fenêtre ouverte de la voiture.

— Il est mort ? demanda-t-elle, abasourdie.

— Ed le Dingue est tombé sur un prisonnier plus cinglé que lui, expliqua Luke. Il faut mettre ses proches dans la colonne des « SUSPECTS ÉVENTUELS ». L'un d'eux a pu vouloir le venger. À défaut de s'en prendre au trafiquant de drogue qui l'a suriné, il aurait pu s'attaquer à la femme qui l'a fait mettre en prison.

Shaye frissonna si violemment qu'elle ne put dissimuler aux deux hommes l'effet que lui faisait une telle supposition. Elle fit de nouveau pivoter son fauteuil vers son écran, mais elle sentit que dans son dos Luke et Cole échangeaient un regard entendu.

— Nous ferions peut-être mieux d'aller faire ça au commissariat, suggéra Cole. Vous nous donnez la liste, et nous nous occupons du reste.

— Pas question. Je veux participer.

— Vous n'êtes pas obligée de revivre…

— Je *veux* participer, répéta Shaye en se retournant pour regarder Cole droit dans les yeux. Personne ne vous a demandé de me protéger *à ce point*.

— Je ne fais que mon travail, Shaye.

Son travail. Il ne s'agissait que de ça, bien sûr. Pour lui, tout du moins. Elle, en revanche, voyait les choses différemment.

— Je dois aussi faire le mien, répliqua-t-elle. Alors allons-y, messieurs. Reprenons cette liste.

Elle se retourna vers son écran et passa à l'affaire suivante.

Trois heures plus tard, plusieurs dizaines de noms avaient été inscrits sur le tableau blanc. La plupart figuraient dans les colonnes « Peu probables » ou « Exclus », mais ils tenaient quatre ou cinq « Suspects éventuels » sur lesquels Cole et Luke allaient se pencher d'un peu plus près.

Parmi ces suspects, le seul qu'elle trouvât inquiétant était Ed le Dingue. Il était mort, certes, mais sans doute avait-il des amis qui ne valaient pas mieux que lui. Combien en restait-il ?

Et, surtout, combien en restait-il qui soient prêts à risquer de se retrouver en prison pour le venger ? Parce qu'ils ne pouvaient ignorer qu'après la fusillade devant le poste de police, Cole et son équipe s'étaient appliqués à éradiquer le gang. Ils savaient donc à quoi s'attendre.

Shaye exhala un soupir.

— Je ne vois pas ce que je viens faire là-dedans.

Luke hocha la tête.

— Moi non plus, mais on doit quand même l'envisager.

Comme Cole gardait le silence, elle demanda :

— Et vous, Cole, qu'en pensez-vous ?

— Il est extrêmement improbable qu'il s'agisse d'une attaque ciblée, répondit-il, mais au ton de sa voix elle comprit qu'il ne disait pas tout.

— Mais… ? interrogea-t-elle.

— Mais rien. Luke a raison.

Elle fronça les sourcils mais elle n'eut pas le temps de protester. Ouverte à la volée, la porte de son bureau heurta le mur, manquant de peu Luke, qui se trouvait dans sa trajectoire.

Il lança un regard désapprobateur à la jeune femme qui se tenait sur le seuil. Petite et menue, vêtue d'un tailleur-pantalon chiffonné, elle se dandinait d'un pied sur l'autre.

— Désolée, Shaye. Je me demandais si tu étais là.

— Que se passe-t-il ?

Shaye, qui avait fait un bond d'un mètre de haut quand la porte s'était brutalement ouverte, affichait un calme qu'elle était très loin de ressentir. Plus qu'une collègue, Jenna Dresden, experte en armes à feu, était une amie. Ou du moins l'avait été jusqu'à ce que Shaye quitte le labo, l'année dernière. Depuis son retour, entre Jenna et elle, ce n'était plus ce que c'était. Peut-être parce que Shaye n'avait pas donné de nouvelles pendant son absence…

— J'ai examiné les balles recueillies hier soir sur la scène.

Cole et Luke dressèrent l'oreille.

— Et qu'avez-vous trouvé ? demanda Cole.

— Eh bien, je peux vous dire qu'il s'agit de balles de 9 mm et qu'elles n'ont rien à voir avec les projectiles utilisés lors de la fusillade de l'an dernier.

Cole n'eut pas besoin de faire le moindre commentaire pour que Shaye comprenne ce que cela signifiait. Le tireur n'était probablement pas un des proches d'Ed le Dingue, comme ils l'avaient supposé. Pour l'avoir constaté dans d'autres affaires, elle savait que les malfrats se vendaient souvent leurs armes les uns aux autres.

— Si l'arme utilisée ne figure pas dans nos fichiers, nous ne sommes pas très avancés, dit Luke.

Lorsque Jenna arrivait à faire coïncider les stries d'une balle avec les rainures présentes dans la chambre d'un pistolet, ils tenaient le tireur. Ou, en tout cas, le propriétaire de l'arme.

— Non, hélas, admit Jenna. J'aurais préféré vous annoncer une bonne nouvelle. Je rentre chez moi, maintenant, parce que je suis là depuis hier soir.

— Merci, lança Shaye à sa collègue qui avait déjà filé. Puis elle regarda Cole et soupira.

— Retour à la case départ.

— Il ne s'agit donc pas d'un proche d'Ed le Dingue, récapitula Luke.

Cole secoua la tête.

— Probablement pas, non.

Après ce que Jenna venait de leur annoncer, c'était la conclusion qui s'imposait, mais Cole se méfiait des conclusions trop hâtives. Il décida que Luke et lui continueraient à chercher un suspect et que Shaye rentrerait chez elle. Pour l'accompagner, et monter la garde jusqu'à ce qu'ils aient terminé, Cole fit appel à deux collègues à qui il promit des billets pour un match de basket-ball en échange de ce service.

Au bout de trois ou quatre heures à trimer dans la touffeur du commissariat — le climatiseur était en panne —, ils avaient identifié toutes les personnes qui gravitaient, de près ou de loin, autour d'Ed le Dingue. Il n'y en avait pas tant que cela. Ce pauvre Ed n'avait pas eu de chance : ses parents avaient été tués dans une fusillade lorsqu'il avait dix ans. Il était parti vivre chez une tante, qui avait succombé à une overdose quelques années plus tard. Puis il avait été lâché dans la nature.

Contrairement à Cole, qui avait réussi à nouer des liens de fraternité avec Andrew et Marcos alors même qu'il se trouvait en famille d'accueil, Ed le Dingue était tombé dans la délinquance. Son gang ayant été démantelé, tous les membres étant aujourd'hui morts ou en prison, Luke et Cole cherchèrent s'il lui restait de la famille. Mais ils n'en trouvèrent pas. Ce type n'avait personne pour le pleurer.

— Il a tué trois policiers, lui rappela Luke, qui avait de toute évidence suivi le cours de ses pensées. Ce type a mal tourné. C'est la vie, que veux-tu !

Se désintéressant du destin d'Ed le Dingue, Cole songea à tous les gosses qu'il avait croisés au cours des huit années qu'il avait passées dans une dizaine de familles d'accueil différentes. Des gosses qu'il avait perdus de vue. Des gosses qu'il n'avait pas cherché à aider, comme il l'avait fait pour Andrew et Marcos en travaillant dur pour pouvoir les accueillir chez lui et faciliter leur insertion. Parce que se retrouver à la rue à dix-huit ans, seul et démuni, c'était très dur. Il pouvait en témoigner.

En fait, s'il s'en était sorti, c'était grâce à Marcos et Andrew. Il les avait aidés, mais eux l'avaient sauvé. Il les considérait déjà comme ses frères, à l'époque, et comme ils étaient sa seule famille, il ne voulait pas les perdre. Alors le jour de ses dix-huit ans, il avait quitté la famille d'accueil dans laquelle il vivait à ce moment-là, bien décidé à trouver un moyen d'assurer leur existence à tous les trois. Ce projet l'avait empêché de tomber dans la délinquance et l'avait poussé à entrer dans la police, où il savait qu'il se sentirait utile.

— Les affaires sur lesquelles Shaye travaille en ce

moment sont également exclues, déclara Luke en barrant plusieurs noms sur le tableau blanc, qu'ils avaient transporté dans leur bureau. En ce qui concerne l'espionnage industriel, les chefs d'entreprise ont tous deux des alibis. Et le garçon accusé de harcèlement en a un aussi.

— De mon côté, je n'ai trouvé personne d'autre en lien avec le gang de Jannis susceptible d'être à l'origine de la fusillade, dit Cole en jetant un regard dépité au tableau.

Tous les « Suspects éventuels » ayant été écartés, il leur restait quelques noms dans la colonne des « Peu probables ».

— Et Ken Tobek ? suggéra-t-il.

— L'ingénieur ? Encore un qui a dévié du droit chemin et purgé une peine de prison. Mais lui aussi a un alibi : au moment de la fusillade, il buvait une bière avec un collègue de travail. Après tous les ennuis qu'il a eus, j'espère qu'il a compris qu'il avait intérêt à se tenir tranquille.

Cole se souvenait encore du coup de fil paniqué que Luke et lui avaient reçu, un an plus tôt, de l'épouse de Tobek. Celle-ci prétendait que son mari avait voulu la tuer. Les hématomes qu'elle avait sur le corps semblaient corroborer ses dires. Grâce à un juge qui trouvait particulièrement abjecte la violence conjugale, ils avaient obtenu un mandat. La perquisition n'avait rien donné, et ils avaient failli laisser tomber. En dernier recours, ils avaient saisi l'ordinateur de Tobek et l'avaient confié à Shaye pour analyse. Elle avait découvert que Tobek avait fait des recherches — dont il croyait avoir effacé toutes traces — sur la manière de se débarrasser d'un corps. Lorsqu'ils étaient retournés chez Tobek avec un autre mandat, ils l'avaient trouvé en train d'essayer de tuer Becca.

Au final, il n'avait pas été inculpé pour tentative de meurtre mais pour coups et blessures. Ce salopard avait eu de la chance ; il n'avait écopé que d'un mois de prison. Aux dernières nouvelles, il vivait seul et ne faisait plus d'ennuis à Becca, dont il était maintenant divorcé.

Cole barra son nom à regret.

— Et Derek Winters ?

Il venait d'obtenir sa libération conditionnelle pour bonne conduite. Sa condamnation avait failli se résumer à la prison qu'il avait faite en préventive, dans l'attente du procès, mais Shaye avait fait parler le GPS saisi dans sa voiture et prouvé qu'il était bel et bien impliqué dans le kidnapping d'une jeune fille avec demande de rançon.

L'affaire remontait à trois ans. Cole et Luke avaient été chargés de l'enquête. Lorsqu'ils avaient ramené la jeune fille chez elle, Cole avaient promis aux parents de retrouver le ravisseur. Cela leur avait pris huit mois. Mais les preuves dont ils disposaient avaient été jugées irrecevables. Sans l'aide de Shaye, leur toute première experte judiciaire dans le domaine du numérique, le procès n'aurait peut-être jamais eu lieu. À cause d'un vice de forme. Et ce salopard n'aurait jamais été condamné.

Estimant qu'il s'en était tiré à trop bon compte, Cole aurait été ravi de le renvoyer derrière les barreaux.

— Sa taille correspond au signalement et il serait tout à fait du genre à faire un truc pareil.

Luke secoua la tête.

— Le problème, c'est que d'après Shaye, le tireur était blanc, or Winter est café au lait. Dans le noir, il se peut qu'elle l'ait pris pour un Blanc. Je ne sais pas.

— Ce n'est pas elle qui l'a décrit ; c'est moi. Il m'a semblé qu'il était blanc, mais je l'ai vu très furtivement, et comme il avait rabattu sa capuche sur son visage je ne pourrais jurer de rien. La seule chose de sûre, c'est que c'était un homme. Il me semble que ça vaudrait le coup d'interroger Winters.

— D'accord, dit Luke en s'emparant de son téléphone. J'appelle d'abord son agent de probation. On verra bien.

Dix minutes plus tard, Luke raccrocha en soupirant.

— Winters est hors de cause. Son agent de probation l'a vu, le soir de la fusillade.

— Aussi tard ?

— Winters est paranoïaque, apparemment. Il multiplie les rendez-vous avec son agent, qu'il appelle sans arrêt. Il prétend avoir des agents du FBI à ses trousses.

Cole haussa les sourcils.

— Il est dans le collimateur du FBI ?

— Non, pas du tout. Winters se fait des idées, tout simplement. Son agent en a marre de lui et voudrait qu'un de ses collègues prenne la relève.

Luke se leva, prit le marqueur des mains de Cole et barra le dernier nom.

— J'aurais pourtant juré qu'il y avait un lien avec Shaye, marmonna Cole, dépité.

— Tu es prêt à aborder les choses sans idées préconçues ? demanda Luke.

Cole regarda son coéquipier d'un air perplexe tandis que sa poitrine se serrait d'angoisse à l'idée de biaiser l'enquête.

— Je pense que nous ne devrions pas partir du principe que Shaye était visée, insista Luke d'un ton convaincu.

Toujours droit comme un piquet, comme n'importe quel ancien militaire, Luke pouvait être très persuasif.

— Nous perdons un temps précieux alors qu'il faudrait procéder comme d'habitude, c'est-à-dire sans a priori. Partons de ce que nous savons et explorons les différentes pistes qui s'offrent à nous.

Cole acquiesça, douloureusement conscient de ne pas s'être montré à la hauteur. Luke avait raison. Il tremblait tellement pour Shaye qu'il avait renoncé à être objectif et perdu tout bon sens, ce qui ne lui était encore jamais arrivé de sa carrière. Il était temps qu'il se ressaisisse et agisse comme un inspecteur de police digne de ce nom.

— Bon sang, Cole, il n'y a pas mort d'homme ! s'exclama Luke. Tout le monde peut se tromper ; pas la peine de faire cette tête. Shaye est l'une des nôtres, après tout. Nous devions nous assurer qu'elle n'était pas visée personnellement. Mais repartons de zéro et trouvons l'enfoiré qui lui a tiré dessus. L'essentiel, c'est de l'arrêter, pas de savoir s'il en voulait à Shaye ou si elle n'a été qu'une victime collatérale, d'accord ?

— J'approuve entièrement, concéda Cole avant de prendre un appel sur son téléphone.

C'était l'un des policiers chargés de la sécurité de Shaye. Cole mit le haut-parleur.

— Hiroshi, que se passe-t-il ? demanda-t-il.

— Nous rentrons au bercail.

La tension dans la voix de Hiroshi alerta Luke.

D'instinct, Cole saisit son arme.

— Pourquoi ? Qu'y a-t-il ?

— Nous sommes suivis. Par une vieille Taurus rouillée, une vraie poubelle, qui devait être bleue à l'origine. Elle nous file depuis la supérette, où nous nous sommes arrêtés pour faire quelques courses. Du coup, nous avons renoncé à rentrer chez Shaye et tournons en rond, mais le type au volant de la Taurus ne va pas tarder à se rendre compte de la supercherie.

— Vous pouvez le coincer et relever le numéro de sa plaque d'immatriculation ?

Il y eut un silence, puis Hiroshi répondit un peu sèchement :

— Je suis sur une route à deux voies et il y a de la circulation, mec. On n'est pas dans une opération commando. Il faudrait que vous arriviez dans l'autre sens et vous positionniez derrière lui. Entre-temps, je préfère ne pas faire le mariole, au cas où il serait armé.

— Nous arrivons tout de suite, dit Cole en coupant le haut-parleur mais en gardant Hiroshi en ligne.

Luke attrapa ses clés de voiture en jurant copieusement, comme tout marine qui se respecte.

Cole et lui sortirent au pas de charge.

— J'avais tort, déclara Luke tout de go.

Cole se contenta de hausser les sourcils.

Shaye était *bel et bien* visée.

6

— Tassez-vous sur le siège, lui ordonna le policier, Hisroshi quelque chose, assis à l'avant, du côté passager.

Shaye obtempéra sans broncher. À l'arrière de ce véhicule de police, elle avait un peu l'impression d'être une délinquante. Les portes étaient verrouillées. Elle était coincée là avec ses courses. Elle avait voulu passer à la supérette pour se prouver qu'elle n'avait pas peur d'y retourner.

Comment avait-elle pu commettre une telle imprudence ? Le tueur devait l'attendre, planqué dans un coin du parking.

Terrorisée, elle ravala un sanglot. Qui voulait la tuer ? Et pourquoi ?

Lorsque la voiture, qui s'était arrêtée à un stop, repartit, Wes, le partenaire de Hiroshi poussa un juron. Il parlait au téléphone.

— Il a vu que nous l'avions repéré et vient juste de bifurquer. Il se dirige vers l'autoroute.

— Il a dû se douter que nous le conduisions tout droit au poste de police, murmura Hiroshi.

Shaye se sentit soulagée. Elle savait qu'il aurait mieux valu qu'il continue à les suivre pour que la police puisse l'arrêter ou au moins relever le numéro de sa plaque.

Mais ce qu'elle voyait surtout, c'était que les coups de feu avaient été évités, et pour l'instant c'était tout ce qui comptait.

— On fait quoi ? lança Wes.

— Ramenez-la au commissariat.

Amplifiée par le haut-parleur du téléphone, la voix posée de Cole la rasséréna.

— Je vais discuter avec le chef et voir si on peut avoir un hélicoptère pour repérer et suivre la Taurus depuis les airs.

— Ça ne marchera pas, dit Wes. De l'autoroute, il va filer vers…

— Oui, je sais, coupa Cole. Ramenez Shaye, c'est tout ce que je vous demande.

— Nous sommes en route, indiqua Wes avant de raccrocher.

Il commença à rouspéter, mais Hiroshi l'interrompit.

— Du calme. Tu sais de quoi il retourne.

De quoi est-ce qu'il retourne ? faillit questionner Shaye, finalement trop épuisée pour avoir ce genre de conversation.

— Puis-je me relever ? s'enquit-elle simplement.

— Non, ne bougez pas, répondit Hiroshi en lui jetant un regard contrit. On ne sait jamais.

Se sentant un peu ridicule, maintenant qu'elle n'avait plus peur, elle resta pliée en deux, le visage collé aux sièges en skaï, ces sièges qu'il fallait pouvoir nettoyer facilement lorsque les suspects avaient saigné ou vomi pendant leur transport.

Hiroshi et Wes étaient, eux, assis normalement, comme s'ils n'avaient rien à craindre. Elle savait que Hiroshi venait de se marier et elle avait vu les photos des fils de Wes, deux garçonnets bouclés qui étaient tout son portrait.

Et les voilà qui risquaient leur vie pour elle. Elle s'en voulait de ne pas pouvoir les aider davantage mais, en dehors des personnes impliquées dans les affaires dans lesquelles son expertise avait été requise — affaires sur lesquelles Cole et Luke planchaient —, elle ne se connaissait aucun ennemi.

Qui pouvait la haïr au point de tenter deux fois de la tuer en deux jours ?

En quelques minutes, ils arrivèrent à destination. La portière s'ouvrit brusquement, et Cole se pencha vers elle pour déboucler sa ceinture et l'aider à sortir. Luke et lui l'entraînèrent à l'intérieur du poste de police.

— Mes courses sont restées…

— Nous irons les chercher, l'interrompit Luke.

— Merci, cria-t-elle par-dessus son épaule à Hiroshi et Wes avant de franchir le sas de sécurité.

Avant d'avoir pu comprendre ce qui lui arrivait, elle se retrouva dans la salle des inspecteurs, assise dans un fauteuil qui, contre toute attente, se révéla extrêmement confortable. Après lui avoir recommandé de ne pas bouger, Cole et Luke s'éclipsèrent à nouveau.

Si animée en semaine, la salle des inspecteurs lui sembla anormalement calme. En dehors de deux policiers qui discutaient à mi-voix en buvant un café à l'autre bout de la pièce, il n'y avait personne.

Elle était souvent passée au commissariat en coup de vent, mais c'était la première fois qu'elle voyait vraiment l'espace de travail de Cole. Un immense tableau d'affichage recouvrait la plus grande partie de l'un des murs. Une fontaine à eau se trouvait juste à côté de la porte donnant accès à une minuscule salle de pause. Les bureaux étaient regroupés par îlots plus ou moins grands et, n'eussent été certains détails, qu'on ne remarquait pas forcément au premier coup d'œil, ces postes de travail auraient pu se trouver dans n'importe quelle entreprise. Au nombre de ces détails figuraient les avis de recherche placardés sur le tableau d'affichage, les menottes qui traînaient sur une pile de dossiers, les photos macabres des scènes de crime punaisées sur une espèce de présentoir mobile, et l'énorme classeur avec autant de compartiments que de types de crimes, et ses étiquettes qui donnaient froid dans le dos.

Le bureau de Cole était bien rangé, ce qui n'avait rien d'étonnant, puisqu'il était lui-même très organisé. Et consciencieux, comme en témoignait l'absence de gadgets ou autres objets qui auraient pu le distraire de son travail. Une photo, cependant, posée sur un coin du bureau, attira l'attention de Shaye.

Elle la prit pour la regarder. C'était visiblement une photo de Cole et de ses frères quand ils étaient plus jeunes. Cole avait déjà les cheveux blond roux et un regard pénétrant. À sa peau plus foncée et surtout à sa fossette au menton, elle reconnut Andrew, d'un côté, tandis que de l'autre se tenait Marcos, déjà très brun. Cole devait avoir dans les quinze ans, auquel cas Andrew en avait quatorze et Marcos douze. Qui aurait cru que, dix-neuf ans plus tard, ces adolescents maigrichons seraient tous trois dans la police et qu'ils deviendraient de solides gaillards à la musculature impressionnante ?

Elle ne savait pas grand-chose du passé de Cole, mis à part qu'il avait rencontré Andrew et Marcos dans une des familles d'accueil où il avait été placé. Les trois garçons avaient tout de suite noué de solides liens de fraternité. Les rares fois où elle les avait vus ensemble, Shaye avait pu constater combien ils étaient proches.

Elle songea à sa propre famille dans le Michigan. Ses parents et ses frères et sœurs avaient beau être un peu trop exubérants et envahissants, elle les aimait quand même. Et il ne se passait pas un jour sans qu'elle pense à eux. Elle savait qu'en cas de besoin elle pouvait compter sur eux. Où qu'elle aille et quoi qu'elle fasse, sa famille la soutiendrait toujours. Parce que dans le Midwest, c'était comme ça.

Comment Cole avait-il vécu le fait de se retrouver à seulement deux ans, ballotté d'une famille d'accueil à l'autre jusqu'à sa majorité ?

Perdue dans ses pensées, elle fut toute surprise de voir revenir Cole et Luke. Elle avait encore la photo dans les mains.

— Pardon, bredouilla-t-elle en s'empressant de la reposer sur le bureau.

— Il n'y a pas de problème, assura Cole. C'est moi avec Marcos et Andrew.

— J'avais deviné. Elle date de quand vous vous êtes rencontrés ?

— Non, de juste avant qu'on nous envoie dans des familles d'accueil différentes.

Ils avaient donc été séparés, songea-t-elle, médusée. Cole était loin de lui avoir tout raconté. Cela faisait deux ans qu'elle le connaissait, et l'aimait en secret, mais elle ne savait presque rien de lui.

Lorsqu'elle s'aperçut qu'il la fixait bizarrement, elle s'efforça d'enfouir ses émotions au plus profond.

— Alors ? dit-elle. Avez-vous identifié l'homme qui

conduisait la Taurus ? Nous suivait-il vraiment ? Si cela se trouve, il allait dans la même direction que nous, tout simplement.

Elle n'y croyait qu'à moitié et, à la tête que faisait Cole, elle comprit qu'il n'y avait aucun doute possible.

— Non, il vous suivait bel et bien. Hiroshi avait remarqué la voiture garée au bout du parking de la supérette. Il pensait qu'il n'y avait personne dedans. Le conducteur devait être tassé sur son siège, à l'affût.

— Pourquoi aurait-il pris le risque de suivre une voiture de police ?

— Peut-être pensait-il que Hiroshi et Wes vous raccompagnaient chez vous et qu'ensuite ils partiraient, répondit Luke.

— Ce qui semble indiquer qu'il ignore où vous habitez, ajouta Cole.

— Et donc ? Ce type m'aurait repérée sur le parking de chez Roy et aurait attendu, planqué dans sa voiture, que je vienne faire mes courses ?

Penser qu'un psychopathe avait flashé sur elle était encore plus angoissant que de supposer qu'un gangster lui en voulait parce qu'elle avait contribué à le faire condamner.

— Ces types-là ont tendance à harceler leurs victimes d'abord, dit Luke. Il est peu probable qu'il s'agisse d'un détraqué. Il faut quand même voir que c'est la deuxième fois qu'il vous suit et que les deux fois il a réussi à nous échapper.

— C'est plus vraisemblablement quelqu'un qui vous a suivie depuis le poste de police. Le parking de la supérette est le seul autre endroit où il pense avoir une chance de vous voir, expliqua Cole. Cela se tient si c'est quelqu'un qui vous connaît à cause de votre travail.

— On en revient donc à notre hypothèse de départ : une de mes affaires est à l'origine de tout ça, conclut Shaye en réprimant un frisson. Qu'avez-vous découvert au sujet des suspects dont nous avons dressé la liste tout à l'heure ?

Luke secoua la tête.

— Pas grand-chose.

— Il faut maintenant élargir la recherche et s'intéresser à vos collègues de travail, ajouta Cole. Et, tant que nous n'avons pas la certitude que ce type ne connaît pas votre adresse, vous ne pouvez pas rentrer chez vous. Je vous offre donc le gîte et le couvert.

— Qu'est-ce qui a fait que vous êtes entré dans la police ?

Cole, qui était en train d'essayer de caser les courses qu'elle avait faites dans son réfrigérateur déjà pas mal plein, se retourna pour la regarder, visiblement surpris par sa question.

— Je n'en sais trop rien. J'avais envie de me sentir utile, d'aider les autres. Et puis, le salaire était correct. Sans compter que pour entrer dans la police il n'est pas nécessaire d'avoir fait de longues études.

Se faisait-elle des idées ou semblait-il gêné d'avouer qu'il n'était pas allé à l'université ? Elle faillit lui dire qu'il était d'une intelligence peu commune mais se ravisa, de peur de l'embarrasser encore plus.

— Depuis combien de temps habitez-vous ici ? demanda-t-elle.

Elle embrassa du regard la cuisine, qui était petite

mais fonctionnelle avec ses meubles anthracite et ses ustensiles suspendus au mur, à portée de main. Elle se plut à imaginer Cole en train de préparer de bons petits plats, surtout avec elle à ses côtés pour l'assister. Mais ce fantasme sentait trop la vie de couple pour qu'elle le caresse très longtemps. Cole et elle étaient des collègues de travail. Elle savait que pour lui elle ne serait jamais autre chose et que, mis à part un baiser de temps en temps, elle ne pouvait rien attendre de Cole.

— À peu près deux ans, répondit-il, apparemment inconscient du tour qu'avaient pris les pensées de Shaye. Par chance, mes frères se sont révélés doués pour les études. Ils ont tous deux décroché des bourses, ce qui m'a soulagé financièrement. Pendant des années, j'ai vécu très à l'étroit.

Shaye mit quelques secondes à comprendre.

— Vous financiez leurs études ?

Issue d'une famille de cinq enfants, elle aussi avait obtenu une bourse, mais ses parents avaient tenu à ce qu'elle se consacre entièrement à ses études. Jamais elle n'avait eu besoin de travailler avant d'entrer dans la vie active. Et, lorsqu'elle avait été diplômée, elle était même retournée vivre chez ses parents, le temps de se constituer un petit pécule.

Contrairement à Cole, pour elle, tout avait été facile. Il en avait bavé pour réaliser son rêve. Pas étonnant qu'il soit aujourd'hui un policier aussi investi.

Cole et elle venaient de milieux tellement différents. Plus elle le connaissait et plus elle se rendait compte qu'ils n'avaient pas grand-chose en commun. Mais ce constat ne la décourageait pas.

Il referma le réfrigérateur et attrapa le fourre-tout de Shaye.

— Et vous, demanda-t-elle, vous ne vouliez pas continuer ? Passer inspecteur ?

— Non.

Comme il se dirigeait vers le couloir, elle se posta devant lui, lui bloquant le passage.

— Je croyais que nous étions amis, dit-elle.

C'était lui qui l'avait dit, juste après l'avoir embrassée et avoir décrété que ce baiser avait été une très mauvaise idée.

Il hocha la tête, regrettant sans doute déjà ses confidences. Malgré elle, elle remarqua qu'il sentait diablement bon, un mélange enivrant d'épices et de musc.

En rentrant, il avait enlevé sa chemise et était resté en T-shirt, un T-shirt plutôt moulant qui soulignait ses pectoraux. Pour s'empêcher de les toucher, elle serra les poings.

— En ce cas, comment se fait-il que je vous connaisse aussi peu ? continua-t-elle. Je n'étais même jamais allée chez vous avant aujourd'hui.

— La plupart de mes collègues ne sont jamais venus non plus, répliqua-t-il avant de se rendre compte qu'il avait peut-être manqué de tact et d'essayer maladroitement de se rattraper. Il faut dire, reprit-il, que cet appartement n'est pas l'endroit idéal pour recevoir.

— Il est très bien, cet appartement.

Elle n'avait vu que la cuisine et la salle de séjour, qui était accueillante et suffisamment grande pour y inviter une demi-douzaine de personnes à regarder un match à la télé en mangeant des grillades ou des pizzas. Une soirée sans doute un peu bruyante dans le genre des réunions de famille qui se tenaient chez ses parents. Cole n'avait pas de famille à proprement parler, mais elle n'était pas la seule à avoir envie de le fréquenter. Au poste de police, il était respecté et apprécié. Que quasiment personne ne soit venu chez lui était quand même surprenant.

Il se faufila entre elle et le plan de travail, mais il ne put éviter de l'effleurer. Ce contact raviva en Shaye le souvenir du baiser qu'ils avaient échangé la veille. À l'éclat qu'elle surprit dans le regard de Cole avant qu'il ne tourne la tête, elle devina qu'il y avait pensé aussi.

Elle l'avait toujours mis sur un piédestal : Cole était pour elle l'homme idéal, celui qu'elle rêvait d'épouser. Ce n'était pas gagné, elle le savait. Était-elle même son genre ? Elle l'ignorait. Ce qui était sûr, c'était que quand il voulait quelque chose il n'hésitait pas à faire ce qu'il fallait pour l'obtenir. Or Cole ne lui avait jamais fait la moindre avance. Pourtant, il la trouvait attirante ; c'était évident.

Elle menait une petite vie peinarde. Par habitude plus que par goût. Le plus grand risque qu'elle eût jamais pris était d'accepter un emploi à l'autre bout du pays, mais beaucoup de gens partaient travailler loin de leur région d'origine sans l'ombre d'une hésitation. Peut-être aurait-elle intérêt, pour une fois, à ne pas trop se poser de questions, à cesser de se persuader qu'elle perdait son temps à fantasmer sur un homme beaucoup trop bien pour elle. Peut-être était-il temps de vivre au jour le jour.

Cole se dirigeait vers la salle de séjour, attendant visiblement qu'elle le suive, sans doute impatient de se remettre au travail et de retrouver l'homme qui en voulait à sa vie.

Le fait d'avoir par deux fois échappé à la mort la conforta dans l'idée qu'elle devait à tout prix profiter de la vie. Un tueur la traquait sans relâche. S'il finissait par l'avoir, que regretterait-elle de ne pas avoir fait ?

Toutes les réponses qui lui vinrent à l'esprit tournaient autour de Cole Walker.

Prenant une grande inspiration, elle lui emboîta le pas. Il était plus que temps de se lâcher enfin.

7

Qui pouvait bien chercher à tuer Shaye ?

Luke avait sans doute raison de penser qu'ils avaient peut-être affaire à un tueur en série. Si l'homme qui avait tiré sur Shaye avait été assez malin pour l'attendre à la sortie de son travail et pour la suivre deux jours de suite, comment se faisait-il qu'il ne sache toujours pas où elle habitait ? Car de toute évidence ce type ne connaissait pas son adresse. À moins qu'il ne cherchât à attirer l'attention de la police, songea Cole en fronçant les sourcils, cette hypothèse lui faisant froid dans le dos.

La police l'avait tenu à distance. Jusque-là. Si bien qu'il ne connaissait pas l'adresse de Shaye. Cole en concluait que l'homme avait dû la repérer au labo. Et si c'était un de ses collègues ? Cela semblait peu probable car toutes les personnes qui travaillaient au labo avaient été triées sur le volet. Un détraqué déterminé à se venger de la sérieuse et gentille Shaye avait-il réussi à passer au travers de cette sélection drastique ?

Il fit volte-face, pensant trouver Shaye assise sur le canapé, pour cogiter avec lui.

— Il faut qu'on trouve…

Il s'interrompit tout net en s'apercevant qu'elle n'était pas du tout assise mais debout et juste derrière lui, si près, qu'elle avait dû reculer d'un pas lorsqu'il s'était retourné. Et elle le fixait sans ciller.

Comment avait-elle pu s'approcher sans qu'il s'en rende compte ? Tous ses sens se mirent en branle lorsqu'il capta les fraîches senteurs océanes qui émanaient d'elle. Il supposait que cette odeur était celle de son savon ou peut-être même de sa lessive, car la jeune femme n'était pas du genre à se parfumer. Il remarqua que ses joues et son nez étaient parsemés de discrètes taches de rousseur et que ses yeux avaient la couleur de l'ambre. Puis ses pupilles se dilatèrent au point que ses iris en devinrent presque invisibles. Et, très lentement, elle leva les bras, effleurant son torse au passage, et les lui noua résolument autour du cou.

Alerté par le frisson qui le parcourut, il aurait dû s'écarter. Ne s'était-il pas promis de garder ses distances ? D'avoir avec elle une attitude toute professionnelle ? Mais lorsqu'il vit le dépit assombrir son beau regard, lorsqu'il comprit qu'elle se croyait rejetée, il oublia ses résolutions les plus farouches et céda à la tentation.

Elle était à peine moins grande que lui, aussi n'eut-il pas à se pencher beaucoup pour s'emparer de sa bouche. Dès que leurs lèvres se touchèrent, elle soupira et enfouit les doigts dans ses cheveux. Sa bouche avait un goût de cannelle totalement addictif, un goût qui acheva de lui faire perdre la tête. Il glissa ses mains sous le T-shirt de Shaye, qui avait la peau incroyablement douce et la taille extraordinairement fine. Il remonta le long de ses côtes tout doucement tandis qu'elle fourrageait de plus belle dans sa crinière et l'embrassait avec fougue.

Il la plaqua contre le mur, avide de la sentir encore plus proche. Au contact de son corps souple, de longs

frémissements le parcoururent de la tête aux pieds.
Il n'aspirait plus qu'à la saisir sous les fesses pour la
soulever et la porter jusqu'à sa chambre. Imaginant déjà
ce qu'il ressentirait lorsqu'elle le ceindrait de ses longues
jambes, il recouvra brusquement la raison. Dans le feu
de l'action, il avait failli oublier qu'elle était blessée à la
cuisse. Il la lâcha et recula.

Elle leva les yeux vers lui, le souffle court, les lèvres
gonflées et le regard perdu dans le vague. Elle cligna des
paupières et fit un pas vers lui.

Cole leva une main. Aussi pantelant que Shaye, il
essayait de se calmer. S'il ne recouvrait pas son sang-froid
maintenant, il courait à la catastrophe. Car l'un comme
l'autre finiraient sans doute par regretter ce moment d'éga-
rement. Enfin, lui, peut-être pas, mais elle le regretterait
à coup sûr lorsqu'il lui dirait qu'elle ne serait jamais plus
pour lui qu'une collègue de travail et une amie.

À qui espérait-il faire croire ça ? songea-t-il tandis
que dans le regard de Shaye le désir laissait place à la
perplexité. Aucune femme ne lui avait fait un effet pareil.
À chaque fois qu'il voyait Shaye, il oubliait tout le reste.
Et présentement il ne s'agissait pas que d'un simple
manque de concentration dans son travail. C'était la vie
de la jeune femme qui était en jeu.

Cette pensée finit de le dégriser. Il s'écarta de Shaye.

— Il vaut mieux pas, bredouilla-t-il. Je crois que…

— Je me moque de ce que vous croyez. J'en avais
envie. Pour le cas où ça tournerait mal, vous comprenez.

Elle fit un pas de côté pour s'éloigner du mur, et de
Cole, puis leva la tête, affichant maintenant un air plus dur.

— Alors épargnez-moi votre laïus sur l'amitié,

poursuivit-elle. Je ne recommencerai pas, c'est promis. Attrapons vite ce salopard et n'en parlons plus.

Elle ne recommencerait pas ? Voilà qui aurait dû le tranquilliser. Mais cela l'incitait plutôt à la reprendre dans ses bras pour la faire changer d'avis.

Il s'écarta encore d'un pas, histoire de ne pas être tenté. Plus vite ils arrêteraient le coupable et mieux ce serait pour tout le monde. Cole se demandait cependant s'il pourrait encore bavarder avec Shaye chaque matin et chaque soir devant le commissariat sans penser à son corps merveilleux plaqué contre le sien. Et à sa bouche voluptueuse. À la douceur de sa peau sous ses doigts.

Il jura entre ses dents, ce qui lui valut un coup d'œil étonné de Shaye, qui s'assit sagement sur le canapé en lissant son T-shirt du plat de la main pour le défriper.

— Cette voiture est facilement reconnaissable, déclara-t-elle tout à trac.

— Pardon ?

— La voiture, répéta-t-elle, comme s'il était un peu lent d'esprit. C'était une vraie épave. On se demande même comment elle pouvait encore rouler. Je l'ai vue très fugacement, avant que Hiroshi m'oblige à me baisser. Mais il doit bien y avoir un moyen de la retrouver. Si le type va régulièrement à la supérette, Roy a forcément remarqué sa vieille guimbarde.

Ce n'était pas faux. Ils avaient essayé de chercher qui pouvait en vouloir à Shaye. Mais cela n'avait rien donné. Le nouvel incident leur prouvait que l'homme n'avait pas tiré sur elle par hasard. Luke avait raison. Plutôt que d'échafauder des hypothèses, il fallait s'intéresser aux faits et enquêter à partir de ce qu'ils avaient. Peut-être s'étaient-ils fourvoyés et avaient-ils affaire à un tueur en série, comme l'avait suggéré Luke. Un tueur qui l'aurait repérée récemment et n'aurait pas réussi à localiser l'endroit où elle habitait. Ce genre de tueur frappait au hasard — il n'avait probablement aucun lien avec Shaye. Mais, s'il se focalisait sur une victime en particulier, le tueur en série n'avait de cesse d'arriver à ses fins.

Endossant à nouveau son rôle d'inspecteur, Cole s'empara de son téléphone.

— Je vais envoyer des hommes interroger Roy, dit-il.

En moins d'une minute, tout était réglé. Roy allait recevoir encore une fois la visite de la police. Cole devait passer pour un fou auprès de ses collègues. Et de son chef. Surtout après le cirque qu'il avait fait pour obtenir qu'un hélicoptère prenne en chasse la voiture que Hiroshi avait filée.

Le chef avait fini par céder, mais la traque n'avait pas abouti. Cole avait décrété par la même occasion que Shaye serait désormais sous protection policière. Mais il n'avait pas encore mis en place ladite protection car il était convaincu que le meilleur moyen de protéger la jeune femme était de la cacher. Si le tueur n'avait pas été fichu de trouver l'adresse de Shaye, il était impossible qu'il connaisse celle de Cole. En vérité, même si Cole avait toute confiance en ses collègues, il savait que personne ne prendrait autant à cœur que lui de la protéger. Cette mission rendrait plus difficile l'enquête sur le terrain, mais d'une manière ou d'une autre il se débrouillerait pour ne jamais perdre la jeune femme de vue.

— Bon, alors, que fait-on, maintenant ? demanda Shaye.

Elle le fixait dans l'attente de sa réponse mais, avec elle alanguie dans son canapé, il peinait à se concentrer sur l'affaire. Elle conférait à son intérieur de célibataire un air cosy très inhabituel, tant elle semblait à l'aise, comme si elle s'était déjà approprié les lieux.

Se raclant la gorge, il s'efforça de rassembler ses esprits.

— Avez-vous vu le conducteur de la voiture ?

— Non, hélas. Seulement la voiture. Et encore. Comme Hiroshi me hurlait dessus pour que je me baisse, je l'ai juste aperçue.

Cole se promit de remercier Hiroshi la prochaine fois qu'il le verrait. Mais ni lui ni Wes n'avaient eu le temps de voir le conducteur. D'après Hiroshi, l'homme avait, cette fois encore, le visage dissimulé par une capuche. Cette crapule s'arrangeait pour qu'on ne puisse pas le reconnaître.

— Les radars, lâcha Cole laconiquement avant de rappeler le poste de police.

Il y en avait partout. Il fallait juste qu'ils tombent sur une image montrant clairement le conducteur…

— Nous sommes justement en train de visionner les enregistrements des radars se trouvant sur le parcours emprunté par le véhicule, répondit un des policiers avant que Luke lui prenne le téléphone.

— Cole, j'ai du nouveau.

— Qu'est-ce que tu fais encore au poste à cette heure-là ?

Il était près de minuit, et Cole avait du mal à tenir debout. Mais lui, contrairement à Luke qui avait enquêté sur la scène de crime, il avait pu se reposer un peu au chevet de Shaye, la nuit précédente.

— La Taurus qui a filé Shaye aujourd'hui me turlupinait, répondit Luke. J'aurais juré qu'Ed le Dingue en avait une toute déglinguée.

Cole soupira et s'assit dans le fauteuil en face de Shaye, qui le regardait d'un air interrogateur.

— Je n'en sais rien. Il avait plusieurs voitures mais plutôt récentes, il me semble.

— En fait, j'ai vérifié. Il avait bien une Taurus.

— Où est-elle, maintenant ? Je croyais que toutes ses voitures avaient été vendues aux enchères.

— Pas celle-là. Elle ne valait plus un clou. C'est une femme, une certaine Rosa Elliard, qui l'a récupérée. Et devine où était Rosa presque neuf mois jour pour jour après l'arrestation d'Ed le Dingue ?

— Dis-moi ?

— À l'hôpital. En train d'accoucher d'un petit garçon.

Cole en resta coi quelques secondes.

— Ed le Dingue a un fils ?

— Oui, ça m'en a tout l'air.

— Mais si cette Rosa a un bébé, que ferait-elle au volant de la Taurus à pourchasser Shaye sans relâche ? Sans compter que je suis quasiment sûr que la personne qui lui tirait dessus sur le parking de la supérette était un homme.

— Elle a peut-être un cousin qui la trouve un peu mauvaise qu'Ed junior ne puisse jamais connaître son père.

— Oui, tu as raison. Je propose que demain matin, à la première, nous allions rendre visite à Rosa Elliard.

— Pas l'ombre d'une voiture.

C'est le constat que fit Cole le lendemain matin lorsque Luke et lui parcoururent l'allée conduisant à la maison de Rosa Elliard. Le jardin était envahi par les mauvaises herbes et l'abri pour voiture, complètement vide. Quant aux maisons qui jouxtaient la sienne, elles étaient barricadées. À l'abandon.

— Pas l'endroit idéal pour élever un enfant, fit remarquer Luke.

— Je suis d'accord, mais si Rosa doit en vouloir à quelqu'un, c'est à Ed et pas à Shaye. Non ?

Luke haussa les épaules.

— À Ed, elle aurait de quoi lui en vouloir. Mais elle aurait peut-être dû y réfléchir à deux fois avant de faire un enfant avec un chef de gang.

Cole avait très peu d'informations au sujet de Rosa. Lorsqu'ils avaient enquêté sur le gang, un an plus tôt, ils n'étaient pas tombés sur son nom. Soit parce qu'elle ne faisait pas partie des proches d'Ed, soit parce qu'on essayait de la tenir à l'écart afin de lui éviter d'être accusée de complicité.

D'après ce que Luke et lui avaient appris au commissariat ce matin avant de se mettre en route pour le quartier délabré où vivait Rosa, la jeune femme avait été élevée par son père, lequel exerçait trois métiers pour arriver à joindre les deux bouts. Il avait tout fait, apparemment, pour que Rosa, son petit frère et sa grande sœur, échappent à la délinquance. La sœur de Rosa avait fait des études et s'était plutôt bien débrouillée. Ce qui n'était pas le cas de son frère, qui semblait avoir disparu de la circulation depuis au moins deux ans. Et de Rosa, qui s'était acoquinée avec Ed le Dingue.

Cole fixait la porte dont la peinture était tout écaillée en se demandant pourquoi Rosa avait aussi mal tourné.

— Ce n'est pas le moment de rêvasser, le sermonna Luke en frappant à la porte.

Comme personne ne répondait, il frappa une seconde fois. Plus fort.

— Elle est peut-être sortie, dit Cole, une fraction de seconde avant que la porte s'ouvre brusquement.

La femme qui apparut sur le seuil, un bébé dans les bras, dardait sur eux un regard noir. En dépit de l'état de délabrement de la maison, Rosa et Ed junior étaient bien habillés, et Rosa avait l'œil vif et semblait exempte de toute addiction, contrairement à la plupart des membres du gang, drogués jusqu'à la moelle.

— Que voulez-vous ?

— Je suis l'inspecteur Cole Wal…

— Je sais, le coupa sèchement Rosa sans cesser de bercer son fils, qui les observait entre ses paupières lourdes de sommeil.

Cole s'obligea à ne pas regarder son partenaire. Leurs noms avaient été mentionnés dans les journaux au moment de l'arrestation puis du procès d'Ed le Dingue, mais elle n'avait jamais eu affaire à eux. Comment se faisait-il que jusqu'à hier soir ils n'aient jamais eu connaissance de son existence ?

— Nous sommes venus vous parler de la Taurus qui appartenait à Ed Bukowski.

— Vous la voulez aussi ? Vous ne lui avez pas déjà assez pris ? répliqua-t-elle avec mépris.

— Vous possédez toujours cette voiture ? demanda Luke.

Rosa plissa les yeux.

— Vous avez vu une voiture, devant la maison ?

— Elle est où, alors ? s'enquit Cole, qui savait qu'elle mentait car elle s'était mise à bercer le petit Ed junior avec plus de vigueur.

Avant qu'elle puisse répondre, un homme apparut derrière elle. Café au lait, les yeux marron, de taille et de corpulence moyennes, l'homme dardait sur eux un regard furibond.

Portant un jean et un sweat-shirt à capuche, il correspondait au signalement du tireur. Imperceptiblement, Cole rapprocha sa main droite de son arme.

— Pourquoi ne laissez-vous pas ma sœur tranquille ?

À première vue, lui non plus ne se droguait pas. Mais il était très en colère. L'encolure de son sweater laissait entrevoir le haut d'un tatouage qu'il avait sur le torse. *Est-ce un tatouage de gang ?* se demanda Cole, de plus en plus sur ses gardes.

— Dominic Elliard ? fit Luke.

— C'est bien ça.

Dominic passa devant Rosa et se posta crânement dans l'encadrement de la porte, bien qu'il n'eût pas la carrure adéquate.

— Nous aimerions vous parler de la vieille Taurus d'Ed. Depuis combien de temps la conduisez-vous ? lança Cole.

— Vous me cherchez des noises ou quoi ? Vous êtes si mal payés que ça, dans la police ? Vous avez mis le grappin sur toutes les belles voitures d'Ed, et maintenant vous venez réclamer une épave ?

— Non, rétorqua Luke très calmement. Nous voulons juste savoir qui la conduit.

— Elle est à la casse, répondit Dominic. Et maintenant barrez-vous.

Sur ces mots, il leur claqua la porte au nez.

— Pas besoin d'aller chercher plus loin qui conduit la Taurus, dit Cole à son coéquipier. Il est évident que c'est lui.

— Oui. Mais elle est passée où, cette voiture ?

8

— Reconnaissez-vous cet homme ?

Shaye regarda attentivement la photo que Cole lui tendait d'un homme d'environ vingt-cinq ans aux cheveux bruns coupés ras et aux traits virils. Il aurait pu être séduisant s'il n'avait pas été aussi renfrogné. Et si son regard n'avait pas eu cet éclat malveillant qui le rendait vraiment effrayant.

Elle secoua la tête et leva les yeux vers Cole.

— Qui est-ce ?

— Il s'appelle Dominic Elliard. Il a un lien avec Ed Bukowski. Nous pensons qu'il se déplace dans une vieille Taurus, et en plus il ressemble à l'homme qui vous a tiré dessus.

La peur s'insinua en elle lorsqu'elle entendit Cole prononcer le nom d'Ed le Dingue. Il était donc à nouveau question du gang. Mais, elle avait beau regarder la photo, ce Dominic Elliard ne lui disait vraiment rien.

— Je ne l'ai jamais vu.

Elle était encore chez Cole, et comme elle avait passé la matinée enfermée, elle commençait à trépigner d'impatience. Cole avait demandé à son frère Andrew de venir lui tenir compagnie pendant qu'il allait enquêter. Elle aimait bien Andrew, mais elle s'en voulait de lui faire perdre son temps. Et, surtout, elle se sentait impuissante.

Elle avait envie de participer à l'enquête. Même si le tueur était un membre du gang. Et peu lui importait de n'être ni armée ni formée pour ce genre de mission. Elle savait que Cole avait à cœur de la protéger et de faire en sorte qu'il ne lui arrive rien, mais elle en avait assez d'être tenue à l'écart.

Elle se leva du canapé et se planta devant Cole, tandis que Luke, près de la porte, les bras croisés sur la poitrine, gardait le silence. Les deux hommes, qui avaient été absents toute la matinée, venaient juste de rentrer. Ils avaient échangé quelques mots à mi-voix avec Andrew, qui avait filé à la cuisine pour préparer du café.

Deux jours après la fusillade, Shaye avait encore mal à la jambe, mais elle avait retrouvé une mobilité à peu près normale. Elle s'était cependant bourrée d'antalgiques.

— Quel lien ce type a-t-il avec Ed ? demanda-t-elle. Et que me veut-il ?

— Ed le Dingue a un bébé. La mère de l'enfant, qu'il a dû engrosser le jour où il a été incarcéré, est la sœur de Dominic, expliqua Cole en tapotant la photo. Ils savaient l'un et l'autre qui nous étions, Luke et moi. Et ils semblaient très remontés contre nous. Le fait est que je ne comprends pas très bien pourquoi ils s'en prendraient à vous plutôt qu'à la police.

Il fronça les sourcils, visiblement perplexe. Il cogitait, mais son esprit moulinait dans le vide.

— Peut-être parce qu'elle est plus vulnérable, suggéra Luke.

Cole lui jeta un bref regard et hocha pensivement la tête.

— En ce cas, nous allons attirer l'attention de Dominic sur nous.

— Non, ce n'est sans doute pas…, commença Shaye.

— Appâtons-le, renchérit Luke, un petit sourire aux lèvres. Je suis partant. Il arrêtera de se focaliser sur Shaye. Il suffit que nous lui rappelions que c'est nous qui avons arrêté le père de son neveu.

— Cela risque…

— Et quand il nous aura pris comme cible, il ne nous restera plus qu'à le coffrer.

— Deux secondes, dit Shaye d'un ton qui leur coupa la chique à tous les deux.

Elle estimait avoir son mot à dire. Les deux policiers projetaient de provoquer le beau-frère d'Ed le Dingue dans le but qu'il la laisse tranquille. Mais savoir que c'étaient eux qu'il allait traquer, plutôt qu'elle, n'était pas tellement rassurant. En fait, bien que Cole et Luke fussent armés et capables de se défendre, elle savait qu'elle se ferait un sang d'encre s'ils mettaient leur projet à exécution.

— Il est hors de question que vous vous mettiez en danger pour moi. Même si cela doit vous prendre plus de temps, vous feriez sans doute mieux de retrouver la voiture et de prouver que c'est bien celle qui m'a suivie. Il ne vous restera plus ensuite qu'à coffrer le conducteur.

— Nous serons prudents, promit Cole tandis qu'Andrew revenait avec deux tasses de café, l'une pour elle et l'autre pour Luke.

Luke prit la sienne mais Shaye, qui connaissait le jus de chaussettes d'Andrew, secoua la tête. Cole, visiblement amusé, accepta la tasse de café.

Dès qu'Andrew eut regagné la cuisine pour se servir à son tour, Cole glissa à Shaye :

— Espèce de dégonflée !

— Il faut bien avouer que son café est infect, dit Luke.

— Eh, je vous entends, tous les deux, médire de mon café, cria Andrew depuis la cuisine.

Mais, lorsqu'il reparut, un grand sourire éclairait son visage.

Les trois frangins étaient très différents, mais il suffisait de les voir ensemble pour comprendre qu'ils étaient néanmoins très proches. Il y avait entre eux bien plus que de la complicité et de l'affection.

S'interrogeant sur la nature exacte de ce lien, Shaye fixait Andrew. Cole la poussa du coude.

— Je vous rappelle qu'il a une petite amie, dit-il.

Cole était-il *jaloux* ? Au bref regard qu'échangèrent Andrew et Luke, elle comprit qu'ils se posaient la même question.

Cole se tourna vers Andrew.

— Combien de temps peux-tu rester ici, avec Shaye ? Ce serait bien que Luke et moi puissions glaner quelques informations supplémentaires et retournions voir Dominic.

Shaye mit ses poings sur les hanches.

— Qu'est-ce que je vous ai dit ? Si ce type se balade avec un flingue, vous tenez vraiment à vous faire tuer ? Vous me cachez, mais vous, il sait où vous trouver. S'il est aussi dingue que Bukowski, il n'hésitera pas à aller vous tirer dessus au poste de police.

— Nous l'attendons de pied ferme, répliqua Cole, comme s'il n'avait que faire du danger.

— Et il faudrait que je vous laisse faire ? Je vous rappelle que c'est après moi qu'il en a.

— C'est justement ce qu'on va essayer de changer, dit Cole, qui avait réponse à tout.

En désespoir de cause, elle se tourna vers Luke.

— Si ce n'était pas moi, mais quelqu'un d'autre qui se trouvait dans le collimateur de ce tireur, est-ce ainsi que vous procéderiez ?

Luke ouvrit la bouche pour répondre, mais Cole prit la parole avant lui.

— Chaque cas est différent, Shaye. Si Dominic vous traque à cause de ce qui est arrivé à Ed, il devrait nous en vouloir à nous aussi. Je veux qu'il s'en prenne à nous d'abord.

Elle se repassa mentalement la fusillade de l'année précédente : l'odeur âcre de la poudre saturant l'air, le sang d'une des victimes sur ses paumes lorsqu'elle s'était jetée par terre, la peur panique qui l'avait envahie à l'idée d'être la prochaine.

Le soulagement qu'elle avait ressenti quand des coups de feu avaient éclaté derrière elle — en direction des tireurs — s'était vite mué en un véritable effroi lorsque Cole était passé devant elle en courant, Luke sur ses talons. Elle avait cru vivre ses derniers instants. Mais Cole et Luke avaient riposté et neutralisé tous les tireurs. Ils n'avaient heureusement pas été touchés. Les quelques secondes qu'avait duré l'échange de coups de feu, elle avait eu très peur, cependant. Encore plus pour leurs vies à eux que pour la sienne.

Sachant que Cole allait appâter un autre gangster et se mettre en danger, elle ne devait pas repenser à tout ça.

— Faites comme vous voulez. Moi, pendant ce temps, je rentre chez moi.

— Non, pas question. Ce ne serait pas prudent.

— Vous ne pouvez pas m'obliger à rester ici. Alors

soit vous trouvez un autre moyen de coincer ce type, soit je rentre chez moi.

— Shaye va être en rogne contre toi, prévint Luke.

— Il fallait qu'on retrouve cette voiture. On a échoué, soit, mais de toute façon Dominic Elliard était déjà remonté contre nous. Même si nous n'étions pas retournés les voir, sa sœur et lui, il est probable qu'il aurait décidé de nous faire la peau.

— Maintenant que nous l'avons bien énervé, c'est sûr qu'il ne va pas nous laisser tranquilles. Tu as intérêt à faire gaffe ce soir en rentrant chez toi. Il ne s'agirait pas de l'avoir provoqué pour qu'au final il retrouve la trace de Shaye.

— Entièrement d'accord avec toi, admit Cole.

Il n'avait pas vu Elliard rôder autour du commissariat, où Cole et son partenaire venaient de passer des heures à essayer une dernière fois de retrouver la voiture. Dominic ne possédait rien. Ni maison ni voiture. Absolument rien. Ce qui semblait plutôt louche. En fait, Cole le soupçonnait d'appartenir à un gang, comme le suggéraient ses tatouages. Quand Luke et lui étaient retournés lui rendre visite, Cole avait vu qu'il en avait un deuxième sur le bras.

Le gang de Jannis, ils l'avaient complètement démantelé. Mais Dominic s'était sans doute rabattu sur les Kings, un gang rival qui, du coup, avait étendu son rayon d'action. C'était toujours comme ça avec les gangs : on en supprimait un et aussitôt un autre prenait sa place. Et il n'y avait plus qu'à recommencer. La police avait l'impression de livrer un combat sans fin.

— S'il appartient à un gang, continua Cole, il faut s'attendre à tout.

— Pourvu qu'il ne recrute pas ses potes du gang pour lui donner un coup de main ! Je suis prêt à l'appâter pour qu'il oublie Shaye, mais je ne voudrais pas qu'il prenne la mouche au point d'entraîner ses copains dans sa mission vengeresse.

— Non, il n'ira pas jusque-là. Si le chef des Kings apprenait qu'Elliard se lançait dans ce genre d'opération sans avoir eu son aval, il n'apprécierait pas du tout.

Le chef des Kings était connu pour être paranoïaque et on le disait très soucieux de conserver son statut. Qu'un membre du gang s'avise de vouloir faire cavalier seul et il se retrouvait à la morgue avant de comprendre ce qu'il lui arrivait.

— C'est vrai, mais on ne sait jamais avec ce genre d'individus. Je n'ai pas peur des représailles que Dominic Elliard pourrait lancer contre nous. J'en ai vu d'autres. Mais je ne veux pas encore perdre un collègue. Tu piges ?

Luke dardait sur Cole son regard de marine. Cole acquiesça d'un léger hochement de tête. Il n'avait aucunement l'intention de faire courir à Luke le moindre danger et il ne voulait pas qu'à cause de son inconséquence Andrew et Marcos soient confrontés à une nouvelle perte.

— Oui, parfaitement. Il faut qu'on arrête ce type, et vite. Je pense que le meilleur moyen d'y parvenir est de le pousser dans ses derniers retranchements.

— J'espère que Shaye n'en saura rien. Parce qu'elle serait tout à fait capable de s'en aller, comme elle a menacé de le faire, dit Luke. Ta sécurité lui tient vraiment à cœur. Elle ferait n'importe quoi pour qu'il ne t'arrive rien.

— Je suis flic. Le risque fait partie de mon quotidien.

Il allait peut-être falloir qu'il le lui rappelle — qu'il lui fasse bien comprendre que c'était précisément la raison pour laquelle elle ne devait pas le considérer comme un éventuel petit ami.

Même s'il aimait qu'elle l'embrasse. Même s'il avait des sentiments pour elle. Il savait qu'il serait déraisonnable d'aller plus loin. Parce que flic il était et flic il resterait. Son travail au labo l'amenant à collaborer étroitement avec la police, Shaye avait échappé à la mort deux fois. Il ne voulait pas qu'à cause de lui elle décide de continuer ce boulot malgré tout. En même temps, il redoutait de ne plus voir son sourire, quand il arrivait au travail et en repartait.

Et si ce sourire l'accueillait le soir à la maison ? Cette pensée se mit soudain à l'obnubiler.

— ... Vraiment dommage.

— Pardon ? bredouilla Cole en essayant de se concentrer sur ce que lui disait Luke.

— Je disais que j'espérais que le chef nous laissera suivre ce type H24. C'est dommage que nous n'ayons pas la moindre preuve contre lui et ne puissions sortir le grand jeu. Elliard a presque signé des aveux en nous témoignant ouvertement sa rancune, mais ce que je ne comprends toujours pas, c'est pourquoi il s'acharne sur Shaye. Quand on a mentionné son nom, il n'a pas bronché. Notre visite, en revanche, l'a fait sortir de ses gonds.

— Notre plan fonctionne peut-être encore mieux qu'on ne l'espérait, suggéra Cole. Il suffit qu'on se pointe chez lui pour qu'aussitôt il oublie Shaye.

En réalité, la réaction du suspect l'avait surpris, lui aussi. Mais peut-être Dominic leur avait-il joué la comédie...

— Quoi qu'il en soit, je rentre chez moi. Sinon, je vais encore passer la nuit ici, et je crois que je dors mieux dans le désert, une nuit de tempête de sable, que dans une de ces fichues cellules de garde à vue.

— Sois prudent.

— Tu restes encore un peu ?

Cole acquiesça. Puisque Andrew avait promis de ne pas bouger de chez lui tant qu'il ne serait pas de retour, Cole allait en profiter pour continuer de chercher la Taurus. À force d'interroger des suspects, il avait appris à détecter sans coup férir ceux qui mentaient, et il était convaincu que Dominic Elliard mentait quand il prétendait que la voiture était à la casse. La Taurus ne se trouvant pas chez sa sœur, où pouvait-elle bien être ? Chez qui était-elle planquée ?

— À demain.

Cole salua Luke d'un vague signe de la main, tout occupé qu'il était à éplucher encore une fois les informations recueillies sur le suspect. Trois heures plus tard, cependant, il n'était pas plus avancé. En dehors des Kings, Elliard ne fréquentait personne, et aucun membre du gang n'aurait pris le risque, en cachant la voiture chez lui, de s'attirer les foudres du chef.

Renonçant pour ce soir, Cole bâilla et quitta le commissariat. En se dirigeant vers le parking, il appela Andrew.

— Tout se passe bien ? demanda-t-il.

— Ta petite amie fait la tête.

Cole faillit lui rétorquer qu'elle *n'était pas* sa petite amie, mais il préféra aller à l'essentiel.

— Et pourquoi donc ?

— Elle se doute de ce que tu mijotes.

— Ce que je mijote ?

— Arrête de faire l'imbécile ! dit Andrew. Je te connais, tu sais. Et Shaye aussi, apparemment. Elle est persuadée que tu essaies de provoquer un des membres du gang. Est-ce que c'est…

Cole n'entendit pas la fin de la phrase, des coups de feu tirés à l'arme automatique éclatant tout près de lui et couvrant les paroles d'Andrew.

Il se jeta au sol et lâcha son téléphone pour dégainer son pistolet. Balayant le parking du regard, il chercha à repérer le tireur.

Un homme encapuchonné courait dans sa direction. Armé d'un fusil d'assaut.

Cole se planqua derrière une voiture de patrouille. Son Glock ne faisait pas le poids face au MP5 de son assaillant, et il n'y avait plus personne au commissariat.

Mais tout n'était pas perdu. Cole s'était tiré de situations autrement plus périlleuses. Comme la plupart des membres de gang, Dominic Elliard — Cole n'avait aucun doute sur l'identité de son assaillant — était probablement un piètre tireur. Seule son arme était redoutable.

Le cœur battant, Cole, embusqué derrière la roue, tendit l'oreille. Elliard approchait. Cole se tenait prêt à faire feu. Sachant son tir rapide et précis, il était sûr d'avoir le dessus.

Sauf qu'il n'avait pas prévu que Dominic Elliard avait amené du renfort. De nouvelles rafales de mitraillettes changèrent brusquement la donne. Aux abois, Cole tourna la tête vers le poste de police, hésitant à tenter le coup.

9

— Je veux un pistolet, déclara Shaye.

— Pardon ?

Andrew leva les yeux vers elle. Son téléphone collé à l'oreille, il arpentait nerveusement la salle de séjour de Cole.

— Il n'en est pas question.

— Nous devons lui venir en aide !

— Tout sera terminé avant que nous arrivions sur place. J'ai appelé ses collègues. Ils sont en route.

Shaye luttait contre les larmes. Cole ne l'avait pas écoutée. Elle n'avait pas réussi à le faire renoncer à son plan. Pourquoi n'avait-elle pas mis sa menace à exécution ? Si elle était partie, il ne se serait pas entêté. Il aurait tempêté, mais il serait chez lui, sain et sauf.

— Vous n'y êtes pour rien, assura gentiment Andrew.

Ses yeux marron étaient bienveillants, mais, sous l'empathie qu'elle lisait dans son regard, elle décelait la peur. Cole et lui étaient si proches. S'il arrivait malheur à Cole, bien sûr que si qu'elle y serait pour quelque chose.

À la seule pensée qu'il puisse être blessé — ou même pire —, elle avait l'impression que son cœur s'arrêtait et elle avait du mal à respirer.

— Luke retourne dare-dare au commissariat, expliqua

Andrew, qui ne s'était pas départi de son calme et faisait preuve d'un sang-froid remarquable, même pour un agent du FBI. Des patrouilles de police, qui étaient dans les parages, foncent également à la rescousse. Mon frère a du répondant. Et il est rusé comme un singe. Il finit toujours par s'en sortir.

— Oui, mais là, il a affaire à un gang, fit remarquer Shaye d'une voix suraiguë.

Elle avait conscience de frôler l'hystérie, mais elle était incapable de se calmer. L'attente était insupportable. Imaginer Cole seul contre tous la mettait dans tous ses états ; elle ne supportait pas d'être sans nouvelles de lui.

Elle dormait — ou du moins essayait de dormir — lorsque Andrew l'avait appelée. Alertée par l'urgence qu'elle avait perçue dans sa voix, elle s'était précipitée dans la salle de séjour juste au moment où il prévenait la police, à qui il avait dit avoir entendu des rafales d'armes automatiques.

— Pourquoi n'avons-nous aucune nouvelle ? demanda-t-elle.

— La police considère que nous tenir au courant ne fait pas partie de ses priorités.

Andrew restait cependant en ligne. Elle ignorait qui était à l'autre bout du fil. Jusqu'au moment où elle l'entendit demander :

— Tu es encore loin, Luke ?

— Vous devriez y aller, dit-elle à Andrew, qu'elle sentait désireux d'aller porter secours à Cole, quoi qu'il en dise. Je ne bougerai pas d'ici. Je vous le promets.

— Impossible, répliqua Andrew en la regardant à peine tandis qu'il écoutait ce que Luke lui disait dans le téléphone.

Puis il ferma les yeux et exhala un long soupir.

— Que se passe-t-il ? Il est arrivé quelque chose ?

Des milliers de scénarios tous plus horribles les uns que les autres défilèrent dans sa tête à une vitesse vertigineuse. Oppressée au point de ne plus pouvoir respirer, elle fut prise de bourdonnements d'oreilles très déplaisants.

Mais elle entendit distinctement Andrew demander :

— Il est mort ?

Puis elle sentit ses jambes se dérober sous elle. Le sol vint à sa rencontre, et elle perdit connaissance.

Combien pouvaient-ils être ? se demandait Cole, affolé, en surveillant du coin de l'œil la porte du commissariat. Même si, par miracle, il parvenait à l'atteindre sans être touché, jamais il n'aurait le temps d'insérer sa carte clé et de plonger à l'intérieur.

Il avait parié sur le fait qu'Elliard ne se ferait pas aider. Et il avait perdu. Cole avait bêtement sous-estimé le bonhomme. Il avait eu tort, également, de compter sur son pistolet et sur son badge, comme s'ils pouvaient le rendre invincible. Surtout juste après que Luke lui eut fait promettre de ne pas se mettre en danger.

Les balles pleuvaient toujours autour de lui. Des dizaines et des dizaines de balles. Il avait bien essayé de riposter, mais il était à peu près sûr d'avoir manqué sa cible. Quelqu'un — probablement Elliard — hurlait quelque chose. Cole n'entendait pas ce qu'il disait. Une balle transperça le pneu derrière lequel il était accroupi. La voiture de patrouille s'affaissa du côté gauche. Puis le pare-brise vola en éclats.

Il était pris au piège. D'une minute à l'autre, les membres du gang allaient contourner le véhicule et tirer sur lui à bout portant. Il chercha du regard une issue, un moyen d'accroître ses chances de survie jusqu'à l'arrivée de ses collègues.

Car il ne faisait aucun doute qu'Andrew avait appelé à l'aide. Pourvu que son frère ne soit pas resté en ligne ! songea Cole. Il ne valait mieux pas qu'il entende le carnage.

Cole se secoua pour se débarrasser des éclats de verre dont il était couvert. En voyant la voiture s'affaisser un peu plus, il comprit que le pneu arrière venait à son tour d'être touché. Une idée — un embryon d'idée — germa dans son esprit. Elle valait ce qu'elle valait, mais faute de mieux…

Priant pour qu'aucun des tireurs ne choisisse ce moment pour contourner l'avant de la voiture, Cole se coucha par terre et regarda en dessous. Repérant une paire de jambes courant dans sa direction, il visa et tira. Il y eut un cri ; l'homme s'effondra, lâchant sa mitraillette qui tomba plus loin sur le bitume, hors de sa portée.

Avant que les autres membres du gang comprennent son petit jeu et ne ripostent de la même façon, Cole visa une autre paire de jambes et tira. Un deuxième homme s'écroula.

Puis, enfin, le hurlement des sirènes se fit entendre. De plus en plus fort.

Des coups de feu retentirent, mais dans la direction opposée, précédant de peu une folle débandade. De toute évidence, les membres du gang essayaient de se carapater.

Une voiture pila et une fusillade éclata entre les policiers et les gangsters.

Cole reprit confiance. Il n'était plus seul.

Un moteur de voiture rugit furieusement — sans doute

celle de ses assaillants, se dit Cole —, puis un nouveau coup de feu éclata et le moteur toussa et agonisa.

— Les mains en l'air ! hurla un policier qui devait être Luke, à en juger par sa voix.

Il fut bientôt rejoint par d'autres hommes, arrivés tous en même temps.

— Couchez-vous par terre ! Plus vite que ça !

Se penchant sur le côté de la voiture, Cole risqua un coup d'œil et vit plusieurs membres des Kings lâcher leurs armes et s'aplatir par terre. Les deux hommes qu'il avait blessés aux jambes gisaient un peu plus loin. Et bien à l'écart du groupe, dans un coin idéal pour avoir Cole dans sa ligne de mire, gisait un troisième homme, qui étreignait sa poitrine à deux mains et inspirait avec force râles, ce qui semblait indiquer que lui aussi avait été touché.

Cole courut vers lui, tenant son Glock à bout de bras. D'un coup de pied, il poussa au loin le MP5. L'homme appuyait sur sa cage thoracique, qui saignait abondamment. Son sweater à capuche était tout trempé. À en juger par sa respiration sifflante, une balle avait dû lui perforer le poumon.

Se penchant vers lui, Cole lui enleva sa capuche.

— Dominic Elliard.

— Aidez-moi, geignit Elliard.

— Nous avons un blessé, ici aussi. Appelez une ambulance, cria Cole à l'attention de ses collègues.

— Elle arrive, répondit Luke. Et toi, ça va ?

— Je n'ai rien. Mais Dominic est blessé.

Dès qu'il eut fini de menotter les deux hommes que Cole avait touchés, Luke s'empressa de rejoindre Cole.

— J'ai l'impression que notre plan a fonctionné, dit Cole à mi-voix.

— Oui, mais nous avons eu tort de penser qu'Elliard ne solliciterait pas l'aide de ses potes.

Cole fronça les sourcils, regardant tour à tour Dominic puis les autres membres des Kings.

— Non, je ne crois pas.

— Comment cela ?

— Ce n'est pas moi qui ai tiré sur Elliard.

Luke jeta un coup d'œil à la voiture de patrouille derrière laquelle Cole s'était planqué. Tout le côté gauche était criblé de trous. Son regard glissa ensuite sur les deux hommes blessés aux jambes gisant entre le véhicule des membres du gang et la voiture de patrouille, puis sur les deux autres hommes menottés aussi, à l'autre extrémité du parking.

— Si ce sont ses collègues du gang qui lui ont tiré dessus, pourquoi l'ont-ils amené ici pour le tuer ? Il n'y a qu'une voiture.

— Dominic a pu se garer ailleurs et venir à pied.

— Ou bien ils étaient tous dans la même et l'un des gars s'en est pris à Elliard. Ou lui a tiré dessus par erreur ; ils étaient équipés d'armes semi-automatiques et tout le monde sait que les Kings tirent comme des manches.

— J'ai besoin d'aide, gémit Elliard, à leurs pieds, tandis qu'une ambulance arrivait en trombe sur le parking.

— Vous allez être pris en charge dans un instant, répondit Luke. Mais avant, dites-nous un peu, Dominic. Vous accomplissiez une vengeance personnelle ou vous obéissiez à un ordre ?

En voyant le suspect écarquiller les yeux, Cole comprit qu'avec ses insinuations Luke venait de lui flanquer la trouille. Que les autres soient venus lui prêter main-forte ou qu'ils aient cherché à l'abattre ne changeait rien au fait que, si le chef des Kings *n'avait pas* ordonné la mort de Cole, Elliard n'avait plus beaucoup de temps à vivre.

— Dans votre intérêt, il vaudrait mieux que vous nous disiez tout, déclara Cole. Nous pourrons vous protéger.

L'homme avait cherché à le tuer mais, ravalant sa rancune, Cole lui devait protection et assistance.

— Ma sœur, dit Elliard, dont la respiration était de plus en plus sifflante. Mon neveu. Veillez sur eux, je vous en prie.

Cole fit un signe de tête à Luke, qui s'écarta pour passer un coup de téléphone, tandis que les ambulanciers se penchaient sur le blessé et lui prodiguaient les premiers soins.

— Que s'est-il passé, exactement, sur ce parking ? demanda Cole, qui se rendit compte qu'il avait toujours son pistolet à la main.

Il le rengaina. Galvanisé par l'adrénaline qui circulait dans ses veines, il tenait le coup, mais il savait que tout à l'heure il s'effondrerait.

Elliard avait les lèvres qui tremblaient. Cole n'aurait su dire si c'était de douleur, de colère ou de peur — ou peut-être des trois à la fois.

— Rosa n'a pas un sou. Ed a promis de prendre soin d'elle et du bébé. Mais, le lendemain du jour où il a découvert qu'elle était enceinte — et où il a juré de se ranger —, il a été arrêté. Et comme si cela ne suffisait pas, la police a fait main basse sur tous ses biens et a vidé son compte en banque, privant Rosa de toutes ressources.

— Monsieur, calmez-vous, dit l'ambulancier au blessé,

avant de jeter à Cole un regard noir. Vous pourriez peut-être attendre pour l'interroger…

— Vous avez donc décidé d'imiter Ed, de jouer de la gâchette et de finir en prison, en laissant votre sœur totalement démunie. C'est bien ça ? demanda Cole, passant outre les recommandations de l'ambulancier.

— Si vous nous aviez fichu la paix, rien de tout cela ne serait arrivé, répliqua Elliard. Au lieu de quoi, vous nous harceliez, comme pour faire payer à Rosa le fait d'avoir aimé Ed.

— Pardon, dit l'ambulancier en poussant Cole pour que son collègue et lui puissent approcher une civière et hisser Elliard dessus.

— Comment avez-vous réussi à convaincre vos copains de vous donner un coup de main ? À moins qu'ils ne soient venus pour vous tuer vous, Dominic ?

Le regard du suspect accrocha celui de Cole, rempli de souffrance et d'effroi. Elliard cligna des yeux, puis il aspira l'air comme une carpe au bord de l'asphyxie et ferma les paupières. Pour ne plus les rouvrir.

— Emmenons-le, dit l'ambulancier à son collègue.

L'un des deux hommes monta à l'arrière avec la civière et entreprit de ranimer le blessé en pratiquant sur lui un massage cardiaque. L'autre prit le volant. L'ambulance partit sur les chapeaux de roues, toutes sirènes hurlantes.

— Une chance inouïe. Je n'ai rien. Ils étaient cinq. Des membres des Kings. Tous avec des armes automatiques.

La voix de Cole lui parvenait plus ou moins distinctement, paraissant très loin alors qu'en réalité il se trouvait dans la pièce d'à côté. Elle l'avait entendu rentrer, dix minutes plus tôt. Ou peut-être plus. Shaye avait perdu la notion du temps après qu'Andrew l'eut transportée dans la chambre de Cole et couchée dans son grand lit.

Elle avait l'impression de somnoler depuis des jours et des jours. Jetant un coup d'œil au réveil, sur la table de chevet, elle se rendit compte que cela faisait seulement quelques heures qu'Andrew était venu lui annoncer que Cole était sain et sauf. Et qu'elle n'avait donc plus à s'en faire.

À la seule pensée de l'attente interminable qui avait précédé, de ces moments d'angoisse pendant lesquels elle l'avait cru mort, Shaye sentit son cœur s'emballer. L'odeur de Cole, qui imprégnait les draps et les oreillers, avait quelque chose de réconfortant. Sa chambre était exactement comme elle l'avait imaginée : sobre et masculine.

Elle ne savait pas si Andrew avait fait exprès de la transporter là ou s'il avait juste cédé à la facilité, pressé qu'il était de reprendre son téléphone pour essayer d'avoir des nouvelles de son frère. Comment se faisait-il qu'elle, qui n'avait jamais fait de malaise de sa vie, se soit évanouie deux fois en l'espace de quelques jours ?

Dans la salle de séjour, la voix de Marcos se mêlait maintenant à celle d'Andrew. Les deux hommes s'étaient relayés à son chevet jusqu'à ce qu'elle leur dise qu'elle allait dormir un peu et n'avait pas besoin d'eux.

Elle n'avait pas trouvé le sommeil mais, outre qu'elle lui rappelait que Cole avait failli mourir ce soir, la surveillance empressée des deux hommes finissait par lui peser, aussi préférait-elle leur faire croire qu'elle dormait. Elle n'arrivait pas à se débarrasser de l'angoisse oppressante qu'elle avait ressentie lorsque Cole avait appelé à l'aide et elle se mettait à la place des femmes de policiers. Vivaient-elles dans la peur constante qu'il arrive quelque chose à leurs maris ? Comment faisaient-elles pour supporter un tel stress ?

— Il faut que tu arrêtes d'essayer à tout prix de tirer d'affaire les gens que tu aimes ! rouspétait Marcos, dans la salle de séjour.

Cole voulut répondre, mais Andrew lui coupa la parole.

— Nous exerçons tous les trois des métiers dangereux, mais les risques que tu prends sont insensés.

Ils avaient manifestement haussé la voix, parce qu'à présent leurs paroles lui parvenaient distinctement. Shaye se sentait vaguement coupable et se demandait s'ils se souvenaient qu'elle était là. Et si elle allait les rejoindre ? Mais, encore sous le choc, elle craignait, en voyant Cole, d'éclater en sanglots ou de se jeter dans ses bras. Elle savait qu'il n'apprécierait ni l'un ni l'autre.

— Comme au moment de l'incendie, quand nous étions gamins, continua Andrew d'une voix radoucie.

Intriguée, Shaye se dressa sur son séant et tendit l'oreille.

— Je suis désolé, dit Cole. Je ne voulais pas vous imposer cette nouvelle épreuve.

Sa voix semblait un peu étranglée.

— Dussé-je vivre cent ans, continua-t-il, jamais je n'oublierai ces minutes interminables pendant lesquelles nous avons cru que Marcos n'en sortirait pas vivant.

Il y eut un long silence. Shaye se demanda s'ils s'étaient tus ou s'ils parlaient tout bas. Puis Andrew déclara :

— Si tu n'avais pas été si occupé à me maintenir à l'écart du brasier, tu te serais précipité à son secours.

Shaye sentit son cœur se serrer. Elle ne savait pas grand-chose de l'enfance de Cole mais une fois, au détour d'une conversation, il avait fait allusion à l'incendie qui avait ravagé la maison de la famille dans laquelle il avait été placé. Quel âge avait-il à l'époque ? Quinze ans ? Elle n'avait pas compris qu'en fait ils se trouvaient tous *à l'intérieur* de la maison au moment de l'incendie.

Ce fut plus fort qu'elle. Elle savait qu'il aurait mieux valu qu'elle reste tranquille, au moins jusqu'à ce qu'elle eût recouvré son sang-froid mais, n'écoutant que son instinct, elle repoussa brusquement drap et couverture et sauta à bas du lit.

Ses jambes la portaient à peine. Qu'importe ! Elle se dirigea vers la salle de séjour, passa devant Andrew et Marcos, et se jeta dans les bras de Cole.

10

Après une courte hésitation, Cole referma ses bras sur elle et la serra contre lui. S'il n'avait pas eu la tête légèrement de côté, elle se serait haussée sur la pointe des pieds et l'aurait embrassé.

En le sentant prendre une grande inspiration, elle comprit qu'il avait été plus ébranlé qu'il ne voulait bien le dire par la fusillade à laquelle il venait de réchapper.

— Tout va bien ; je n'ai rien, dit-il en la repoussant doucement après avoir, elle l'aurait juré, humé l'odeur de ses cheveux.

Elle scruta un instant ses yeux d'un bleu très pur, puis remarqua les rides qui s'étaient creusées sur son front, et la tension de sa mâchoire. Partagée entre le désir de l'engueuler, de l'embrasser et de le rassurer, elle se contenta finalement de hocher la tête.

— Tu es sûr que le danger est écarté ? demanda Marcos.

Jamais Shaye ne lui avait vu un air aussi solennel. Pour que le plus jeune frère de Cole se départisse de son éternel sourire en coin, il fallait que la situation fût grave.

— Sûr et certain. Dominic est encore entre la vie et la mort, mais Luke et moi avons pu interroger les autres membres du gang. Nous ne savons toujours pas ce qu'ils fichaient là, ils ne sont pas très loquaces, mais il est clair que personne ne leur a donné l'ordre de me tuer.

— Ils n'allaient pas l'avouer, de toute façon, fit remarquer Andrew, sceptique.

— Non, mais le chef des Kings n'est pas complètement idiot. Il a appelé le commissariat et fait tout un cirque, clamant qu'il n'avait rien à voir là-dedans. Je ne pense pas qu'il cherchait simplement à faire amende honorable. Aucun des gars n'exige d'avoir un avocat. Ils préfèrent rester en prison. Qu'ils aient donné un coup de main à Dominic ou qu'ils aient cherché à le tuer, en fait, ce qu'ils craignent par-dessus tout, c'est de déplaire à leur chef en contrevenant à ses ordres, ou en échouant à remplir un contrat.

— Et d'après vous, donc, vous ne risquez plus rien ? demanda Shaye.

— D'après moi, *vous* ne risquez plus rien, corrigea Cole. Dominic était habillé de la même manière que lorsqu'il a tiré sur vous. Même si on arrive à le sauver, il va être inculpé et jeté en prison.

— Je peux rentrer chez moi, alors ?

Elle n'en avait plus très envie, en réalité. Car, même si Cole était sain et sauf, elle savait qu'il lui faudrait du temps avant d'être totalement rassurée sur son sort, et qu'elle se sentirait mieux s'il était près d'elle.

— Non, répondit Cole d'un ton sans appel. Vous restez ici jusqu'à ce que nous sachions ce que ces types faisaient sur le parking. Je veux m'assurer que Dominic n'a pas de complice susceptible de prendre la relève. Luke a envoyé une voiture de patrouille chercher sa sœur et le bébé pour les mettre en sécurité. Mais ils n'étaient plus là. Aucune trace de lutte n'a été relevée.

— Ils risquaient de se faire tuer, dit Andrew.

— C'est justement la raison pour laquelle quelqu'un est probablement venu les chercher, comme nous voulions le faire nous-mêmes. Mais, faute de certitudes, je préfère ne pas prendre de risques.

Ces mots lui valurent des haussements de sourcils de la part de Marcos et Andrew. Shaye les entendit presque penser : « Sauf quand il s'agit de ta propre vie. »

Levant les mains, paraissant soudain exténué, Cole déclara :

— Je vous promets d'être plus prudent à l'avenir.

— Il faut que tu te reposes, maintenant, déclara Andrew. Nous allons te laisser. Shaye, nous comptons sur vous pour prendre soin de lui. Pouvons-nous vous le confier ?

— Oui, bien sûr, répondit-elle malgré les protestations de Cole.

Pourvu, songea-t-elle, que ses frères ne lui aient pas raconté qu'elle s'était évanouie, tout à l'heure ! Ce malaise était déjà bien assez embarrassant comme ça.

Marcos et Andrew partis, elle se retrouva en tête à tête avec Cole. L'air devint brusquement électrique, rempli d'une espèce de tension et de tout un fatras d'émotions. En ce qui la concernait, il s'agissait principalement de colère, de frustration et de peur. En dehors d'une grosse envie de dormir, elle ne savait pas exactement ce que ressentait Cole.

— Vous devriez aller vous coucher, dit-elle.

Elle attendit, le cœur battant, qu'il lui propose de l'accompagner.

— Je n'arriverai pas à dormir. Il faut que je décompresse un peu, que je chasse de mon esprit la scène de crime.

Il en parlait comme si c'était une affaire sur laquelle

il avait été appelé et non une tentative de meurtre dont il était la victime.

Sur ce, il partit dans sa chambre, abandonnant Shaye dans la salle de séjour. Elle ne savait pas trop quoi faire. Après toutes ces émotions, elle aurait dû s'effondrer, elle aussi. Mais elle était sur les nerfs et restée très angoissée.

Était-ce fini pour de bon, cette fois ? N'avait-elle réellement plus rien à craindre ? Ou risquait-elle, dans six mois ou dans un an, d'être à nouveau prise pour cible par un parent ou un homme de main d'Ed le Dingue ?

Elle sentait confusément que tout n'était pas terminé. Peut-être parce que Cole avait failli être tué quelques heures plus tôt, ou parce que Dominic Elliard, gravement blessé, n'avait pas pu être interrogé et que beaucoup de questions demeuraient sans réponses. Que deviendrait-elle si jamais cela continuait ?

Comme elle l'avait craint, les choses ne seraient probablement plus jamais comme avant. Il y a deux ans, lorsqu'elle avait été embauchée au labo, elle pensait naïvement que son travail consistait simplement à résoudre des énigmes. Elle s'en acquittait en toute insouciance, sans aucune arrière-pensée. Aujourd'hui, c'était la peur au ventre qu'elle se rendait au labo. Ce métier, elle l'avait choisi et il lui avait coûté bien des sacrifices, mais ce n'était pas ainsi qu'elle l'avait imaginé.

Et, en toute franchise, elle n'était plus très sûre d'avoir toujours envie de l'exercer.

— Shaye ?

La voix de Cole était caressante. Elle fit volte-face et le vit juste devant elle. Il venait de prendre une douche et s'était changé. Elle n'avait pas vu le temps passer…

Il approcha une main de son visage pour écarter une mèche de cheveux qui lui tombait sur le front.

— Je vous assure que ça va, murmura-t-il. Il n'y a vraiment pas de quoi en faire tout un plat.

— Arrêtez de me raconter des bobards.

Il ne s'était pas rasé et il avait des cernes sous les yeux. Mais ce qui la frappa le plus, c'était son regard. Le regard de quelqu'un qui revient de loin. Sans réfléchir, elle lui caressa la joue.

Il ne se déroba pas.

— Je ne veux pas que vous vous inquiétiez.

— Je peux tout entendre.

Elle s'avançait peut-être un peu, mais il n'y avait rien de pire que de ne pas savoir et de laisser son imagination s'emballer. La réalité n'aurait peut-être rien de rassurant mais au moins, s'il lui racontait tout, sans rien lui cacher, elle pourrait l'aider à faire face.

Il la fixa longuement puis embrassa sa paume, qu'elle avait laissée sur sa joue. Elle frissonna, et son cœur se mit à battre la chamade.

Cole l'attira ensuite contre lui. Une fraction de seconde avant que leurs lèvres ne se rejoignent, elle fit un pas en arrière et se dégagea.

— Cole…

— Je suis désolé. Vous avez raison, marmonna-t-il en enfonçant les mains dans ses poches. J'ai dit que nous serions amis, rien de plus. Il faut que je m'y tienne.

Le regard dont il la couvait n'avait rien de platonique. Elle détourna vite les yeux.

— Je ne veux pas être un simple passe-temps, dit-elle en s'efforçant de maîtriser son souffle.

— Mais vous n'en êtes pas un ! protesta-t-il, outré, comme si elle l'avait insulté.

— Alors racontez-moi ce qui s'est passé. Dites-moi tout.

Elle voulait savoir pourquoi ses frères lui reprochaient de toujours se mettre en danger. Cole dut lire dans ses pensées parce qu'il lui jeta un regard ennuyé.

— Andrew et Marcos dramatisent.

— Parlez-moi de l'incendie.

— L'incendie ? dit-il, de plus en plus contrarié.

— Nous sommes amis ou pas ? Il faudrait savoir.

— Bien sûr que nous sommes amis.

— Alors allez-y, je vous écoute. Dites-moi la vérité. À propos de ce soir. À propos de votre passé. Assez de cachotteries !

Sortant les mains de ses poches, il croisa les bras sur sa poitrine.

— Je vous signale que c'est en voulant vous protéger que je me suis fait tirer dessus. Et après ça vous m'accusez de ne pas être un ami sincère ?

— Ce n'est pas ce que j'ai dit.

Dieu qu'elle était fatiguée ! Brusquement, elle se sentait vidée de toute énergie et se mettait à douter d'elle-même, du bien-fondé de ses questions. Si elle le harcelait, c'était parce qu'*elle* avait peur. En même temps, comment pouvait-elle espérer réussir à voir un peu plus clair dans les sentiments qu'elle éprouvait pour lui s'il ne s'ouvrait pas à elle…

Tout cela était compliqué et, après toutes ces émotions, elle n'avait pas trop envie de se prendre le chou.

— Je veux juste que vous me fassiez confiance et me traitiez comme votre égale et non comme votre petite protégée, dit-elle d'un ton las.

Un silence pesant s'ensuivit. Puis Cole secoua la tête et quitta la pièce.

— Je me suis réveillé et j'ai découvert que la maison était en feu.

— Quoi ? demanda Shaye d'une voix ensommeillée en se tournant vers lui.

Dans son maxi T-shirt, les cheveux en bataille, l'air complètement ahuri, elle trouvait encore le moyen d'être attirante.

— J'avais quinze ans, à l'époque, expliqua Cole en s'asseyant au bord du lit.

Il détourna vite les yeux des jambes nues de la jeune femme. Pourquoi n'avait-il pas attendu qu'elle se lève ? Mais il était si impatient de lui parler. Il avait passé la moitié de la nuit à ruminer leur conversation de la veille et ce matin, en y repensant à tête reposée, il s'en voulait de l'avoir plantée comme il l'avait fait. Il continuait de penser qu'elle se montrait un peu injuste dans ses accusations, mais peut-être que s'il mettait cartes sur table elle comprendrait. Ils étaient tellement différents, elle et lui…

Shaye avait vécu dans une famille unie, au sein d'une fratrie très soudée. Comme dans les séries télévisées des années 1970. Elle n'avait jamais manqué de rien, elle avait fait de brillantes études et elle exerçait à présent un métier formidable. Il n'avait rien connu de semblable.

Il n'avait aucune envie d'évoquer son passé, et ne tenait pas davantage à repousser Shaye, mais il devait en passer par là pour que l'un et l'autre puissent aller de l'avant.

Remontant le drap sous son menton, Shaye se dressa sur son séant. Elle était maintenant tout à fait réveillée.

Il dut se faire violence pour ne pas passer les doigts dans ses longs cheveux emmêlés.

— Que s'est-il passé ? questionna-t-elle doucement.

Il haussa les épaules, le souffle court, soudain, comme s'il revivait la scène, se trouvait à nouveau sur ce palier tout enfumé, redoutant de ne pas réussir à faire sortir ses frères avant que le plafond ne s'effondre.

— L'enquête a conclu à un accident.

Mais, récemment, ses frères et lui s'étaient demandé s'il s'était réellement agi d'un accident.

Shaye posa ses doigts sur les siens et ce contact lui provoqua un serrement de cœur.

Andrew, Marcos et lui étaient vite devenus inséparables, mais Cole était le plus vieux des trois. Lui qui n'avait jamais vraiment eu de famille avant de les rencontrer avait tout fait pour se comporter en grand frère et prendre soin d'eux du mieux qu'il le pouvait. Parce qu'il avait été placé en famille d'accueil à l'âge de deux ans, et parce qu'il n'était jamais resté plus de cinq ans au même endroit, il avait toujours éprouvé des difficultés à s'attacher. À quoi bon nouer des liens avec des gens qui, du jour au lendemain, étaient susceptibles de sortir de sa vie ? Ses frères n'étaient pas comme ça. Et Shaye non plus, probablement. Peut-être avait-elle raison, dans le fond, de lui reprocher de ne pas lui faire assez confiance...

— À quoi pensez-vous ? murmura-t-elle.

— À l'âge de deux ans, j'ai été enlevé à mes parents biologiques, qui ne s'occupaient pas de moi, et placé en famille d'accueil.

Shaye eut un mouvement de recul, puis elle se blottit plus étroitement contre lui. Il fut de nouveau frappé par le parfum frais et vivifiant qui se dégageait de ses cheveux. Son shampoing avait la même odeur que l'océan.

Cette conversation, il avait tout fait pour ne pas l'avoir mais, maintenant qu'il était lancé, Cole ne désirait rien tant qu'aller jusqu'au bout. Il voulait que Shaye connaisse toute l'histoire. Peut-être alors arriverait-elle à le comprendre.

— Je ne me souviens pas d'eux. Tout ça, je l'ai lu dans mon dossier. C'est une assistante sociale, apparemment, qui m'a trouvé enfermé dans un placard, dénutri.

Les yeux de Shaye s'emplirent de larmes et ses lèvres se mirent à trembler.

Il lui décocha un petit sourire.

— Ce n'est pas grave, assura-t-il. Je n'ai strictement aucun souvenir de toute cette période.

Elle serra plus fort sa main.

— Peu importe, s'insurgea-t-elle. C'est quelque chose que vous avez vécu et c'est grave, quoi que vous en disiez.

— Ballotté d'une famille d'accueil à l'autre, je n'ai jamais rien connu d'autre, en fait. Jusqu'à ce que je rencontre Andrew et Marcos.

— Et dès le début vous les avez pris sous votre aile. Mais et vous ? Qui prenait soin de vous, à cette époque ?

— Je me débrouillais déjà tout seul. Et après, je suis devenu flic.

— Et vous avez pu prendre soin d'encore plus de gens.

Il n'avait jamais fait le rapprochement, mais elle avait sûrement raison.

— Où est le problème ? questionna-t-il.

— Nulle part, assura-t-elle d'un air un peu dépité. Mais on a tous besoin de quelqu'un qui prenne soin de nous.

Il ne voulait pas de sa pitié et s'écarta légèrement d'elle.

— Je ne pense pas que…

La sonnerie de son téléphone l'interrompit. De sa main libre, il l'extirpa de sa poche et jeta un coup d'œil à l'écran. C'était Luke.

— Que se passe-t-il ? demanda-t-il à son coéquipier.

— Nous avons retrouvé la voiture.

— C'est super !

Pourquoi Luke semblait-il aussi abattu ?

— Non, Cole, pas super du tout. Il s'agit bien du véhicule avec lequel Dominic s'est rendu au poste de police, il l'avait garé un peu plus loin. Mais il y a un problème.

— Quel problème ? fit Cole qui se doutait de ce que Luke allait lui annoncer.

— Ce n'est pas la même voiture. Ce n'est pas Dominic qui a tiré sur Shaye. L'homme qui a cherché à la tuer est toujours en liberté.

11

— Tu es sûr que ce n'est pas Dominic ? demanda Cole. Il est possible qu'il ait utilisé un autre véhicule quand il a suivi Shaye dans la voiture de patrouille. Nous n'avons jamais identifié celui qu'il conduisait lorsqu'il a ouvert le feu sur le parking de la supérette.

Cole fixait son partenaire d'un air plein d'espoir, mais il se sentait découragé. Il était arrivé au poste de police une heure plus tôt, après avoir déposé Shaye au labo, juste à côté, et lui avoir recommandé de ne pas bouger là et d'attendre qu'il revienne la chercher. On était lundi, mais il supposait que son patron lui accorderait un peu de repos après ce qui lui était arrivé.

— Oui, j'en suis quasiment sûr, répondit Luke, qui semblait très alerte en dépit du fait qu'il n'avait pratiquement pas dormi du week-end.

Assis droit comme un I à son bureau, il émanait de lui une certaine autorité malgré sa tenue vestimentaire.

— La voiture en question est une vieille Taurus, comme celle de l'homme qui a tiré sur Shaye, sauf qu'elle n'est pas de la même couleur. Et qu'elle est beaucoup moins rouillée, d'après Hiroshi, que le véhicule qui a suivi sa voiture de patrouille.

— Et celle que vous avez retrouvée est bien la voiture qu'Ed le Dingue a léguée à Rosa ?

— Affirmatif. Le numéro d'identification du véhicule correspond.

— Où Dominic la planquait-il ? En ce qui me concerne, je n'en ai pas tout à fait fini avec ce gaillard. Il portait un sweater à capuche, comme l'homme qui a tiré sur Shaye.

— Cela ne prouve rien, rétorqua Luke. Sans compter que Dominic avait un semi-automatique, contrairement au tireur, armé d'un pistolet ordinaire. Pourquoi aurait-il changé ?

— Parce que je suis flic. Il savait que je serais armé. Shaye, en revanche, était pour lui une proie facile.

Il se crispa à cette pensée. Il s'était donné tant de mal, l'an passé, pour éradiquer le gang de Jannis — en grande partie parce qu'il était censé lutter contre la criminalité et que ledit gang avait assassiné trois de ses collègues, mais aussi parce qu'il savait que tant qu'il ne les aurait pas tous arrêtés Shaye ne serait pas en sécurité.

S'il avait su qu'un an plus tard elle serait à nouveau prise pour cible, il aurait insisté pour la faire entrer dans le programme de protection des témoins. Sauf que dans ce cas elle serait sortie de sa vie pour de bon, et que cette seule pensée lui était insupportable.

— Peut-être, dit Luke, visiblement sceptique. Jusqu'à ce que Dominic se réveille — à supposer qu'il se réveille — nous n'avons rien d'autre que la voiture. Et les membres du gang arrêtés en même temps que lui. Mais il n'y a rien à en tirer. Ils préfèrent croupir en prison plutôt que de s'attirer les foudres de leur chef.

— En prison, au moins, ils n'ont rien à craindre, railla Cole.

— Il y a quand même une bonne nouvelle, annonça Luke. Nous avons retrouvé Rosa et Ed junior.

— Ah bon ? Où ça ?

— Ils sont allés se réfugier chez la sœur aînée de Rosa, en banlieue. J'étais au téléphone avec Rosa juste avant que tu arrives. Elle m'a expliqué qu'hier soir son frère avait insisté pour qu'elle quitte son domicile. Elle n'a pas demandé pourquoi mais, se doutant qu'il avait dû s'attirer des ennuis, elle a préféré partir. D'après ce qu'elle m'a dit, Dominic voulait quitter le gang, ce qui expliquerait peut-être pourquoi il tenait tant à ce qu'elle s'en aille.

— Je vois. Auquel cas, ce n'était pas parce qu'il s'était mis dans la tête de tuer un flic que ses collègues du gang le poursuivaient, mais parce qu'il s'apprêtait à les laisser tomber.

— Oui, c'est possible. Je ne suis pas sûr que Rosa y gagne vraiment quelque chose, mais elle prétend que Leonardo et Ed le Dingue avaient un accord, et qu'en vertu de celui-ci, jamais Leonardo ne s'en prendrait à elle ou au gosse.

— Leonardo ?

Luke se mit à rire.

— Aussi surprenant que cela puisse paraître, c'est bien le nom du chef des Kings.

Cole opina du bonnet. Luke ne lui apprenait rien, bien sûr, mais obnubilé par Shaye il n'arrivait pas à se concentrer.

— Rosa t'a donc dit ne pas savoir ce que Dominic a fait, hier soir, c'est bien ça ? Qu'a-t-elle répondu quand tu as suggéré qu'il traquait Shaye ?

— En fait, on s'est parlé au téléphone. Ce n'est pas

comme si je l'avais eue en face de moi. Difficile dans ces conditions de dire si elle mentait ou non. Mais j'aurais tendance à la croire. Elle a eu l'air de ne pas savoir de qui je parlais quand j'ai mentionné Shaye. Ce qui me laisse penser que Dominic n'est pas l'homme qui lui a tiré dessus.

Cole se rembrunit. Si Dominic avait cherché à venger sa sœur, il était impossible que Rosa n'ait jamais entendu parler de Shaye. Peut-être était-elle une fieffée menteuse. Il se pouvait aussi que Dominic fût plus rancunier qu'elle, ce que concevait parfaitement Cole, qui en voulait terriblement à l'homme qui avait failli tuer Andrew, un mois plus tôt.

— Admettons provisoirement que Dominic soit hors de cause, dit-il, et qu'il nous faille donc élargir les recherches.

Pianotant sur son bureau, il se creusait vainement la cervelle. Ils avaient dressé la liste des personnes susceptibles de vouloir nuire à Shaye et ils avaient passé en revue les indices relevés sur le parking de la supérette. En pure perte.

— Je me demande par où…, commença Luke.

Mais Cole l'interrompit car il venait d'avoir une idée.

— Tu as bien dit que le chef des Kings clamait haut et fort qu'il n'avait rien à voir là-dedans, n'est-ce pas ?

Luke poussa une telle bordée de jurons que Cole finit par pouffer de rire. Son coéquipier le connaissait si bien qu'il n'avait eu aucun mal à deviner qu'il allait lui soumettre un plan dangereux.

— Un vrai charretier ! plaisanta Cole.

Amusé, Luke lui fit un doigt d'honneur. Mais il recouvra vite son sérieux.

— Je sens que je ne vais pas aimer ce que tu vas me proposer. Je me trompe ?

— Sans doute pas. Mais je pense vraiment que nous devrions aller parler au chef des Kings.

Il y eut un long silence. Puis Luke lança :

— Tu rigoles ? Pas plus tard qu'hier soir n'as-tu pas promis d'éviter de te mettre en danger ?

— Si, mais qui t'a dit que j'allais me mettre en danger ?

— En allant rencontrer un chef de gang, il me semble qu'il est difficile de faire autrement.

— Écoute, tu l'as dit toi-même. Leonardo n'avait qu'une idée en tête : te convaincre qu'il n'avait rien à voir là-dedans. On ne devrait pas avoir trop de mal à lui faire dire ce que faisaient les autres membres du gang ici, hier soir.

Luke croisa les bras sur sa poitrine, mais il ne bougea pas de son fauteuil.

— Tu crois qu'il nous le dira, s'il a ordonné à ses hommes de tuer quelqu'un ?

— Non, mais il verra que nous ne lâchons rien et que c'est pour ça que le gang de Jannis est tombé. Je suis sûr que l'air de rien il se débrouillera pour nous donner les informations dont nous avons besoin.

Luke se renfrogna mais Cole comprit qu'il avait réussi à le convaincre.

— Nous saurons alors si Dominic a des copains susceptibles de prendre fait et cause pour lui.

— Oui. Et vu ce qu'il s'est passé hier soir, si Leonardo sait qui ils sont, il les désignera sans l'ombre d'une hésitation.

Jurant à nouveau, Luke ouvrit le tiroir du haut de son bureau et en tira un pistolet.

— D'accord, mais il va falloir que nous préparions bien notre coup. Je ne veux pas du cafouillage d'hier soir.

— Eh bien, moi non plus, figure-toi ! marmonna Cole en lui emboîtant le pas.

— Salut, Shaye.

Il fallut quelques secondes à la jeune femme pour reconnaître la voix au bout du fil.

— Andrew ! Que se passe-t-il ? Où est Cole ? Il n'a rien, j'espère ?

Prise de panique, elle jeta un coup d'œil en direction du poste de police. Isolée comme elle l'était au bout du couloir, elle aurait très bien pu ne rien entendre s'il y avait du grabuge à côté. Elle se leva d'un bond.

— Tout va bien, Shaye. Ne vous inquiétez pas.

— Tant mieux. Vous m'avez fait une de ces peurs.

— Je m'en excuse. Je voulais juste m'assurer que tout allait bien pour vous.

On entendait en bruit de fond un *boum, boum, boum* qu'elle n'arrivait pas à identifier.

— Qu'est-ce qu'on entend ? s'enquit-elle. Où êtes-vous ?

— À Quantico. Je viens juste de descendre d'un hélicoptère. Je profite d'un court répit pour m'assurer que vous allez bien. Rien à signaler, au labo ?

— Non. La routine habituelle. C'est Cole qui vous a demandé d'appeler ?

— Non. Mais comme je sais qu'il n'aime pas vous laisser seule, son inquiétude finit par déteindre sur moi, même quand elle n'a aucune raison d'être.

Andrew lâcha un petit rire, histoire de détendre l'atmosphère.

— Le labo se trouvant à moins de cinquante mètres du poste de police, il n'y a rien à craindre, ajouta-t-il.

Sauf que l'an dernier elle avait failli se faire tuer. Et qu'hier soir c'était Cole qui s'était fait tirer dessus.

Dans les deux cas, il est vrai que la fusillade avait eu lieu sur le parking. Tant qu'elle restait à l'intérieur, elle ne risquait rien. Il fallait une carte clé pour entrer dans le labo, et l'accès à chacun des bureaux était également sécurisé. En dehors d'elle et de son directeur, personne ne pouvait entrer dans son bureau.

Mais elle non plus n'aimait pas être loin de Cole — elle craignait pour sa vie à lui au moins autant que pour la sienne. Aussi s'était-elle rongé les sangs toute la journée. Elle s'efforça cependant de prendre un ton détaché.

— Tout est très calme, ici, assura-t-elle.

— Parfait, dit Andrew, qui semblait pressé, tout à coup. Il faut que je vous laisse, maintenant. Soyez prudente et dites à Cole que je l'appellerai ce soir sans faute.

Il raccrocha avant qu'elle ait eu le temps de lui dire au revoir. Elle contempla un instant le téléphone, déconcertée. Mais, bien qu'il eût pris fin brutalement, le coup de fil d'Andrew l'avait touchée. Si Cole avait été longtemps seul dans la vie, il était à présent bien entouré. Et elle, bien protégée.

Lorsque, quelques minutes plus tard, Marcos l'appela à son tour, Shaye faillit éclater de rire.

— Salut, Marcos. Je viens d'avoir votre frère au téléphone.

— Qu'est-ce qu'il fabrique ? L'enquête progresse ?

Devinant qu'il n'avait pas compris de qui elle parlait, Shaye précisa :

— Pas Cole. Andrew.

— Ah ! s'exclama Marcos en riant. Nous avons eu la même idée, alors. Tout va bien, je suppose ?

— Oui, très bien.

Elle hésita à lui parler de ce qui l'avait turlupinée toute la matinée. Mais Marcos ne la laissa pas tergiverser longtemps.

— Crachez le morceau, dit-il. Qu'est-ce qui vous tracasse ? Cole veille sur vous ; vous n'avez rien à craindre.

— Oui, je sais.

Elle avait toute confiance en Cole et savait que sous sa protection elle ne risquait rien. C'était pour *lui* qu'elle s'inquiétait.

— En fait, je me demandais, continua-t-elle. Cole a commencé à me parler de l'incendie de la maison dans laquelle vous viviez, plus jeunes, mais il a été interrompu et je n'ai jamais su comment vous aviez réussi à tous sortir de là.

Une pensée horrible lui traversa l'esprit.

— Tout le monde a réussi à sortir, n'est-ce pas ?

Au silence interminable qui s'ensuivit, Shaye comprit qu'elle venait de poser la question de trop, et que Marcos estimait qu'il n'était pas le mieux placé pour parler de tout ça avec elle.

— Je suis désolée. Je…

— Pas de problème, dit Marcos d'une voix un peu éteinte. Je ne devrais pas être surpris qu'il vous ait parlé de l'incendie, mais Cole est si réservé, d'habitude. À vrai dire, je pense qu'il n'en a jamais parlé à personne, en dehors de nous et de Luke.

Shaye eut de la peine pour lui. Cole était tellement secret.

— Nous avons tous réussi à sortir. Le feu avait pris

au rez-de-chaussée et nous, les enfants, nous dormions à l'étage. Enfin, ça a été moins deux que…

Il s'interrompit. Shaye comprit qu'il ne lui disait pas tout.

— Je me suis réveillé, continua Marcos, et il y avait plein de fumée partout. J'avais du mal à respirer, je n'y voyais rien, et je ne savais pas quoi faire. J'avais douze ans.

Il marqua une pause. Shaye sentit qu'elle remuait en lui des souvenirs douloureux. Elle faillit lui dire de laisser tomber, mais il reprit le fil de son récit.

— Puis Cole est arrivé. Il a réveillé Andrew et il nous a fait descendre. Nous nous tenions par la main, Andrew et moi, mais à un moment j'ai trébuché et je me suis retrouvé seul, livré à moi-même. Jamais je n'ai eu aussi peur de ma vie. J'ai quand même fini par trouver la sortie, juste à temps, parce que la maison n'était plus qu'un gigantesque brasier. Cole maintenait Andrew à l'écart, mais, s'il ne l'avait pas retenu, ils seraient tous deux retournés me chercher dans la maison. Comme je suis finalement sorti par la porte de derrière, c'eût été une très mauvaise idée.

Consternée, Shaye se contenta d'acquiescer.

— Et c'est après, si j'ai bien compris, que vous avez été séparés ?

— Oui. Il a fallu nous recaser en urgence et nous nous sommes retrouvés dans des familles d'accueil différentes. Au début, ça a été dur, mais nous nous téléphonions et nous retrouvions le plus souvent possible. Et, le jour de mes dix-huit ans, Cole est venu me chercher et m'a emmené chez lui.

L'émotion transparaissait dans la voix de Marcos.

— C'est un chic type, dit Shaye d'une voix également altérée.

Elle savait qu'il avait pris en charge Andrew et Marcos à leur majorité. Cole le lui avait dit, quelques jours plus tôt.

— Oui, vraiment. Je sais qu'il n'est pas facile d'accès, parfois, ou du moins que c'est l'impression qu'il donne, et qu'il faut s'accrocher, mais il en vaut la peine, Shaye.

— Je…

Que pouvait-elle répondre à cela ? Que Cole ne voulait pas d'elle dans sa vie ? Qu'elle avait peur de s'engager dans une relation avec un homme qui passait son temps à risquer sa vie ?

— Ne le laissez pas tomber, dit doucement Marcos. Il faut que j'y aille, Shaye. J'ai un rendez-vous dans moins d'une heure.

— Je suis désolée. Je ne…

— Prenez soin de vous et dites à Cole que je l'appellerai.

— Oui, d'accord, promit Shaye, mais il avait déjà raccroché.

Un long moment, elle garda les yeux fixés sur le mur en face d'elle. Il était couvert de dessins humoristiques que seul un expert en analyse numérique pouvait trouver drôles. Mais ces dessins, elle ne les voyait pas. Elle songeait à ce que Marcos lui avait dit. Comme elle l'avait toujours pensé, Cole méritait d'avoir quelqu'un dans sa vie, quelqu'un qui veillerait sur lui de la même manière que lui veillait sur tous ceux qui l'entouraient.

Et il méritait d'avoir quelqu'un de courageux, bien plus courageux qu'elle ne le serait jamais.

12

Juste au moment où Cole se garait le long du trottoir, six hommes portant les couleurs du gang et des chemises suffisamment larges pour cacher leurs armes s'approchèrent de la voiture de leur démarche chaloupée.

— On ferait peut-être mieux de faire demi-tour, murmura Luke, assis sur le siège passager et prêt à dégainer son pistolet.

Cole n'eut pas le temps de lui répondre qu'un cri retentissait et que, d'un seul bloc, les six voyous se retournaient et repartaient dans l'autre sens. Un autre type venait dans leur direction, les mains sur les côtés pour montrer qu'il n'était pas armé.

— Leonardo, chuchota Luke en ouvrant sa portière.

Cole l'imita et s'avança à la rencontre du chef des Kings. Leonardo Carrera était petit et gros — moins d'un mètre soixante-dix pour environ cent trente kilos. Il était couvert de tatouages et avait en permanence la mine renfrognée. Il avait eu pas mal de démêlés avec la justice mais, malgré sa réputation de teigneux dans le milieu, il évitait de se mettre à dos la police, surtout depuis que le gang de Jannis avait été démantelé.

— Inspecteurs, les salua-t-il, comme l'aurait fait un notable de la ville les accueillant chez lui.

— Leonardo, dit Cole en jaugeant du regard les autres membres du gang. Pourrions-nous vous parler en privé ?

Leonardo jeta un coup d'œil par-dessus son épaule et hocha la tête. Les hommes se dispersèrent aussitôt.

— Bien sûr. Que puis-je faire pour vous ?

Cole avait toujours été impressionné par ce type, diplômé d'une école de commerce. Il y a quelques années, Leonardo était rentré au bercail et avait pris la tête du gang lorsque les Kings avaient perdu leur chef — le frère aîné de Leonardo. Sous sa direction, le gang avait prospéré et s'était enrichi… en toute impunité car Leonardo se débrouillait toujours pour passer entre les mailles du filet. Cela ne durerait pas, Cole se faisait fort de mettre un terme aux activités illicites du gang. Mais cela attendrait encore un peu car pour l'heure il avait d'autres chats à fouetter.

— Je viens me renseigner sur Dominic Elliard, lança-t-il tout de go à Leonardo.

— Il ne fait plus partie de mon cercle d'amis.

En temps normal, les euphémismes du chef de gang auraient amusé Cole, mais pas aujourd'hui.

— Ah bon ? Et depuis quand, exactement ?

Leonardo haussa les épaules.

— Cela fait déjà un petit moment. Je savais qu'il voulait partir et ça, je n'apprécie pas beaucoup. Parce qu'il suffit d'en laisser partir un pour que les autres se croient autorisés à en faire autant. Mais j'étais prêt à faire une exception, dans la mesure où il devait s'occuper de sa sœur et du petit.

— Ed et vous aviez une sorte d'accord ? demanda Luke.

Leonardo eut un petit sourire sardonique.

— Disons que, lui et moi, nous nous comprenions.

Nous avons grandi ensemble. Il a mal tourné, c'est sûr. Mais nous étions très proches, autrefois.

Son sourire s'évanouit.

— Cela remonte à pas mal d'années. Alors, oui, en souvenir de cette époque, j'ai lâché du lest avec Dominic. Mais voilà qu'après il a commencé à parler de se venger sur les flics. Je n'ai rien à voir là-dedans, moi. Je suis un homme d'affaires, vous savez.

Cole acquiesça, histoire de ne pas le contrarier.

— Quand Dominic a-t-il conçu ce projet de se venger sur les flics ?

— Hier.

— Hier ? répéta Cole en jetant un bref regard à Luke, qui semblait aussi déconcerté que lui.

C'était la veille qu'ils avaient rendu visite à Dominic pour la première fois, mais Shaye s'était fait tirer dessus avant.

— Avait-il l'intention de s'en prendre aussi au personnel du labo ?

— Du labo ? demanda Leonardo, visiblement perplexe. De quel labo ?

— De la police scientifique du comté, répondit Luke.

— Pas que je sache. Il en avait après les flics, apparemment. Il disait qu'ils étaient allés chez Rosa et qu'ils l'avaient rabrouée parce qu'ils étaient venus lui confisquer sa voiture et que la voiture n'était pas là. Cette altercation a réactivé sa vieille rancune.

Leonardo s'interrompit et les regarda tour à tour.

— Je suppose que c'est vous qui êtes allés chez Rosa, hein ? Dominic pensait récupérer l'argent d'Ed quand il a été jeté en prison. Comme si la justice n'allait pas s'en saisir. Il était sacrément naïf. Quoi qu'il en soit, il ne l'a jamais digéré. Il a ruminé ça pendant un an.

— Que fichaient les autres membres du gang devant le poste de police, hier soir ? lança Luke en faisant un pas vers Leonardo, qui haussa les sourcils mais finit par reculer.

Il pesait bien quarante kilos de plus que Luke et devait avoir une arme cachée sur lui, mais Luke avait été marine et, lorsque la situation l'exigeait, il faisait en sorte que ça se voie.

— Ce n'était pas là que c'était censé se passer, dit Leonardo en choisissant bien ses mots car il ne voulait surtout pas se mouiller.

— Ils en avaient donc après Dominic ? demanda Luke.

— Oui. Ils devaient le… dissuader de mettre son projet à exécution.

Leonardo leur décocha un sourire carnassier.

— Je ne défends pas les gens qui s'écartent du droit chemin, vous savez.

— C'est ce qu'il paraît, dit Cole. Merci de nous avoir accordé un peu de votre temps.

Comme Luke et lui tournaient les talons pour retourner à la voiture, Leonardo les interpella.

— J'ai entendu parler de la fusillade à la supérette. Les journaux disaient qu'il y avait eu un blessé. Vous êtes sur l'affaire ?

Cole fit volte-face.

— Vous savez quelque chose ?

Leonardo leva les mains.

— Tout ce que je peux vous dire, c'est que le coupable n'appartient pas à mon cercle d'amis. Et qu'il ne compte pas non plus parmi, euh, mes adversaires aux échecs.

Il parlait bien sûr des membres des gangs rivaux.

— En êtes-vous bien sûr ? demanda Cole.

— À cent pour cent pour ce qui est de mes amis. Quasiment sûr en ce qui concerne les autres. Sinon, j'en aurais déjà entendu parler. Ça finit toujours par se savoir, ce genre de choses.

Cole acquiesça et regagna la voiture. Il se glissa derrière le volant et regarda son coéquipier, qui claquait la portière.

— Tu le crois ?

— Que le coupable n'est pas un membre de gang ? Oui. Aucun d'eux ne se risquerait à prendre de telles initiatives.

Cole serra les mâchoires, ravalant les jurons qui lui vinrent aux lèvres. Si les gangs étaient hors de cause, ils étaient de retour à la case départ et ne savaient toujours pas qui avait tenté de tuer Shaye, vendredi soir.

Cole était de mauvaise humeur lorsqu'il retrouva Shaye au labo à la fin de la journée.

Il y avait déjà deux heures qu'elle l'attendait, mais elle ne lui fit aucune remarque. Elle savait qu'il cherchait à établir la culpabilité de Dominic Elliard et, de toute façon, elle avait du travail en retard. Son absence d'une année se faisait durement sentir car, même si le laboratoire d'État avait partiellement pris la relève, elle croulait sous la tâche depuis son retour.

— Qu'est-ce qui ne va pas ? demanda-t-elle à Cole tout en se doutant de ce qu'il allait lui répondre.

— Je suis désolé, mais il semblerait que Dominic Elliard ne soit pas notre homme.

— Quoi ? s'exclama Shaye, qui n'y comprenait plus rien. Je croyais que vous l'aviez arrêté hier soir ?

— Oui. Parce qu'il a bel et bien tiré sur moi, mais ce n'est pas lui qui vous traque et cherche à avoir votre peau. Dès qu'il sera en état de parler, nous l'interrogerons, mais je pense que notre homme court toujours.

— Alors pourquoi Dominic vous a-t-il tiré dessus ? Je pensais que c'était à cause de la visite que Luke et vous lui avez rendue l'autre jour ?

— Oui, indirectement. Dominic était furieux parce que l'argent et les biens d'Ed ont été confisqués.

— Mais il les avait acquis illégalement.

— Certes, mais Dominic considérait qu'ils auraient dû revenir à sa sœur — ou à lui, tant qu'à faire. Quand nous avons commencé à le questionner au sujet de la voiture, ça a été la goutte d'eau qui fait déborder le vase. Il a pété les plombs.

— Au point de foncer au commissariat dans sa vieille guimbarde et de tirer sur un policier ? demanda Shaye, médusée.

— Il faut croire.

Réprimant un frisson, elle croisa les bras sur sa poitrine.

— Si mon harceleur court toujours, je ne suis donc pas tirée d'affaire. Qu'allons-nous faire, Cole ?

Mais, sans lui laisser le temps de répondre, elle ajouta :

— Ne me parlez surtout pas du programme de protection des témoins.

Elle ne voyait sans doute pas les siens aussi souvent qu'elle l'aurait voulu, mais de là à ne plus les voir du tout… Non, c'était pour elle inconcevable. Et elle souffrirait de ne plus jamais voir Cole. Quel que soit le danger encouru, elle ne pouvait abandonner ceux qu'elle aimait. Plutôt mourir !

Ceux qu'elle aimait. Shaye s'aperçut qu'elle avait mis

Cole sur le même plan que sa famille. Mais elle préféra ne pas s'attarder sur ce constat car elle avait assez de soucis comme ça sans en plus s'amouracher d'un flic qui ne partagerait jamais ses sentiments.

Elle ne s'en sortirait jamais. La peur continuerait de l'accompagner partout. À chaque fois qu'elle mettrait le nez dehors, elle craindrait de se faire descendre. En tant qu'inspecteur de police, était-ce ce que Cole vivait chaque jour ?

— Comment faites-vous pour supporter ça ?

— Supporter quoi ? s'enquit-il en prenant les mains de la jeune femme dans les siennes. Je suis vraiment désolé que l'arrestation de Dominic ne mette pas un point final à toute cette histoire, mais l'enquête continue. Nous ne lâcherons pas l'affaire tant que nous n'aurons pas appréhendé le coupable. Et, jusque-là, je vais veiller sur vous. Je vous le promets, Shaye.

— Comment faites-vous pour affronter le danger au quotidien sans devenir fou ?

— Le danger ? murmura-t-il, le regard soudain voilé, comme s'il rentrait en lui-même.

— On dirait que vous vous en moquez. Je me demande comment vous faites parce que moi, je n'arrive pas à…

— Ne vous inquiétez pas pour ça, Shaye. Bientôt, vous n'y penserez plus. Je vais attraper ce type, où qu'il soit, et vous rendre très vite votre vie d'avant.

Sa vie d'avant ? songea-t-elle avec amertume. Ce qu'elle voulait surtout, c'était apprendre à dominer sa peur. Et connaître les risques auxquels Cole était confrontés pour cesser de trembler dès qu'il était hors de sa vue.

Sans lâcher la main de Cole, elle se laissa tomber dans un fauteuil. Que lui arrivait-il ? Sans qu'elle s'en rende compte, elle s'était mise à craindre pour lui davantage que pour elle-même.

Comment en était-elle venue à tenir à lui plus qu'à sa propre vie ?

Comment un simple béguin avait-il pu se muer en passion absolue ?

C'était bien le moment de tomber amoureuse !

— Je continue de penser que c'est une très mauvaise idée, déclara Cole une heure plus tard, en escortant Shaye à l'intérieur de l'hôpital.

— Si je le vois, peut-être que je le reconnaîtrai.

— Et à sa réaction on verra bien s'il la connaît ou pas, ajouta Luke qui les avait retrouvés dans le hall, comme convenu au téléphone.

— D'accord, grommela Cole, à contrecœur. Dépêchons-nous. Shaye n'est pas en sécurité, ici. Il y a beaucoup trop de monde.

— Personne ne va lui tirer dessus à l'hôpital, déclara Luke.

— C'est vite dit. Elliard a bien ouvert le feu au poste de police, lui rappela Cole.

Luke jeta un regard entendu à Shaye. De toute évidence, il pensait que Cole dramatisait. Elle lui décocha un petit sourire.

Depuis qu'elle avait pris conscience de l'intensité de ses sentiments pour Cole, elle n'était plus tout à fait elle-même et se sentait terriblement mal à l'aise tant elle redoutait que Cole ne la perce à jour. Ses craintes n'étaient pas complètement infondées car plus d'une fois elle avait vu Cole deviner ce que les gens avaient dans la tête. Cela devait faire partie des compétences que tout bon policier était censé avoir. Quoi qu'il en soit, elle n'avait pas envie qu'il lise en elle. Pas aujourd'hui.

Il avait très vite compris qu'elle lui cachait quelque chose, cependant, car pendant tout le trajet jusqu'à l'hôpital il n'avait cessé de la tarabuster. Heureusement, il semblait croire que c'était la peur de savoir son harceleur en liberté qui la rendait aussi taciturne. Elle s'était bien gardée de le détromper. Tant qu'elle ignorait quelle suite elle allait donner aux sentiments qu'elle éprouvait pour lui, elle préférait le laisser croire ce qu'il voulait.

— Venez, c'est par ici, indiqua Luke en les guidant vers l'un des ascenseurs. Elliard est sorti de l'unité de soins intensifs. Mais il n'est pas au courant que nous venons lui rendre visite. Étant donné qu'il vient juste de se réveiller, il va falloir faire attention aux questions que nous allons lui poser, parce que les réponses qu'il donnera sont susceptibles de le faire condamner.

— Il sera au moins inculpé pour avoir ouvert le feu au commissariat, dit Cole. Nos caméras de surveillance le montrent très clairement, sans compter que je peux en témoigner. Là où c'est plus délicat, c'est pour Shaye. Si c'est lui qui lui a tiré dessus, il faut qu'il avoue puisqu'on n'a aucune preuve. Je veux le faire tomber pour ça aussi.

Luke hocha la tête.

— Je suis d'accord. Mais si on s'y prend bien, si tout se passe comme prévu, son compte est bon. Elliard n'est pas près de recouvrer sa liberté.

L'ascenseur s'immobilisa au deuxième étage. Ils en sortirent tous les trois et longèrent le couloir. Un policier montait le garde devant la chambre du prévenu. Cole et Luke échangèrent quelques mots avec le flic. Lorsqu'ils ouvrirent la porte de la chambre, Shaye respira un grand coup pour se donner du courage.

Elle n'avait pas vu le visage de l'homme qui lui avait tiré dessus, mais elle savait que parfois, lors des séances d'identification, des témoins découvraient que leurs souvenirs étaient plus précis que ce qu'ils avaient cru. Allait-elle reconnaître Dominic ?

Tendue, elle entra dans la chambre derrière Cole et Luke, et scruta l'homme allongé dans le lit. Il était d'une pâleur cadavérique. La partie droite de son torse disparaissait sous de gros bandages et il avait le bras en écharpe. Il était relié à tout un fatras de fils et de tuyaux.

Il tourna la tête lentement, en grimaçant de douleur. Lorsqu'il les vit, un rictus lui retroussa les lèvres.

Le cœur battant comme un tambour, Shaye le fixait, incapable de détacher les yeux de son sourire sardonique, de son regard torve que d'épais sourcils rendaient encore plus intimidant, de son nez fin cabossé. Il se mit à la fixer à son tour.

Il avait les yeux marron. Des yeux dans lesquels se lisaient la colère et la perplexité. Ce regard, ce visage, ne disaient rien à Shaye. Jetant un coup d'œil à Cole, elle secoua la tête.

— Laissez-moi deviner, lança Dominic, d'un ton qu'il aurait voulu sarcastique mais qui se révéla être celui d'un homme affaibli. Vous êtes venus chercher mes clés de voiture, c'est ça ?

— Votre voiture, nous l'avons trouvée, répondit Luke. Nous sommes venus vous parler de Shaye.

— De qui ?

— De Shaye, ici présente, dit Cole en attirant l'attention de Dominic sur la jeune femme.

— Je ne la connais pas. Vous allez lui donner ma voiture ?

— Ce n'est pas la vôtre. Et en prison, vous n'aurez pas besoin de voiture ! répliqua sèchement Cole. Alors à votre place, j'arrêterais ce cinéma et je coopérerais.

Elliard roula les yeux.

— Coopérer pour quoi, puisque vous avez trouvé ma voiture ?

— Il ne s'agit pas de la voiture, répondit Luke. Mais d'une fusillade qui a eu lieu il y a trois jours.

Dominic lâcha une bordée de jurons étonnamment sonores pour un homme dans son état.

— Oh ! non. Ne me dites pas que vous allez me mettre sur le dos un règlement de comptes ? C'est ce voyou qui s'est fait descendre sur la 109 ? Ce n'est pas moi. Je ne le connais même pas.

— Non, il ne s'agit pas de lui, dit Luke. Mais de Shaye.

Dominic sembla déconcerté.

— Qu'est-ce que vous me racontez ? Si elle s'était fait descendre, elle ne serait pas là.

Comme il leur ressortait le couplet de la victime qui se fait piéger par les flics, Luke mit rapidement fin à la conversation.

— Merci de nous avoir consacré un peu de temps. Nous allons vous laisser.

Dès qu'ils eurent tous trois quitté la chambre, Cole déclara :

— Il nous en veut, aucun doute là-dessus. Mais ce n'est pas notre homme.

— C'est qui, alors ? demanda Shaye.

Ils reprirent le couloir en sens inverse. Les jurons de Dominic les accompagnèrent jusqu'à l'ascenseur.

13

— Je vous trouve bizarre, ce soir, dit Cole en scrutant Shaye.

Elle avait peur, il le savait. Mais il sentait bien qu'il y avait autre chose. Et son instinct ne le trompait jamais.

— Que se passe-t-il, Shaye ?

Assise sur le canapé, elle n'arrêtait pas de gigoter, visiblement mal à l'aise. Elle portait le pantalon gris et la blouse vert émeraude qu'elle avait mis ce matin pour aller travailler. Ses cheveux, qu'elle avait rassemblés en chignon sage au sommet de son crâne, s'étaient détachés et cascadaient sur ses épaules.

Il avait pris place dans le fauteuil, pas trop près d'elle, et la regardait. Ils étaient revenus chez lui, où elle allait rester jusqu'à ce qu'ils aient coincé l'homme qui cherchait à la tuer. Par moments, il avait envie de la garder plus longtemps, de l'avoir chez lui à demeure. Il en oubliait presque que leur relation était purement professionnelle, qu'il était juste censé assurer sa protection. Mais garder ses distances lui était de plus en plus difficile.

— Rien, répondit-elle en haussant les épaules et en détournant les yeux. Mais ça a été une longue journée. Et si nous commandions une pizza ?

— Oui, bien sûr. Mais vous espérez vraiment me faire croire ça ? Je suis flic et vous mentez très mal, ma jolie.

Elle ouvrit la bouche pour protester. Il ne put empêcher son regard de s'attarder sur ses lèvres charnues qu'elle faisait briller à coups de gloss rose et qu'il brûlait d'embrasser.

On se calme ! se morigéna Cole *in petto.*

— Tout cela n'est pas facile, dit-elle. J'essaie seulement… d'y voir un peu plus clair.

Cole revint aussitôt aux choses sérieuses.

— Je me suis engagé à vous protéger, Shaye, et je n'ai pas l'intention de faillir à ma promesse.

— Je sais bien. Le problème n'est pas là.

— Il est où, alors ?

— En fait, je m'inquiète pour vous. Parce que vous, dans tout ça, qui vous protège ?

Elle semblait vraiment très anxieuse. Elle avait les lèvres qui tremblaient et les larmes aux yeux. Il se leva et alla s'asseoir à côté d'elle sur le canapé. Bien plus près qu'il n'aurait dû.

— Mais moi, je ne risque rien, assura-t-il en essayant d'être le plus convaincant possible. J'ai reçu une formation très poussée. C'est vrai que je suis entré dans la police parce que je savais que même sans diplôme je serais bien payé, mais…

— N'importe quoi !

— Pardon ?

— Si vous êtes entré dans la police, c'est parce que vous vouliez protéger les gens.

— Oui, aussi. Mais je ne mens pas pour le salaire. Il n'y a pas beaucoup de métiers qui vous permettent, juste avec le bac, d'avoir des avantages substantiels et un salaire confortable. Celui de flic en fait partie.

Il se sentit rougir et s'en voulut d'être complexé de ne pas avoir fait d'études. Il avait un bon métier, au final, et il avait fait ce qu'il fallait pour prendre soin de ceux qu'il aimait. Il n'y avait vraiment pas de quoi avoir honte.

— Ce salaire, vous en aviez besoin parce que vous vouliez prendre Marcos et Andrew avec vous, dit Shaye, visiblement contente de son sens de la déduction.

— Oui, et alors ? répliqua-t-il en haussant les épaules. Je ne vois pas le rapport avec le fait que j'aie reçu un entraînement adéquat et que mon partenaire soit l'un des meilleurs flics de la ville. Luke ne me quitte jamais d'une semelle, vous savez.

— Marcos m'a parlé de l'incendie. Il m'a raconté comment vous les aviez fait sortir de la maison en feu, Andrew et lui.

— Ah bon ?

Cole n'en était qu'à moitié surpris, ses frères se montrant moins secrets que lui sur leur passé. Mais comment Marcos en était-il arrivé à faire de telles confidences à Shaye ?

— OK, dit-il. Et pourquoi revenez-vous là-dessus ?

— Parce que je veux tout connaître de vous. Je veux comprendre comment vous faites pour ne pas avoir peur. Je veux savoir ce qu'il vous est arrivé quand vous étiez plus jeune. Je veux…

Comme elle gardait le silence, il finit par demander :

— Vous voulez quoi ?

— Je vous veux, vous.

Il sentit son cœur bondir dans sa poitrine et taper contre ses côtes, comme quand ils étaient sur le point de boucler une enquête. Sauf que là, son cœur battait plus fort que jamais.

Shaye Mallory le *voulait*. Il la regarda, scruta l'expression de son visage plein d'espoir et d'appréhension. Il agrippa un coussin pour s'empêcher de la prendre dans ses bras. Il la désirait follement.

Mais il avait de l'affection pour elle. Beaucoup. Et il la connaissait. Il savait qu'elle n'était pas du genre à avoir des aventures. Il ne lui connaissait pas de petit ami, pas de flirt ni même de copain, en dehors de lui. Au travail, pourtant, ce n'étaient pas les occasions qui avaient manqué. Il avait entendu des collègues l'inviter à aller boire un verre et il l'avait vue rougir, bredouiller et éconduire gentiment ses prétendants. Shaye n'était pas une fille facile. Il ne voulait surtout pas risquer de lui briser le cœur.

Il ne serait jamais qu'un petit inspecteur de police, celui qu'on dépêchait sur les scènes de crime, qui travaillait sur le terrain, loin du labo, des bureaux.

— Écoutez, Shaye, commença-t-il d'un ton hésitant car ce qu'il allait lui dire n'était pas facile.

— Ne me dites pas que vous ne ressentez rien pour moi.

— Non, bien sûr, mais…

— Je sais aussi que vous appréciez la femme que je suis. Pour moi, vous êtes l'homme idéal. Et je pense que je suis celle qu'il vous faut.

Il n'avait pas envie de lui faire de la peine. Elle semblait si stressée et si déterminée. Mais, au bout du compte, il allait lui rendre service. Et à lui aussi, par la même occasion. Comment pouvait-on tirer un trait sur Shaye Mallory ?

— Nous sommes si différents, vous et moi, commença-t-il.

— Et alors ?

Elle ne le laissait pas s'exprimer et avait réponse à tout, devançant même ses objections.

— Vous n'avez que le bac alors que je suis diplômée de l'enseignement supérieur, mais quelle importance ?

Elle parlait à toute vitesse. Impossible d'en placer une.

— Vous avez grandi dans une famille d'accueil et moi dans une famille nombreuse catholique irlandaise tout ce qu'il y a de plus conventionnelle, mais qu'est-ce que ça peut faire ? Vous êtes flic alors que moi, je passe mes journées assise devant un ordinateur, mais où est le problème ? La seule chose qui compte vraiment, c'est que je…

Elle prit une grande inspiration, fixa un instant ses chaussures puis leva les yeux vers lui.

— Cole, je…

Il l'interrompit avant qu'elle ne prononce des mots qu'elle ne manquerait pas de regretter, des mots qui l'obligeraient, lui, à confier sa protection à un de ses collègues. Ou à la prendre dans ses bras pour ne plus jamais la lâcher.

— Pour moi, Shaye, toutes ces différences ont de l'importance. Nous ne sommes pas faits l'un pour l'autre. Je le regrette, vous pouvez me croire, mais c'est comme ça et ni vous ni moi n'y pouvons rien.

Shaye appréhendait de se retrouver face à Cole, après l'humiliation qu'il lui avait infligée la veille au soir. Lorsqu'il l'avait éconduite sans ménagement, elle avait marmonné qu'elle était épuisée et elle était partie se coucher.

Mais, seule dans la chambre d'amis de Cole, elle se sentit encore plus déprimée, tellement cette chambre était à l'image de son propriétaire : sobre et masculine. Elle y retrouva même son odeur. Mais peut-être son imagination lui jouait-elle des tours… Comme si elle n'était déjà pas suffisamment malheureuse.

Elle avait pris des risques en lui déclarant sa flamme, même s'il se doutait sans doute depuis longtemps qu'elle avait le béguin pour lui. Et il l'avait envoyé balader. Jamais elle n'avait essuyé un camouflet pareil. Une vraie claque ! D'ailleurs, ses joues lui cuisaient encore. Mais, pire que la mortification qu'elle avait ressentie, il y avait l'incompréhension. Elle s'attendait si peu à une telle réaction de sa part. Il était si évident qu'il la trouvait à son goût. Et pas seulement à cause des baisers qu'ils avaient échangés. Quand ils étaient ensemble, elle avait bien remarqué qu'il n'arrêtait pas de la regarder. Il appréciait sa compagnie, se sentait bien avec elle — et ce, depuis le tout premier jour. Cela aurait dû suffire, non ? Il aurait au moins pu prendre le temps de la réflexion.

Mais pour Cole, c'était tout réfléchi.

Et c'était non.

Comment, après un tel affront, pouvait-elle envisager de s'asseoir à sa table et de prendre le petit déjeuner avec lui ? Puis de monter dans sa voiture et de se laisser conduire au labo ? Et ramener le soir, sa journée de travail terminée ? La perspective d'une soirée en tête à tête avec Cole lui était d'autant plus insupportable que Shaye sentait qu'elle n'était pas près de rentrer chez elle. L'enquête était au point mort, puisque Dominic Elliard, leur seul suspect, avait finalement été écarté.

Il fallait que ça bouge. Elle allait leur donner un coup de main, passer à nouveau en revue les affaires sur lesquelles elle avait travaillé, tout revérifier, puis dresser la liste de toutes les personnes qu'elle côtoyait. Il était peu probable que le coupable soit l'un de ses collègues, mais, depuis qu'elle travaillait dans la police, elle ne s'étonnait plus de rien. En suivant consciencieusement toutes les pistes, ils finiraient bien par remonter jusqu'au coupable. Dès que l'enquête serait bouclée, elle rentrerait chez elle et retrouverait sa vie d'avant.

Sauf que de sa vie d'avant, elle n'en voulait plus.

Elle aspirait à quelque chose d'un peu plus exaltant. Son travail lui plaisait, certes, mais elle avait envie d'avoir une vie en dehors du labo. Et, cette vie, elle voulait plus que tout la partager avec Cole. Mais, puisqu'il n'était pas d'accord, il ne lui restait plus qu'à s'occuper de ce qu'il était en son pouvoir de changer. Et elle allait s'y mettre sans délai.

— Shaye ? appela Cole d'une voix qu'elle trouva étrangement hésitante.

Il frappa trois petits coups à la porte.

— Vous êtes prête ? demanda-t-il.

— Oui, j'arrive tout de suite.

Elle prit son sac à main, redressa les épaules et ouvrit la porte toute grande.

Elle était rouge comme une tomate, mais elle n'y pouvait pas grand-chose. Relevant dignement le menton, elle se dirigea d'un pas de grenadier vers la porte d'entrée.

— Allons-y.

Il la suivit sans un mot. De tout le trajet jusqu'au labo, il n'ouvrit pas la bouche. Et cela valait mieux pour tous les deux. Il la déposa et promit de venir la rechercher en fin de journée.

Shaye avait le cœur gros, mais elle s'efforçait de ne pas trop y penser. Bien que Cole et elle ne se soient jamais fréquentés qu'au travail, il était devenu l'un de ses meilleurs amis. La déclaration enflammée qu'elle lui avait faite la veille au soir avait tout gâché.

Leurs conversations, leur complicité, allaient lui manquer. Mais elle voulait davantage. Qu'il s'agisse de sa relation avec Cole ou des autres aspects de sa vie, il était grand temps que les choses évoluent.

Et si elle n'obtenait pas ce qu'elle voulait, au moins, elle aurait essayé.

— Redescends sur terre, mec !

Luke lui donna une tape sur le bras avec un paquet de feuilles enroulées sur elles-mêmes. Cole lui lança un regard furibond.

— Concentre-toi un peu, bon sang ! Tu as rêvassé toute la journée.

— Pardon.

Ce n'était pourtant pas faute d'avoir essayé, mais Cole n'arrivait pas à chasser de son esprit ce qui s'était passé la veille au soir entre Shaye et lui. Au moment où il lui avait coupé la parole, s'apprêtait-elle vraiment à lui faire une déclaration ? Ou se faisait-il des idées ? Il était inconcevable qu'une fille comme elle puisse s'enticher de lui. Si elle était réellement amoureuse de lui, c'était sans doute dû aux circonstances qui les obligeaient à vivre sous le même toit. Le danger vous fait parfois perdre la tête et dire n'importe quoi.

— Il faut qu'on s'intéresse de plus près à la voiture, déclara Luke.

Au ton de sa voix, Cole devina que ce n'était pas la première fois qu'il le disait.

Se redressant sur sa chaise, il se laissa de nouveau pénétrer par les bruits ambiants de la salle des inspecteurs : le glouglou de la vieille cafetière électrique, les cliquetis de la tuyauterie d'un autre âge, les propos d'un groupe de policiers qui parlaient de la sécurité lors des contrôles routiers.

— Sans plaque d'immatriculation, je ne suis pas sûr qu'une vieille Taurus rouillée nous mène bien loin.

— Reprenons la liste des suspects, proposa Luke. Peu importe qu'ils aient ou non un alibi, ce qui nous intéresse, c'est leur voiture. Parce qu'il n'y a pas que Dominic qui soit susceptible d'accepter de venger un de ses potes.

Cole se sentit soudain ragaillardi.

— Tu as raison. Mais, si nous avons affaire à un homme de main, il est probable qu'il utiliserait son propre véhicule, non ?

— En effet, admit Luke. Il va donc falloir que nous contrôlions tout le monde.

— Y compris les collègues de travail de Shaye. Les harceleurs se trouvent souvent dans l'entourage de la victime. Nous devons tout vérifier.

Deux heures plus tard, Cole leva le nez de son écran et se frotta les yeux.

— Tiens, ça te fera du bien, dit Luke en lui tendant une tasse de café.

— Merci.

Cole but une longue gorgée du breuvage brûlant, espérant que la caféine qu'il contenait dissiperait la torpeur qu'il ressentait à cause du manque de sommeil. Depuis qu'on avait tiré sur Shaye, il n'avait pratiquement pas dormi.

— Qu'est-ce qui te tracasse ? demanda Luke en s'appuyant sur le bord de son bureau, lui masquant en partie son écran et l'empêchant de se remettre au travail.

— C'est cette fichue enquête qui me soucie. Je n'aime pas savoir Shaye en danger.

Sirotant tranquillement son café, et quasiment assis sur le bureau de Cole, Luke ne semblait pas pressé de s'en aller.

— Cela fait pas mal de temps que nous sommes coéquipiers, toi et moi, dit-il. Que nous sommes *amis*. Je sais que tu ne te livres pas beaucoup, mais si tu te décidais à me dire ce qui te turlupine, je pourrais peut-être t'aider.

Avait-il à ce point besoin d'aide ? Cole fronça les sourcils, perplexe, car c'était la deuxième fois, en l'espace de quelques jours, qu'on lui disait qu'il avait tendance à rester sur son quant-à-soi.

— Shaye m'a dit à peu près la même chose, très récemment. À ton avis, je suis distant, froid avec les gens ?

— Oui, et pas qu'un peu ! répondit Luke du tac au tac. Mais tu n'es pas le seul, tu sais. Dans notre métier, c'est assez courant, je pense. Nous voyons tellement d'horreurs que nous n'avons plus guère d'illusions sur la nature humaine. On finit par être blasés.

Mais Cole l'était déjà avant d'entrer dans la police. Il avait peut-être ses raisons, mais ce n'était pas pour autant qu'il devait continuer à se comporter de cette façon.

Il reposa sa tasse à café et se cala au fond de sa chaise, songeant à toutes les fois où Shaye avait cherché à mieux le connaître au cours de ces derniers jours et où, lui, l'avait systématiquement rembarrée. Ils étaient peut-être trop différents l'un de l'autre pour bâtir ensemble une relation durable, mais, si elle était assez folle pour donner sa chance à quelqu'un comme lui, n'était-il pas encore plus fou de ne pas la saisir ?

Sans doute était-il grand temps d'apporter quelques changements dans sa manière de vivre. Et Shaye Mallory était peut-être bien celle avec qui il pourrait prendre un nouveau départ.

— Shaye, mais qu'est-ce que vous faites là ? demanda Cole, stupéfait de voir la jeune femme au commissariat.

La tête haute, cachant tant bien que mal son chagrin, Shaye s'avança vers lui. Oublier cet homme allait sans doute lui prendre des mois, des années, ou toute la vie, mais le plus sûr moyen d'y arriver était de résoudre cette enquête au plus vite pour ne plus avoir à habiter chez lui.

— Que se passe-t-il, bon sang ? Enfin, Shaye, pourquoi ne m'avez-vous pas appelé ? Je serais venu vous chercher.

— Je n'avais que le parking à traverser, se défendit-elle. Cela ne risquait rien. D'autant plus que quatre policiers montaient la garde devant le labo.

Il pinça les lèvres, réprimant mal sa colère.

— Qu'est-ce qui ne va pas ?

— Rien. Il se trouve que j'ai découvert quelque chose qui pourrait vous intéresser.

Elle avait passé la journée à faire des recherches sur sa tablette — elle avait pensé à la prendre, ce qui lui avait permis de ne pas utiliser son ordinateur professionnel. Du coup, elle avait pris du retard dans son travail, mais au moins l'enquête avait un peu avancé. En tout cas l'espérait-elle.

— Très bien. Je vous écoute, dit Cole en se levant et

en la faisant asseoir à sa place tandis que Luke approchait son siège du bureau.

En constatant que la chaise de Cole était encore chaude et sentait son odeur, Shaye se sentit défaillir. Alors elle s'assit sur le bout des fesses et essaya de se ressaisir. Mais, lorsqu'elle leva les yeux et croisa son regard, elle cessa de respirer. Son cœur manqua un battement. Et peut-être même plusieurs, avant de repartir à toute vitesse.

Elle venait de surprendre dans son regard une expression qu'elle ne lui avait encore jamais vue. Il la désirait et, plus surprenant encore, il ne s'en cachait pas. La détaillant lentement de la tête aux pieds, il la dévorait des yeux.

Qu'est-ce qu'il lui prenait ?

Presque aussi gêné qu'elle, Luke toussota.

Cole décocha à Shaye un sourire nonchalant, battit des paupières puis recouvra, en un éclair, cet air impassible dont il ne se départait presque jamais.

Shaye n'y comprenait plus rien. Si elle n'avait pas rêvé, Cole venait de lui faire sentir qu'il la désirait, alors que, moins de vingt-quatre heures plus tôt, il lui avait expliqué qu'en raison de leurs différences ils n'étaient pas faits l'un pour l'autre.

— Alors ? Qu'avez-vous découvert ?

Lointaine, la voix de Luke la tira de son hébétude.

— Euh, oui.

Elle tripotait l'ourlet de sa jupe pour se donner une contenance, mais elle n'était pas aussi douée que Cole et échoua lamentablement. Comme elle ne pouvait garder le silence plus longtemps, elle se racla la gorge et se lança.

— J'ai un nouveau suspect. Ken Tobeck.

— L'ingénieur qui a tenté de tuer sa femme ? s'exclama Luke. Au moment de la fusillade, il avait un alibi.

— Fourni par l'un de ses amis, non ?

— En effet. Vous avez une raison quelconque de le soupçonner ? Vous pensez que c'est lui qui vous a tiré dessus ?

— Je n'en sais rien. Ce qui est sûr, c'est que son beau-frère possède une vieille Taurus, entre autres véhicules. Et que le jour de la fusillade il a brûlé un feu rouge à moins de cinq minutes de route de chez Roy. Cela s'est passé plus tôt dans la journée, ce qui laisse penser qu'il était allé faire des repérages et qu'il savait que je passe souvent à la supérette, le vendredi soir, en sortant du labo.

— Comment avez-vous appris tout ça ? demanda Luke, médusé.

— Peu importe, dit Cole en s'assurant d'un coup d'œil autour d'eux que personne ne les avait entendus.

Il savait qu'en piratage informatique Shaye en connaissait un rayon. Elle l'avait prouvé lorsque la petite amie d'Andrew s'était trouvée en difficulté.

L'air de ne pas y toucher, elle souriait benoîtement.

— Nous allons interroger ce gaillard, promit Cole. Mais je veux que vous restiez en dehors de l'enquête.

— Je…

— Et quand vous n'êtes pas au labo, je veux vous avoir dans mon champ de vision. En toutes circonstances. Je me fiche qu'il y ait des flics pas loin. Est-ce que c'est bien compris ?

Un long silence s'ensuivit.

— Ne vous inquiétez pas, Shaye, prévint Luke en riant. C'est sa façon à lui de vous dire que vous comptez pour lui.

Elle s'attendait à ce que Cole fusille du regard son

partenaire. Au lieu de quoi, il se pencha vers elle, tout près, et lui murmura au creux de l'oreille :

— Il a raison.

— Ne me dis pas que Shaye a piraté les informations qu'elle nous a données ? dit Luke.

Cole sourit à son coéquipier. Aux yeux de leurs collègues, Luke — l'ancien marine au regard implacable, abonné au jean et au T-shirt — était celui des deux qui était le plus susceptible de faire des entorses à la loi. Mais c'était faux. Pour arriver à ses fins, Cole n'hésitait pas à employer… des moyens peu orthodoxes.

— Je n'en sais rien, mais ce n'est pas impossible. Une fois, je lui ai demandé un coup de main à titre personnel, alors je sais de quoi elle est capable.

— Tu parles de la fois où un tueur à gages voulait supprimer la petite amie d'Andrew ? s'enquit Luke en s'arrêtant le long du trottoir, devant chez Ken Tobek.

— Il s'agissait avant tout de l'empêcher de mettre son projet à exécution.

— Oui, je comprends, affirma Luke en hochant la tête. Mais assure-toi que Shaye prend toutes les précautions nécessaires pour ne pas se faire choper. Elle est bien placée pour savoir que ce genre de recherches laisse des traces.

— Je ne lui ai rien demandé. Et pour Andrew, je ne…

— Je sais. Les circonstances étaient particulières, mais ce coup-ci je préférerais qu'on reste dans les clous. Une fois que nous aurons attrapé le coupable, j'aimerais pouvoir l'envoyer derrière les barreaux, et ne pas le voir sortir libre à cause d'un vice de procédure.

— Pas de problème, répondit Cole qui, pour sa part,

n'aurait pas vu d'inconvénient à ce que le coupable finisse à la morgue sans même passer par la case prison.

Il prenait cette enquête trop à cœur, c'était évident. S'il avait voulu suivre scrupuleusement les règles, il aurait fallu qu'il se retire de l'enquête pour éviter le conflit d'intérêts.

Il attrapa le bras de Luke au moment où celui-ci s'apprêtait à ouvrir la portière.

— Pas un mot de ma relation avec Shaye, d'accord ? Je ne veux pas que ça sache avant la fin de l'enquête.

— Aucun risque, répondit Luke. Jusqu'à ce que je te voie la dévorer des yeux, tout à l'heure, dans la salle des inspecteurs, je croyais que tu ne te déciderais jamais à passer aux choses sérieuses.

— Tout arrive, marmonna Cole tandis que Luke sortait de la voiture.

La remarque de Luke sur son attitude timorée avec Shaye le confortait dans sa décision de nouer avec elle une relation amoureuse. Il avait voulu le lui faire savoir avant de se dégonfler. Bien que conscient de ne pas la mériter, il pensait qu'il pouvait la rendre heureuse… un certain temps. Et il priait pour qu'ensuite, lorsque ce serait fini, il ne soit pas complètement détruit.

C'était le comble, tout de même. Lui qui n'hésitait jamais à affronter un gang de voyous armés jusqu'aux dents avait peur de dire à Shaye qu'il tenait à elle.

— Tu viens ? demanda Luke.

Il s'extirpa de la voiture et suivit son coéquipier dans l'allée cochère qui menait à la maison de Tobek. Le garage était fermé, mais il y avait une fenêtre à laquelle Cole s'empressa d'aller coller son nez.

— Il y a une Benz, dit-il. Neuve.

— Je viens de l'acheter.

Surpris, Cole porta instinctivement la main à son holster et fit volte-face.

— Qu'est-ce qui vous prend de venir fouiner chez moi ? lança Tobek en s'approchant.

Il revenait du jardin et avait une cisaille d'élagage dans les mains.

— Dois-je appeler la police ?

Luke dégaina son insigne.

— Nous *sommes* de la police. Pourrions-nous entrer et vous dire deux mots, monsieur Tobek ?

L'homme les fixa longuement, les lèvres pincées. Sa stature correspondait à celle du tireur — taille et poids moyens. Il paraissait plus vieux que dans le souvenir de Cole, avec des cheveux blonds un peu clairsemés, des poches sous les yeux et des rides marquées.

— C'est vous qui m'avez arrêté et fait inculper pour tentative de meurtre sur ma femme.

Sa voix était monocorde. Cole se demanda s'il venait seulement de les reconnaître, ou s'il leur avait joué la comédie.

— Ce jour-là, continua-t-il, j'avais bu et je me suis bêtement laissé emporter. Il faut dire qu'elle m'énervait drôlement et qu'il n'y avait pas moyen de la faire taire… Mais je ne lui aurais jamais fait de mal.

Cole eut un raclement de gorge. Il accordait peu de crédit aux paroles d'un homme violent qui se dédouanait en accusant son ex-femme de l'avoir énervé. Cela ne prouvait pas cependant que Tobek s'en soit pris à Shaye, même s'il savait, bien sûr, qu'elle avait contribué à le faire condamner. Un type comme lui était bien trop veule pour la suivre alors qu'elle se trouvait à l'arrière d'une voiture de police.

— On peut s'asseoir là-bas, proposa Tobek en pointant les lames de sa cisaille vers le jardin. Je veux bien répondre à vos questions, mais vous n'êtes pas les bienvenus chez moi. Je suis allé en taule, et vous n'y êtes pas pour rien.

Cole lança à Luke un regard dubitatif. Tobek lui semblait anormalement calme et conciliant pour quelqu'un qui avait de toute évidence une dent contre eux. Mais peut-être était-il sous antidépresseurs. C'était le genre d'informations auquel la police n'avait malheureusement pas accès sans raison valable.

Une minute plus tard, ils étaient tous trois assis autour d'une énorme table en fer qui devait coûter un bras et ne pas servir beaucoup puisque Tobek vivait seul, désormais.

— Nous voulons juste savoir ce que vous avez fait vendredi soir, dit Luke.

— C'est une plaisanterie ou quoi ? Un de vos collègues du commissariat m'a déjà appelé pour me poser la question. Qu'essayez-vous encore de me mettre sur le dos ?

— Rien du tout, assura Cole, intrigué par la réaction très vive de Tobek. Nous procédons juste à une vérification qui va nous permettre de vous rayer de la liste.

— De *quelle* liste ?

— Un homme a tiré sur une fonctionnaire de police, alors nous vérifions les emplois du temps de toutes les personnes en relation avec les affaires sur lesquelles elle a travaillé, expliqua Luke. Je vous suggère donc de nous dire ce que vous avez fait vendredi soir et nous vous laisserons tranquille.

— J'ai déjà tout dit, répondit sèchement Tobek avant de se caler tranquillement dans son fauteuil de jardin, comme s'il se prêtait de bonne grâce à ce nouvel interrogatoire. J'ai bu quelques verres avec un collègue de travail, si vous voulez le savoir. Je suis resté chez lui pratiquement toute la soirée. Vous pouvez aller lui demander.

— C'est un copain à vous ? s'enquit Cole.

— Un copain, non, pas vraiment. Mais il est nouveau dans la région, alors il ne connaît pas grand monde. Il m'a invité et, par politesse, j'ai accepté. À vrai dire, je ne dois pas être le premier à qui il a fait cette proposition, mais je suis le seul à l'avoir acceptée. Il s'y est pris à la dernière minute, et il s'est trouvé que j'étais disponible.

— À quelle heure êtes-vous arrivé chez lui ? Et à quelle heure en êtes-vous reparti ? demanda Luke. Quelqu'un d'autre que lui vous a vu, ce soir-là ?

— Sacré bon sang ! Qu'est-ce que ça veut dire ? Il me faut des chaperons partout où je vais, tout ça à cause d'une bêtise qui remonte maintenant à plus d'un an ? Non, personne d'autre que lui ne m'a vu. Je suis revenu ici après le boulot pour manger un bout. Il devait être un peu plus de 18 heures. Après, je suis allé chez lui, autour de 19 h 30, je dirais. Je suis rentré tard, vers minuit. Ce mec est un vrai moulin à paroles.

— De quoi avez-vous parlé ? reprit Cole.

— De tout un tas de trucs. Du travail, de la vie, des femmes.

— Vous êtes allé chez lui avec quelle voiture ?

— Avec la Mercedes que vous avez scrutée tout à l'heure par la fenêtre du garage.

— Ce ne serait pas plutôt avec une vieille Taurus ? insista Cole sans lâcher Tobek des yeux.

L'homme cligna des paupières, secoua la tête puis répondit avec une lenteur calculée :

— Qu'est-ce que je ferais au volant d'une vieille Taurus alors que je viens de m'acheter une Mercedes ?

Il jeta un coup d'œil à Luke, regarda de nouveau Cole et se leva.

— Écoutez, je ne sais pas ce que vous me voulez, je ne connais même pas la fonctionnaire de police en question, mais je n'ai rien de plus à vous dire. Si vous essayez de me faire porter le chapeau, vous perdez votre temps. J'ai fait une erreur. Une fois. Et j'ai purgé ma peine. Tout est dit.

Avec sa cisaille, qu'il serrait si fort que ses jointures étaient blanches, il leur désigna l'avant de la maison.

— Alors maintenant, fichez le camp !

Ce n'était vraiment pas bien, ce qu'elle faisait.

Sa mauvaise conscience poussa Shaye à jeter un nouveau coup d'œil à la porte, qu'elle avait pourtant pris soin de fermer. Elle était de retour dans la chambre d'amis de Cole, mais c'était Marcos qui la gardait. Cole l'avait ramenée après le travail et avait attendu que Marcos arrive pour le remplacer auprès d'elle pendant que Luke et lui se lançaient sur la piste qu'elle leur avait indiquée.

Elle avait des scrupules à laisser Marcos seul, mais une idée lui avait traversé l'esprit pendant le trajet de retour jusqu'ici, et depuis elle n'arrêtait pas d'y penser. Elle avait donc prétexté une migraine et dit à Marcos qu'elle allait s'allonger un moment. Il ne l'avait pas crue, mais il n'avait pas moufté.

Retranchée dans sa chambre, elle s'était remise sur sa fidèle tablette et consultait des documents auxquels elle n'avait aucune raison de s'intéresser. Au moins s'agissait-il de documents publics. Le problème, cette fois, n'était pas qu'elle enfreignait la loi mais qu'elle trahissait la confiance de Cole.

Il ne lui avait rien demandé. Mais depuis qu'assis au

bord de son lit, la veille, il lui avait parlé de l'incendie de la maison de sa famille d'accueil, elle ressassait les paroles qu'il avait prononcées. « Je me suis réveillé et j'ai découvert que la maison était en feu. » Il lui avait dit ensuite que la police avait conclu à un incendie involontaire. Mais il lui avait paru bizarre. Comme s'il n'y croyait pas.

Si quelqu'un avait mis le feu à la maison alors que Cole et ses frères dormaient à l'intérieur, elle voulait que justice leur soit rendue, même des années après.

Dans les journaux de l'époque, l'incendie était décrit très succinctement : une maison avait entièrement brûlé dans un incendie qui s'était déclaré au petit matin. Il n'y avait pas eu de morts, mais huit personnes se trouvaient à l'intérieur — deux adultes et les six enfants placés chez eux, âgés de onze à dix-sept ans.

En voyant les photos qui illustraient l'un de ces articles, Shaye eut de la peine pour Cole. Sur l'une d'elles, on voyait le feu qui faisait rage et les pompiers à l'œuvre, et sur l'autre, ce qui restait de la maison après que l'incendie eut été maîtrisé. Une carcasse vide, ravagée par des flammes si hautes et si impressionnantes que Shaye se demandait comment ils avaient pu tous en réchapper.

Elle passa l'heure suivante à glaner des informations puis elle leva les yeux vers la porte close. Si Marcos était comme son frère aîné, il n'allait pas tarder à venir voir comment elle allait. Elle avait juste le temps de jeter un coup d'œil à des fichiers plus confidentiels.

Coup de chance, les pompiers de la ville dans laquelle avait vécu Cole avaient numérisé toutes leurs archives et très mal protégé l'accès à celles-ci. Elle fit défiler le rapport d'enquête sur l'incendie et en prit connaissance.

Le feu avait démarré dans le bureau du rez-de-chaussée.

Apparemment, des bougies qu'on avait oublié d'éteindre avaient fondu sur l'énorme tas de paperasses qui encombrait le dessus du bureau du père adoptif de Cole. De là, le feu s'était rapidement propagé aux rideaux qui, confectionnés maison, n'étaient évidemment pas ignifugés. L'enquête détermina qu'il s'était passé moins de vingt minutes entre le début de l'incendie et le moment où la maison avait été entièrement envahie par les flammes.

Shaye poussa un juron. Derrière la porte, Marcos demanda :

— Tout va bien ?

— Oui, oui. J'ai nettement moins mal. Je vais bientôt venir.

Il y eut un silence, mais Marcos était toujours là.

— Je ne sais pas ce que vous fabriquez, mais n'hésitez pas à m'appeler en cas de besoin. D'accord ?

— D'accord, répondit-elle, gênée d'avoir été percée à jour.

Elle l'entendit s'éloigner et reprit sa lecture.

Vingt minutes. Vingt minutes pour que les huit occupants de la maison vident les lieux, ce qui signifie qu'il valait mieux ne pas traîner. Mais Cole s'était malgré tout arrêté deux fois pour prendre en charge ses deux petits frères.

Shaye laissa brusquement échapper un sanglot. Levant les yeux au plafond, elle remercia le ciel de lui avoir permis de rencontrer Cole.

Il ne lui avait rien caché du tout. Elle avait dû se faire des idées. Autant qu'elle puisse en juger, l'enquête était solide. Rien ne semblait indiquer que l'incendie aurait pu être d'origine criminelle. À moins que…

Shaye fronça les sourcils et cliqua sur un lien qui

renvoyait à un additif qui avait été ajouté il y avait une semaine à peine. Ce qu'elle lut lui coupa le souffle.

Cole avait raison. Il ne s'agissait absolument pas d'un incendie *involontaire*.

15

— Comment ça s'est passé ?

À peine avait-il ouvert la porte que Shaye se précipitait vers Cole, Marcos sur ses talons.

Elle s'efforçait de leur cacher sa nervosité, mais en la voyant se tordre les mains ils devaient bien se douter qu'il y avait un problème. Marcos l'avait deviné tout de suite, dès qu'elle était sortie de la chambre, une heure plus tôt. Mais c'était à Cole qu'elle voulait parler en premier de ce qu'elle avait découvert. Libre à lui ensuite d'en informer ses frères.

Elle allait d'abord devoir écouter ce qu'il avait à lui dire. Après l'avoir déposée en fin d'après-midi, Luke et lui étaient allés rendre visite à Ken Tobek.

Plus elle y pensait, et plus elle se disait que Tobek était peut-être leur homme. Lorsqu'elle avait témoigné au tribunal, il n'avait pas bronché, affichant un air impassible, sans doute pour donner le change. Mais, quand elle avait eu terminé et était passée à côté de lui, il l'avait fixée d'un air mauvais, écumant presque de rage. Elle en avait encore la chair de poule.

Après avoir verrouillé la porte d'entrée, Cole la prit par la main et l'entraîna vers le canapé, ce qui lui valut un haussement de sourcils de la part de Marcos.

Shaye sentit son cœur s'emballer. Elle avait bien essayé de ne pas trop se focaliser sur le regard lascif que Cole avait posé sur elle au commissariat, mais sans grand résultat. Pour autant, elle ne tenait pas vraiment à ce qu'il recommence devant un autre témoin.

— Alors, qu'a dit Tobek ? demanda-t-elle. Vous avez vu la Taurus ?

Cole s'assit sur le canapé, serrant toujours la main de Shaye dans la sienne, tandis que Marcos reprenait place dans le fauteuil. Il semblait impatient d'entendre ce que Cole avait à leur raconter, mais il gardait le silence.

— Il clame son innocence, évidemment. Il a une dent contre nous, car il n'a pas digéré d'avoir été condamné à une peine de prison. Mais la Taurus n'est pas chez lui. Et son alibi a l'air solide. Nous avons interrogé le collègue de travail qui le lui a fourni. C'est un type assez nerveux et donc difficile à cerner. Mais je ne vois pas pourquoi il mentirait pour couvrir Tobek.

— Il a peut-être été payé, suggéra Shaye.

— Nous lui avons fichu la trouille. Mais quand nous lui avons dit qu'une fausse déclaration était passible de poursuites judiciaires, il a maintenu sa version des faits. Elle concorde avec celle de Tobek. De plus, ce type est jeune — il a bien une quinzaine d'années de moins que Tobek. Et il n'a visiblement aucun sang-froid. Si Tobek avait acheté son silence, je pense qu'il aurait craqué.

Du pouce, machinalement, Cole se mit à caresser la main de Shaye.

— Nous allons continuer de chercher, et nous allons parler de la Taurus au beau-frère, mais on va aussi s'intéresser à d'autres suspects. Tobek ne me plaît pas, mais franchement je ne le vois pas tenter de descendre quelqu'un en pleine rue. Son truc, à lui, c'est de tabasser sa femme et d'aller ensuite tailler une petite bavette avec ses voisins. Il ne prendrait pas le risque de suivre une voiture de police pour te tirer dessus.

— Et en dehors de lui, on a un suspect qui tient la route ? demanda Marcos.

À cause du pouce de Cole qui allait et venait sur le dos de sa main, Shaye avait presque oublié la présence de Marcos. Presque oublié tout ce qui aurait dû présentement occuper ses pensées.

Les épaules de Cole s'affaissèrent.

— Non, pas vraiment. Mais nous avons élargi la liste en y ajoutant toutes les personnes liées indirectement à Shaye. Notre homme lui en veut à mort. Il a donc un lien avec elle, d'une manière ou d'une autre. Et ce lien, nous le trouverons.

— Fais-moi signe si tu as besoin d'un coup de main, annonça Marcos en se levant et en s'étirant. Je vais rentrer et vous laisser.

— Merci pour tout, répondit Cole avant de le raccompagner à la porte.

Marcos parti, Cole s'adossa un instant contre la porte close. L'expression de son visage était celle d'un homme affamé dévorant des yeux les gâteaux exposés dans la vitrine d'une pâtisserie. Sauf que c'était de Shaye qu'il avait envie.

Cela faisait deux ans qu'elle fantasmait sur Cole Walker. Deux ans qu'elle attendait ce moment. Elle essaya de penser à autre chose, de se concentrer sur ce qu'elle avait à lui dire, mais plus il la regardait et moins elle y arrivait.

— Shaye, dit-il d'une voix étrangement rauque en s'avançant vers elle.

Elle comprit qu'il allait l'embrasser.

À quoi fallait-il attribuer ce brutal revirement ? La veille, Cole ne lui avait-il pas déclaré qu'il ne pourrait jamais rien y avoir entre eux ? Alors qu'est-ce qu'il lui prenait ? À moins qu'il ne s'agisse que d'une aventure d'un soir ? Mais, si elle couchait avec lui, réussirait-elle ensuite à l'oublier ?

Toutes ces questions se bousculaient dans la tête de Shaye tandis que Cole s'approchait lentement mais sûrement. Elle n'avait plus que quelques secondes pour prendre une décision.

Mais, avant toute chose, ne devait-elle pas s'ouvrir à lui de la découverte qu'elle avait faite au sujet de son passé ?

— Cole, dit-elle d'une voix également altérée. Je…

Dans l'attente de ce qu'elle allait dire, il la fixait de ce regard clair, intense et pénétrant qu'elle trouvait si bouleversant.

Et soudain la question de la décision à prendre ne se posa même plus.

Cole perçut tout de suite le changement qui s'opéra en Shaye, mais il ne savait comment l'interpréter car elle lui envoyait des signaux contradictoires. Elle continuait de le regarder comme si elle n'allait faire de lui qu'une bouchée, mais en même temps elle avait une main levée, comme pour l'empêcher d'approcher davantage. Il ne pouvait le lui reprocher ; après tout, lui non plus ne savait pas très bien ce qu'il voulait.

— J'ai quelque chose à vous dire, déclara-t-elle d'une voix tremblante en laissant retomber sa main.

Constatant qu'elle était aussi troublée que lui fut pour

Cole source de satisfaction, mais il se garda bien de le montrer et se contenta de demander :

— Il s'agit de nous deux ?

Elle parut déconcertée.

— Euh, non, pas exactement. Il s'agit de ce qu'il s'est passé quand…

— Tout ce qui n'a pas trait à nous deux et à toutes les manières dont j'aimerais me faire pardonner ma goujaterie de ces derniers jours peut bien attendre. Qu'en dites-vous ?

— Eh bien…

Elle rit nerveusement tandis qu'il faisait un pas vers elle.

Il la contempla longuement, fasciné par les rondeurs et les courbes délicates que laissaient deviner sa blouse bleue et son pantalon noir. Puis il releva les yeux vers son beau visage et leurs regards se croisèrent.

Il devina le combat qui se livrait en elle, le désir le disputant à la peur.

Il avança encore d'un pas, attendant, espérant d'elle un signe, impatient de la prendre dans ses bras et de la couvrir de baisers. Il y avait si longtemps qu'il en rêvait. De tout ça et de plus encore. En deux ans, ses rêves avaient gagné en précision et en intensité.

— Qu'est-ce qu'il vous prend ? demanda-t-elle d'une voix éraillée.

Elle se passa la langue sur les lèvres. Il la regarda faire, comme hypnotisé.

— Comment ça ?

— Hier soir, vous avez dit…

— Hier soir, je ne savais pas ce que je disais.

— Vous avez changé d'avis ?

Elle tendit timidement la main vers lui, effleurant les

boutons de sa chemise. Au contact de ses doigts, un long frisson le traversa de part en part.

Il mourait d'envie de répondre oui. Il sentait que ce mot suffirait à lui ouvrir les portes du paradis. Mais ce n'était pas si simple.

— Tout dépend de quoi vous parlez.

Elle fronça les sourcils.

— Je parle de ce que vous m'avez dit à propos de nos différences. Vous pensez toujours qu'elles nous empêchent de nouer une relation durable ?

— Absolument. Mais je suis prêt à essayer quand même.

— Je ne comprends pas.

Dans les yeux de Shaye, le désir avait fait place à la perplexité et à la défiance.

— Je pense toujours qu'à long terme nos différences seront un obstacle.

Il prit sa main dans la sienne et entremêla ses doigts aux siens.

— Mais, comme vous, je pense que nous serions bien ensemble. Très bien, même.

Elle repoussa doucement sa main.

— Cole, je… Euh, je n'ai encore jamais eu d'aventure avec personne.

— Ce n'est pas…

— Laissez-moi parler. Je vous aime beaucoup, mais je me connais. Bien que j'en aie très envie, si c'est pour coucher avec vous une seule nuit, je…

— Qui a parlé d'une seule nuit ?

Comme si une seule nuit allait lui suffire à assouvir le désir qu'il avait d'elle.

Serait-il jamais rassasié de Shaye ? Cette pensée avait

quelque chose d'un peu effrayant, aussi s'empressa-t-il de la refouler dans un recoin de son esprit.

— Notre relation durera aussi longtemps que vous voudrez. Je vous le promets.

Elle le regarda. Il se passa plusieurs secondes pendant lesquelles il essaya de lire en elle. Mais il y renonça lorsqu'elle se jeta dans ses bras.

Les bras de Cole se refermèrent autour de sa taille puis il s'empara de sa bouche comme d'une place forte longtemps convoitée. Il se mit à presser, mordiller et lécher ses lèvres avec une fébrilité affolante. Lorsqu'il glissa sa langue entre ses lèvres, Shaye sentit ses jambes se dérober sous elle.

Il se pencha, passa un bras derrière ses genoux et la souleva. Puis il l'emporta. Shaye n'opposa aucune résistance. Tout ce qu'elle voulait, c'était se retrouver en position horizontale, Cole allongé sur elle et comblant le désir lancinant qu'elle sentait palpiter au creux de son ventre. Sans cesser de l'embrasser et d'exacerber l'envie qu'elle avait de lui, il la transporta jusqu'au lit. Elle enfouit les doigts dans ses cheveux, s'émerveillant de leur surprenante douceur. Lorsqu'il la posa doucement sur le lit, elle ouvrit les yeux et s'aperçut qu'elle était dans la chambre de Cole.

La première fois qu'elle l'avait vue, elle était trop stressée pour faire attention au décor. Curieuse, elle regarda autour d'elle. Il y avait des photos encadrées sur la commode et des vêtements empilés sur une chaise, dans un coin de la pièce. Les murs étaient bleu ciel, presque de la même couleur que les yeux de Cole qui, toujours debout au bord du lit, souriait d'un drôle d'air. Elle y décela du désir mais aussi une infinie tendresse. Et elle comprit brusquement ce qu'il avait voulu dire.

Bien qu'amoureuse de lui, elle avait essayé de se persuader qu'elle pouvait tourner la page sans problème. Tout à l'heure, il s'en était fallu de peu qu'elle ne le repousse, pensant qu'il ne lui offrait rien d'autre qu'une aventure sans lendemain. Les paroles qu'il avait prononcées l'avaient déconcertée. Comment pouvait-il se lancer dans une relation dont il était convaincu qu'elle ne durerait pas ? Mais maintenant elle comprenait ce qu'il avait voulu dire. Leur relation durerait aussi longtemps qu'*elle* voudrait. Il était persuadé qu'elle finirait par se lasser de lui.

La veille, s'il l'avait éconduite, c'était non pas parce qu'il ne voulait pas d'une relation avec elle, mais parce que cette relation lui faisait peur.

Mais en cet instant, au vu du regard plein de douceur dont il la couvait, comme s'il était prêt à faire n'importe quoi pour elle, il était clair qu'il l'aimait. Peut-être n'en avait-il pas encore conscience, mais il n'y avait aucun doute là-dessus. Absolument aucun.

Le cœur battant, Shaye le vit soudain grimper sur le lit et s'allonger sur elle. D'instinct, elle creusa les reins pour l'accueillir, avide de sentir son corps pesant sur le sien. Un gémissement sourd lui échappa lorsque, tout en savourant ce contact grisant, elle songea qu'il l'aimait.

Cole gémit à son tour.

— Tu me fais perdre la tête, murmura-t-il.

Elle se réjouit d'avoir ce pouvoir sur lui et le gratifia d'un petit sourire perfide qu'elle accompagna d'un mouvement suggestif des hanches.

Amusé, il lui rendit son sourire puis il prit ses mains et,

entremêlant ses doigts aux siens, il les lui mit au-dessus de la tête. Croyant qu'il allait l'embrasser, elle tendit le cou pour lui offrir sa bouche, mais il se pencha vers sa gorge qu'il couvrit de baisers brûlants.

Il lâcha ses mains pour défaire son chignon, passant voluptueusement les doigts dans ses cheveux et les répandant sur l'oreiller, tout en léchant et mordillant le lobe de son oreille.

Lui passant les mains dans le dos, Shaye essaya de les glisser sous sa chemise. Comme il n'y avait pas moyen, elle attrapa le bas de la chemise et la remonta.

— Une seconde, mon chou, dit Cole en se levant. Tu me fais faire n'importe quoi.

Il détacha le holster de sa ceinture et le fourra dans la table de chevet. Puis il s'étendit à nouveau sur le lit mais, cette fois, il attira Shaye sur lui.

Docile, elle noua ses jambes autour des siennes et prit appui sur un coude pour pouvoir lui déboutonner sa chemise, tandis qu'il s'employait de son côté à la débarrasser de sa blouse. Il fut plus rapide qu'elle.

— Mmm, murmura-t-il lorsqu'il vit son soutien-gorge de soie bleu ciel, un achat inconsidéré qu'elle était finalement très contente d'avoir fait.

Alors qu'elle n'avait même pas fini de le déshabiller, Cole la saisit par la taille et la hissa vers le haut du lit.

— Mais qu'est-ce que tu fais… ? bredouilla-t-elle en s'agrippant à l'oreiller.

Il venait de poser sa bouche au creux de sa gorge, entre ses seins. Lorsqu'il passa sa langue sous la dentelle du soutien-gorge, Shaye gémit doucement.

— J'adore le goût de ta peau, marmonna-t-il, tout à son festin.

Shaye sentit sa température corporelle grimper de plusieurs degrés. Avide de sentir à nouveau ses lèvres sur les siennes, elle redescendit à hauteur de sa bouche, qu'elle embrassa voracement. Puis elle se mit à genoux sur lui pour finir de lui déboutonner sa chemise. Ses gestes fébriles rendaient la tâche difficile. Elle finit tout de même par y arriver et put, enfin, caresser son torse musclé et son ventre plat, et sentir frémir ses pectoraux et ses abdominaux sous ses doigts impatients. Pendant ce temps, Cole s'était remis à embrasser et lécher sa gorge et sa poitrine. La tête renversée en arrière, elle put s'abandonner tout entière à ses caresses voluptueuses.

Sans qu'elle sache très bien ni quand ni comment, Cole avait réussi à lui dégrafer son pantalon et à le lui descendre jusqu'aux genoux.

Lorsqu'il fit glisser une des bretelles du soutien-gorge, élargissant le champ d'exploration de sa bouche insatiable, et que de son autre main il lui empoigna les fesses, Shaye se mit à panteler. Sous ses baisers de plus en plus passionnés, sous ses caresses brûlantes, elle avait l'impression de se dissoudre. Les mains de Cole étaient partout sur elle, comme s'il voulait explorer chaque centimètre carré de son corps — ou finir de la rendre folle de désir.

Faire l'amour avec Cole Walker, Dieu sait qu'elle en avait rêvé, mais la réalité dépassait tous les fantasmes qu'elle avait pu avoir pendant ces deux ans.

— Shaye, dit-il dans un souffle, comme s'il avait lu dans ses pensées et ressentait la même chose.

Et, à ce moment-là, son téléphone sonna dans sa poche, faisant bondir Shaye, qui le sentait vibrer contre ses fesses. Au lieu de répondre, Cole tira la jeune femme à lui et glissa ses doigts dans sa culotte tandis qu'avec la même audace elle s'attaquait à la ceinture de son pantalon.

La sonnerie finit par s'arrêter. Pour retentir à nouveau deux secondes plus tard. Cole poussa un juron. Soulevant Shaye, il extirpa le téléphone de sa poche.

— Quoi ? aboya-t-il dans l'appareil.

Le volume devait être réglé au maximum parce que la voix de Luke, amusée, en sortit de manière très audible.

— Euh, pardon, mon vieux, si je te dérange, mais j'ai du nouveau. Et pas qu'un peu.

— Tu me déranges, oui, dit Cole sèchement. Ce que tu as à me dire est vraiment très urgent ?

— Oui, j'en ai bien peur.

À ces mots, le visage de Cole se durcit. Dans son regard, la sagacité se substitua au désir. Shaye comprit qu'en lui le flic venait de chasser l'amant.

— Que se passe-t-il ? demanda-t-il à Luke.

— Il se passe qu'Elliard s'est enfui de l'hôpital.

— Quoi ?

Se passant une main sur le front, Cole jeta à Shaye un long regard langoureux. Le désir était toujours là, visiblement, mais il le tenait à distance.

— J'espère qu'on a envoyé des gars à ses trousses ?

— Oui, mais je ne t'appelais pas pour ça, en fait. Il y a autre chose. Tu te rappelles, l'autre jour, quand on a reçu cet appel anonyme au sujet d'un pistolet retrouvé dans l'eau sur le territoire des Kings ?

— Oui, et alors ?

— Les résultats des analyses viennent de tomber : figure-toi que c'est l'arme dont s'est servi l'homme qui a tiré sur Shaye.

16

— Cela t'embête si on remet ça à plus tard ? s'enquit Cole, ses yeux rivés dans ceux de Shaye. Et si tu restais là, telle que tu es, et attendais mon retour ?

Appuyée contre la tête de lit, elle avait les cheveux en bataille et était à moitié déshabillée. Sa blouse gisait au pied du lit et son soutien-gorge ne tenait plus que par une bretelle. Elle avait remonté son pantalon, mais elle ne s'était pas donné la peine de le fermer. Cole voyait sa culotte. Une culotte qu'il s'apprêtait à lui enlever lorsque Luke avait appelé.

Il rageait intérieurement de devoir partir, mais les derniers développements de l'affaire l'exigeaient. L'arme trouvée sur le territoire des Kings prouvait que Leonardo avait probablement menti, et bel et bien autorisé Elliard à abattre Shaye, ou le reste du gang à aider Elliard à se venger sur lui.

Cole allait donc devoir faire arrêter tous les membres du gang pour les interroger au poste de police.

— Tu penses être parti combien de temps ? demanda Shaye d'une voix enjôleuse.

En la voyant alanguie sur le lit, presque nue et toute disposée à attendre son retour, il faillit rappeler Luke pour lui dire qu'il n'arriverait pas au commissariat avant une bonne heure. Mais il ne voulait pas bâcler cette première fois avec Shaye.

— Je blaguais, malheureusement, dit-il. Je risque d'être absent toute la nuit, en fait.

Elle parut très déçue, aussi grimpa-t-il sur le lit pour l'embrasser.

— Je crois que nous allons enfin en voir le bout, assura-t-il. Nous avons retrouvé l'arme. Les Kings vont tous être mis en garde en vue et sommés de parler.

Portant la main de Shaye à ses lèvres, il déposa un petit baiser dans sa paume.

— À mon retour, j'éteindrai mon téléphone, je fermerai la porte à double tour, et toi et moi passerons toute la journée au lit. Qu'en dis-tu ?

— Je suis partante, répondit-elle. Allez, vas-y et reviens vite !

Cole se mit à rire.

— À vos ordres, madame.

Il sauta à bas du lit et reboucla sa ceinture, puis il prit une chemise propre dans sa commode et l'enfila.

— Il faut que j'appelle mes frères, dit-il en regardant sa montre. J'espère que l'un d'eux sera disponible.

— File et laisse donc tes frères tranquilles. Je ne risque rien, ici. Mon harceleur ne connaît pas ton adresse, sinon il aurait déjà débarqué.

— N'empêche qu'Elliard est en fuite. On ne sait jamais.

— Si c'est lui qui m'a tiré dessus, il n'a pas réussi à savoir où j'habite. Sur Internet, mon adresse est pourtant bien plus facile à trouver que la tienne.

Cole songea qu'elle parlait sans doute en connaissance de cause. Elle avait dû interroger les moteurs de recherche.

— Je préfère les appeler, fit-il en composant le numéro d'Andrew.

Andrew répondit, mais il s'apprêtait à partir en mission.

— Sois prudent, lui dit Cole avant d'appeler Marcos, à qui il expliqua la situation.

— Je suis là dans vingt minutes.

Cole rempocha son téléphone et se rassit sur le lit.

— Et si, en attendant Marcos, on se bécotait comme des collégiens, suggéra-t-il en tricotant des sourcils.

Mais Shaye n'avait visiblement pas envie de rigoler.

— Ne t'en fais pas pour moi, affirma-t-il. L'enquête est presque bouclée ; je le sens. Je te promets de faire attention.

— J'ai quelque chose à te dire, déclara Shaye en se pelotonnant contre lui et en lui prenant la main.

— Quoi ? lâcha-t-il, la boule au ventre. Cela concerne mon passé ?

— Oui. J'aurais peut-être dû t'en parler, mais je n'ai pas osé. J'espère que tu ne m'en voudras pas trop. J'ai fait quelques recherches au sujet de l'incendie.

Il se raidit. Shaye était capable de faire parler n'importe quel appareil numérique et elle n'avait pas sa pareille pour dénicher sur Internet des documents inédits.

— Qu'as-tu découvert ? s'enquit-il, la gorge sèche.

Elle serra sa main.

— Ce n'était pas un accident.

— Tu en es sûre ? Comment le sais-tu ? rétorqua-t-il.

Mais sans attendre sa réponse, il soupira, baissa la tête et confia :

— C'est Andrew qui en a parlé le premier au moment où sa petite amie avait des ennuis et où nous avons dû te demander un coup de main. Il avait fait un rêve bizarre et…

Cole s'interrompit et poussa un juron.

— Il s'est soudain rappelé que notre père adoptif et un des enfants placés dans la famille étaient sortis de la pièce du fond, d'où l'incendie avait démarré. C'était en pleine nuit — un peu avant l'aube, plus exactement, mais il faisait encore nuit. Tout le monde aurait dû dormir.

— Mais tout le monde ne dormait pas, dit Shaye sans qu'il sache s'il s'agissait d'une affirmation ou d'une question.

— Non. En fait, ce n'est pas le feu qui m'a réveillé. C'est le bruit. Ma mère adoptive criait, puis je l'ai vue passer en courant devant ma chambre, s'enfuyant de la sienne qui se trouvait au bout du couloir. Les deux autres garçons qui vivaient avec nous — je ne me souviens même pas de leurs noms, mais nous partagions la même chambre, eux et moi —, ont sauté à bas de leurs lits et se sont mis à courir aussi. Alors je me suis levé et…

Il exhala un profond soupir, submergé par des souvenirs encore si vivaces qu'ils le replongeaient à chaque fois au cœur de la tragédie. La peur panique, la chaleur insupportable, la fumée qui rendait l'air irrespirable : Cole n'avait rien oublié. Ni ça ni surtout sa course effrénée le long du couloir pour aller réveiller Andrew et Marcos.

— Tu les as fait sortir, dit Shaye doucement.

— Oui. Mais nous avons perdu Marcos dans l'escalier. Je pensais qu'il nous suivait mais…

— Il s'en est sorti aussi, au final, murmura Shaye en lui caressant le bras.

— Oui, mais ça aurait pu très mal tourner. Étant sorti par-derrière, Marcos a vu des choses qu'il n'aurait pas dû voir, mais on n'a jamais vraiment su ce qu'il s'était passé. Qui a mis le feu ? Mon père adoptif ?

— Non. C'est une autre des pensionnaires de la maison, Brenna Hartwell. Son casier de délinquante juvénile était joint au rapport d'enquête. Jusqu'à il y a seulement quelques jours, son contenu n'avait jamais été divulgué. Brenna aurait mis le feu pour s'amuser. Elle ne s'attendait pas à provoquer un incendie.

Cole se rembrunit, tout à la fois furieux et triste.

— Brenna avait onze ans. Nous nous doutions que c'était elle qui avait mis le feu, et qu'il se passait peut-être quelque chose de pas clair entre elle et notre père adoptif. Qu'est-ce qu'ils fabriquaient là tous les deux, en pleine nuit ? Mais je n'arrive pas à croire qu'elle ait mis le feu pour s'amuser.

La sonnette de la porte d'entrée retentit.

— Marcos va être très affecté de l'apprendre. Brenna a été son premier amour.

— Je suis désolée, dit Shaye.

Il l'embrassa sur le front.

— Merci de prendre autant à cœur tout ce qui me concerne. Je n'aime pas beaucoup ce que je viens d'apprendre, mais maintenant, au moins, je sais.

Il se leva.

— Je vais y aller, déclara-t-il, et j'espère bien pouvoir, moi aussi, t'apporter quelques réponses.

Shaye faisait les cent pas dans la chambre de Cole. Elle avait vite renoncé à rester assise dans la salle de séjour et à attendre avec Marcos le retour de Cole. Elle ne voulait pas lui montrer à quel point elle était nerveuse, aussi avait-elle prétexté qu'elle était fatiguée.

Dans le couloir, elle avait hésité à regagner la chambre d'amis et opté finalement pour celle de Cole. Après tout, il le lui avait proposé et, même s'il plaisantait à moitié, elle savait qu'il n'y verrait pas d'inconvénient. De plus, si son absence devait se prolonger jusqu'à tard dans la nuit, Marcos serait bien content de dormir dans un vrai lit plutôt que sur le canapé.

Elle avait encore du mal à admettre qu'elle se trouvait être à nouveau la cible d'un gang. L'histoire se répétait. Avec un autre gang. C'eût été risible s'il n'y avait pas eu la peur, cette peur qu'elle avait eu tant de mal à combattre et qui revenait en force.

Pourvu que Cole la tire encore une fois d'affaire ! songea-t-elle, en soupirant.

— Tout va bien, Shaye ? demanda Marcos à travers la porte.

— Oui, merci. Je suis juste un peu stressée, mais je vais bientôt me coucher.

— Pas de problème. Faites comme vous le sentez. Si vous avez besoin de compagnie, vous savez où me trouver.

— Merci, répondit-elle d'une voix un peu étranglée.

La sollicitude de Marcos la touchait. Les frères de Cole avaient toujours été d'une grande gentillesse avec elle. Ils semblaient considérer qu'elle faisait un peu partie de la famille.

Dès que Marcos se fut éloigné, elle ferma la porte à clé pour se déshabiller en toute tranquillité. En guise de chemise de nuit, elle enfila un des T-shirts de Cole. Il sentait bon la lessive.

Puis elle se coucha et ferma les yeux, espérant ne les rouvrir que lorsque Cole se glisserait à son tour entre les draps.

Mais un craquement la tira du sommeil dans lequel

elle était en train de sombrer. Elle se tourna sur le côté et, encore vaseuse, tâta l'oreiller voisin du sien. Il était froid.

Elle se rendormit et rêva que Cole était à la maison, et que les dangers auxquels son métier l'exposait chaque jour avaient disparu. Mais pourquoi sentait-il l'alcool ? Shaye renifla, perplexe.

Un autre craquement se fit entendre et, cette fois, elle comprit que ça ne pouvait pas être Marcos, le bruit venant de la fenêtre.

Les yeux grands ouverts, elle se dressa sur son séant et tendit machinalement la main vers la table de nuit, prête à empoigner la lampe de chevet et à s'en servir pour se défendre, si c'était nécessaire. Elle fit tomber une tasse, qui se fracassa par terre.

Mal réveillée, elle commençait à se demander si son imagination ne lui avait pas joué des tours lorsqu'elle fut brutalement tirée hors du lit tandis qu'une main se plaquait sur sa bouche. L'odeur d'alcool, omniprésente, lui agressait les narines.

Shaye se mit à gesticuler comme un beau diable, à bourrer son assaillant de coups de coude, à lui balancer des coups de pied. Dans le couloir, les pas de Marcos se rapprochaient.

Soudain, elle sentit sur son cou un objet froid et pointu, et une voix grave, au timbre étrange, lui glissa au creux de l'oreille :

— Faites-le partir ou je vous tranche la gorge.

Elle se figea. Le couteau était énorme et très pointu. Il lui entrait dans la chair à chaque inspiration.

— Shaye ! Ça va ? cria Marcos.

— Répondez, ordonna son agresseur d'un ton menaçant.

— Oui, ça va, répondit Shaye d'une petite voix toute tremblante.

L'homme — qui était à peine plus grand qu'elle mais doté d'une force extraordinaire — relâcha un peu la pression qu'il exerçait sur la gorge de la jeune femme avec son coutelas.

Marcos tourna la poignée de la porte, mais Shaye avait fermé à clé.

— S'il ne part pas, il y aura deux morts, murmura l'homme.

En sentant son souffle dans son cou, elle eut envie de vomir. Il bougea le bras. Baissant les yeux, elle vit qu'il tenait un pistolet dans sa main gantée et qu'il le pointait vers la porte.

La poignée s'immobilisa, et Shaye sut ce qui allait se passer. Marcos allait défoncer la porte. Et mourir.

Elle n'avait jamais su mentir. Fermant les yeux, elle prit une grande inspiration.

— Je suis désolée, dit-elle d'une voix parfaitement maîtrisée. J'ai fait un cauchemar et en voulant allumer la lampe de chevet j'ai fait tomber la tasse de Cole.

Il y eut un silence.

— Pourquoi la porte est-elle fermée à clé ?

— C'est que… Euh, bredouilla-t-elle en feignant d'être gênée. J'avais trop chaud, alors je me suis couchée en petite culotte.

En entendant Marcos rire sous cape, Shaye poussa un soupir de soulagement.

— Mon frère va être ravi. Il est sur le chemin du retour.

— Au cas où je dormirais quand il rentrera, ajouta Shaye très vite, tandis que l'homme menaçait de l'égorger, dites-lui…

Elle s'interrompit, et Marcos se méprit sur la signification de son silence.

— Il le sait, Shaye, dit-il doucement.

— Dites-lui que j'avais raison, Marcos.

Elle venait de reconnaître la voix de son agresseur et devait aider Cole à l'identifier.

— Que vous aviez raison ? À propos de quoi ? demanda Marcos, à nouveau très inquiet.

— Son lit est plus confortable que le mien.

Un petit rire résonna dans le couloir.

— Je le lui dirai. Bonne nuit, Shaye.

— Bonne nuit.

Les pas s'éloignèrent. La voix murmura à son oreille :

— Bien joué. Maintenant, faites bien tout ce que je vous dis et je les laisserai en vie, lui et votre petit ami.

Il lui fit faire volte-face et la poussa vers la fenêtre. Elle comprit alors ce qu'était le craquement qu'elle avait entendu : il avait découpé la vitre pour passer la main à travers et ouvrir la fenêtre. C'était par là qu'il était entré, et par là qu'il avait l'intention de la faire sortir. Elle était pieds nus et n'avait sur le dos que le T-shirt emprunté à Cole.

— Allez-y, passez la première. Je vous rappelle que j'ai un pistolet. À votre place, je ne chercherais pas à m'enfuir.

Jetant un dernier regard à la porte close, Shaye déglutit péniblement. L'homme puait tellement l'alcool — était-ce du whisky ? — qu'elle en avait des haut-le-cœur. Mais elle n'arrivait pas à discerner ses traits. Elle espérait ne pas s'être trompée en reconnaissant sa voix. Parce que dans le cas contraire, si Marcos et Cole parvenaient à déchiffrer son message codé, elle les mettrait sur une fausse piste.

Comme elle hésitait, la pointe du couteau transperça son T-shirt et lui égratigna le dos. Étouffant un cri de douleur, elle enjamba avec prudence le bord de la fenêtre. L'homme en fit autant, puis il la poussa vers une berline stationnée au bord du trottoir. Ouvrant le coffre, il ordonna :

— Entrez là-dedans.

Elle voulut se retourner, mais le coutelas l'en dissuada. Les larmes aux yeux, paniquée mais plus lucide que jamais, Shaye songea que si elle entrait dans ce coffre elle était fichue.

Après une brève hésitation, elle entra quand même.

17

— Comment ça s'est passé ? demanda Marcos dès que Cole rentra.

Exhalant un soupir, Cole retira ses chaussures et s'affala sur le canapé, à côté de son frère.

— Cela n'a pas donné grand-chose. Nous avons appréhendé tous les membres du gang et les avons ramenés au poste pour les interroger. Luke et moi les avons travaillés au corps, mais ils ont plus peur de Leonardo que de nous.

— Je n'en suis pas surpris, dit Marcos. Ce type est redoutable, d'après ce qu'on raconte.

— Oui, je sais, mais j'espérais qu'après ce que nous avons fait à la bande rivale, il y en aurait au moins un qui craquerait et se mettrait à table. À vrai dire, je pensais qu'avec un peu de chance Leonardo lui-même nous balancerait le nom du tireur.

— Et du coup vous avez été obligés de tous les relâcher ?

— Non. Ils sont en garde à vue jusqu'à nouvel ordre. Peut-être qu'une nuit en taule leur fera comprendre que nous ne plaisantons pas et que s'ils ne collaborent pas ils risquent de finir comme le gang de Jannis.

— Ta chérie est au lit depuis un bon moment.

— Tant mieux. Quand j'ai vu qu'elle n'était pas là à

m'attendre avec toi, je me suis douté qu'elle était partie se coucher. Elle se fait beaucoup de mouron.

— Il faut la comprendre. Avoir un petit ami flic n'est pas de tout repos.

— C'est sûr, admit Cole.

Il en était conscient depuis le début et c'est ce qui le faisait hésiter à s'engager plus avant avec elle. Elle méritait autre chose que ce genre de vie. La tête renversée sur le dossier du canapé, il éprouva le besoin de décompresser un peu avant d'aller la rejoindre. Il savait qu'elle allait se réveiller car elle voudrait s'assurer qu'il était sain et sauf.

— Surtout après ce qui lui est arrivé l'an dernier.

Cole regarda son frère.

— Elle t'a dit quelque chose ?

— Non, mais elle a eu les nerfs à vif toute la soirée. Elle a fini par aller s'enfermer dans ta chambre pour pouvoir faire les cent pas sans que je la voie.

— C'est tout Shaye, ça, dit Cole en souriant.

— Tiens, au fait, elle m'a demandé de te dire qu'elle avait raison quand elle disait que ton lit était plus confortable que le sien.

— Quoi ?

Cole secoua la tête, déconcerté. Il ne se souvenait absolument pas l'avoir entendue parler de son lit. Mais il était tellement occupé à la couvrir de baisers et de caresses que ça lui avait peut-être échappé.

— Il faut que j'y aille, déclara Marcos en se levant. Je te laisse rassurer Shaye sur ton état de santé.

— Ne te sens surtout pas obligé de partir, dit Cole. Tu peux dormir ici cette nuit et rentrer demain matin.

— Non, je préfère vous laisser en tête à tête, Shaye et toi. Permets-moi cependant de te donner un conseil.

Celle-là, vieux frère, débrouille-toi pour la garder. Pour une spécialiste du numérique, elle n'est vraiment pas mal.

Cole poussa un juron. Marcos dut croire qu'il l'avait vexé car il s'empressa de le rassurer.

— Je plaisantais. En réalité, je n'ai rien contre les spécialistes du numérique.

— Ce n'est pas pour ça. Assieds-toi deux secondes, s'il te plaît.

Marcos obtempéra, intrigué.

— Qu'est-ce qui se passe ?

Cole se tourna un peu pour avoir Marcos bien en face.

— Shaye s'est penchée sur certains événements de notre passé, annonça-t-il tout de go, car il ne voulait pas remettre à plus tard cette conversation.

Un long silence s'ensuivit, puis Marcos se crispa, devinant la raison pour laquelle Cole faisait soudain une tête d'enterrement. Ils avaient soupçonné Brenna lorsque Andrew avait commencé à se demander s'il s'agissait réellement d'un incendie involontaire.

— Je n'arrive pas à croire que Brenna ait pu faire une chose pareille, confia Marcos, atterré.

— Shaye est tombée sur son casier de délinquante juvénile. Elle reconnaissait les faits, Marcos.

— Elle avait sans doute une bonne raison. Peut-être que…

— Elle a déclaré que c'était juste pour s'amuser, et que le feu est vite devenu incontrôlable.

— Mais alors pourquoi notre père adoptif était-il en bas, lui aussi ? Non, je n'en crois pas un mot.

— Il a dû entendre quelque chose et l'a prise en flagrant délit, dit Cole. Je suis désolé. Je sais que tu avais un faible pour elle quand on était gosses.

— Elle était si seule. Si triste. J'ai vraiment du mal à le croire.

— Je suis désolé, répéta Cole. Mais je tenais à t'en informer.

— Andrew est au courant ?

— Non, pas encore. Je l'appellerai demain.

Marcos lui donna une tape sur l'épaule et se leva.

— Tu as bien assez à faire comme ça. Je me charge de le lui dire.

— Ce n'est pas la…

— Pas de problème, assura Marcos, mais il avait perdu son entrain habituel, comme s'il venait de se prendre une grande claque. Dis bonne nuit à Shaye de ma part, ajouta-t-il.

Cole le raccompagna jusqu'à la porte. Il avait le cœur gros de voir Marcos aussi dépité. Puis il se dirigea vers sa chambre, impatient de se pelotonner contre Shaye et de dormir un peu.

Ne te laisse jamais enfermer dans le coffre d'une voiture.

Shaye se doutait bien qu'il s'agissait là d'une règle de prudence élémentaire, mais elle n'avait pas pu faire autrement que monter dans ce fichu coffre. Si elle avait tenté de s'échapper, son ravisseur lui aurait tiré dessus. Et Marcos se serait précipité dehors et se serait pris une balle, lui aussi.

S'il ne s'était agi que d'elle, elle aurait probablement tenté le coup, plutôt que se laisser emmener Dieu seul sait où. Mais elle ne voulait pas risquer de faire tuer le frère de Cole.

Maintenant, elle regrettait cependant de n'avoir rien fait

pour échapper à son ravisseur. Même si elle n'avait pas la moindre idée de la façon dont elle aurait pu s'y prendre.

À en juger par la vitesse à laquelle la voiture roulait, ils avaient sans doute pris l'autoroute. Brinquebalée dans tous les sens, Shaye avait beau se cramponner du mieux qu'elle pouvait, au premier cahot, elle se cogna la tête. Par chance, le coffre était vide, aussi ne risquait-elle pas de se blesser. En même temps, s'il y avait eu quelque chose dedans, elle aurait peut-être pu dégotter de quoi se défendre, tout à l'heure, quand son ravisseur la ferait sortir.

À la seule pensée de ce qui l'attendait, même si elle ignorait le sort qu'il lui réservait, elle fut prise de panique et se mit à hyperventiler. Il fallait absolument qu'elle se calme. De son sang-froid dépendait son salut. Fermant les yeux, Shaye se stabilisa en appuyant ses mains et ses pieds sur les côtés du coffre. Puis elle se concentra sur sa respiration. Recroquevillée comme elle l'était, il lui était impossible de trouver une position confortable, mais au prochain cahot — cette autoroute était un véritable tape-cul —, elle ne se cognerait pas la tête, au moins.

N'empêche que ses mains et ses pieds commençaient à s'ankyloser, et que les éraflures dans son dos la brûlaient affreusement. Dans le noir, elle ne pouvait juger de leur gravité, mais avant de grimper dans le coffre elle avait pu jeter un coup d'œil. Ça saignait et ça lui faisait un mal de chien, mais il n'y avait pas vraiment de quoi s'inquiéter. Ce n'étaient pas ces égratignures qui allaient la tuer.

Calme-toi ! s'enjoignit Shaye en essayant de se réfléchir. Elle n'avait pas d'arme et ne savait pas où elle allait. Elle était pieds nus, en T-shirt — un T-shirt qui n'arrêtait pas de remonter à cause des cahots qui la secouaient dans tous les sens. Des dizaines de scénarios tous plus *horribles* les uns que les autres lui traversèrent l'esprit.

Donne des coups de pied dans les feux arrière.

L'idée s'imposa brusquement à elle sans qu'elle sache trop comment, mais en y réfléchissant, elle se souvint d'un fait divers lu autrefois, quand elle était lycéenne, dans lequel une fille qui avait été kidnappée avait fait ça. Elle avait quand même été tuée par son ravisseur mais grâce à son ADN, trouvé sur les feux arrière que l'homme avait fait réparer, le crime n'était pas resté impuni.

Shaye changea de position et se mit à chercher fébrilement les feux arrière, mais ses doigts ne rencontrèrent que de la moquette. À moins que…

Elle souleva un des bords avec ses ongles et tira d'un coup sec. Elle y laissa un bout d'ongle et l'experte judiciaire en elle songea que tant qu'il ne prenait pas à son ravisseur l'idée de passer l'aspirateur, ce petit morceau d'elle suffirait à le faire condamner si elle n'était plus là pour témoigner.

Arrête ça tout de suite, s'intima-t-elle intérieurement, mais dans la situation où elle se trouvait il était bien difficile de ne pas envisager le pire. Si l'homme ne l'avait pas tuée tout de suite, dans la chambre de Cole, c'était sans doute parce qu'il craignait de se faire prendre. Mais Shaye ne se faisait aucune illusion sur le sort qu'il lui réservait.

— Le feu arrière, bon sang ! marmonna-t-elle.

La peur panique qu'elle ressentait l'empêchait de se concentrer. Tirant vers elle le bout de moquette qu'elle avait arrachée, elle tâta ce qu'il y avait derrière et, bingo, c'était bien le bloc optique ! Galvanisée par une soudaine poussée d'adrénaline, Shaye tenta de le décrocher avec ses mains, mais il ne bougea pas d'un pouce.

Le dépit lui fit monter les larmes aux yeux, mais elle se ressaisit très vite et recula de manière à pouvoir se servir de ses pieds. Sans chaussures, ce ne serait pas facile et elle risquait de se faire mal, mais elle n'avait pas vraiment le choix. Alors elle ferma les yeux, inspira à fond et, avec ses deux pieds à la fois, elle donna un grand coup dans le bloc optique.

Cette fois, elle réussit. Le bloc optique se cassa avec un bruit sec et fut éjecté hors de la voiture, mais Shaye se blessa le pied droit dans l'impact et se luxa les orteils du pied gauche. La douleur lui arracha un cri. Elle s'empressa cependant de ramper à nouveau vers l'avant du coffre pour regarder par le trou. Si elle arrivait à sortir sa main, à faire des signes, un autre automobiliste roulant comme eux sur l'autoroute la verrait peut-être et appellerait la police.

Mais, lorsqu'elle regarda à l'extérieur, elle s'aperçut qu'ils avaient quitté l'autoroute et se trouvaient à présent en rase campagne.

La voiture tourna puis s'arrêta. Le moteur se tut.

Complètement paniquée, Shaye se mit à tâter à nouveau le plancher du coffre. Elle tomba sur le cache du bloc optique. C'était une arme dérisoire, mais c'était mieux que rien.

Les larmes aux yeux, elle s'en saisit à deux mains tandis que le coffre se soulevait lentement.

18

— Shaye ? appela Cole en essayant de ne pas s'affoler.

Fatiguée comme elle l'était, elle avait dû s'endormir comme une masse.

Mais cela faisait plus d'une minute qu'il frappait à la porte, et la troisième fois qu'il l'appelait. Sans résultat. Ses réflexes de flic prenant alors le dessus, il recula et balança un grand coup de pied dans la porte, juste sous la poignée.

Le battant vola en éclats. D'un coup d'épaule, Cole fit tomber à l'intérieur de la pièce le peu qu'il en restait. À travers l'encadrement vide, il vit qu'il n'y avait personne dans la chambre.

Shaye avait disparu.

Comme un fou, Cole courut vers le lit. Les draps étaient tout chiffonnés et la couette traînait par terre. Une tasse était tombée de la table de chevet et s'était fracassée. Si Shaye s'était débattue, comment se faisait-il que Marcos n'ait rien entendu ?

Cole sentit sa pression artérielle grimper en flèche. S'emparant de son téléphone portable, il écrivit un texto à son frère :

Reviens vite !

Puis il s'approcha de la fenêtre et remarqua les morceaux de verre sur le sol, et les traces de sang. La fenêtre était fermée, mais un cercle avait été découpé très proprement dans la vitre. Ce n'était pas un travail d'amateur.

Dégainant son arme, il gagna la porte d'entrée et sortit en trombe. Au moment où il descendait du perron, Marcos arriva sur les chapeaux de roues. Il s'éjecta de sa voiture et courut vers Cole.

— Qu'est-ce qu'il se passe ? demanda-t-il en sortant son pistolet.

— Shaye a disparu.

— Quoi ? s'exclama Marcos en secouant la tête. Je lui ai parlé il y a moins d'une heure. Elle était dans ta chambre. Elle avait l'air…

— Elle avait l'air comment ? le questionna Cole, les nerfs à vif.

— Je l'ai trouvée un peu bizarre, au début. J'ai même failli défoncer la porte. Puis elle a dit que tout allait bien. Nous avons même discuté à travers la porte. Bon sang ! Tu penses qu'il y avait quelqu'un avec elle ?

— Je n'en sais rien, répondit Cole en cherchant des yeux une voiture qui n'aurait rien à faire là. Suis-moi, on va regarder derrière la maison. Ce qui est sûr, c'est qu'elle est sortie par la fenêtre, empruntant le même chemin que celui qu'a pris son ravisseur. Si on ne la voit pas, nous appellerons Luke et toute l'équipe à la rescousse.

— Je te couvre, dit Marcos tandis que l'un derrière l'autre, ils contournaient la maison afin de gagner la fenêtre de la chambre.

Utilisant la torche de son téléphone, Cole éclaira le sol.

— Il y a quelques débris de verre, constata-t-il.

L'arrière de la maison donnait sur les jardins des voisins. Le ravisseur n'avait pas pu passer par là.

— Sa voiture devait être garée tout près, marmonna Cole. Dieu sait où il a emmené Shaye.

— Je suis désolé, dit Marcos. Je me demande comment j'ai pu ne pas…

— Ce n'est pas de ta faute, assura Cole.

Il savait son frère consciencieux et très investi dans tout ce qu'il faisait. Pour qu'il ne se rende pas compte que quelqu'un s'était introduit dans la maison, il fallait que l'intrus ait été extrêmement silencieux et que tout se soit passé très vite. Marcos était censé tenir compagnie à Shaye. La rassurer. Cole ne lui avait jamais demandé de ne pas la quitter des yeux car il était persuadé que chez lui elle ne risquait rien.

Marcos bataillait avec son téléphone, qu'il finit par coller à son oreille.

— Luke ? C'est Marcos. Shaye a disparu. Nous avons besoin de ton aide. Pardon ? Oui, très bien, amène la cavalerie.

— Il faut qu'on la retrouve, déclara Cole d'une voix dans laquelle transparaissaient la détresse et la peur.

Il s'en voulait de ne pas avoir pris toute la mesure du danger. Avec les gangs, il savait pourtant qu'il fallait s'attendre à tout. Pourquoi n'avait-il pas insisté pour que Shaye accepte d'entrer dans le programme de protection des témoins ? Égoïstement, il avait préféré la garder dans sa vie. Il aurait mieux valu qu'il renonce à elle et qu'elle ait la vie sauve.

Et s'il ne devait jamais la revoir ?

Marcos le tira de ses sombres pensées.

— On va la retrouver, affirma-t-il, très sûr de lui.

— Comment ? Elle est déjà loin, à l'heure qu'il est.

Il ne put se résoudre à le dire, mais il était flic depuis assez longtemps pour savoir que Shaye était peut-être même déjà morte.

— Je vous demande à tous votre attention, dit Luke d'une voix d'instructeur qui mit aussitôt fin au brouhaha et pétrifia les policiers rassemblés dans la salle de séjour de Cole.

D'un revers de main, Cole fit le vide sur la table basse et étala un plan de la ville.

— Shaye a été enlevée il y a environ une heure trente. Si son ravisseur a pris l'autoroute, elle se trouve maintenant à plusieurs dizaines de kilomètres d'ici.

Et peut-être même dans un autre État. Mais la plupart des malfaiteurs se cantonnaient dans un secteur qui leur était familier parce que le risque d'être confrontés à des impondérables y était moindre. Si bien que la police finissait souvent par retrouver leur trace.

— Les Kings sont toujours en garde à vue, fit remarquer Hiroshi. Il me semble que c'est un gang que nous connaissons bien, non ? Se pourrait-il que nous ne les ayons pas tous coffrés ? Et que ce soit celui que nous avons oublié qui ait fait le coup ?

— C'est assez peu probable, mais nous allons tout de même vérifier. Dawson et Pietrich vont procéder à de nouveaux interrogatoires, dit Luke.

Deux techniciens du labo cherchaient des empreintes dans la chambre de Cole. Ils n'en trouveraient probablement pas. Si l'homme avait été assez malin pour leur échapper jusque-là, et enlever Shaye au nez et à la barbe de Marcos, il ne s'était pas introduit chez un flic sans porter des gants.

— Il y a de fortes chances pour que le ravisseur soit Elliard, dit Cole. Il est toujours dans la nature, et au niveau timing ça collerait parfaitement.

— Quand il s'est fait la belle, il était plutôt mal en point, signala un des policiers. Il était censé rester encore un moment à l'hôpital. Dans son état, aurait-il pu kidnapper quelqu'un ?

— Il a réussi à s'échapper, alors qu'il était sous bonne garde, rappela Luke. Ce qui veut dire qu'il s'est libéré des menottes qui l'attachaient à son lit et qu'il s'est faufilé hors de la chambre puis de l'hôpital sans se faire remarquer. Il ne devait donc pas être en si mauvais état que ça pour réussir un tel exploit. De plus, nous supposons qu'il s'est débrouillé, d'une manière ou d'une autre, pour se procurer une arme après son évasion, auquel cas, même affaibli il a très bien pu kidnapper Shaye. Il a suffi qu'il pointe un revolver sur elle.

— Mais nous n'excluons pas qu'il puisse s'agir de quelqu'un d'autre, ajouta Cole. Vous deux, là-bas, dit-il en désignant deux policiers qui se tenaient un peu en retrait. Je veux que vous alliez rendre visite à Ken Tobek. Il a un alibi qui semble solide pour la fusillade, mais son beau-frère possède une vieille Taurus, apparemment. Demandez à Kobek de l'appeler. Il faut qu'on sache où est cette fichue voiture.

— Cole et moi allons faire le tour des endroits qu'Elliard affectionne particulièrement, déclara Luke.

— Je croyais que ce type n'avait rien à lui, dit Hiroshi.

— C'est le cas, répliqua Cole. Mais il faut qu'on aille voir chez ses sœurs et dans les planques des Kings, du moins dans celles que nous connaissons. Nous prendrons donc quelques hommes qui se chargeront des planques.

Cole essayait de se montrer confiant, mais la peur panique qui s'était emparée de lui lorsqu'il avait découvert la disparition de Shaye ne lui laissait aucun répit. Elliard se terrait probablement quelque part, même si aucun acte de propriété ou contrat de location n'avait jamais été enregistré à son nom. Luke et lui allaient donc devoir rendre visite à Rosa et essayer de lui tirer les vers du nez.

— Il nous faut aussi deux hommes pour appeler tous les employés du labo. L'un d'eux aura peut-être remarqué quelque chose. Shaye prétend que personne ne la surveillait, mais ses collègues peuvent avoir un avis différent sur la question. Si vous apprenez quoi que ce soit, prévenez-nous immédiatement, dit Luke.

Cole priait pour que cela donne quelque chose : c'était la piste la plus prometteuse si Elliard était mis hors de cause. Shaye aurait très bien pu ne pas se rendre compte qu'un de ses collègues faisait une fixation sur elle. Mais ses autres collègues, eux, l'auraient forcément vu. Et quelqu'un du labo aurait pu savoir chez qui Shaye était allée dormir ce soir bien plus facilement qu'Elliard ou un autre membre du gang.

— En attendant, tous les policiers qui sont de patrouille cherchent activement une voiture correspondant à la description de celle qu'a utilisée l'homme qui a tiré sur Shaye, ajouta Cole. S'ils en repèrent une, ils vont la suivre et appeler du renfort. Ce type est armé et très dangereux.

Cole embrassa la pièce du regard, reconnaissant à tous ces policiers d'avoir rappliqué chez lui sans rechigner. Il savait pouvoir compter sur eux, mais c'était tout de même touchant. La fraternité dans la police n'était pas une légende.

Il adressa un signe de tête à Marcos qui, debout dans un coin de la pièce, n'avait pipé mot. Cole avait eu beau lui dire que ce n'était pas sa faute, Marcos se sentait coupable. Tant que Shaye ne serait pas rentrée à la maison saine et sauve, il se flagellerait mentalement.

Cole fut soudain troublé de constater que lorsqu'il imaginait Shaye rentrer à la maison, il la voyait rentrer non pas chez elle mais *chez lui*. À quel moment le béguin qu'il avait pour elle s'était-il mué en quelque chose de bien plus sérieux ? Cela s'était-il fait tout doucement, si progressivement qu'il ne s'était rendu compte de rien ? Ou était-ce lui qui, dès le départ, avait refusé de voir la réalité en face et s'était persuadé qu'elle ne serait jamais plus qu'une amie, ou une simple aventure ?

S'apercevant que Luke le fixait d'un air interrogateur, Cole se racla la gorge et dit :

— Marcos va rester là et veiller à la bonne marche des opérations. Si vous avez besoin de quelque chose, si vous apprenez quelque chose, appelez-le. Il fera passer le message.

Marcos serait là si jamais Shaye réussissait à s'échapper. Il allait appeler les voisins de Cole pour leur demander s'ils avaient remarqué quoi que ce soit de suspect.

— Des questions ? lança Luke.

Pas de réponse, jusqu'à ce que Hiroshi prenne la parole, après s'être tourné vers Cole, comme s'il s'adressait à lui spécifiquement.

— Nous allons la retrouver. Nous y passerons le temps qu'il faudra mais nous vous la ramènerons.

Shaye brandit devant elle son arme dérisoire, son cœur battant douloureusement dans sa poitrine. Elle essaya de se positionner de manière à pouvoir se propulser hors du coffre dès qu'il serait suffisamment ouvert, mais ses jambes étaient tout ankylosées et elle manquait de place pour pouvoir prendre un peu d'élan.

Impuissante et terrifiée, elle regarda le coffre finir de s'ouvrir.

Une lumière très puissante l'aveugla, l'obligeant à fermer les yeux. Le couvercle de bloc optique lui fut arraché des mains et elle fut tirée hors du coffre si brutalement qu'elle se demanda si l'homme ne lui avait pas déboîté les épaules. Ses jambes nues écorchées par le bord du coffre, elle se retrouva par terre, son T-shirt remonté jusqu'à la taille.

Elle s'empressa de le rabattre sur ses cuisses tout en tentant de se relever. Son ravisseur la mit en garde :

— Levez-vous doucement. J'ai un revolver et bien qu'il ne soit pas dans mes intentions de vous tuer maintenant, je le ferai sans hésiter si vous m'y obligez.

D'une voix perfide, il ajouta :

— À moins que je ne commence par vous tirer dans les rotules. Avant de vous laisser agoniser lentement pour vous apprendre à foutre en l'air mes plans.

Shaye frissonna malgré elle. L'homme s'en aperçut. S'il n'avait pas l'intention de la tuer, qu'allait-il faire d'elle ?

Il braquait la torche sur son visage, aussi ne discernait-elle de lui que sa silhouette massive, mais sa voix lui disait vraiment quelque chose. Avait-elle vu juste ? Et, si oui, Marcos avait-il transmis son message à Cole ? Cole avait-il compris ? Saisi l'allusion ? Elle avait dû réfléchir vite, tout en veillant à ce que Marcos ne devine pas qu'il se passait quelque chose et à ce que son ravisseur ne se rende pas compte qu'elle essayait de leur révéler son identité.

— Levez-vous. Et avancez, ordonna l'homme d'un ton qui ne souffrait pas la réplique.

Comme il avait baissé un peu la torche, elle leva les yeux vers son visage. Mais il s'empressa de l'aveugler à nouveau. Pourquoi ne voulait-il pas qu'elle le voie ? Un minuscule espoir se fit jour en elle. Et si c'était parce qu'il comptait la laisser en vie ?

Mais, en ce cas, quel sort lui réservait-il ? Jouait-elle simplement le rôle d'appât ? Se servait-il d'elle pour attirer Cole ?

Il fallait qu'elle trouve un moyen de s'enfuir. Parce que autant qu'elle puisse en juger en regardant autour d'elle, personne ne l'entendrait si elle appelait à l'aide. Et pour quelqu'un qui suait l'alcool par tous les pores, son ravisseur semblait n'avoir perdu en rien ni ses réflexes ni sa force.

— Levez-vous !

Shaye se mit à quatre pattes et se leva, mais elle dut se mordre la langue pour ne pas hurler de douleur, ses épaules étant bel et bien déboîtées. Elle fit un pas, et sa jambe gauche manqua se dérober sous elle tant ses orteils la faisaient souffrir. Elle avait dû se les casser en s'acharnant sur le bloc optique du feu arrière. Et dire qu'elle s'était donné tant de mal pour rien !

— Avancez !

Le faisceau de la lampe-torche se déplaça vers sa droite, éclairant un chemin de terre qui menait à une vieille grange abandonnée, dont la peinture rouge s'écaillait et le toit menaçait de s'effondrer. S'agissait-il d'une grange isolée ou d'une dépendance ? À première vue, il n'y avait pas de maison à proximité.

Comment pourrait-on la retrouver dans un endroit pareil ?

Shaye préférait ne pas y penser. Clopin-clopant, elle avançait vers la grange, son ravisseur sur les talons. Les cailloux du chemin lui mordaient cruellement la plante des pieds, et les entailles qu'elle avait dans le cou et dans le dos l'élançaient de plus en plus.

— Qu'est-ce que vous me voulez ? demanda Shaye.

Autant qu'elle sache ce qui l'attendait. Elle pourrait alors prendre une décision sur ce qu'il convenait de faire.

— Ce que je vous veux ? rugit l'homme en l'attrapant par le bras et en lui faisant faire volte-face. Vous avez fichu ma vie en l'air et vous ne vous en souvenez même pas ?

Il hurlait et lui soufflait son haleine alcoolisée dans la figure, la torche toujours braquée sur elle.

Pourquoi se cachait-il ?

— Je ne…, bredouilla Shaye, de plus en plus perdue.

— Entrez là-dedans et fermez-la ! ordonna-t-il en la poussant vers la grange.

Elle tomba en avant, sur les genoux. Elle voulut se relever, mais il lui flanqua un coup de pied dans les côtes.

Elle poussa un cri et frotta ses côtes meurtries tandis qu'il passait devant elle et ouvrait la porte.

— Rampez ! aboya-t-il.

Retenant ses larmes, elle obéit. À cause des cailloux, sa blessure à la cuisse se remit à saigner. Elle réussit malgré tout à se traîner à l'intérieur de la grange. Sur le seuil, elle fut saisie d'effroi en découvrant qu'il y avait déjà un prisonnier.

Et qu'il s'agissait de Dominic Elliard.

19

— Où est Dominic ? demanda Cole en bloquant de l'épaule la porte que la sœur aînée de Rosa s'apprêtait à lui claquer au nez.

— Je n'en sais rien ! hurla-t-elle en bataillant pour fermer la porte. Cela fait des lustres que je ne l'ai pas vu.

— Mais Rosa, elle, elle l'a vu, répliqua Luke, qui se tenait juste derrière lui, sur le perron de la villa.

— Vous n'avez pas le droit ! Je suis chez moi, beugla la femme.

— Votre frère m'a tiré dessus et s'est échappé de l'hôpital dans lequel il était détenu. Et pour couronner le tout, il a kidnappé une experte judiciaire, rapporta Cole, en contractant tous les muscles de son épaule pour essayer de résister car, bien que minuscule, la sœur de Rosa était forte comme un bœuf.

En entendant ça, elle lâcha la porte si brusquement qu'il faillit basculer à l'intérieur.

— Entrez, dit-elle avant de crier en direction de l'escalier : Rosa ! Descends tout de suite, s'il te plaît.

La main à la ceinture, Cole se tenait prêt à dégainer son arme. Dominic n'était probablement pas là, mais mieux valait parer à toute éventualité. Derrière lui, Luke ouvrait l'œil, lui aussi, tandis que la sœur de Rosa et de

Dominic les précédait dans une cuisine très colorée, équipée d'appareils électroménagers étincelants et d'un réfrigérateur dont les portes étaient couvertes de photos des enfants.

— Vous avez de la chance que mon mari ne soit pas là. Il a emmené les enfants voir leurs grands-parents, dit-elle. J'aurais mieux fait d'aller avec eux.

D'un geste de la main, elle les invita à s'asseoir à la table, mais Cole secoua la tête.

— Nous n'avons pas beaucoup de temps. Nous voulons empêcher votre frère de commettre un meurtre.

En soupirant, elle s'affala sur une chaise.

— Je pensais qu'il en avait fini avec tout ça. Rosa disait que…

— Qu'est-ce que je disais ? l'interrompit Rosa en arrivant dans la cuisine.

Coiffée à la va-vite, en robe de chambre, elle semblait de fort mauvaise humeur. Lorsqu'elle vit Cole et Luke, un rictus lui vint aux lèvres.

— Merci d'avoir réveillé le bébé.

Tendant l'oreille, Cole perçut vaguement des pleurs venant de l'étage.

— Nous sommes désolés, mais le temps presse. Votre frère a kidnappé une femme et il risque de la tuer si nous n'intervenons pas très rapidement.

Rosa sursauta puis secoua la tête.

— C'est impossible.

— L'avez-vous vu depuis qu'il s'est enfui de l'hôpital ? demanda Luke doucement.

— Non.

— Vous feriez mieux de nous dire la vérité, si vous

ne voulez pas finir en prison pour complicité, menaça Cole, qui en avait assez d'être mené en bateau.

Ils n'avaient pas de temps à perdre. Chaque seconde comptait s'ils voulaient avoir une chance de retrouver Shaye vivante.

Il s'efforçait de ne pas envisager le pire et de rester concentré, d'enquêter normalement, parce qu'il savait que s'il laissait ses émotions prendre le dessus il ne serait d'aucune utilité à Shaye. Mais, à la seule pensée de se réveiller demain matin et de découvrir qu'elle avait disparu pour de bon et qu'il ne la reverrait jamais plus, il se sentit soudain tellement oppressé qu'il en cessa de respirer.

— Qu'est-ce qu'il a ?

La voix de Rosa lui parut très lointaine, puis il entendit celle de Luke, plus proche, qui disait :

— Ce n'est rien.

Luke le fit asseoir et lui ordonna de respirer. Alors il prit sur lui et inspira un grand coup.

— Désolé, mon vieux.

— Qu'est-ce qui s'est passé ? demanda Rosa, désta-bilisée.

— C'est sa petite amie que votre frère a kidnappée. Et il ne plaisante pas quand il dit que Dominic risque de la tuer. Il a déjà essayé, juste avant de s'en prendre à Cole sur le parking du commissariat.

Rosa essaya de l'interrompre, mais Luke lui imposa silence.

— Un fourgon plein de flics a débarqué sur les lieux de la fusillade, expliqua-t-il. Nous l'avons tous vu, Rosa.

— C'est à cause de cette saleté de voiture.

Elle soupira lorsque sa sœur aînée lui jeta un regard

noir qui semblait dire : *Vas-y, raconte-leur tout, pendant que tu y es !*

— La voiture ? fit Luke pour l'inciter à continuer.

— Oui. Il était fou furieux lorsque vous êtes passés, l'autre jour. Je ne pensais vraiment pas qu'il irait jusqu'à vous tirer dessus, mais… il était en colère à cause de ce qui s'est passé quand Ed a été incarcéré. Je me suis retrouvée sans rien, et enceinte, en plus de ça. J'ai perdu mon travail. Mon patron m'a virée quand il a su que j'étais la compagne d'Ed. Ma grossesse ne s'est pas très bien passée ; j'ai dû rester allongée jusqu'à l'accouchement. Je ne savais vraiment pas quoi faire, seule et sans ressources. Dominic a essayé de m'aider, mais il accusait la police d'avoir tout pris à Ed, tout ce qui aurait dû me revenir. Alors quand vous êtes venus réclamer la voiture, ça a été la goutte d'eau qui a fait déborder le vase.

— Nous n'avions pas l'intention de la confisquer, fit remarquer Cole. Nous voulions juste établir si, oui ou non, elle avait été utilisée pour perpétrer un crime. Une autre fusillade.

— Non, dit Rosa en secouant la tête. Il s'était rangé. Je sais que vous ne me croyez pas, mais c'est la vérité. Jusqu'à votre visite, il s'est vraiment tenu à carreau. Et en ce qui concerne la personne dont vous parliez, la fonctionnaire qui s'est fait tirer dessus, il n'était pas au courant. Je le vois tout de suite quand mon frère raconte des bobards. Et là, je peux vous le garantir, il ne mentait pas.

Cole et Luke échangèrent un regard.

— Et où est-il, maintenant ?

Rosa haussa les épaules.

— Je n'en sais strictement rien. Pour être tout à fait franche, je me doutais qu'il allait tenter de s'évader.

Là-dessus, vous ne vous êtes pas trompés. Mais je ne l'ai pas vu.

Elle jeta un coup d'œil à sa sœur.

— Et de toute façon il ne viendrait pas ici.

La sœur de Rosa le leur confirma d'un hochement de tête.

— Il sait que je le mettrais dehors.

— Où serait-il susceptible d'aller ? demanda Cole, qui était à bout de nerfs et commençait à craindre d'avoir fait fausse route.

Et si le ravisseur de Shaye *n'était pas* Dominic Elliard ?

— Aucune idée, répondit Rosa. Il avait des planques, mais elles se trouvaient sur le territoire des Kings. Quand il a dit à Leonardo qu'il voulait quitter le gang, qu'il lui a expliqué qu'il allait être papa, Leonardo a accepté de le laisser partir. Mais Dominic savait qu'il ne pourrait jamais plus remettre les pieds là-bas.

— Merci de nous avoir accordé un peu de votre temps, dit Luke en lui tendant sa carte. Appelez-nous si vous pensez à autre chose ou si vous avez des nouvelles de Dominic.

Ayant pris congé des deux femmes, Luke et lui s'en allèrent. Après que Rosa eut refermé la porte derrière eux, Cole regarda son coéquipier.

— Tu en penses quoi ?

— Je la crois. Pour moi, ce n'est pas Dominic qui a kidnappé Shaye.

— C'est qui, alors ?

— Ken Tobek, murmura Shaye en se détournant de Dominic, qui était bâillonné et ligoté au fond de la grange.

La lampe-torche s'abaissa lentement, et l'homme sourit.

— Vous vous souvenez, en fait.

Elle ne s'était pas trompée.

Je t'en prie, Cole, essaie de comprendre ce que j'ai essayé de te dire, le supplia-t-elle par la pensée. *Parles-en avec ton frère.*

Elle battit des paupières plusieurs fois, jusqu'à ce que les taches devant ses yeux disparaissent et qu'elle puisse bien voir Tobek. Il avait beaucoup vieilli depuis la dernière fois, au tribunal, mais sous ses airs de M. Tout-le-Monde, il avait toujours ce regard de fou furieux.

Il allait la tuer. Elle le comprit tout de suite, mais contre toute attente cette certitude la plongea dans un calme étrange.

Quelle raison Tobek avait-il de l'amener jusqu'ici ? Il aurait pu s'arrêter sur le bord de la route, l'abattre et l'abandonner dans un champ. Et pourquoi Elliard était-il là ?

La voix dans sa tête lui fit penser à Cole. Elle se retourna vers Elliard, et soudain tout devint clair dans son esprit.

— C'est votre bouc émissaire, n'est-ce pas ? Vous allez me tuer et lui faire porter le chapeau ?

Tobek ricana.

— Peut-être. Ça a été un jeu d'enfant. Après la fusillade au poste de police, c'était comme s'il m'offrait une échappatoire, encore mieux que l'alibi que j'avais concocté. Surtout après la fois où vous m'avez échappé et où j'ai dû me dégotter un autre alibi. Et voilà que là-dessus votre petit ami débarque chez moi… Je me suis félicité d'avoir modifié mon plan initial.

— Après avoir abandonné dans le territoire des Kings le pistolet avec lequel vous m'avez tiré dessus sur le parking de la supérette, vous avez passé un coup de téléphone à la police pour la mettre sur la piste dudit pistolet, dit Shaye.

— Vous êtes plus maligne que vous n'en avez l'air, répliqua Tobek d'une voix monocorde.

— Pourquoi ? demanda Shaye. Vous avez fait un mois de prison. Vous auriez pu tourner la page. Pourquoi vous en prenez-vous à moi maintenant, après tout ce temps ?

— Un mois de prison ? beugla-t-il. À vous entendre, ça ne compte pas. Mais le pire, c'est ce que vous avez dit au tribunal, devant tout le monde. Que j'avais essayé de tuer ma femme !

Il s'était mis à gesticuler, comme s'il revivait toute la scène.

Pour Shaye, la tentative de meurtre ne faisait aucun doute. Si Cole et Luke ne s'étaient pas présentés au domicile des Tobek au bon moment, Becca serait morte. Ken s'en était tiré avec une inculpation pour coups et blessures. Ne devrait-il pas s'estimer heureux et oublier toute cette histoire ?

Il haussa les épaules, et sa voix reprit ce ton étrangement monocorde qu'elle avait entendu au tribunal un an plus tôt et reconnu presque tout de suite quand il l'avait tirée du lit.

— Je ne vais pas vous laisser vous en sortir comme ça. Et puis…

Il sourit, mais son sourire était encore plus effrayant que ses hurlements.

— Vous n'êtes qu'un pion dans mon plan.

Par pitié, laissez Cole tranquille, songea Shaye en jetant un coup d'œil autour d'elle, des fois qu'un outil traînerait par terre dont elle pourrait se servir pour se défendre. Mais dans la pénombre elle ne voyait pas grand-chose.

La grange n'était éclairée que par le rayon de lune qui filtrait à travers la toiture éventrée et par le faisceau de la torche de Tobek. Il semblait y avoir un établi derrière Elliard, mais il était beaucoup trop loin.

— Mais finalement tout ça se goupille encore mieux que prévu, continua Tobek, tout joyeux. Parce que Elliard, là-bas, est une vraie crapule. Un membre de gang. Ces gars-là tuent au hasard.

Shaye n'y comprenait plus rien. Mais qu'est-ce qu'il racontait ? S'il faisait en sorte qu'on croie que c'était Elliard qui l'avait tuée, il ne s'agirait pas d'un meurtre gratuit. Tout le monde savait qu'Elliard avait une dent contre elle. Qu'est-ce qui lui échappait ?

— Allez là-bas ! ordonna Tobek, visiblement pressé d'en finir.

Du canon de son pistolet, il désigna le fond de la grange. Se retournant à nouveau, Shaye remarqua quelque chose qu'elle n'avait pas vu jusque-là.

Un rouleau de cordes, qui attendait à côté d'Elliard.

Elle leva les mains en signe d'apaisement.

— Ken…

— N'essayez pas de m'attendrir. Ah, vous, les femmes, vous êtes bien toutes les mêmes ! ricana-t-il. Si vous espérez me convaincre que ce n'est pas votre faute, vous perdez votre temps. Alors fermez-la et avancez !

Devinant ce que Tobek manigançait, Shaye eut le souffle coupé.

— Vous allez tenter à nouveau de tuer votre femme, c'est bien ça ?

Tobek eut un rire forcé.

— Pas moi. Elliard. Et il va réussir. Mais vous ? Vous

êtes drôlement fougueuse, déclara-t-il en posant sur elle un regard concupiscent.

Elle s'empressa de tirer son T-shirt sur ses cuisses.

— C'est vrai, quoi ! continua-t-il. Je ne m'attendais pas à ce que vous bousilliez mon feu arrière. Mais Elliard aussi a été surpris par votre impétuosité. Parce qu'une fois qu'il aura tué Becca, ce sera votre tour, mais il aura affaire à forte partie. En fait, vous allez le poignarder avant qu'il ne vous loge une balle dans le cœur.

En l'entendant lui exposer très posément les détails de son plan, Shaye frissonna. *Une balle dans le cœur.* Le souvenir de celle qu'elle avait prise dans la jambe, sur le parking de la supérette, la fit paniquer encore plus.

Tobek haussa les épaules.

— C'est triste, mais vous allez tous deux succomber à vos blessures. Et la grange d'Elliard est tellement paumée que le temps que la police la trouve, vous serez dans un sale état. Vos potes du labo ne pourront pas grand-chose pour vous.

Il désigna à nouveau les cordes.

— Dépêchez-vous. Je n'ai pas que ça à faire, figurez-vous !

20

— Il faut s'y remettre, de toute urgence, dit Cole dès que Marcos prit son appel. Je ne suis plus très sûr qu'Elliard soit notre homme. Il nous faut une nouvelle piste.

Où était Shaye ? *Tiens bon, mon cœur*, songea-t-il.

— D'accord, répondit Marcos d'une voix posée qui se voulait rassurante.

Mais Cole savait que pour l'instant ils n'avaient rien et se sentit accablé. Luke lâcha le volant quelques secondes pour lui serrer l'épaule.

— Nous allons la retrouver, murmura-t-il, tandis qu'à l'autre bout du fil Marcos reprenait la parole.

— Les techniciens du labo n'ont trouvé aucune empreinte en dehors des vôtres dans la chambre ou sur la fenêtre.

— Il fallait s'y attendre. Et les voisins, ça donne quoi ? Ont-ils entendu ou vu quelque chose ? Remarqué une vieille Taurus ?

— Non. Et personne n'a répondu chez Tobek quand des inspecteurs se sont présentés à son domicile. Son beau-frère, chez qui ils sont allés aussi, a déclaré que Tobek lui avait déjà emprunté des voitures, mais pas récemment. Il ne lui en manque aucune.

— Il en a combien ? demanda Luke.

— Cinq. Deux qu'il garde chez lui et trois qui sont dans un garage qu'il loue au centre-ville.

— Et Tobek a les clés de ce garage ?

— Il n'est pas censé les avoir, mais son beau-frère le soupçonne de lui avoir subtilisé un double des clés.

— Est-il absolument sûr qu'il ne lui manque aucune voiture ? s'enquit Cole, alerté par ce dernier élément d'information.

Il jeta un coup d'œil à Luke et ajouta :

— Tobek avait un alibi en béton.

Luke acquiesça d'un hochement de tête mais, à son air pensif, Cole comprit qu'il se posait les mêmes questions que lui.

— C'est ce qu'il dit, en tout cas, répondit Marcos.

— Dans le doute, il faut relever les plaques de toutes les voitures qu'il possède et vérifier, suggéra Luke.

— C'est fait. J'ai chargé Hiroshi de s'en occuper. Nous n'avons toujours aucune trace de la voiture utilisée au moment de la fusillade sur le parking de Roy. Et les planques connues des Kings ont toutes été inspectées, sans succès. Mais nous poursuivons nos investigations.

— Où en sont les interrogatoires des membres du gang ? Aucun d'eux n'a craché le morceau ? demanda Luke.

— Ils gardent obstinément le silence. Mais Leonardo a dit — attendez une seconde, dit Marcos en sortant ses notes. Je cite : Elliard va devoir s'expliquer. Et, s'il croit que je ne sais pas qu'il a une masure à la campagne, il se trompe.

— Une masure à la campagne ? Il a donné l'adresse ?

— Il refuse d'en dire plus, mais des policiers l'ont entendu marmonner un peu plus tard que Dominic aurait mieux fait d'y réfléchir à deux fois avant de se lancer dans ce projet, parce que les travaux allaient lui coûter un bras et qu'il n'était pas qualifié pour s'en charger lui-même. Je ne sais donc pas ce dont il s'agit, mais, d'après vos collègues, c'est parce qu'il a l'intention de traquer Elliard dès qu'il sera remis en liberté que Leonardo ne veut rien dire.

— Nous devrions le laisser sortir, en ce cas, suggéra Luke.

— Quoi ? s'exclamèrent d'une seule voix Cole et Marcos.

— Je sais qu'Elliard n'est plus considéré comme suspect dans le kidnapping de Shaye, mais nous ne savons toujours pas ni où il est, ni ce qu'il a fait après s'être enfui de l'hôpital. Nous pourrions donc libérer Leonardo et le suivre. Il nous conduirait tout droit jusqu'à la planque d'Elliard à la campagne.

À ces mots, Cole sentit l'espoir renaître. Il hocha la tête, séduit par l'idée de Luke.

— Tout droit, c'est vite dit. Leonardo est malin, fit-il cependant remarquer. Il n'ira pas tout de suite.

— Sauf si nous le fichons vraiment en rogne, répliqua Marcos. Si nous lui faisons croire qu'Elliard a essayé de lui mettre sur le dos la fusillade en abandonnant l'arme sur son territoire.

Cole fronça les sourcils.

— Quand nous avons reçu l'appel anonyme, Elliard était encore à l'hôpital, sous bonne garde. S'il avait téléphoné de sa chambre, nous aurions pu retracer l'origine de l'appel. En fait, l'appel a été passé à partir d'un téléphone prépayé.

— Sa sœur lui a rendu visite, dit Luke. Elle a pu lui en apporter un. Avons-nous une meilleure piste ?

— Et avec les collègues de travail de Shaye, où en sommes-nous ? demanda Cole, qui ne croyait plus du tout à la culpabilité d'Elliard.

— Ils disent tous que Shaye n'a aucun ennemi et que le seul admirateur secret qu'ils lui connaissent, c'est toi, répondit Marcos d'une voix dans laquelle perçait l'amusement.

— Super, marmonna Cole.

— Mais il y en a un qui a parlé d'une vieille Taurus rouillée qui aurait été vue deux ou trois fois garée dans la rue derrière le labo.

— À bonne distance du commissariat, dit Luke. Là où les flics étaient moins susceptibles de la remarquer.

— Il la surveillait donc bien depuis le labo, conclut Cole. Mais comment a-t-il fait pour la suivre jusque chez moi ? S'il m'avait filé, je m'en serais aperçu, non ?

La culpabilité s'ajouta à la peur et à la colère qu'il sentait bouillonner en lui.

— Occupons-nous seulement de la retrouver, dit Luke. Qu'est-ce qu'on fait, maintenant ?

— Je suis d'accord avec Luke. Laissons sortir Leonardo et…, commença Marcos, mais Cole l'interrompit car il venait de repenser à quelque chose.

— Marcos, peux-tu me répéter ce que t'a dit Shaye, hier soir ?

Son rythme cardiaque s'accéléra, comme à chaque fois qu'il sentait que le dénouement d'une enquête était proche.

— Comment ça ?

— Tu as failli défoncer la porte. Tu m'as dit que Shaye et toi aviez discuté mais que tu l'avais trouvé bizarre, au début. Elle t'a dit quelque chose au sujet du lit. Quels sont ses mots exacts, s'il te plaît ?

Lorsque Marcos les lui avait rapportés, Cole n'y avait pas vraiment fait attention. Cette remarque à propos du lit lui avait paru absconse. Mais peut-être Shaye avait-elle essayé de lui faire passer un message…

Il y eut un long silence. Puis Marcos répondit :

— Elle a dit : « Dis-lui que j'avais raison. Son lit est plus confortable que le mien. »

— C'est ça ! s'exclama Cole, tout excité.

— Quoi ? demanda Luke en le regardant d'un air ahuri.

Ils étaient en voiture et se rendaient chez Rosa, là où ils avaient rencontré Elliard au début de l'enquête.

— Fais demi-tour, dit Cole. Ce qu'elle raconte à propos du lit n'a d'autre but que de faire diversion afin que son ravisseur ne se rende pas compte qu'en réalité elle me révélait son identité. Shaye dit qu'elle avait raison. Il s'agit de Ken Tobek.

— Une seconde, dit Shaye, qui cherchait désespérément à gagner du temps.

Et qui se creusait la cervelle pour trouver un moyen de se sortir de ce guêpier. Elle savait qu'une fois qu'elle serait ligotée ses chances de survie — qui paraissaient déjà minces — seraient réduites à néant.

— Allez, venez ! ordonna Tobek en lui agitant son arme sous le nez. Ne faites pas d'histoires si vous ne voulez pas que je vous tire dans les rotules, même si ça doit compliquer la réalisation de mon plan.

— Écoutez, il me semble que… que je mérite de connaître la suite. Comment pouvez-vous croire que vous allez tuer votre femme et vous en tirer en toute impunité ? La police ne sera pas dupe. Elle va forcément trouver suspect qu'Elliard ne se soit enfui de l'hôpital que pour nous tuer, votre femme et moi. Sans parler de votre collègue de travail, dont vous ne pourrez pas indéfiniment acheter la complaisance.

Tobek se renfrogna.

— Je n'ai rien acheté du tout, protesta-t-il âprement. Il ne dira rien, de toute façon. À moins qu'il ne veuille se retrouver lui aussi en prison.

— S'il accepte de collaborer, la police fera preuve de clémence à son égard.

— Pas là. Il me couvre parce que je l'ai surpris avec la fille du patron, un soir après le travail. Dans le bureau du patron, figurez-vous. Je précise qu'elle a dix-sept ans. Comme je l'ai dit à mon pote, histoire de bien lui flanquer la frousse, c'est encore une gosse aux yeux de la justice. Et c'est aussi comme ça que le verraient ses compagnons de cellule. Nous savons tous quel sort subissent les violeurs, en prison.

Shaye s'efforça de masquer le dégoût que les deux hommes lui inspiraient.

— Je suis sûre que…

— Il m'a cru, cet imbécile. Peu importe que la minette sorte avec lui en cachette. Il balise à mort. De toute façon, je n'ai pas besoin d'un alibi pour le milieu de la nuit. J'étais chez moi, au lit. Où pourrais-je être d'autre ?

Il leva son pistolet.

— Assez causé, maintenant, vous me faites perdre mon temps.

Shaye se retourna à contrecœur et, clopin-clopant, se dirigea vers Elliard, qui n'avait toujours pas bougé.

— Il est mort ? demanda-t-elle, d'une voix blanche, redoutant la réponse.

— Bien sûr que non. J'ai pris de la bouteille, depuis

la dernière fois. Je vais faire vraiment gaffe à la chronologie des événements, pour le cas où. Mais d'ici à ce que la police vous retrouve, vos corps seront tellement décomposés qu'à moins d'un miracle il sera impossible de déterminer l'heure du décès.

Shaye ne put réprimer un frisson. Au labo, elle avait vu des photos peu ragoûtantes. Elle ne voulait pas que Cole la voie comme ça, dans cet état. Il culpabiliserait tellement…

Elle lui avait souvent reproché sa réserve, mais elle se rendait compte qu'en réalité elle le connaissait mieux qu'elle ne le pensait. Car elle pouvait dire, sans risque de se tromper, qu'il ne s'en remettrait jamais.

— Vous n'imaginez pas les prouesses qui sont réalisées dans ce labo, dit-elle. Dans le cas présent, par exemple, les experts médico-légaux vont très vite se rendre qu'ils ont affaire à une mise en scène. Les marques sur les poignets d'Elliard prouveront qu'il a été attaché. À partir de cet indice, ils pourront reconstituer toute la scène. L'examen des coups de couteau qu'il a reçus révélera qu'il a été poignardé par quelqu'un de plus grand et plus corpulent que moi. En plus, mes empreintes sur le couteau ne seront pas au bon endroit. Et le…

— Taisez-vous ! cria Tobek en fonçant sur elle, fou de rage.

Elle recula précipitamment, trébucha et tomba sur les fesses. Tobek ne perdit pas une miette du spectacle qui s'offrit alors à lui, le T-shirt de la jeune femme s'étant à nouveau relevé.

Gênée, Shaye le rabaissa.

— Merci pour tous ces précieux conseils, dit Tobek d'un ton mielleux en se penchant vers elle.

Si elle avait été en meilleure forme — si sa jambe gauche et ses épaules ne l'avaient pas fait autant souffrir —, elle aurait pu tenter une clé de jambes qui l'aurait déséquilibré et mis par terre. Mais c'était perdu d'avance, elle le savait, et pour l'instant elle n'était pas prête à tenter le tout pour le tout. Pas encore.

— Puisque vous êtes si bien renseignée, vous allez m'aider à tout faire comme il faut, continua Tobek.

— Pourquoi vous aiderais-je ? répliqua Shaye d'un ton faussement bravache. Vous allez me tuer, de toute façon. Et ce n'est pas parce que vous allez m'exploser les rotules que je vais vous aider à vous en sortir blanc comme neige.

— Vraiment ? railla Tobek en esquissant un sourire si sardonique qu'elle sentit son sang se glacer dans ses veines. N'oubliez pas que je connais l'adresse de votre petit ami. Vous faites ce que je vous dis ou bien, dès que j'ai fini ici, je retourne en ville et vais le trouver.

La porte du garage remontait avec une lenteur exaspérante.

N'y tenant plus, Cole se pencha pour jeter un coup d'œil par en dessous.

— Vous voyez bien qu'elles sont toutes là, dit l'homme qui se tenait entre Luke et lui.

Les trois voitures étaient là, en effet. La vieille Taurus dont Cole avait du mal à croire qu'elle roulait encore se trouvait au milieu.

— Je peux retourner me coucher, maintenant ? demanda le beau-frère de Tobek.

Ils l'avaient sorti de son lit en pleine nuit pour qu'il les emmène au garage où il entreposait les voitures qu'il n'utilisait pas. Cole, qui s'attendait à ce qu'il manque la Taurus — ou une des deux autres —, était dépité et complètement découragé.

— Et maintenant ? lança-t-il à son partenaire.

Luke fixait toujours le beau-frère.

— Sachant qu'il n'est pas chez lui, où Ken peut-il être allé ?

— Je n'en sais rien, moi. Nous ne sommes pas si proches que ça. À vrai dire, si je le supporte, c'est à cause de ma femme. Ce type est un vrai boulet.

— Il n'a rien à lui en dehors de la ville ? Une cabane pour quand il va à la chasse, par exemple ?

— Non. Tobek ne chasse pas. Il boit. Et pas qu'un peu ! Je ne sais pas de quoi vous le soupçonner encore mais…

— Pourquoi *encore* ? s'enquit Cole.

— Il a été condamné pour coups et blessures sur sa femme. Pauvre Becca. Elle, par contre je l'aimais bien.

— Bon, eh bien, nous…

— Je ne sais pas où il a pu aller. C'est la pure vérité. Et même si récemment je l'ai trouvé un peu plus lunatique que d'habitude, je ne pense pas qu'il m'emprunte ma voiture pour faire le mariole.

— Si ça ne vous ennuie pas, nous allons quand même demander à nos experts du labo d'y jeter un coup d'œil, dit Luke.

L'homme leva les mains.

— Pas de problème. Puis-je rentrer me coucher, maintenant ?

— Oui, merci.

Il referma la porte du garage, qui descendait bien plus vite qu'elle ne remontait, puis regagna son véhicule au pas de charge, laissant Cole et Luke à leurs cogitations.

— Est-ce que quelqu'un a parlé à l'ex-femme de Tobek ? demanda Luke.

— Oui. Hiroshi et Wes sont passés chez elle il y a moins d'une demi-heure. J'ai eu le compte rendu pendant le trajet jusqu'ici. Elle dit ne plus avoir de nouvelles de lui depuis qu'il est sorti de prison mais, d'après Hiroshi, il est évident qu'elle le craint encore.

— OK. Je suggère que nous refassions le point avec Marcos, dit Luke.

Cole priait secrètement pour que son frère ait une nouvelle piste à leur proposer.

— J'espérais que vous auriez du nouveau, répondit Marcos. Mais je suis en route pour aller chez Tobek.

— Quoi ? Mais pourquoi ?

— Coupe le haut-parleur, s'il te plaît.

Cole jeta un coup d'œil à Luke, qui se détourna et fit mine de regarder autour de lui. Cole colla le téléphone à son oreille.

— Tu peux y aller, personne d'autre que moi ne peut t'entendre. Que se passe-t-il ?

— Je sais que tu voulais que Hiroshi retourne chez Tobek pour vérifier que la Mercedes était toujours là. Mais je vais y aller à sa place. Hiroshi risque de perdre son boulot s'il entre dans la maison sans mandat.

— Je ne lui ai jamais demandé de…

— Oui, je sais, mais étant donné que Tobek est introuvable, il faut aller jeter un coup d'œil. Et s'il séquestrait Shaye chez lui, tout simplement ?

Les doigts de Cole se crispèrent sur l'appareil.

— Si elle y est, on débarque en force.

— Bien sûr. Mais je n'y crois pas trop.

— Toi aussi, tu risques gros à entrer chez lui sans mandat, fit remarquer Cole.

C'eût été à lui d'y aller, mais Marcos se sacrifiait parce qu'il se sentait coupable d'avoir failli à sa mission de surveillance, Shaye ayant été enlevée à son nez et à sa barbe.

— Ne t'inquiète pas, dit Marcos d'un ton enjoué. Je ne me ferai pas prendre. Je t'appelle juste après.

— Sois prudent.

— Et vous, qu'allez-vous faire ?

Cole lança un regard à son coéquipier.

— Faute de mieux, nous allons mettre à exécution le plan dont nous avons parlé tout à l'heure. Nous allons libérer Leonardo et voir s'il nous conduit jusqu'à Elliard.

21

— J'aurais dû commencer par tuer Becca, marmonna Tobek, furieux.

En le voyant fondre sur elle, Shaye recula et se cogna contre les pieds de l'établi, dont elle avait oublié l'existence improbable, au fond de la grange. Dans la pénombre, elle n'arrivait pas à voir s'il y avait quelque chose dessus, un outil quelconque qu'elle pourrait utiliser comme arme.

— Cette erreur de timing risque de compromettre sérieusement la manière dont les enquêteurs vont interpréter la scène de crime, fit remarquer Shaye.

Tobek lui jeta un regard noir.

— Je savais que c'était elle que j'aurais dû enlever en premier, mais Elliard m'est pour ainsi dire tombé dans les bras. Je suis allé à l'hôpital pour lui subtiliser quelque chose que j'aurais laissé chez Becca. Et là, sur qui je tombe ? Sur ce crétin qui s'enfuyait par la porte de derrière.

Joignant le geste à l'insulte, il balança un coup de pied dans le tibia d'Elliard, qui ne réagit pas.

— Qu'est-ce qu'il a ? demanda Shaye.

— Il ne voulait pas coopérer. J'ai dû faire preuve de persuasion.

— C'est-à-dire ?

Tobek lui brandit son pistolet sous le nez et lui souffla son haleine puant le whisky dans la figure.

— C'est-à-dire que je l'ai assommé. Pour un membre de gang, il n'est pas très résistant.

Tobek semblait avoir oublié qu'Elliard se remettait d'une blessure par balle. Shaye s'abstint toutefois de le lui rappeler.

— Si vous l'avez frappé, ça se verra à l'autopsie.

Il lui décocha un sourire moqueur.

— Pas de problème puisque c'est *vous* qui l'avez frappé. Vraisemblablement juste avant de le poignarder. Dans la bagarre, un coup de feu est parti et, manque de pot, vous avez été touchée et n'avez pas survécu.

Shaye frissonna. Cet homme était fou à lier. Quand elle avait témoigné, elle n'avait eu aucun doute sur sa culpabilité. Elle savait que s'il n'était pas condamné il s'en prendrait de nouveau à sa femme un jour ou l'autre — elle avait même mis en garde Becca lorsqu'une simple inculpation pour coups et blessures avait été prononcée contre lui. Mais jamais Shaye n'aurait imaginé qu'il se donnerait autant de mal pour se venger et qu'il serait prêt à supprimer autant de gens.

— Vous avez posé assez de questions comme ça, décréta-t-il en se relevant et en pointant son pistolet sur elle. Dois-je, oui ou non, aller tuer Becca d'abord, puis revenir pour vous liquider ?

Shaye déglutit. C'était en effet l'ordre dans lequel il devait procéder. Le médecin légiste de Jannis était très compétent. Et Tobek se trompait : elle ne resterait pas ici des mois à se décomposer. Cole la retrouverait. Elle le sentait au fond de son cœur. Cela lui prendrait des jours, voire des semaines, mais il la retrouverait. Et, à ce moment-là, l'autopsie et le labo feraient éclater la vérité.

En attendant, elle était confrontée à un véritable dilemme car d'un côté elle voulait que Tobek s'en aille, pour qu'elle puisse tenter de s'enfuir, mais de l'autre, elle savait que, même si elle réussissait, il était peu probable qu'elle arrive à donner l'alerte avant qu'il arrive chez Becca et la tue. Ils étaient en pleine cambrousse et elle n'avait pas de téléphone.

— Non, répondit-elle d'une petite voix, en priant pour ne pas avoir signé son arrêt de mort.

— Tant mieux. Parce que je préfère garder le meilleur pour la fin. Ne le prenez pas mal, mais vous n'êtes qu'un hors-d'œuvre.

Il baissa les yeux sur ses jambes nues.

— Un hors-d'œuvre très appétissant, précisa-t-il.

Un goût de bile dans la bouche, Shaye esquissa un mouvement de recul, mais derrière elle il y avait l'établi. Elle fit un pas vers la gauche et trébucha sur Elliard, dont la tête tomba sur le côté. Tobek se mit à rire.

— Soyez sans crainte, dit-il d'un ton de regret. Je n'ai pas l'intention de laisser mon ADN sur vous.

Il consulta sa montre. Sentant quelque chose de dur contre sa hanche, Shaye s'approcha un peu plus d'Elliard. Il avait quelque chose dans sa poche. *Un téléphone ?* Le cœur battant, elle se demanda si elle pouvait se rétracter et convaincre Tobek d'aller d'abord tuer son ex-femme. Mais elle se rendit compte que cet objet qu'elle sentait dans la poche de son compagnon d'infortune était bien trop petit pour être un téléphone.

— Revenons aux choses sérieuses, dit Tobek. Il faut

qu'on accélère, là, parce que je n'ai pas toute la nuit devant moi. J'ai encore besoin de vos conseils.

Shaye acquiesça d'un hochement de tête, mais elle l'écoutait à peine. Elliard avait-il un canif que Tobek n'aurait pas vu ?

C'était plausible. Elliard avait échappé à la surveillance du plancton qui montait la garde devant la porte de sa chambre et il s'était libéré de ses menottes. Quelqu'un avait dû l'aider, lui apporter ce qu'il fallait pour en forcer le mécanisme de verrouillage. Un canif multifonctions peut-être…

Mais comment allait-elle s'y prendre pour le lui subtiliser, l'ouvrir et attaquer Tobek avant qu'il ne lui tire dessus ?

— Il y a des heures que Shaye a disparu, dit Cole, conscient de ne rien apprendre à personne mais incapable de s'en empêcher, tout comme il ne pouvait lutter contre la peur qui l'oppressait. Et si, là encore, ça ne donnait rien ?

— Il faut tenter le coup, déclara Luke. Ton frère est sur le point d'entrer chez Tobek, et des flics font le tour de tous les endroits où il serait susceptible de se trouver. Nous ne pouvons pas faire plus.

Cole savait que son coéquipier avait raison. Ils faisaient tout ce qu'il convenait de faire dans une affaire de kidnapping. Sauf qu'il s'agissait là du kidnapping de Shaye, la femme qu'il aimait et avec laquelle il voulait passer le reste de sa vie.

Comment avait-il pu ne pas voir à quel point il tenait à elle ? Autour de lui, tout le monde avait remarqué. Cela faisait deux ans que ses frères lui rebattaient les oreilles avec Shaye et essayaient de le convaincre de l'inviter à dîner. Même Luke s'y était mis. Ils étaient tous au courant, sauf lui. Ce qu'il éprouvait pour Shaye était non pas de l'amitié, aussi solide soit-elle, à laquelle se mêlait une forte attirance, mais bel et bien de l'amour. Et, maintenant qu'il en avait pleinement conscience, il n'aurait peut-être jamais l'occasion de lui dire.

— Tu vas bientôt pouvoir lui déclarer ta flamme, dit Luke avec un tel à-propos que l'espace d'une seconde, Cole se demanda s'il n'avait pas pensé à voix haute.

Mais non. C'était juste que Luke le connaissait bien.

— J'ai tout gâché, dit-il à son partenaire.

— Leonardo va nous aider à rattraper le coup, le rassura Luke en donnant un coup de menton en direction du poste de police, d'où sortait, tout guilleret, le chef des Kings.

— Il ne se doute de rien, apparemment, fit remarquer Cole.

Les policiers avaient subtilement flatté son ego en lui faisant croire qu'ils n'osaient pas prolonger la garde à vue d'un chef de gang aussi influent que lui.

Cole et Luke se tassèrent sur leurs sièges, même s'ils étaient garés bien trop loin du commissariat pour que Leonardo les voie.

Tout en le surveillant par-dessus le tableau de bord, Cole murmura :

— Allez, sois sympa, va directement à la planque d'Elliard.

Leonardo tira sa révérence aux policiers qui l'avaient raccompagné puis il monta dans la voiture qu'un de ses proches lui avait livrée en vue de sa sortie, et fit ronfler le moteur. Démarrant sur les chapeaux de roues, il sortit du parking en trombe, laissant derrière lui un épais panache de fumée.

— Voilà qui devient intéressant, déclara Luke en se lançant aussitôt à ses trousses.

Par chance, malgré l'heure tardive, il y avait encore beaucoup de circulation. Lorsque Leonardo s'engagea sur l'autoroute, Luke adopta une conduite plus relax et se laissa un peu distancer.

— Où peut-il bien aller ? marmonna Cole tandis qu'ils s'éloignaient de plus en plus de la ville.

— D'après ce qu'il a dit, la planque d'Elliard se trouve à la campagne, lui rappela Luke.

Le téléphone de Cole sonna.

— C'est Marcos, dit-il en mettant l'appareil sur haut-parleur. Alors ? Tu as trouvé quelque chose ? demanda-t-il à son frère.

— Non, Tobek n'est pas là. Et sa Mercedes non plus. Mais j'ai demandé à Hiroshi de lancer un avis de recherche et la voiture a été retrouvée. Elle était garée près du garage où vous êtes allés tout à l'heure.

— Son beau-frère nous a pourtant dit qu'il ne lui manquait aucune voiture, souligna Luke, perplexe. Et, en effet, nous avons pu constater qu'elles étaient bien là, toutes les trois.

— Il a pu voler celle de quelqu'un d'autre, dit Cole. Beaucoup de gens stockent dans ce genre de box les voitures qu'ils n'utilisent qu'occasionnellement. Ni vu ni connu, Tobek la prend le soir et la rapporte le lendemain matin.

Tout en prononçant ces paroles, Cole prit conscience de ce qu'elles signifiaient pour Shaye.

L'aube n'était plus très loin. Si Tobek était censé rentrer au petit matin, Shaye n'avait plus beaucoup de temps à vivre.

— Nous devons parler au gérant de ce garage. Il faut qu'il vérifie s'il y a eu effraction dans l'un des box.

— Mais il y a bien un gardien dans ce garage, non ? dit Luke. Comment Tobek aurait-il pu partir au volant d'une voiture qui n'était pas la sienne ?

— Ce n'était pas la première fois qu'il y allait. Tobek était un visage connu. Il a pu entrer avec le passe de son beau-frère puis sortir avec une voiture différente sans que personne n'y trouve rien à redire. Le gardien ne sait probablement pas qui a quoi comme voiture ; il surveille juste l'accès.

— Il a donc fallu que Tobek s'identifie.

— Oui, mais tant que nous n'arrivons pas à prouver qu'il a volé une voiture, il ne risque rien.

— Je m'en occupe, dit Marcos. Je vais appeler le gardien et me renseigner. Une fois que nous saurons quelle voiture il conduisait quand il est sorti et à qui elle appartient, nous n'aurons plus qu'à récupérer le numéro de la plaque d'immatriculation et à lancer un avis de recherche.

Tobek avait dix fois le temps de tuer Shaye, songea lugubrement Cole.

— Il sort, dit Luke, le ramenant à Leonardo qui s'apprêtait effectivement à quitter l'autoroute.

— Cela ne mène nulle part. Il n'y a que des champs.

— Cela s'appelle la campagne, railla Luke.

— Marcos, il faut que je te laisse. Mais tiens-moi au courant dès que tu as du nouveau. Nous te contactons si nous avons besoin de renfort.

— Soyez prudents.

— Bien sûr.

Dans l'esprit de Cole, aucun renfort ne serait nécessaire. Si Leonardo les conduisait à Shaye, c'était à mains nues que Cole réglerait son compte au ravisseur de la jeune femme.

— Il ralentit, dit Luke, qui fut presque obligé de piler pour éviter de se faire repérer.

Pourvu que concentré sur sa mission, le chef des Kings néglige de regarder dans son rétroviseur. Parce que s'il y jetait un coup d'œil ils étaient grillés.

En rase campagne, même en le suivant de très loin, ils risquaient de se faire repérer.

— Il n'y a aucune habitation, par ici, fit remarquer Luke. Je pense qu'il nous a vus et qu'il nous balade.

— Qu'est-ce que c'est que ce truc ? demanda Cole en scrutant une vieille bâtisse qui avait surgi de nulle part.

Leonardo venait de quitter la route. Luke se mit à rouler au pas.

— On dirait une grange, murmura-t-il. Mais c'est bizarre qu'il n'y ait rien autour. Et si c'était un piège ? Nous devrions peut-être appeler du renfort, ajouta-t-il en prenant son téléphone.

Tirant de la boîte à gants une paire de jumelles, Cole observa Leonardo tandis qu'il descendait de sa voiture, garée au bout d'un petit chemin à proximité de la grange.

— Il y a un autre véhicule, plus ou moins caché dans les fourrés.

— Il pourrait bien s'agir d'une embuscade.

— Non, je ne pense pas.

Cole sentit les battements de cœur s'accélérer lorsqu'il vit Leonardo ouvrir son coffre et en tirer un fusil.

— Il a un fusil et se dirige vers la grange. C'est sûrement la planque d'Elliard ! L'endroit où Shaye est séquestrée. On y va !

Luke mit le pied au plancher tandis que Cole extirpait son pistolet de son holster.

Leonardo se retourna, les repéra et se mit à courir vers la grange.

C'était maintenant ou jamais, songea Shaye lorsque Tobek glissa son arme dans sa ceinture et se pencha pour serrer la corde qu'il lui avait passée autour des poignets.

— Aïe ! cria-t-elle. N'oubliez pas ce que je vous ai dit au sujet des marques.

Il la toisa d'un air méfiant, se demandant si elle coopérait parce qu'elle craignait que dans le cas contraire il ne lui tire dans les rotules, ou si elle était en train de le prendre pour un imbécile.

Ronchonnant, il donna un peu de mou à la corde. Shaye s'arma de tout son courage et se tint prête à sauter sur Elliard pour lui prendre son couteau — si c'était bien un couteau qu'elle avait senti dans sa poche.

Au moment où elle allait se décider, Elliard poussa un gémissement. Sa tête partit en arrière, mais il la redressa et jeta un coup d'œil autour de lui tandis que Tobek s'écartait d'elle d'un bond et tirait son pistolet de sa ceinture. Ou plutôt tentait de le tirer, car l'arme était coincée, apparemment.

Maintenant ou jamais, se répéta Shaye, avant de plonger les mains dans la poche d'Elliard.

Elliard se mit à se tortiller comme un ver, à grimacer pour se débarrasser de son bâillon, à tirer sur ses cordes, à tenter de la repousser.

Shaye parvint à sortir ses mains des poches d'Elliard juste au moment où Tobek extirpait son pistolet. Mais il le lâcha lorsque Elliard, poussant un rugissement de douleur ou de colère, se remit sur pied.

Tandis que Tobek se baissait pour ramasser son arme, Shaye jeta un rapide coup d'œil à l'objet qu'elle avait dans la main. C'était bien un couteau ! Le cœur battant à tout rompre, elle se releva en vitesse.

À peine Tobek eut-il récupéré son pistolet qu'Elliard lui sautait dessus. Un coup de feu éclata. Shaye sursauta mais réussit à ouvrir le canif. Il était petit et semblait bien inoffensif à côté d'une arme à feu, mais c'était mieux que rien. Elle jeta un coup d'œil à Elliard, qu'elle croyait mort, mais lorsqu'il s'était relevé, il n'avait pas vu que ses pieds étaient attachés et il s'était affalé par terre. Sa chute lui avait sauvé la vie. Sauf que Tobek le visait à nouveau.

Shaye s'élança vers lui, tout étonnée de risquer sa vie pour un malfaiteur dont elle n'avait que faire. Son canif à la main, elle allait attaquer Tobek et l'empêcher de tirer.

Il pointa son pistolet sur elle, mais Elliard, qui était en train de se relever, frappa son bras de ses mains attachées et envoya le pistolet valdinguer dans les airs.

Fou de rage, Tobek lui décocha un grand coup de poing dans la figure. En tombant, Elliard se cogna la tête contre l'établi.

Shaye tenta alors de poignarder Tobek, mais elle manqua son coup. Il saisit son poignet et le tordit jusqu'à ce qu'elle lâche le canif en hurlant de douleur. Puis il la repoussa violemment. Elle fut projetée un mètre plus loin et atterrit sur le flanc.

Elle vit Tobek fondre sur elle, tenant dans une main le canif d'Elliard et, dans l'autre, le coutelas qu'il lui avait mis sous la gorge tout à l'heure pour l'obliger à le suivre. Elle ne savait pas d'où il le sortait, mais ce qui était sûr, c'était que Tobek semblait très content de lui et que ses yeux brillaient d'un éclat démoniaque.

Elle se releva tant bien que mal et commença à reculer, les mains levées, pour le mettre en garde :

— Cela ne passera jamais pour une bagarre entre Elliard et moi.

Lorsque son dos buta contre l'établi, elle sut qu'il n'y avait plus rien à faire.

Cole bondit hors de la voiture avant même qu'elle soit à l'arrêt.

— Sors le fusil du coffre, cria-t-il à Luke avant de se lancer à la poursuite de Leonardo, arme au poing.

Le chef du gang des Kings se retourna et tira. Cole se baissa pour éviter le projectile, perdant ensuite quelques précieuses secondes à s'assurer que Luke n'avait pas été touché. La tête de celui-ci surgit de derrière le volant et, de son pouce levé, il fit signe à Cole que tout allait bien.

Tandis que Leonardo se remettait à courir vers la grange et que Cole lui filait le train, un coup de feu claqua à l'intérieur de la bâtisse. Cole eut l'impression que son sang se figeait dans ses veines. Il pria le ciel pour ne pas arriver trop tard.

Lorsqu'il vit Leonardo s'engouffrer dans la grange, il allongea encore sa foulée pour couvrir le plus vite possible la distance qui le séparait de la grange.

Et de Shaye.

Sur le seuil, il s'arrêta net. Devant lui, Leonardo s'apprêtait à faire feu. Mais, cette fois, il visait Elliard, qui gémissait sur le sol. Virevoltant vers Leonardo, Tobek ramassa d'un geste vif son pistolet tandis que Leonardo le visait avec le sien.

Derrière Tobek, il y avait Shaye, les mains en l'air, adossée à un établi. Si Leonardo tirait, la balle qu'il destinait à Tobek, risquait de la toucher.

Au moment où Tobek levait son pistolet tandis qu'en face de lui Leonardo abaissait le cran de sûreté du sien, Cole leva le bras pour tirer.

Et, soudain, ce fut comme si le temps buggait et que dans sa tête Cole se jouait la scène au ralenti. S'il tirait sur Leonardo, Tobek allait le descendre. Mais Luke arriverait juste à temps pour l'empêcher de tuer Shaye. Et c'était tout ce qui comptait.

Puis tout s'accéléra à nouveau et Cole s'entendit crier. Il vit Shaye se retourner et Tobek montrer les dents. Cole pressa la détente et Leonardo s'écroula.

Cole se tourna vers Tobek, mais il savait qu'il ne l'aurait pas.

Tobek le savait aussi. Un rictus aux lèvres, il s'apprêta à tirer. Puis ses yeux s'écarquillèrent et il s'écroula à son tour.

Derrière lui, Shaye brandissait ce qui ressemblait à un serre-joint en métal. Elle l'avait pris sur l'établi et s'en était servie pour fracasser la tête de Tobek.

— Shaye, murmura Cole, incrédule.

Elle était vivante. Et lui aussi. Mais il voyait tout flou, tout à coup. Il se rendit compte alors qu'il pleurait de soulagement tandis que Shaye boitillait vers lui, son serre-joint toujours dans la main.

— Zut ! J'ai raté quelque chose, on dirait !

Cole se retourna et vit Luke sur le pas de la porte, armé d'un fusil.

— Il y a quelques secondes, ton fusil nous aurait été

bien utile, railla-t-il. Encore une chance que Shaye sache bien viser, elle aussi !

Regardant le serre-joint, Luke hocha la tête. Puis il posa son fusil et sortit une paire de menottes. Il se pencha sur Leonardo, vérifia son pouls, secoua la tête puis se releva et se dirigea vers Tobek que Cole tenait en joue, pour le cas où.

— Il est assommé, dit Luke en lui passant les menottes. Vous n'y êtes pas allée de main morte, Shaye !

Il s'approcha ensuite d'Elliard pour lui prendre le pouls.

— Lui aussi est évanoui. Je vais appeler une ambulance. Et le médecin légiste pour Leonardo.

— Merci, dit Cole à son coéquipier.

Il rengaina son arme et, en deux enjambées, il rejoignit Shaye qui lui tomba littéralement dans les bras.

— Tu n'as rien ?

Elle leva vers lui un sourire tremblotant.

— Pas mal d'éraflures, deux ou trois bleus, des entailles dans le cou et dans le dos, et quelques orteils cassés. Je survivrai, dit-elle.

Puis son sourire s'évanouit et elle ajouta :

— Je savais que tu me retrouverais. Morte ou vive. Je suis contente que tu sois arrivé à temps.

— Moi aussi, dit-il en la serrant contre lui avec emportement. Je ne sais pas ce que je serais devenu si…

Elle posa un doigt sur ses lèvres.

— Tout va bien, assura-t-elle en se forçant à sourire. Et nous pouvons maintenant reprendre là où nous nous sommes arrêtés juste avant que tu ne reçoives ce maudit coup de fil.

Était-ce vraiment aujourd'hui ? Il avait l'impression qu'il s'était passé une éternité.

À propos d'éternité, justement…

Cole embrassa Shaye sur la main, puis sur la bouche, et se lança dans une longue déclaration. Il avait trop peur de se dégonfler s'il attendait qu'ils soient ailleurs que dans cette grange décrépite, en pleine cambrousse, avec son coéquipier et trois dangereux criminels pour témoins. Ce n'était certes pas l'endroit le plus romantique au monde, mais il était impatient de dire à Shaye ce qu'il ressentait pour elle.

— J'ai envie de partager mon lit avec toi, mais pas seulement. Je veux te faire la cour et me montrer chaque jour digne de toi. Je veux vivre avec toi. Chez moi ou chez toi, comme tu voudras, s'empressa-t-il de préciser lorsqu'elle fit mine de protester. Je veux t'épouser, Shaye, avoir des enfants et vivre avec toi jusqu'à la fin de mes jours.

Elle fit des yeux comme des soucoupes. Ses lèvres remuèrent mais aucun son n'en sortit. Puis elle eut un petit rire.

— Voyons, Cole, nous commençons tout juste à nous fréquenter.

— Je sais. Je suis conscient d'aller un peu vite en besogne, mais…

— Mais c'est un beau programme. Je propose qu'on fasse les choses dans l'ordre. Parce que je t'aime et que je veux moi aussi passer avec toi le reste de ma vie.

Il lui sourit et comprit, à la manière dont elle le regardait, que ses propres sentiments se lisaient sur son visage. Mais il décida de les exprimer quand même.

— Je t'aime, Shaye. Je t'aime à la folie, mais maintenant il faut qu'on sorte d'ici.

Il se tourna vers Luke.

— Tu gères, mon pote ?

— La cavalerie est en route, répondit Luke en levant le pouce. Vous pouvez y aller ; les clés sont sur le contact.

— Parfait, dit Cole avant d'entraîner Shaye vers la sortie. Parce que ce programme, j'ai vraiment hâte de le commencer.

Épilogue

Que pouvait bien lui vouloir le chef de police ?

Lissant nerveusement son chemisier, Shaye traversa le parking pour se rendre au commissariat. Ce parking ne lui inspirait plus aucune crainte, mais cette convocation mettait ses nerfs à rude épreuve.

Il s'était passé trois semaines depuis que Tobek l'avait kidnappée et séquestrée dans cette horrible grange. Cole avait insisté pour la conduire à l'hôpital, où on avait désinfecté ses plaies et bandé ses orteils. Lorsqu'ils avaient repris la voiture pour aller chez lui, soudain vidée de toute énergie, elle s'était endormie.

Il l'avait portée dans la maison, l'avait aidée à prendre une douche et l'avait mise au lit. Le lendemain matin, elle avait appris que Tobek et Elliard avaient été mis en examen. Elle redoutait qu'une fois encore Tobek s'en sorte à bon compte, mais Cole lui avait garanti qu'il n'était pas près de sortir de prison.

Avec Cole, tout était allé si vite qu'il arrivait encore à Shaye de se pincer pour se convaincre qu'elle ne rêvait pas, et que ce qu'il lui avait dit dans la grange était bien réel.

En poussant la porte du poste de police, elle repensa à son premier jour au labo, deux ans plus tôt. Elle s'était trompée de bâtiment et, au détour d'un couloir, elle était tombée sur Cole. Elle lui était même carrément rentrée dedans. Lorsque, rouge de confusion, elle avait levé les yeux vers lui, elle avait tout de suite su qu'il était l'homme de ses rêves. La réalité se révélait être encore mieux que tout ce qu'elle avait pu imaginer.

Portée par ce souvenir, elle sentit son appréhension diminuer tandis qu'elle longeait ce même couloir et se dirigeait vers le bureau du chef de police. Elle ne croisa personne et s'en étonna. Mais où étaient-ils donc, tous ?

Et, soudain, il y eut des policiers partout autour d'elle. Andrew et Marcos étaient là aussi, constata-t-elle, complètement éberluée. Que se passait-il ?

Comme elle cherchait Cole des yeux, elle vit la foule s'écarter et Cole s'avancer vers elle d'un pas décidé. Lorsqu'il fut devant elle, il posa un genou à terre et ouvrit d'une main qui tremblait un peu une petite boîte de velours, révélant une bague qui brillait de mille feux.

Une main sur la bouche, Shaye réprima un cri de surprise.

— Shaye, il y a deux ans, à cet endroit même, tu as bouleversé mon existence. Je ne l'ai pas compris tout de suite bien qu'à partir de ce moment-là je n'aie pas un seul instant cessé de penser à toi.

— Cole, murmura-t-elle, folle de joie mais si ébahie qu'elle en restait sans réaction.

— Je sais que ce n'est sans doute pas avec un policier que tu rêvais de te marier, mais…

Elle s'agenouilla à son tour et prit ses mains dans les siennes.

— Tu te trompes, et tu sais quoi ? Tu vas m'aider à surmonter le stress lié au fait d'avoir un mari qui passe son temps à se mettre à danger, et moi, je vais t'aider à te livrer davantage et à accorder plus de valeur à tout ce que j'aime en toi. Ça marche ?

— Dois-je en conclure que c'est oui ? demanda-t-il en riant.

— Quelle était la question, déjà ? le taquina Shaye.

Il prit un air solennel et, plantant ses yeux bleus dans les siens, il déclara :

— Shaye Mallory, nos différences vont booster un peu ma vie et nous rapprocher encore plus. Veux-tu m'épouser ?

— Oui, répondit Shaye dans un souffle.

— On n'entend rien ! pesta quelqu'un dans la foule.

Elle était à peu près sûre que c'était Marcus.

Cole sourit et prit sa main pour lui passer la bague au doigt.

— Oui ! cria-t-elle très fort avant de se jeter dans ses bras.

Tout le monde se mit à applaudir. Cole lui donna alors un long baiser, et Shaye comprit que son rêve était vraiment devenu réalité.

BARB HAN

L'ombre des souvenirs

Traduction française de
HERVÉ PERNETTE

BLACK ROSE

HARLEQUIN

Titre original :
TEXAS SHOWDOWN

1

— Tu n'étais pas obligé d'aller jusqu'à prendre une balle pour que je passe te voir ! lança Austin O'Brien au shérif Tommy Johnson en entrant dans la chambre 119 de l'hôpital général.

Tommy, qui avait grandi avec Austin et ses cinq frères au ranch familial, était comme un membre de la famille.

— Si j'avais su que ça suffirait pour que tu me rendes visite, je l'aurais fait avant, répliqua Tommy.

Il avait été blessé lors d'une intervention quelques jours plus tôt. On lui avait retiré un fragment de métal qui s'était logé entre ses côtes, et il se remettait petit à petit. Il avait déjà recouvré son sens de l'humour, ce qui était bon signe. Quand Austin était venu le voir juste après son opération, il était sous morphine et esquisser ne serait-ce qu'un demi-sourire lui était impossible.

Depuis qu'il était à l'hôpital, Austin et ses frères s'étaient relayés à son chevet ; ils ne l'avaient jamais laissé seul.

— Je me suis dit que tu devais commencer à en avoir marre de la nourriture de l'hôpital, dit Austin en ouvrant une boîte en plastique qui contenait une belle portion de spaghettis maison.

Il la déposa sur la table de lit et la rapprocha pour que Tommy puisse se servir.

— Évite seulement de me dénoncer aux infirmières, ajouta-t-il.

— C'est Janis qui les a préparés ? demanda Tommy avec un sourire.

Janis était l'employée de maison du ranch depuis de nombreuses années. Elle aussi était devenue comme un membre de la famille.

— Évidemment ! Tu vas reconnaître sa patte inimitable, répondit Austin qui regarda Tommy prendre une fourchette et commencer à manger avec un plaisir évident.

— J'en avais presque oublié que c'est une cuisinière hors pair, commenta-t-il après la première bouchée.

— Quand tu seras sorti, passe dîner à la maison, un soir. Ça nous fera plaisir.

Austin ôta son stetson et le posa au pied du lit. Tommy savait que, pour ses frères et lui, les repas étaient des moments importants où ils se trouvaient tous réunis. Ils étaient devenus encore plus importants depuis quelques mois, car des événements tragiques étaient survenus et, pour Austin, la vie de famille avait pris une place encore plus grande. C'était pour cette raison qu'il tenait tellement à parler à Maria, son épouse, dont il était séparé. Il souhaitait donner une nouvelle chance à leur mariage. Elle lui manquait, d'autant qu'il n'aurait pas su vraiment dire pourquoi elle l'avait quitté. Certes, ils avaient vécu des moments difficiles, mais n'était-ce pas le lot de tous les couples ? Maria et lui ne s'étaient jamais querellés violemment, il n'y avait jamais eu de scène entre eux qui aurait rendu tout retour en arrière impossible. Pourtant, deux semaines plus tôt, il avait reçu des papiers officiels de demande de divorce à l'amiable. Mais il n'avait eu ni le temps ni le courage de les passer en revue.

— Comment tu te sens ? demanda-t-il à Tommy.

— Dans le même état que toi, si j'en juge à ton allure. Comme une vache qui a mis vingt-quatre heures pour donner naissance à son petit, ajouta Tommy avec ironie.

— Oh ! J'ai une si mauvaise tête que ça ? répliqua Austin. En même temps, tu n'as pas de leçons à me donner. Il y a des tas de gens qui, quand ils ont envie de passer quelques jours au lit à ne rien faire, se contentent de prendre des vacances. Mais toi, il a fallu que tu ailles t'immiscer au beau milieu d'une fusillade et que tu finisses à l'hôpital. Au fait, à quelle heure passe la kiné ? poursuivit-il en consultant sa montre.

— Elle devrait arriver d'une minute à l'autre. Et tu sais quoi ? Elle a des mains de déesse, répondit Tommy avec un sourire.

C'était bon de le retrouver alerte, sur le chemin du rétablissement. D'autant que, pour Austin et ses frères, cet hôpital resterait à jamais l'endroit où, neuf mois plus tôt, leurs parents étaient décédés. L'autopsie avait révélé qu'ils avaient succombé à un empoisonnement et, depuis, l'enquête était au point mort.

— Oh ! Tiens, j'ai retrouvé ça, hier, et j'ai pensé à toi.

Il sortit de sa poche de chemise l'insigne de shérif en plastique que Tommy portait quand il était enfant, et le posa sur la table de lit.

— Oh ! C'est vieux, ça ! Ça remonte à combien d'années ? s'exclama Tommy qui prit le jouet en plastique pour le regarder.

Austin haussa les épaules.

— Quel âge avait-on quand on a décrété qu'on voulait devenir shérifs ?

— Dans les neuf ans.

— Ouais, à peu près, fit Austin avec un sourire.

Il songea que même si, enfant, il jouait au flic et aux voleurs, jamais il ne s'était imaginé faisant autre chose que diriger un ranch.

— Où as-tu bien pu le trouver ? voulut savoir Tommy qui continuait de contempler l'insigne.

— Il était dans le premier tiroir de mon bureau.

— Tu n'as jamais rien su jeter, commenta Tommy. En tout cas, tu as bien fait de poursuivre tes études plutôt qu'intégrer les forces de l'ordre. Tes compétences en comptabilité et gestion sont plus importantes pour le ranch que ton adresse au tir.

— De toute façon, en termes de représentants de la loi, la famille était déjà bien pourvue avec toi et Joshua, dit Austin, qui faisait référence à son frère qui travaillait dans la police de Denver.

À ce moment-là, il sentit son téléphone vibrer dans sa poche et le sortit. Il avait reçu un message de Dallas, son frère aîné. Il l'ouvrit pour le lire :

Encore un veau malade. Je le mets avec les autres dans l'enclos.

— Tout va bien ? demanda Tommy qui avait dû remarquer son expression préoccupée.

— Ouais, ça va. On a seulement un problème de maladie qui se répand parmi les veaux. Une demi-douzaine a déjà été mise en quarantaine. Le vétérinaire ne comprend pas trop ce qui se passe. Pour le moment, on les garde en observation et on attend de voir comment ça évolue. En espérant que leur état n'empire pas…

Il constata que Tommy gardait les yeux fixés sur son téléphone. Ou plutôt sur la photo de fond d'écran, sur laquelle il figurait en compagnie de Maria. *Qui sera bientôt ton ex-femme*, lui chuchota sa voix intérieure, ce qui ne manqua pas de l'irriter.

Le regard de Tommy lui donna un mauvais pressentiment.

— Pourquoi fais-tu cette tête ? s'enquit-il.

Tommy mit quelques secondes à répondre et, quand il prit la parole, il posa les yeux sur le mur pour éviter de croiser son regard.

— Tu te souviens de l'agent Garretson ?

— Oui, bien sûr, pourquoi ?

Garretson était à un an près du même âge qu'eux, ils avaient fréquenté la même école. Désormais, il vivait à Austin.

— Il est venu me voir, hier.

— Et ? Tout va bien pour lui ? répliqua Austin pour inciter Tommy à continuer.

— Oui, oui, il va bien, s'empressa-t-il de répondre. Il est enquêteur dans la police d'Austin, maintenant, et il est copain avec son agent de liaison au sein du FBI. Ils vont voir des matchs de football ensemble, ou sortent boire une bière de temps en temps.

D'habitude, quand il avait un sujet précis à aborder, Tommy allait directement au fait. Là, c'était tout le contraire. Austin voulait comprendre pourquoi il lui parlait de ce type. Et pourquoi il avait fait allusion au FBI, où travaillait également Maria.

— Quel est le rapport avec moi ? demanda-t-il sans tergiverser.

— Eh bien, l'agent de liaison de Garretson au FBI s'appelle DeCarlo, et il va bientôt se marier.

Enfin, Tommy le fixa droit dans les yeux. Il eut encore

une hésitation, mais Austin avait déjà deviné ce qu'il allait dire.

— Il va épouser Maria.

Depuis qu'il était rentré, Denali, le labrador du ranch, l'avait suivi partout. À présent, il était couché à ses pieds, la tête sur ses bottes, et dormait profondément. Austin le regarda quelques secondes et sourit. Il adorait ce chien, le plus fidèle des compagnons.

Il se redressa et s'étira. Il était assis à son bureau depuis trop longtemps. Quelques heures de sommeil lui feraient du bien, car il était épuisé. Les naissances successives des veaux cet hiver et la maladie qui frappait une partie des nouveau-nés depuis plusieurs semaines ne lui avaient pas permis de faire des nuits normales. Et, depuis qu'il avait appris que la mort de ses parents était certainement d'origine criminelle, il ne dormait quasiment plus du tout.

Et voilà qu'il apprenait que Maria avait l'intention de se remarier dès que leur divorce aurait été prononcé ! Il ne s'y était absolument pas attendu et avait même du mal à croire que ça allait se produire. Pour le moment, la seule émotion que cette nouvelle lui causait était de la colère.

Il baissa les yeux vers les papiers de divorce posés sur un coin sur son bureau. Il ne savait même plus depuis quand ils étaient là. Quinze jours ? Plus ? Il n'aurait pas cru que prendre la décision de les signer lui serait si pénible. C'était pour cette raison qu'il ne cessait de repousser ce moment. Ne devrait-il pas plutôt se faire violence et se dire qu'il allait enfin tourner définitivement une page de sa vie pour en ouvrir une autre ? Certes, quelques heures plus tôt, il espérait encore parler à Maria et la convaincre que tout n'était pas fini entre eux. Désormais, il savait que sa décision était irréversible et il ne souhaitait pas lui mettre de bâtons dans les roues.

Il tendit la main pour prendre les papiers et, comme chaque fois, sentit monter colère et chagrin. Il laissa son geste en suspens. Il était depuis des heures devant son ordinateur portable, avait mal aux yeux et à la tête. Ce n'était vraiment pas le moment de lire ces documents dans le détail.

De toute façon, qu'il les lise et les signe maintenant ou dans quelques jours, quelle différence ? Sa voix intérieure lui souffla que cela en ferait une pour Maria, mais il l'ignora. Il était près de minuit et, à 4 h 30, il devrait être debout. Il allait prendre une bonne douche et se reposer un peu. L'annonce de Tommy l'avait pris de court, et il fallait qu'il recouvre le contrôle de ses émotions. L'espoir qu'il nourrissait encore que tout puisse s'arranger entre Maria et lui avait été brusquement anéanti. Tommy n'y était pour rien. Au contraire, il avait voulu lui éviter d'apprendre la nouvelle de façon fortuite.

Il prit son téléphone et contempla la photo en fond d'écran. Ils avaient été tellement heureux ! Du moins l'avait-il cru. Pourtant, si elle était prête à balayer tout ce qu'ils avaient vécu ensemble d'un revers de main, cela signifiait forcément qu'il s'était trompé. Mais pourquoi ? Parce qu'elle avait fait une fausse couche ? Pour eux deux, cette période avait effectivement été difficile. Il s'était replié sur lui-même, gardant ses émotions pour lui. Aujourd'hui, il était temps de le reconnaître. C'est suite à cet événement que Maria avait commencé à consacrer davantage de temps à ses enquêtes. Puis, quand un médecin leur avait annoncé que rien ne les empêchait de refaire une tentative, elle avait répondu que, pour elle, ce n'était plus le bon moment pour avoir un enfant. Car elle s'était vu proposer une promotion au FBI et s'apprêtait à prendre la tête du service de lutte contre les crimes sur mineurs. Selon elle, elle avait toujours voulu obtenir ce poste, ce qu'il ignorait totalement. Elle avait ajouté qu'ils étaient encore jeunes, que rien ne les forçait à avoir un enfant rapidement. Ce revirement aurait dû l'alerter.

Il avait pensé qu'elle avait besoin de temps pour digérer la perte de leur bébé. De temps et d'espace.

Sauf que, pour eux, ça avait été le début de la fin.

Petit à petit, ils s'étaient habitués à passer moins de temps ensemble, à se consacrer chacun à son travail. Il s'était encore plus impliqué dans la gestion du ranch, tandis qu'elle faisait des journées de plus en plus longues. Elle avait même loué un appartement à Austin pour ne pas avoir à faire la route tous les jours. Et, finalement, elle n'était plus rentrée du tout.

Sa migraine s'intensifia. Il fallait à tout prix qu'il dorme quelques heures. Il travaillait trop, ne faisait plus la distinction entre la nuit et la journée. Il se disait qu'il se reposerait en juillet, une fois qu'il aurait vendu les veaux qui n'étaient pas malades.

— Allez, viens mon vieux, dit-il à Denali, qui dormait toujours paisiblement à ses pieds.

Le labrador entrouvrit à peine un œil.

— OK. J'ai compris…

Il laisserait la porte de son bureau ouverte et, comme d'habitude, Denali viendrait le rejoindre plus tard.

Il sortit du bâtiment, monta dans la voiturette qu'il utilisait pour se déplacer sur le domaine du ranch et partit en direction de la maison. Il longea un moment le ruisseau qui traversait le ranch puis s'arrêta au bord et écouta le bruissement de l'eau.

De nouveau, il pensa à Maria. Elle était belle, intelligente, et répondait en tout point à ce qu'il avait toujours espéré trouver dans une relation. Bien sûr, ses yeux noisette et ses beaux cheveux bruns l'avaient d'abord attiré. Mais, surtout, c'étaient leurs longues conversations qui avaient fini de le convaincre qu'ils étaient faits l'un pour l'autre. Et il ne s'était pas trompé. Ils étaient sur la même longueur d'onde dans beaucoup de domaines, y compris dans l'intimité.

Il secoua la tête et se demanda comment il avait pu laisser filer tout cela entre ses doigts.

En soupirant, il redémarra la voiturette et repartit. Ils étaient sur le point de divorcer. Cette pensée le minait en profondeur.

Lorsqu'il se retrouva devant la porte verrouillée de la maison, il se rappela qu'il avait laissé ses clés posées sur son bureau. À côté des papiers de divorce.

2

Austin émit un grognement. Il fallait que cette musique s'arrête ! Mais *Ring of Fire* de Johnny Cash continuait de plus belle. Il ouvrit péniblement les yeux et les posa sur son réveil : 02 h 40. À travers les brumes du sommeil, il comprit que la musique était la sonnerie de son téléphone.

Il se redressa brusquement, pensant qu'il était arrivé quelque chose à Tommy, et s'empressa de répondre avant que la messagerie se déclenche.

— Je parle bien à Austin O'Brien ? demanda une voix féminine inconnue quand il eut décroché.

— Oui, c'est moi.

Son interlocutrice lui dit s'appeler Maureen Velasquez et travailler à l'hôpital universitaire.

— Votre numéro est mentionné comme celui à appeler en priorité en cas d'urgence dans le répertoire téléphonique de Maria O'Brien. Nous avons besoin de votre accord pour lui prodiguer des soins.

— Mais que s'est-il passé ? Et, d'ailleurs, je peux me contenter de vous donner une autorisation verbale ?

Après avoir reçu ces papiers de divorce, il ne s'attendait en aucun cas à être contacté en tant que plus proche famille de Maria. Pourtant, techniquement, elle était bel et bien encore son épouse.

— Vous pouvez nous donner un accord de principe mais, au final, il nous faudra une autorisation écrite, répondit son interlocutrice.

— Mais c'est grave ? questionna-t-il en s'efforçant de rassembler ses idées. Bon, écoutez, vous avez mon accord verbal pour vous occuper d'elle sans tarder, reprit-il, conscient que, dans ce genre de situation, mieux valait ne pas perdre de temps. Vous me donnerez les détails à mon arrivée. Je pars sans attendre et je signerai tous les documents que vous voudrez.

— Merci, monsieur. C'est moi qui vous accueillerai à votre arrivée au service des urgences.

Il raccrocha, s'habilla rapidement, et sortit.

Le trajet jusqu'à l'hôpital lui parut interminable. Il songea que ce n'était pas si étonnant qu'il ait reçu un appel de cette nature. Après tout, Maria travaillait pour le FBI et traquait des criminels. Mais elle était tellement compétente qu'il en avait presque oublié qu'elle s'exposait quotidiennement au danger. La piqûre de rappel était sévère. Les pires scénarios possible lui traversèrent l'esprit.

Quand il arriva sur le parking de l'hôpital, il se gara le plus près possible de l'entrée des urgences et se hâta vers le bureau d'accueil derrière lequel se tenait une jeune femme.

— Vous êtes mademoiselle Velasquez ? lui demanda-t-il.

Elle acquiesça.

— Monsieur O'Brien, je présume. J'ai préparé les papiers. Vous n'avez qu'à signer en bas de page.

Il s'exécuta sans hésiter.

— Et également ici, reprit Maureen Velazquez qui tourna la page et pointa du doigt le cadre pour la signature.

Votre épouse est au bloc opératoire, continua-t-elle. Elle a besoin de points de suture à l'arrière du crâne.

— Mais elle va s'en sortir, n'est-ce pas ? lui demanda-t-il le plus calmement qu'il put.

— Oui, n'ayez crainte, elle est en bonnes mains.

Austin la dévisagea pour chercher à déterminer si elle tentait seulement de le rassurer, mais elle paraissait sincère.

— Venez, je vous accompagne à la salle d'attente. Vous serez mieux et vous pourrez y prendre un café si vous le désirez. Dès que votre épouse sera sortie du bloc, un médecin viendra vous voir.

— Qu'est-il arrivé à ma femme ?

— Eh bien, selon les premiers éléments, elle a été victime d'une agression. Quelqu'un l'a frappée à la tête par-derrière.

— C'est grave ?

— Je ne peux pas me prononcer sur la gravité. C'est le rôle du médecin, répondit Maureen qui lui adressa un regard d'excuse.

— Où a eu lieu cette agression ?

— À la sortie d'un bar, le Midnight Cowboy, sur la 6e Rue. Une employée du bar a vu la scène de loin alors qu'elle sortait de l'établissement. L'agresseur s'est enfui sans qu'elle puisse voir son visage.

Austin la remercia pour toutes ces informations et la suivit le long du couloir.

Elle ouvrit une porte, l'invita à s'installer dans une salle d'attente aux fauteuils confortables, et referma derrière lui. Il avisa la cafetière à disposition et se servit une tasse. Quelques personnes étaient présentes, et il ne put s'empêcher de se demander si l'homme que Maria projetait d'épouser se trouvait parmi elles. Il commença à les passer en revue puis finit par détourner le regard et but son café. Ce n'était pas le moment de se faire encore plus de mal.

Évidemment, il allait attendre d'être certain que Maria soit hors de danger ; ensuite, il verrait bien ce qui se passerait. Il n'était même pas sûr que Maria aurait envie de le voir. Cette pensée l'emplit d'amertume. Il n'arrivait pas à digérer le fait qu'elle l'avait remplacé. Il avait sincèrement cru que ce qu'ils avaient vécu était particulier. Une fois encore, il s'était fourvoyé.

Une heure plus tard, un médecin entra et demanda à parler à Austin O'Brien. À part Austin, personne ne se manifesta. Quand le médecin voulut savoir s'il était bien le mari de Maria O'Brien, personne d'autre ne réagit non plus. Cela devait signifier que le nouveau prétendant de Maria n'était pas là. Tant mieux. Dans le cas contraire, il ignorait quelle aurait été sa réaction.

Il était malgré tout étonné que le compagnon de Maria n'ait pas été informé de son admission à l'hôpital. Mais bon, si on l'avait appelé lui, c'était avant tout pour des questions administratives.

Il suivit le médecin dans le couloir pour qu'ils puissent discuter en tête à tête. Le médecin lui annonça que, grâce à son excellente condition physique, Maria avait parfaitement supporté l'intervention et se remettrait sans doute plus vite que prévu. Austin demanda combien de temps elle devrait rester à l'hôpital.

— Pas longtemps. Sur le plan cognitif, elle récupère très bien. Pourtant, un coup à la tête aussi violent que celui qu'elle a reçu peut parfois causer de gros dégâts. Mais votre épouse a les idées claires ; elle a été capable de me dire son nom, quel jour nous sommes, et de me donner le nom du président actuel.

Se sentant dans une situation délicate, Austin décida d'aller droit au but.

— En fait, je ne sais pas trop quoi faire. Ma femme et moi, nous sommes sur le point de divorcer. Alors, si elle est hors de danger, je me demande si ça vaut la peine que je reste. Mais, avant de m'en aller, j'aimerais être certain qu'elle aura bientôt complètement récupéré.

— Vous en aller ?

Le médecin ne cacha pas son étonnement.

— À son réveil, vous êtes la première personne qu'elle a réclamée. Avec insistance.

Austin fut déstabilisé.

— Vous êtes sûr qu'elle parlait de moi ?

— Vous êtes bien Austin O'Brien ?

— Oui, c'est ça.

— Alors il n'y a aucun doute. C'est vous qu'elle souhaitait voir.

— Et elle n'a pas fait allusion aux papiers de divorce qu'elle m'a envoyés ni indiqué qu'elle comptait se marier avec quelqu'un d'autre ?

— Non.

Le médecin semblait sincèrement troublé.

— En fait, elle est impatiente de rentrer au ranch avec vous. C'est ce qu'elle a déclaré.

— Au ranch ?

De nouveau, le médecin fut étonné par sa réaction.

— Oui, pourquoi ? Elle ne vit pas là-bas avec votre famille et vous ?

Comme il secouait la tête, le médecin parut réellement préoccupé.

— Vous avez parlé d'un coup à la tête, dit Austin, qui commençait à se demander si les séquelles n'étaient pas plus graves que le médecin le pensait.

Celui-ci acquiesça.

— Il est possible que sa mémoire immédiate ait été affectée. Je vais organiser une réunion avec vous et l'infirmière pour vérifier la véracité des propos qu'elle nous a tenus. Mais si elle ne vit pas avec vous, où habite-t-elle ?

— Elle s'est installée dans un appartement ici, à Austin, il y a un peu plus d'un an, répondit-il.

Il n'avait guère envie d'étaler les détails de sa relation avec Maria, mais il était important qu'il fournisse ces informations pour que le diagnostic du médecin soit le plus précis possible.

Celui-ci prit un air songeur.

— Je vois. Elle n'en a rien dit. Si vous n'y voyez pas d'inconvénient, je vais contacter notre spécialiste pour qu'il examine votre épouse. Et j'aimerais que vous restiez à sa disposition. Je pense qu'il souhaitera vous parler.

— Entendu, je ferai le maximum pour vous aider.

Le médecin le guida vers un petit bureau et lui demanda de l'y attendre.

Quelques minutes plus tard, un autre médecin aux cheveux grisonnants entra.

— Bonjour, je suis le Dr Wade.

L'entretien fut bref.

— Bien, je vais parler à mon collègue et examiner votre épouse.

Austin le remercia et patienta.

Deux heures plus tard, le Dr Burt, le premier médecin qu'Austin avait rencontré, revint.

— J'ai terminé mon service, mais je tenais à m'entretenir avec vous avant de partir. Votre épouse se remet très bien, dit-il en s'installant dans un fauteuil. Après avoir de nouveau discuté avec elle, je crois qu'il est clair qu'elle souffre d'amnésie partielle, due au coup qu'elle a reçu. Un coup suffisamment violent pour lui causer un œdème cérébral.

— À vous entendre, c'est grave, commenta Austin qui ne dissimula pas sa préoccupation.

— Eh bien, nous devrons lui faire passer des examens réguliers au cours des prochaines quarante-huit heures mais, encore une fois, compte tenu de l'excellente condition physique de votre épouse, j'ai confiance en une évolution positive.

— Et la mémoire va lui revenir complètement ?

— C'est là le point le plus incertain. Pour faire simple, il y a deux grands types d'amnésie : l'amnésie rétrograde et l'amnésie antérograde.

Le médecin se pencha en avant et joignit le bout des doigts pour appuyer ses propos.

— L'amnésie, c'est simple, nous savons tous de quoi il s'agit. C'est une perte complète de mémoire. Mais l'amnésie antérograde se caractérise par une perte de la mémoire à court terme, c'est-à-dire les souvenirs qui suivent le moment de l'accident. En gros, le choc perturbe la chimie du cerveau, et ces souvenirs reviennent seulement une fois que tout est de retour à la normale.

Le médecin croisa les bras.

— La semaine dernière encore, nous avons eu un patient qui a quitté le service après y avoir passé quatre mois, mais qui n'a aucun souvenir antérieur à la dernière semaine de son séjour.

— Et ces souvenirs lui reviendront un jour ?

— Peut-être, peut-être pas. Il n'y a pas de règle. Dans le cas d'une amnésie rétrograde, la forme dont souffre votre épouse, le patient perd les souvenirs antérieurs à l'accident. Parfois, il arrive que cette perte de mémoire ne concerne que les minutes qui ont précédé le choc. D'autres perdent des souvenirs qui remontent à plusieurs semaines, plusieurs mois, voire plusieurs années.

— Et qu'en est-il pour Maria ? s'enquit Austin, qui absorbait patiemment les explications du médecin.

Il commençait à comprendre qu'elle avait voulu le voir à son réveil seulement parce qu'elle avait oublié l'avoir quitté. Mais que devait-il faire, maintenant ? Était-il censé ignorer qu'elle lui avait envoyé une demande de divorce et se comporter comme si de rien n'était ?

— Il est encore trop tôt pour se prononcer. Les souvenirs ont tendance à revenir les uns après les autres, sans qu'il y ait forcément un lien entre eux, et sans raisons particulières.

— Et il en sera toujours ainsi ? Risque-t-elle avoir des phases où un souvenir lui revient puis s'en va de nouveau ?

— La plupart des gens recouvrent entièrement la mémoire. Quelques-uns ne la recouvrent jamais. Le cerveau reste une énigme, il n'y a pas de règle absolue.

Le Dr Burt se renfonça dans son fauteuil sans le quitter des yeux.

— Si cela peut vous rassurer, il est clair qu'il y a une corrélation entre la guérison d'une blessure à la tête et le retour progressif des souvenirs. Mieux se déroule la convalescence, plus la mémoire revient.

— Mais je suppose que vous ne pouvez pas me dire dans quel délai elle est susceptible d'avoir recouvré entièrement la mémoire.

— Je peux faire une estimation, mais sans garantie, admit le médecin. Compte tenu de la gravité de sa blessure, normalement, tout devrait revenir à votre épouse dans un délai assez bref. Comme je vous l'ai déjà dit, elle a une excellente condition physique, ce qui lui permettra de récupérer plus vite. Le choc à la tête a néanmoins été sévère car elle a reçu un coup violent et a très certainement heurté le trottoir dans sa chute. Mais si elle se repose et qu'on prend soin d'elle, elle se remettra rapidement, j'en suis sûr.

— Cette perte de mémoire affectera-t-elle son travail ?

— Elle ne pourra pas reprendre le travail sans notre feu vert. Nous allons mettre en place un suivi régulier pour vérifier que sa convalescence se déroule normalement.

— Et, à votre avis, comment dois-je me comporter ? Dois-je tout lui avouer sur l'état de notre couple, même si pour le moment elle ne se souvient pas que nous sommes séparés ?

— Ça, c'est à vous d'en décider.

— Le problème, c'est que quand la mémoire lui reviendra, elle ne voudra certainement plus me voir.

— Vous êtes dans une position inconfortable, je le comprends. Je vous conseille cependant de ne pas la brusquer. Si vous lui révélez trop vite tout ce dont elle ne se souvient pas, son cerveau risque de ne pas être en état d'intégrer toutes ces informations, ce qui pourrait lui causer un état de stress nocif et ralentir ses progrès. Ce n'est sans doute pas ce que vous auriez aimé m'entendre dire, mais je me dois d'être honnête.

Il y avait une autre question qu'Austin souhaitait poser. Il craignait que la réponse ne lui plaise pas non plus, mais éviter les problèmes plutôt que les affronter n'était pas vraiment dans sa nature.

— Vous m'avez dit qu'elle n'avait pas demandé à voir quelqu'un d'autre que moi. Est-ce exact ?

— Oui, je vous l'assure, répondit le Dr Burt qui le fixa droit dans les yeux. Votre situation est…

Il chercha ses mots.

— … Délicate. Personne ne vous reprocherait de prendre vos distances. Vous avez assumé vos responsabilités en venant signer les documents qui nous ont permis de nous occuper de votre épouse au plus vite et, selon toute vraisemblance, elle aura recouvré la mémoire d'ici à quelques jours. Quelques semaines tout au plus. Et si elle a quelqu'un d'autre dans sa vie, il est normal que vous ne souhaitiez pas être trop présent pour qu'au final, quand tout lui sera revenu, elle dise que c'est cet homme qu'elle souhaite avoir auprès d'elle et pas vous.

— Je n'aurais pas dit mieux, concéda Austin. Et je vous remercie de tout ce que vous avez fait pour elle.

En son for intérieur, il savait qu'il serait incapable de se désintéresser du sort de Maria tant qu'il n'aurait pas la certitude de son complet rétablissement.

Évidemment, il ne s'était pas attendu à devoir passer les deux nuits suivantes à son chevet sur un lit d'accompagnant en faisant comme s'ils étaient un couple heureux dont rien n'était venu ternir le bonheur. Ni à être celui qui la ramènerait chez elle, dans un appartement où il n'avait jamais mis les pieds. Là où elle s'était installée pour être loin de lui.

Quoi qu'il en soit, il en prenait son parti.

Maria était intelligente, vive, sportive et vigoureuse. La voir dans un lit d'hôpital, diminuée, lui avait fait mal. Peu importait qu'ils soient sur le point de divorcer, il avait besoin de la revoir debout, en pleine possession de ses moyens.

Mais il y avait aussi la question de ses souvenirs… Qu'elle se remette physiquement ne garantissait pas que la mémoire lui reviendrait. Austin s'était attendu à ce que son nouveau compagnon se manifeste à un moment ou un autre à l'hôpital ; on lui avait appris qu'il s'appelait Mitch DeCarlo, et que le Dr Burt l'avait convaincu de rester en retrait pour le moment.

Quand enfin elle put sortir de l'hôpital et qu'il la conduisit chez elle, Maria resta silencieuse tout le long du trajet.

Lorsqu'elle entra dans son appartement, elle parut aussi perdue que lui.

— C'est bizarre, dit-elle. Je ne me rappelle pas cet endroit alors que je visualise très bien la maison du ranch. Et d'ailleurs, pourquoi ai-je un appartement ici, loin de toi ?

Selon le médecin, ses souvenirs pouvaient resurgir au fur et à mesure tout comme ils pouvaient revenir d'un seul coup. Il espérait que cela se ferait progressivement.

— Pour être plus près de ton travail, répondit-il.

— Et pourquoi n'y a-t-il aucune affaire à toi, ici ? Tu n'y vis pas avec moi ? lui demanda-t-elle tandis qu'elle faisait le tour des lieux.

— Oh ! moi, tu sais, je n'ai guère le loisir de m'éloigner du ranch ! Il y a trop à faire là-bas.

Parler à Maria et faire comme si entre eux tout allait bien, lui paraissait pire que le sentiment de trahison qu'il avait éprouvé le jour où elle l'avait quitté.

3

— Je peux m'asseoir ici ? Je ne suis pas fatiguée au point d'aller au lit et, de toute façon, j'ai l'impression d'être restée allongée pendant une éternité.

Elle s'approcha du canapé.

Austin lui passa un bras autour de la taille pour l'aider à s'installer. Elle s'appuya contre lui et, l'espace d'un instant, il se rappela à quel point c'était bon de l'étreindre, comme sa peau était douce…

Il repoussa cette pensée. C'était comme triturer une plaie ouverte avec une fourchette.

Elle poussa un soupir de bien-être. Ses cheveux tombaient sur ses épaules. Depuis leur séparation, elle les avait laissés pousser. Il se dit que ce n'était sans doute pas la seule chose qui avait changé chez elle.

— Dorénavant, je pourrai dire que je sais ce que signifie avoir mal partout…

— Si, comme le préconisait le médecin, tu prenais quelques antalgiques, tu aurais moins mal.

— Oui, mais alors je ne me rendrais pas compte de l'amélioration de mon état, répliqua-t-elle.

Elle le fixa de ses grands yeux, lui sourit et lui prit la main.

— De plus, les antalgiques me donnent la nausée.

Austin se redressa, libéra sa main et la fourra dans sa poche. Il était tendu comme un arc.

— Tu veux boire quelque chose ?

— Je veux bien un café.

Elle l'observait d'un air quelque peu peiné. Depuis deux jours, il était à son chevet à essayer de se comporter comme s'il n'y avait pas de problème entre eux. Mais, à son regard, il sentait qu'elle se posait beaucoup de questions. Il était mal à l'aise. Or, il était obligé de garder ses distances, de se protéger. Bientôt, elle se souviendrait qu'elle en avait eu assez de leur mariage et décidé d'y mettre un terme.

Et puis, de toute façon, si ce n'avait pas été pour des questions de morale, il ne serait pas là du tout. Mais refuser son aide à quelqu'un qui en avait besoin allait à l'encontre de tous ses principes. D'autant que Maria n'était pas n'importe qui. Cependant, il devait se fixer des limites.

Ring of Fire, la chanson de Johnny Cash qui lui servait de sonnerie de portable, retentit. Le visage de Maria s'éclaira. Elle devait se souvenir qu'ils s'étaient rencontrés au festival Johnny Cash.

Il vit que c'était Dallas, son frère, et décida de ne pas prendre l'appel. Il le rappellerait plus tard.

— Tu veux mettre de la musique ? lui proposa Maria d'une voix incertaine.

C'était leur passion commune pour le blues et la country qui avait été à l'origine de leur première conversation. Ensuite, ils avaient découvert qu'ils appréciaient également les mêmes livres. Et, en plus de leur amour partagé pour la musique et la littérature, Maria était belle, brillante…

— Tiens, au fait, j'ai fini le livre que tu m'avais

conseillé, dit-elle en désignant l'ouvrage posé sur la table basse devant elle.

Il ne sut que répondre. Elle avait gardé le dernier livre qu'il lui avait recommandé et l'avait laissé en évidence sur la table basse de l'appartement qu'elle partageait désormais avec un autre. Cependant, rien ne révélait la présence d'un homme dans les affaires posées çà et là.

— Qu'est-ce qu'il y a ? Est-ce que nous sommes fâchés ? s'enquit-elle d'un air innocent qui le bouleversa.

Non, pas trop vite !

Elle avait toujours été perspicace, et il allait devoir se montrer plus adroit pour éviter qu'elle le perce à jour trop rapidement.

— Non, tout va bien entre nous, assura-t-il avec un haussement d'épaules alors qu'il se demandait quels termes employer.

Un instant, il fut tenté de lui dire que tous les couples mariés traversaient des passes difficiles et qu'ils ne faisaient pas exception. Mais il se ravisa pour ne pas la troubler davantage.

— Il ne s'est rien passé de grave, en tout cas, ajouta-t-il.

— Tant mieux, parce que je commençais à m'inquiéter.

— Désolé si j'ai l'air ailleurs, reprit-il. Au ranch, nous avons des veaux malades et nous ne savons pas quelle est la cause de leurs symptômes ni comment enrayer l'épidémie. Ces dernières semaines, je n'ai pas beaucoup dormi.

Cela parut suffire à la rassurer et lui évita d'avoir à répondre à des questions qui l'auraient mis en difficulté.

Il passa dans l'espace cuisine, exigu mais bien équipé, pour préparer du café.

Le reste de l'appartement était modestement meublé.

Dans le salon, il y avait un canapé, un fauteuil assorti, une table basse. Sans doute prenait-elle ses repas sur le comptoir séparant la cuisine du salon, car il n'y avait pas d'autre table. Une paire de chaussures de footing était posée près de la porte, et il devina qu'elle avait gardé l'habitude de se lever à l'aube pour aller courir avant de partir au travail. Il ne put s'empêcher d'éprouver une certaine satisfaction en constant qu'il n'y avait pas de chaussures masculines. Il se demanda si le Dr Burt n'avait pas conseillé au compagnon de Maria de faire disparaître toute trace de sa présence dans l'appartement pour ne pas la perturber.

Il ne voyait pas non plus de photos. Certes, il restait la chambre et la salle de bains dans lesquelles il n'était pas encore allé. Curieusement, tout donnait l'impression que Maria ne s'était pas véritablement installée dans cet appartement, songea-t-il en remarquant quelques cartons posés dans un coin.

— Avons-nous emménagé ici récemment ? questionna-t-elle, comme si elle s'était rendu compte qu'il observait les lieux.

— Oh ! c'est surtout que tu rentres ici quand tu sors tard du boulot ! répondit-il sans croiser son regard.

Elle parut se satisfaire de sa réponse. En tout cas, elle n'insista pas.

— Le médecin t'a-t-il dit quand je pourrai reprendre le travail ?

Que ce soit sa préoccupation première ne l'étonna pas. Si cela l'avait aidé à se sentir mieux, il aurait tenu l'implication de Maria dans son travail au FBI pour responsable de leurs ennuis. Or, il n'en était rien. Il ne fallait pas confondre causes et conséquences. Ce qui le contrariait, c'était que leur relation se soit délitée après la fausse couche de Maria. Elle n'avait pas souhaité en parler, n'avait pas voulu qu'ils essaient de nouveau d'avoir un enfant. Elle était devenue distante, avait commencé à prétendre que leur relation était vouée à l'échec, et à ne plus rentrer le soir.

Il retourna dans l'espace cuisine et remplit deux tasses de café.

— Tu prends toujours deux sucres ? lança-t-il avant de se rendre compte de sa maladresse.

Il se maudit. Décidément, jouer les dissimulateurs n'était vraiment pas son truc.

Elle acquiesça et prit une mine préoccupée.

Il avait envie de se donner des claques ! La tâche s'annonçait plus compliquée que prévu. Mais si faire comme s'ils vivaient ensemble en harmonie pouvait lui permettre de mieux récupérer, eh bien il mettrait ses états d'âme de côté. Il se rappela qu'elle avait vécu une enfance difficile. Maria avait perdu sa mère dans des circonstances tragiques et s'était sentie responsable de sa disparition. Elle portait un lourd fardeau ; alors, il ferait les efforts nécessaires.

— Merci, dit-elle avec un regard troublé quand il lui tendit sa tasse.

Il fallait qu'il s'arrange pour justifier son comportement, sinon, elle s'inquiéterait de plus en plus.

— Depuis un an, tu travailles beaucoup, commença-t-il, ce qui en soi n'était pas faux. Nous n'avons pas passé énormément de temps ensemble.

— Ah, d'accord, je comprends mieux. Je me disais bien que tu étais bizarre, répondit-elle avant de boire une gorgée de café. Il est délicieux, commenta-t-elle.

— Je suis content qu'il te plaise.

— C'est étrange que je vive ici mais que cet appartement ne m'évoque rien, reprit-elle. J'aimerais qu'on retourne au ranch.

— C'est trop loin de l'hôpital, répondit-il, sans chercher à interpréter le fait que seul le ranch lui évoquait sa maison.

Le médecin l'avait prévenu que les séquelles d'un choc à la tête pouvaient être surprenantes.

Quoi qu'il en soit, il ne prendrait en aucun cas le risque de l'emmener au ranch. Cela pourrait avoir pour conséquence de stimuler ses souvenirs, et les raisons de son départ pourraient lui revenir brutalement. Le Dr Burt lui avait assuré que si elle reprenait son train-train, les choses se feraient progressivement. Et il entendait bien s'en tenir là.

Passer du temps dans cet appartement ne l'emballait pas, mais ce n'était pas grave. Au moins, il était avec elle. Car son sens de la repartie, son humour, tout ce qu'elle lui avait apporté jour après jour, lui manquaient. Que s'était-il passé pour que leur couple s'étiole ? Comment en étaient-ils arrivés là ?

— Je ne suis pas sûre d'avoir parfaitement compris comment je me suis retrouvée à l'hôpital, dit-elle.

— Quelqu'un t'a porté un coup violent à la tête par-derrière. Tu n'as rien vu venir.

— C'était dans le cadre de mon travail ?

— Non. Tu avais terminé ton service et tu étais allée prendre un verre avec des amis.

Bien sûr, il évita de mentionner que parmi ces amis figurait certainement l'homme qu'elle comptait épouser.

— Maintenant que tu me le dis, je me souviens être

fréquemment restée au bureau tard le soir pour travailler sur mes dossiers.

Elle le regarda et fronça les sourcils ; il avait dû faire une drôle de tête sans s'en rendre compte.

— Qu'est-ce qui se passe ? demanda-t-elle.

— Rien, fit-il avec un haussement d'épaules.

Avant d'avoir un appartement en ville, elle avait commencé à rapporter des dossiers à la maison, et passait ses soirées les yeux rivés sur son écran d'ordinateur. Elle n'était plus jamais détendue, et son dévouement à son travail n'avait fait qu'aller crescendo. Tout comme la tension qui était née entre eux.

— De quoi d'autre te souviens-tu ?

— De pas grand-chose… Mais je dois te poser une question : si je suis mariée avec toi, pourquoi ne fais-je que travailler ?

Elle avait oublié toutes leurs disputes à ce sujet, toutes les fois où il avait tenté de la convaincre de consacrer ne serait-ce qu'une soirée de temps en temps à autre chose qu'à ses enquêtes.

Il prit une grande inspiration. D'une certaine manière, elle avait de la chance de ne pas s'en souvenir.

— Les choses sont un peu compliquées… Nous en reparlerons à un autre moment.

— Pourquoi pas maintenant ? protesta-t-elle. J'ai le sentiment que c'est important.

— Non. Le plus important pour toi, après ce que tu as vécu, c'est de te reposer et de récupérer.

— Bien, d'accord, dit-elle d'un ton résigné.

Elle s'appliqua la main sur le front, comme si elle espérait que cela l'aiderait à réactiver ses souvenirs.

— Ne te tourmente pas, ça va aller, ajouta-t-il pour l'apaiser.

Elle lui adressa un demi-sourire.

— Oui, tu as raison. Je suis sûre que tout va me revenir, mais c'est dur d'avoir la sensation que les gens autour de moi en savent plus sur ma vie que moi-même.

À l'hôpital, le médecin lui avait affirmé que Maria était en pleine forme sur le plan physique, et que sa perte de mémoire n'avait donc aucun rapport avec son état de santé général. Mais peut-être son cerveau avait-il « verrouillé » des souvenirs qui lui étaient pénibles. Se rappeler, par exemple, qu'elle était sur le point de divorcer ne lui était pas forcément agréable. Alors mieux valait ne pas lui imposer cette réalité pour le moment, car les conséquences pourraient être néfastes.

— J'ignore ce qui s'est passé entre nous et pourquoi ça te cause autant de stress, reprit-elle, mais, quoi que ce soit, je te jure que j'en suis désolée.

Elle s'exprimait avec sincérité et tristesse.

Il serra les poings pour se retenir de la prendre dans ses bras. Combien de nuits, avant leur séparation, avait-il passées les yeux au plafond, incapable de trouver le sommeil, à espérer qu'ils parviendraient à s'ouvrir l'un à l'autre ? Il en eut une boule au ventre.

— Ne te tourmente pas, pense seulement à te remettre.

Ressasser le passé serait contre-productif. Quand la mémoire lui reviendrait, elle ne voudrait plus de lui.

— Au moins, pendant quelque temps, le travail ne viendra pas se mettre entre nous, lança-t-elle.

— Oui, c'est vrai.

Il tenta de sourire mais n'y arriva pas.

— Pourquoi gardes-tu un air aussi soucieux ? À cause du ranch ? La situation est-elle réellement préoccupante ?

— Non, nous finirons bien par comprendre de quoi souffrent les veaux. Mais pourquoi es-tu convaincue qu'il y a autre chose que ta santé qui me préoccupe ?

Il s'assit dans le fauteuil face au canapé et but son café à petites gorgées.

— Il me suffit de te regarder. Quand tu es soucieux, tu as un pli qui se marque sur le front. Tu as aussi tendance à écarquiller les yeux et, enfin, quand tu t'adresses à moi, tu évites de croiser mon regard. D'habitude, c'est tout le contraire. Quand tu me fixes des yeux, j'ai l'impression que tu lis en moi comme dans un livre ouvert. Je ne peux donc m'empêcher de me demander ce qui est à l'origine de ton attitude.

Maria ne parvenait pas à comprendre ce qui avait bien pu se passer entre Austin et elle pour qu'ils soient aussi peu à l'aise ensemble, mais ce devait être sérieux. D'autant qu'elle était persuadée qu'il lui dissimulait beaucoup de choses. Avaient-ils eu un différend avant son agression ? Cherchait-il à ne pas remettre sur la table des sujets négatifs ? Pour qu'il réagisse de cette façon, c'était forcément grave. Elle redoutait le moment où elle saurait tout et, en même temps, elle était frustrée de vivre dans l'ignorance. C'était exaspérant.

D'autant que leur relation n'avait jamais ressemblé à cela. Pour commencer, il y avait toujours eu entre eux une attirance physique indéniable. Elle avait d'abord remarqué chez lui ses yeux vert émeraude, sa mâchoire carrée et ses cheveux noirs. Très vite, elle était tombée sous le charme de son rire et de l'éclat de son regard. Et quand elle se trouvait près de lui, elle se sentait bien.

Sa présence avait quelque chose de rassurant. Quand elle était avec lui, elle avait l'impression d'être chez elle, à sa place. Ce qui était étrange, c'est qu'elle n'arrivait pas à se rappeler la dernière fois où, justement, elle avait éprouvé ce sentiment.

Tout cela semblait… absent.

Ils avaient tellement de points communs ! Ils lisaient les mêmes livres, aimaient la même musique. Austin réussissait toujours à la faire rire, même quand elle avait passé une journée épouvantable ou qu'elle était d'humeur massacrante. Il lui suffisait de se retrouver quelques minutes avec lui pour changer radicalement d'état d'esprit. Le stress de la journée cédait la place au calme, elle avait enfin le sentiment d'être au bon endroit.

Voilà ce qu'être avec Austin lui évoquait.

Mais là, elle ne retrouvait rien de tout cela.

Elle avait plutôt l'impression que l'air était chargé de non-dits, qu'une menace était tapie dans l'ombre…

Des frissons lui parcoururent la nuque, sensation familière quand son instinct lui disait qu'il y avait un problème.

Elle n'arrivait pas à chasser cette idée.

4

Austin lui dissimulait la vérité. Maria en était convaincue. Ses souvenirs avaient beau être partiels, elle le connaissait suffisamment pour sentir que, depuis sa sortie de l'hôpital, il s'échinait à esquiver certains sujets. À leur arrivée, il avait détaillé l'appartement comme s'il le découvrait, ce qui était tout de même étrange. En outre, il avait tenu à inspecter la salle de bains avant de l'autoriser à y aller. Quand il en était ressorti, il avait paru soulagé. Mais pour quelle raison ?

Et le soir, au moment d'aller se coucher, il lui avait raconté que, depuis quelque temps il dormait mal, d'un sommeil très agité, et qu'il ne voulait pas risquer de lui donner malencontreusement un coup. Cela faisait donc trois nuits qu'il dormait sur le canapé.

Un peu plus tôt, il était sorti faire des courses pour le dîner et elle était contente qu'il ne soit pas là. Elle comprenait son inquiétude, tout en s'agaçant un peu qu'il la traite comme si elle était en porcelaine. Mais bon, il se faisait du souci pour elle, se répéta-t-elle pour s'en convaincre. Et c'était pour cette raison qu'il ne cherchait pas à la toucher… Évidemment, sinon pourquoi l'éviterait-il ?

Elle avait besoin de se rassurer, de se persuader qu'il y avait une explication logique au comportement d'Austin car, avant, ils ne pouvaient être dans la même pièce sans se toucher et s'embrasser. Désormais, il ne l'approchait plus à moins d'un mètre.

L'eau du bain qu'elle s'était fait couler était à la température idéale pour détendre ses muscles courbatus. Elle posa la tête sur une serviette roulée, étendit les jambes, et jeta un regard à la pendule. Austin n'allait pas tarder à revenir. Elle avait pris deux comprimés d'ibuprofène et commençait enfin à se sentir mieux.

Elle resta ainsi encore quelques minutes puis se leva et sortit de la baignoire. Sous ses pieds, le carrelage était froid. Alors qu'elle tendait la main pour prendre un drap de bain sur le porte-serviettes, elle entendit un sifflement et s'immobilisa. Elle posa les yeux sur l'endroit d'où provenait le bruit et vit ses vêtements, qu'elle avait abandonnés par terre près du lavabo, bouger légèrement. Il y avait quelque chose en dessous ! Le sifflement se fit de nouveau entendre. Elle recula et retourna dans la baignoire. Dans sa hâte, elle glissa et dut s'accrocher au rebord pour reprendre son équilibre.

Une tête pointue avec de petits yeux et une langue fourchue sortit de sous son T-shirt. Le souffle lui manqua. Si ce serpent se jetait sur elle et la mordait, Austin la trouverait morte lorsqu'il rentrerait avec le dîner.

Jamais elle n'avait eu peur de rien… sauf des serpents. C'était une véritable phobie.

Un réflexe d'autodéfense la poussait à se rouler en boule. Si elle le faisait, la paroi de la baignoire serait une barrière entre le serpent et elle si par malheur il l'attaquait.

Mais elle craignait justement que le moindre mouvement de sa part provoque une réaction du serpent.

Son portable était resté dans le salon. Elle n'avait pas

pensé à le prendre avant de passer dans la salle de bains. Mais elle ne s'était pas attendue à en avoir besoin.

Elle poussa un juron silencieux et pria pour qu'Austin revienne rapidement.

Les sifflements menaçants du serpent avaient cessé, mais il était hors de question qu'elle le quitte des yeux. Elle se rappelait avoir lu que ces animaux avaient une vitesse de réaction incroyable.

Soudain, un bruit se fit entendre dans l'autre pièce… et le serpent bougea.

Austin posait ses achats sur le plan de travail de la cuisine quand un cri étranglé en provenance de la salle de bains le fit sursauter.

Son sang ne fit qu'un tour. En deux pas, il fut à la porte. Au moment où il posait la main sur la poignée, Maria lui lança :

— N'entre pas !

Troublé, il donna un tout petit coup à la porte du revers de la main.

— Ne fais pas de bruit, Austin !

Qu'est-ce que cela signifiait ? Il posa l'oreille contre le battant pour tenter de comprendre ce qui pouvait bien se passer dans la salle de bains. Dans un premier temps, il n'entendit rien.

Puis un bruit lui parvint. Un sifflement…

Il se baissa et se mit à plat ventre pour jeter un coup d'œil par l'interstice entre le bas de la porte et le sol. Il ne vit que des vêtements au pied du lavabo.

Alors qu'il allait se relever, les vêtements bougèrent légèrement et le corps écailleux d'un serpent apparut. Lorsqu'il aperçut sa tête en triangle, il sut de quel genre de serpent il s'agissait. Une vipère. Et de l'espèce la plus dangereuse, la plus agressive. Connue pour frapper à la vitesse de l'éclair et pour la toxicité de son venin.

Le sifflement était provoqué par le frottement de ses écailles les unes contre les autres. C'était ainsi qu'elle lançait un avertissement. Il fallait qu'il trouve le moyen de détourner l'attention du serpent sans se faire mordre.

Maria devait être morte de peur. Elle ne craignait pas grand-chose, mais elle avait toujours redouté les serpents. Quand elle vivait au ranch avec lui, elle lui avait dit plusieurs fois que sa hantise était de se retrouver nez à nez avec un reptile.

Il se releva lentement et regarda autour de lui, à la recherche de quelque chose qui pourrait lui être utile. Hélas ! Il ne vit rien. Il perdait un temps précieux. Un seul mouvement, même infime, risquait de provoquer l'attaque de la vipère. Il pesta de se sentir aussi démuni.

Dans un coin de la chambre, il y avait un panier à linge. Ça pourrait faire l'affaire. À pas feutrés, il alla le prendre et testa sa solidité. Oui, il tiendrait.

Le cœur battant, il retourna à la porte de la salle de bains, se remit à quatre pattes et jeta un nouveau coup d'œil à l'intérieur. La vipère se trouvait maintenant le long du mur opposé.

Il n'avait pas droit à l'erreur.

Il ouvrit brusquement la porte et la referma tout aussi vivement. Le serpent, qui s'était instantanément jeté en avant, heurta le battant avec un bruit sourd. En regardant sous la porte, Austin vit qu'il s'était recroquevillé, prêt à lancer une seconde attaque. Il compta jusqu'à trois et, en même temps, rouvrit la porte et plaça le panier à linge dans l'ouverture. Comme il l'avait espéré, la vipère attaqua de nouveau et atterrit dans le panier. Austin le fit basculer pour l'emprisonner.

Il le maintint fermement au sol tandis que le serpent se débattait pour se libérer.

— Trouve-moi quelque chose d'assez lourd à poser sur le panier pour qu'il ne s'échappe pas, dit-il à Maria, qui ne cachait pas son soulagement.

Elle sortit de la baignoire et lui donna des flacons de shampooing et de bain moussant qu'il déposa sur l'envers du panier.

— Ça devrait tenir. Je vais appeler « Alerte animaux ».

Il se redressa et, de nouveau, son pouls s'emballa. Mais, cette fois, ce n'était pas à cause du stress. Maria se tenait près de lui, entièrement nue, toute mouillée. Et cette vision ne le laissait pas indifférent.

En vain, il fit de son mieux pour détourner le regard.

Maria perçut son trouble. Elle s'enroula dans un drap de bain puis l'aida à maintenir le panier.

Il s'empressa de sortir son téléphone pour appeler « Alerte animaux ». Ses mâchoires étaient tellement serrées qu'il dut faire un effort pour ouvrir la bouche. Sa tension, extrême, lui causait un point de douleur entre les épaules. C'était dû à la présence du serpent, bien sûr, mais pas seulement. Voir Maria nue lui rappelait à quel point elle lui manquait. Avec une force qu'il n'aurait pas soupçonnée…

Le téléphone à l'oreille, il s'appuya de sa main libre contre le mur.

— Je vais m'habiller, lui dit Maria en passant près de lui.

— D'accord, marmonna-t-il.

Il était dans tous ses états et inspira à fond pour se remettre.

Elle revint quelques minutes plus tard, vêtue d'un short de sport et d'un T-shirt rose pâle. Elle avait les cheveux attachés en queue-de-cheval, et portait le collier qu'il lui avait offert à l'occasion de leur premier anniversaire de mariage. Sans doute avait-elle oublié que, depuis un an, elle ne le mettait plus.

— Quelqu'un est en route pour venir chercher cette sale bête, lui apprit-il.

— Tant mieux.

Les yeux rivés sur le panier à linge, elle se frotta les bras comme pour se réchauffer.

— Je suis impatiente de savoir cette bestiole loin d'ici.

— Il faut aussi alerter la société de maintenance de l'immeuble, remarqua-t-il.

Il évitait sciemment de la regarder. Elle l'attirait trop, et ce n'était pas le moment de se laisser distraire par son désir pour elle.

— C'est fait. J'ai averti Dave, l'agent d'entretien. Mais je veux d'abord être sûre que ce serpent sera loin.

Austin devina que, pendant quelques jours, elle passerait l'appartement au peigne fin avant de se coucher pour s'assurer qu'aucun autre serpent n'y rôdait.

— Comment a-t-il pu arriver ici ? reprit-elle.

Ses gestes étaient nerveux, ce qui montrait qu'elle n'avait pas encore surmonté sa peur.

— Bonne question, d'autant que ce type de vipère n'est pas fréquent dans la région, répondit-il.

Avoir grandi dans un ranch lui permettait d'en connaître un rayon sur les serpents.

— Tu veux dire qu'il n'y en a pas beaucoup au Texas, ou dans le Sud-Ouest en général ?

— Je dirais qu'il est rare d'en rencontrer où que ce soit aux États-Unis. En tout cas, je n'en ai jamais vu au Texas.

Il lança Internet sur son mobile et tapa la description du serpent dans le moteur de recherche.

— C'est bien ce que je pensais. C'est une variété de vipère qu'on trouve principalement en Afrique, au Moyen-Orient et en Inde.

— Ah…

Maria prit une expression songeuse, comme si elle cherchait à déterminer comment cette vipère exotique avait bien pu atterrir chez elle.

Sans qu'ils le formulent, Austin comprit que tous deux se faisaient la même réflexion, à savoir que cette vipère avait été volontairement introduite dans l'appartement. Il se passa la main sur la mâchoire.

— J'ai fermé à clé quand je suis parti et, à mon retour, la porte était bien verrouillée.

— Et tu n'as rien vu qui pourrait laisser penser qu'on a trafiqué la serrure ?

— Non, rien de particulier. Mais, maintenant que j'y repense, j'ai claqué la porte derrière moi en partant et j'en ai déduit qu'elle s'était automatiquement verrouillée. Mais je n'en suis pas sûr.

Elle le fixa et haussa les sourcils.

Oui, je sais…

Indirectement, il venait une fois encore de lui révéler qu'il n'était pas du tout familier de l'appartement. Il avait beau s'efforcer de lui faire croire le contraire, elle n'était pas dupe. En revanche, son attirance pour elle et sa volonté de la protéger étaient bien sincères. Malgré le temps et ce qu'ils avaient traversé, rien n'avait changé.

— Il est possible que la porte soit restée ouverte après mon départ, admit-il avec un geste d'excuse.

À son retour, il avait les bras chargés et s'était contenté d'insérer la clé, de la tourner, et de pousser la porte de l'épaule. Il n'aurait su dire s'il l'avait réellement déverrouillée. Il s'en voulut de son inconséquence.

— Imaginons qu'elle ait été fermée, reprit Maria. Qui d'autre a une clé ?

— La société de maintenance de l'immeuble, j'imagine.

Il éluda l'autre possibilité, à savoir le nouveau compagnon de Maria. Quelle raison aurait-il eue de chercher à faire du mal à la femme qu'il comptait épouser ?

Lorsqu'il voulut faire le tour de l'appartement à la recherche de traces quelconques, Maria le retint.

— S'il te plaît, garde les yeux sur ce panier jusqu'à l'arrivée de la personne qui doit emporter ce serpent.

Il acquiesça.

— J'imagine mal Dave, l'agent d'entretien, s'introduire chez nous pour y déposer un serpent pendant que je prends un bain, dit Maria.

L'image de Maria sortant de la baignoire entièrement nue lui revint à l'esprit.

Elle se rendit compte de son trouble.

— Qu'est-ce qui ne va pas ? lui demanda-t-elle, préoccupée.

— Oh ! rien qui mérite de s'y attarder ! assura-t-il.

Il était hors de question qu'il se laisse distraire par quoi que ce soit.

Elle le fixa droit dans les yeux d'un air de reproche, mais il refusa de s'expliquer.

— Nous demanderons aux voisins s'ils ont aperçu quelqu'un d'étranger à l'immeuble, reprit-elle.

— Y a-t-il des caméras dans l'escalier ?

Il n'avait pas pensé à vérifier auparavant.

— Oui, mais d'expérience je sais qu'il ne faut pas nourrir trop d'espoir avec les images des caméras de sécurité. Il est rare qu'elles soient réellement utiles. D'autant que celles de l'immeuble ne sont pas de première jeunesse. Les images risquent d'être de qualité médiocre.

Maria avait surmonté sa peur et retrouvait ses réflexes d'enquêtrice. C'était sa capacité à laisser ses émotions de côté qui la rendait aussi performante dans son travail. Mais cette qualité avait son revers, car le fait qu'elle n'ait pas exprimé ses émotions après sa fausse couche avait joué un rôle important dans le délitement de leur relation.

Refoulant ses pensées, il revint au sujet qui les occupait. Il commençait à douter que l'enchaînement des événements soit dû au hasard. Ce qui signifiait que, tôt ou tard, il devrait parler au compagnon de Maria car, statistiquement, les gens les plus à même de s'en prendre à une femme appartenaient à son entourage direct. Et son compagnon devait posséder une clé de son appartement. Mais était-il envisageable qu'il veuille du mal à Maria ?

Il se posait des questions qui ne lui plaisaient pas mais, a priori, seules deux personnes détenaient un double des clés : le dénommé Dave et ce satané compagnon auquel il était censé ne pas faire allusion.

Soudain, on frappa à la porte. Maria vérifia par l'œilleton de qui il s'agissait. Voyant que c'était l'agent d'entretien, elle ouvrit.

— Que s'est-il passé ? demanda Dave d'une voix préoccupée.

C'était un type d'une quarantaine d'années, large d'épaules, avec des cheveux et des yeux clairs. Il paraissait sincèrement inquiet.

Mais, évidemment, ce pouvait être une façade. Aussi Austin le garda-t-il à l'œil.

— « Alerte animaux » ne va pas tarder à arriver, ajouta Maria, qui ne put réprimer un frisson à la pensée de la scène qu'elle avait vécue dans la salle de bains.

Elle avait tout expliqué à Dave. Elle se souvenait parfaitement de lui. Encore une preuve que sa mémoire avait décidément un fonctionnement pour le moins surprenant, avait-elle songé. Quand elle l'avait appelé pour lui demander de venir en urgence, elle avait volontairement omis de lui dire pour quelle raison, car elle souhaitait jauger de visu sa réaction.

— Et de quel type de serpent s'agit-il ? s'enquit Dave.

— D'une vipère.

— Vraiment ? fit-il en s'immobilisant à l'entrée de la salle de bains. Et elle est encore là ?

Maria acquiesça d'un hochement de tête en se disant qu'il semblait aussi effrayé qu'elle.

Austin était resté posté à côté du panier à linge renversé pour s'assurer que le serpent ne s'en échappait pas. Il se présenta à Dave, ce qui ne manqua pas d'étonner Maria. Pourquoi avait-il besoin de se présenter ? Certes, il lui avait dit qu'il passait l'essentiel de son temps au ranch, mais de là à n'avoir encore jamais croisé Dave… Elle vivait dans cet appartement depuis un an, quand même !

Elle se promit de l'interroger à ce sujet dès qu'ils seraient seuls.

— Vous êtes sûrs que la vipère est toujours dans le panier ? insista Dave d'une voix inquiète.

Austin lui assura que oui. À son expression, Maria comprit que lui aussi cherchait à déterminer si Dave simulait ou non la surprise et l'inquiétude.

— Avez-vous la moindre idée de la façon dont une vipère exotique a pu se retrouver dans l'immeuble ? lui demanda Austin.

Avant que Dave puisse répondre, on frappa de nouveau à la porte.

— Ne bougez pas, je vais ouvrir, annonça Maria.

Un rapide regard par l'œilleton lui permit de constater que c'était un jeune type vêtu d'une chemise des services de la ville d'Austin. Elle lui ouvrit la porte.

— Bonsoir. Je suis Mark Tailor, d'« Alerte animaux », dit le nouveau venu, qui n'avait pas plus de vingt-cinq ans. Je crois que vous nous avez appelés pour nous signaler la présence d'un serpent dans votre appartement.

— Oui, répondit Maria qui ouvrit grand pour le laisser entrer. Il est dans la salle de bains.

Elle lui indiqua le chemin. Le dénommé Mark enfila une paire de gants et se dirigea vers le fond de l'appartement sans hésiter. Il portait une veste militaire et un pantalon épais. Maria resta à distance, car elle n'avait aucune envie d'assister à la capture de l'animal. Tout ce qu'elle voulait, c'était qu'il soit emmené loin au plus vite.

Austin sortit de la salle de bains pour laisser la place à Mark mais resta à la porte. Dave, pour sa part, préféra lui aussi prendre ses distances.

Moins de cinq minutes plus tard, Mark ressortit avec, à la main, un sac en toile grossière duquel émanaient des sifflements furieux.

— Voilà, c'est fait.

— Merci beaucoup, dit Maria en le raccompagnant à la porte.

Enfin, elle se sentait mieux.

Lorsqu'elle retourna au salon, Dave se tenait au milieu de la pièce, mains sur les hanches, tandis qu'Austin regardait sous les meubles et soulevait les coussins.

— Je crois savoir à qui appartenait ce serpent, annonça Dave.

Surprise, Maria attendit qu'il continue.

— À Tyson Greer, votre voisin du dessous.

— Il n'y a qu'un seul moyen de s'en assurer, remarqua Austin qui se dirigeait déjà vers la porte.

Dave lui emboîta le pas.

— S'il n'y a pas d'erreur, il va falloir que j'aie une petite conversation avec Tyson, dit Maria en les suivant. Et que je porte plainte, ajouta-t-elle. J'ignorais que les locataires avaient le droit d'introduire des animaux dangereux dans l'immeuble.

Arrivée à la porte de Tyson Greer, Maria frappa sèchement. Elle était en colère et prit une grande inspiration pour se calmer ; elle devait traiter cette affaire comme s'il s'agissait d'une de ses enquêtes.

Personne ne vint ouvrir.

— Je vais l'appeler, proposa Dave qui sortit son téléphone. Si c'était bien son serpent, il faut qu'il soit au courant sans attendre.

Maria frappa de nouveau.

Pas de réponse.

Il ne répondit pas non plus au téléphone, ce qui le rendit forcément suspect.

— Il doit être en déplacement, reprit Dave qui avait

284

raccroché après avoir laissé un message pour lui demander de rappeler d'urgence.

— Je veux lui parler dès qu'il aura redonné signe de vie, dit Maria.

— Moi aussi j'aurai quelques questions à lui poser, ajouta Austin.

Dave acquiesça.

— Je suis vraiment désolé de cet incident. Ça aurait pu très mal finir.

— Heureusement que je suis rentré à temps, commenta Austin. Au fait, vous avez bien toutes vos clés ? lança-t-il à Dave.

Celui-ci saisit le jeu de clés accroché à sa ceinture et en fit l'inventaire.

— Oui, elles sont toutes là.

Maria lui faisait confiance. Il était rigoureux, toujours disponible quand on avait besoin de lui, et elle l'aimait bien. Elle n'avait pas envie de le considérer comme un potentiel suspect, mais son métier l'obligeait à laisser de côté ses sentiments personnels.

Cependant, il était aussi possible que Dave ait laissé ses clés quelque part pendant un moment et que quelqu'un en ait profité pour subtiliser celle de son appartement, en faire un double, puis la remettre à sa place.

— Vous les avez gardées sur vous toute la journée ?

Dave se posa un doigt sur les lèvres.

— Attendez que je réfléchisse… Non, je ne crois pas.

À voix haute, il énuméra les différents endroits où il s'était rendu au cours de la journée.

— Je ne saurais dire exactement combien de temps, en tout, je suis resté sans mes clés sur moi. Mais, depuis quinze ans que je fais ce métier, c'est la première fois qu'un événement de ce genre se produit.

Maria observa la réaction d'Austin. Il avait dit ne pas se rappeler si la porte était bel et bien verrouillée quand il était parti et, à son regard, il était clair qu'il ne croyait pas que cette vipère s'était retrouvée dans la salle de bains par hasard. Elle aussi avait de sérieux doutes. Mais, compte tenu de son métier, être suspicieuse était quasiment une seconde nature.

Austin la regarda d'un air étrange.

— Qu'est-ce qu'il y a ? lui demanda-t-elle.

— Rien, répondit-il.

Encore une fois, il refusait de se livrer, songea-t-elle.

Dave passa de nouveau en revue son activité de la journée. Maria était persuadée que quelqu'un d'habile aurait été capable de surveiller ses allées et venues, subtiliser la clé et la remettre en place sans qu'il s'en rende compte.

Elle lui posa une main sur le bras pour le réconforter, car, manifestement, il se sentait coupable.

— Ne vous tracassez pas, vous n'y êtes pour rien. Je vais changer ma serrure mais, en attendant que ce soit fait, j'aimerais disposer de toutes les clés en circulation.

5

— Le dîner va refroidir…

Austin avait réchauffé au four à micro-ondes ce qu'il avait rapporté, mais Maria avait à peine touché à son assiette.

Sans enthousiasme, elle piqua une nouvelle bouchée. À son expression, il devina qu'elle était intérieurement agitée et faisait de gros efforts pour se contenir.

Il alla poser son assiette dans l'évier.

— Qu'est-ce qui ne va pas ?

— Après mon agression d'il y a cinq jours, à combien évalues-tu les chances que l'incident d'aujourd'hui soit un simple hasard ? demanda-t-elle en retour en le fixant de ses yeux noisette.

Quand elle le regardait ainsi, il avait beaucoup de mal à lui résister. Il se prépara mentalement à ne pas trop se livrer.

— Je dirais qu'elles sont minces, répondit-il avant de s'appuyer contre le plan de travail.

— Il faut que je parle au voisin d'en dessous.

Elle posa sa fourchette, un peu trop brusquement.

— Oui, bien sûr. J'ai une oreille qui traîne pour entendre quand il rentrera chez lui.

— Moi aussi.

Elle se leva et se mit à faire les cent pas.

— Je ne suis pas certain qu'on entende quoi que ce soit, mais on ne sait jamais, reprit-il tout en l'observant.

Il s'était attendu à découvrir qu'elle avait changé. Finalement, elle était égale à elle-même. Une partie de lui aurait voulu effacer l'année écoulée et que tout redevienne comme avant, quand ils étaient heureux ensemble. Il rêvait de se réveiller à côté d'elle et de la voir lui sourire. Le jour où elle avait accepté sa demande en mariage, il s'était senti le plus heureux des hommes. Le mariage en lui-même avait été une fête toute simple, avec leurs proches. La mère de Maria était déjà décédée, et elle n'avait jamais connu son père. Elle n'avait ni frère ni sœur et, à bien y repenser, c'était sans doute pour cette raison qu'elle avait toujours eu un côté loup solitaire. À l'époque, il ne s'en était pas rendu compte. Mais, même si cela avait été le cas, il aurait certainement été persuadé que ce trait de caractère s'estomperait au fil du temps.

La voir aujourd'hui aux abois, abattue, lui faisait mal. Tôt ou tard, il devrait avoir avec elle une conversation au sujet de son nouveau compagnon. Mais, avant, il parlerait au médecin qui la suivait, décida-t-il.

— Je suppose que je devrais être heureuse d'avoir autre chose à faire que rester tranquillement à me tourner les pouces pour me… remettre.

Elle lui jeta un nouveau regard. Il sentit que sa colère montait et qu'elle avait de plus en plus de mal à la contenir. Durant les semaines qui avaient précédé leur rupture, elle avait eu la même expression.

S'il voulait l'aider, il fallait qu'il laisse ces réminiscences de côté.

Il comprenait ce qu'elle éprouvait et savait pertinemment qu'elle n'était pas du genre à s'apitoyer sur son sort et à rester sans rien faire. Cependant, si elle se surmenait, sa récupération serait plus longue, voire compromise. D'autant qu'il semblait clair qu'elle était en danger. Quelqu'un lui en voulait, et il était déterminé à découvrir de qui il s'agissait.

— Il faut que tu te calmes, tu es trop énervée, dit-il en lui désignant le canapé.

Son geste revenait à agiter un chiffon rouge devant un taureau.

— Écoute, Austin, je te remercie de ton aide, vraiment, alors ne t'offusque pas, mais je peux prendre soin de moi toute seule.

Ses paroles étaient sorties comme une rafale de mitraillette.

— Compris.

Il attribua son comportement à ses nerfs mis à mal. Au moins, là, elle réagissait. Dans les derniers temps de leur relation, c'était comme si elle ne remarquait même plus sa présence.

— Je descends voir notre voisin, annonça-t-elle avant de se diriger vers la porte.

Il lui bloqua le passage.

— Écarte-toi.

— J'ai réfléchi, alors écoute-moi.

Après quelques secondes, elle soupira et acquiesça.

— Je doute que ce soit une bonne idée de foncer tête baissée. À mon avis, nous devrions appeler ton patron et le laisser interroger le voisin.

Elle secoua négativement la tête avant même qu'il ait terminé.

Il écarta légèrement les jambes pour se camper au

sol. Si elle tentait de forcer le passage, elle se heurterait à un mur.

— Si je considère que ça en vaut la peine, j'ai bien l'intention d'avertir mon patron, crois-moi. Mais pas avant.

— Non. On va faire les choses dans l'ordre.

— Pousse-toi ! insista-t-elle.

Elle se tenait à quelques centimètres de lui, le regard embrasé de fureur.

— Doucement, Maria. Tu commences à sortir de tes gonds.

L'éclat de ses yeux changea. Il le regretta presque car, cette fois, elle l'implorait, et lui résister quand elle lui adressait ce genre de regard était une torture.

Elle lui posa les mains à plat sur le torse. Il la sentit trembler et comprit que la détermination et la force qu'elle cherchait à exprimer étaient avant tout une façade.

Quand elle était tout près de lui, qu'elle le touchait, le contact entre eux se renouait immédiatement. Rien n'avait changé.

Il songea qu'il lui suffirait de lui donner un seul baiser, même léger, pour qu'il devienne incapable de se contrôler. Et qu'est-ce qu'il avait envie de l'embrasser ! Ses lèvres pleines étaient là, toutes proches.

Il prit une grande inspiration pour se retenir.

Elle n'était manifestement pas prête à admettre sa défaite.

— Depuis que nous sommes rentrés de l'hôpital, tu ne m'as pas touchée une seule fois.

— Ici, ce n'est pas chez moi, répliqua-t-il.

Il n'aurait pas dû lui asséner cette vérité mais, pour lui qui avait toujours été foncièrement honnête, continuer à louvoyer n'était plus possible.

— Je l'avais compris. Bien. Chez nous, c'est au ranch.

Mais tu refuses de m'y conduire. Alors je me dois de te poser la question : y a-t-il quelqu'un d'autre dans ta vie ?

Elle le fixait intensément, dans l'attente de sa réponse. Il eut la sensation d'avoir reçu une balle en plein cœur.

— Non. Pour moi, il n'y a que toi.

— Dans ce cas, je ne comprends pas. Tu n'as plus envie d'être avec moi ?

Son regard se teinta de désir.

Il serait tellement facile pour lui de faire comme si rien ne s'était passé !

Hélas ! Ce n'était pas dans sa nature. Pourtant, quand elle se hissa sur la pointe des pieds pour l'embrasser, il n'eut pas la force de résister.

Son baiser fut d'abord timide ; elle ne fit qu'effleurer ses lèvres. Mais quand ses mains, qui ne lui obéissaient plus, descendirent le long de son dos pour la serrer contre lui, elle perdit toute réserve et leur baiser devint fiévreux, passionné.

Une onde de désir le parcourut de la tête aux pieds.

Elle lui passa les bras autour du cou et pressa ses seins contre lui. L'attirance qui, chaque fois qu'ils faisaient l'amour, rendait ces moments inoubliables n'avait rien perdu de son intensité. Il laissa courir ses mains sur ses hanches, ses fesses, l'embrassa dans le cou. Il avait envie de la soulever, de la porter jusqu'à la chambre et de la posséder corps et âme.

Mais la réalité se rappela à lui, plus efficace qu'un seau d'eau glacée. Et la réalité, c'était qu'elle n'était plus sienne. Ils avaient rompu, et elle s'était installée ici, dans cet appartement, pour rendre cette séparation officielle. Dès qu'elle aurait recouvré la mémoire, elle comprendrait son erreur et le repousserait de nouveau.

Alors il la souleva, mais pour la poser délicatement sur le canapé avant de se redresser et de s'écarter.

Son comportement la prit totalement au dépourvu.

— Austin…, dit-elle simplement, à court de mots.

— Oui ?

— Qu'ai-je fait de mal ?

— Rien du tout, répondit-il en évitant de la regarder.

— Je ne parle pas de maintenant, mais d'avant.

— Avant quoi ?

Son corps lui faisait mal. C'était comme si l'ensemble de ses muscles le poussait vers Maria et qu'il résistait.

Elle poussa un soupir agacé.

— Arrête, Austin ! Tu ne t'es jamais joué de moi. Alors pourquoi éprouves-tu maintenant le besoin de tourner autour du pot quel que soit le sujet ?

— J'ignore de quoi tu parles, lança-t-il, conscient qu'il n'y avait aucune conviction dans ses propos.

Maria se redressa.

— Tôt ou tard, tout me reviendra. À ce moment-là, je parie que je comprendrai que j'ai commis une erreur en me jetant dans tes bras comme je viens de le faire. Mais, pour le moment, je n'ai pas souvenir qu'il y ait eu un jour un problème entre nous dans l'intimité.

Il marmonna un juron.

— Alors, s'il te plaît, dis-moi ce que j'ai fait ! Comme ça, je pourrai te présenter mes excuses.

— Ne te tracasse pas. Je t'assure que ce n'est pas la peine.

Malheureusement, il n'arrivait pas à mettre la moindre assurance dans sa voix pour la convaincre.

— Tu as envie de moi, non ? lui demanda-t-elle, d'un ton où perçait une vulnérabilité qu'il ne lui connaissait pas.

— Oui.

Il refusait de prétendre le contraire.

— Et nous sommes mariés.

— Ça, tu le sais déjà.

— Tout ce dont je me souviens, c'est que quand nous faisions l'amour, c'était magnifique. Quand nous nous retrouvons tout près l'un de l'autre, j'ai la sensation que tu as envie de moi. Pourtant, tu fuis.

Il ne se sentait vraiment pas bien. D'une certaine manière, elle était extrêmement chanceuse que sa mémoire n'ait conservé que les bons moments et laissé de côté tous les autres, beaucoup plus douloureux. Il aurait aimé disposer d'un bouton pour faire de même et passer un moment délicieux avec elle. Hélas ! S'il se laissait aller, il y aurait des conséquences, et il n'avait aucune envie de se retrouver une fois de plus avec le cœur en lambeaux. Il se demanda s'il devait lui parler ou pas. La laisser dans l'ignorance lui paraissait cruel, mais que pouvait-il lui révéler sans lui causer de choc violent ?

— Nous avons connu quelques remous, dit-il avec prudence.

— Suffisamment graves pour mettre autant de distance entre nous ?

Elle l'observait d'un air dubitatif. Portant les mains à ses tempes, elle commença à les masser, comme pour apaiser une migraine.

— Non, répondit-il avec honnêteté.

C'était la vérité. Car la conversation, la dispute qu'ils auraient dû avoir, n'avait jamais eu lieu. Ils avaient seulement laissé le lien entre eux se distendre peu à peu. Et il avait fini par se rompre.

— Je ne crois pas que parler du passé soit approprié tant que tu ne seras pas rétablie, ajouta-t-il.

— Que m'est-il réellement arrivé ? Ça, tu peux me le dire, quand même.

— Tu as été agressée au moment où tu sortais d'un bar sur la 6e Rue où tu avais pris un verre avec quelques collègues.

Il ne vit pas l'intérêt de mentionner qu'elle était certainement en compagnie du nommé Mitch DeCarlo.

Elle resta silencieuse plusieurs secondes et se mordit la lèvre inférieure.

— Comment suis-je censée aller de l'avant alors que je ne me souviens de rien ? demanda-t-elle avec une once d'impuissance.

— Tes souvenirs reviendront.

Et alors, elle l'enverrait paître et se jetterait dans les bras du nouvel homme de sa vie.

Maria n'arrivait pas à laisser de côté son attirance pour son mari. Ce n'était pas seulement une question d'attirance physique. Aussi prétentieux que cela puisse paraître, elle sentait que le lien entre eux était toujours là, toujours aussi fort, quand bien même Austin la repoussait. Le plus frustrant était qu'il refusait de lui expliquer les raisons de son attitude. Même si une partie de ses souvenirs lui manquait, elle se rappelait parfaitement que, quand ils faisaient l'amour, ils vivaient des moments de complète extase. Pour qu'il la tienne à distance, il fallait qu'il y ait un très sérieux problème entre eux. Si seulement elle comprenait de quoi il s'agissait…

Le sentir aussi lointain lui faisait mal. Mais, pour le moment, elle ne pouvait qu'espérer regagner sa confiance pour que, enfin, il se livre et lui explique pourquoi un gouffre s'était créé entre eux. Son refus de l'emmener au ranch la contrariait également. Pourtant, c'était le seul endroit qu'elle considérait comme sa maison. Par conséquent, il lui était impossible de ne pas se dire que, de près ou de loin, le ranch devait avoir un rapport avec leurs ennuis. En revanche, ce dont elle était certaine, c'était qu'Austin, en plus d'être terriblement sexy, avait toutes les qualités qu'elle recherchait chez un homme : il avait le sens de l'humour, il était intelligent. Avec tout cela, elle se demandait bien ce qui avait pu survenir pour que leurs relations se détériorent.

Malgré tout il était là, ce qui signifiait que tout n'était pas perdu. Alors, si elle parvenait à déterminer pourquoi il se comportait avec autant de froideur, elle ferait tout son possible pour inverser la vapeur.

Toutes ces réflexions commençaient à lui donner la migraine. Il fallait qu'elle se calme, sinon elle allait s'épuiser physiquement et mentalement.

Elle se leva.

— Ne bouge pas, je vais t'apporter ce qu'il te faut, dit Austin en lui posant la main sur l'épaule pour qu'elle se rasseye.

— Tu peux me donner un ibuprofène ?

Il acquiesça, alla remplir un verre d'eau et mit un comprimé dedans.

Telle une entité tapie dans l'ombre, quelque chose d'autre la tracassait aussi. Mais elle avait beau chercher de quoi il s'agissait, elle n'arrivait pas à mettre le doigt dessus. Elle consulta son portable et vit qu'elle avait reçu quelques messages de ses collègues. Sans doute souhaitaient-ils savoir comment elle se rétablissait.

Des coups frappés à la porte la firent sursauter.

Austin alla ouvrir.

— Bonjour. Je suis Tyson Greer, dit une voix masculine. J'habite à l'étage inférieur. Je suis vraiment désolé de ce qui s'est passé, ajouta-t-il d'un ton plein d'excuse.

Maria ne reconnut pas sa voix. Elle ne s'en étonna pas, puisqu'elle ne se rappelait même pas que cet appartement était devenu son lieu de résidence permanent.

Austin invita le nouveau venu à entrer et le précéda dans le salon. Il avait toujours à la main le verre d'eau avec le comprimé et le lui tendit. Elle le but d'une traite avant de se présenter à Tyson Greer.

— Je vous en prie, asseyez-vous, lui proposa-t-elle.

Il s'assit sur le bord du fauteuil face au canapé. Il paraissait vraiment très mal à l'aise et avait le visage grave.

— Quand j'ai appris ce qui était arrivé, ça m'a causé un choc. C'est la première fois qu'Adele réussit à sortir de son terrarium. Normalement, il est conçu pour que cela ne se produise pas.

Tyson Greer ne devait pas avoir trente ans. Grand et mince, il avait les cheveux longs, bouclés. Il était habillé de manière décontractée mais très étudiée. Peut-être était-il artiste, musicien ou plasticien.

— Je viens à peine de rentrer du boulot, je n'avais aucune idée qu'elle s'était enfuie, reprit-il.

Il se tordait nerveusement les mains.

— Qu'est-ce que vous faites ? s'enquit Maria.

Elle voulut se redresser, mais ce mouvement un peu trop brusque la fit grimacer.

— Ça va ? lui demanda aussitôt Tyson, qui se leva pour l'aider.

Austin fut toutefois le plus prompt et lui passa un bras autour des épaules pour la soutenir.

— Je vais bien, merci, répondit-elle. J'ai mal à la tête parce que j'ai reçu un coup l'autre jour en rentrant chez moi, ajouta-t-elle sans entrer dans les détails. Mais ne vous inquiétez pas pour cela.

Tyson acquiesça.

— Quand j'ai entendu le message de Dave, j'ai paniqué. Jamais je n'aurais imaginé qu'un incident de ce genre surviendrait. Je fais tellement attention avec elle…

— Et votre petite amie n'a pas peur d'elle ? lui demanda Maria.

Elle ignorait s'il vivait seul ou non et souhaitait l'inciter à en dire plus sur lui sans que cela passe pour un interrogatoire en bonne et due forme.

— En ce moment, je vis seul.

La façon dont il avait dit cela la frappa. Pourquoi ? Avait-elle senti percer un sentiment de solitude dans sa voix ? Et pourquoi éprouvait-elle autant d'empathie ? À cause de l'état de sa relation avec Austin ? Possible.

— Et, ces derniers jours, avez-vous des amis qui sont venus vous voir ? poursuivit-elle.

— Non, pas depuis la semaine dernière où deux collègues de travail sont venus voir le match de football.

— Quel match ?

Il ne serait pas difficile de déterminer si le match dont il parlait avait bien eu lieu le jour dit et, ainsi, s'il mentait ou pas. Rien dans son langage corporel ne permettait de penser qu'il ne disait pas la vérité mais, d'expérience, elle savait qu'il fallait toujours tout vérifier. Être en mode enquêtrice lui faisait du bien ; c'était la première fois depuis sa sortie de l'hôpital qu'elle avait la sensation de vivre de nouveau normalement.

— Un match universitaire, Texas contre Ohio, répondit Tyson sans hésiter.

— Et quand avez-vous vu votre serpent dans son terrarium pour la dernière fois ? continua Maria.

— Ce matin, quand je lui ai donné à manger. Dave m'a dit que vous travailliez pour le FBI. Vais-je avoir des ennuis ? demanda-t-il.

— Non, je ne compte pas porter plainte, ne vous faites pas de souci, le rassura Maria. J'aimerais bien voir le terrarium où vous gardez… Comment l'appelez-vous, déjà ?

— Adele.

Tyson paraissait sincèrement soulagé.

— Comme la chanteuse, précisa-t-il.

— Vous voulez bien me montrer le terrarium d'Adele ?

Elle était de plus en plus persuadée que Tyson ne mentait pas. Elle était devenue douée pour déceler un mensonge. En l'occurrence, il répondait spontanément, sans chercher à enjoliver les faits. Il n'y avait pas de raison de le considérer comme suspect. Ce qui les renvoyait à Dave et à son jeu de clés.

— Oui, d'accord, suivez-moi, dit Tyson en se levant.

Lorsqu'elle se leva également, Austin lui tendit la main pour l'aider. Elle l'accepta, puis ils suivirent Tyson à l'étage du dessous. Austin avait gardé une main posée en bas de son dos et, quand elle s'écarta de lui, il parut sincèrement surpris. Elle ne l'avait pas fait par hostilité, mais seulement pour garder sa présence d'esprit. Car ce simple contact suffisait à la troubler.

Elle n'y connaissait rien en terrariums, mais celui de

Tyson semblait effectivement très sûr. Elle désigna du doigt un petit appareil fixé sur la partie supérieure.

— Ça sert à quoi ?

— À lui tenir chaud. Adele est originaire du Sri Lanka, elle est habituée au soleil. J'étais parti faire du surf là-bas il y a quelques années. C'était une expérience géniale, et c'est à cette occasion que je l'ai rapportée. Je crois que j'avais tout simplement besoin d'un souvenir de ces vacances. À l'époque, je n'avais aucune idée de la longévité des serpents, mais je ne me voyais pas l'abandonner. En fait, c'est moi qu'il faut blâmer, pas elle. J'ai agi de façon inconséquente et égoïste en la rapportant.

Tyson était incontestablement un grand fan de surf. Il y avait trois planches posées contre le mur du fond. Quant aux meubles, ils semblaient pour la plupart avoir été chinés à droite et à gauche.

— Vous vivez ici depuis longtemps ? lui demanda Maria.

Son appartement ressemblait définitivement plus à celui de quelqu'un d'« installé dans les lieux » que le sien. Quelques photos de destinations exotiques ornaient les murs. Sur l'une d'elles, il posait avec une planche de surf, les pieds dans des eaux limpides.

— Là, c'était en Afrique du Sud, dit-il en la voyant s'attarder sur un cliché. Vous connaissez ?

— Non, il y a trop de requins pour moi, répliqua-t-elle.

— Étant donné votre boulot, je pensais que vous n'aviez peur de rien, commenta Tyson.

— Disons que je ne crains pas d'affronter une menace quand je la vois venir, répondit-elle sur le ton de la plaisanterie.

— Et que va-t-il arriver à Adele ? s'inquiéta Tyson. Je

me sens vraiment coupable. Je me demande bien ce qui a pu se passer. Je prends toujours soin de bien refermer son terrarium.

— Nous verrons ce que nous pouvons faire, intervint Austin qui vérifia le mécanisme de fermeture. Peut-être que le mieux serait de faire en sorte de la remettre dans son habitat naturel, non ?

— Oui, vous avez raison. Si c'était possible, ce serait parfait.

— À part les deux amis que vous avez mentionnés plus tôt, vous n'avez pas reçu d'autres visites ces dernières semaines ? reprit Maria.

— Non, il y a juste eu un type avec sa fille qui a sonné à la porte il y a environ une quinzaine de jours. Sa fille vendait des cookies pour financer un voyage scolaire.

— Et ils sont entrés dans l'appartement ?

— Non, ils sont restés sur le pas de la porte.

— Et les avez-vous laissés seuls un moment ?

— Juste le temps d'aller chercher mon portefeuille, que je laisse habituellement ici, répondit Tyson qui indiqua le comptoir qui séparait le salon de la cuisine et sur lequel était posée une pile de courrier.

— Vous avez donc eu le dos tourné quelques secondes, remarqua Maria. Assez longtemps pour que cet homme puisse jeter un regard à l'intérieur.

Tyson écarquilla les yeux.

— J'avoue que ça ne m'a même pas traversé l'esprit.

— Et sinon, pas d'autres visites inattendues ?

— Non, c'est tout.

Il fixa un point sur le mur, comme s'il cherchait à s'assurer n'avoir rien oublié.

— Non, j'en suis sûr, reprit-il. De plus, ces dernières

semaines, j'ai eu beaucoup de travail et je suis rentré avant tout pour dormir.

— Vous n'avez pas reçu de colis ?

— Non, aucun.

En surface, ce qui s'était passé ressemblait à un accident. Le matin, après avoir donné à manger à son serpent, Tyler avait peut-être refermé trop rapidement le terrarium. Tout le monde pouvait commettre une erreur, surtout en faisant les choses machinalement.

Austin testa encore une fois le système de fermeture du terrarium.

— Tout semble normal.

— Je vous assure que je suis hyper prudent, insista Tyler. Ne pas prendre de précautions avec un tel animal, ce serait de la folie. Sa morsure peut être mortelle, et ça, je le savais quand j'ai décidé de la rapporter chez moi. En revanche, comme je vous l'ai dit, j'ignorais qu'elle vivrait aussi longtemps et je n'avais pas pensé qu'elle pourrait s'échapper un jour. Je suis vraiment soulagé que tout se soit bien terminé. Enfin, ne vous méprenez pas, je ne minimise en rien l'incident, mais les conséquences auraient pu être bien pires.

— C'est vrai, admit Maria.

Imaginer qu'il s'en était fallu de peu qu'elle soit victime d'une morsure potentiellement mortelle suffisait à lui donner des frissons.

— J'espère que vous ne m'en voulez pas trop et que vous n'aurez pas une mauvaise opinion de moi.

Tyson avait toujours des gestes nerveux. Tout indiquait que c'était un type bien et qu'il n'était pas fier de ce qui s'était passé. Maria n'aurait aucun mal à savoir où il travaillait et à vérifier ses dires, mais elle n'avait guère de soupçons. Rien, que ce soit dans son attitude ou dans son intérieur, ne laissait penser qu'il faisait preuve de duplicité.

— N'ayez crainte, vous êtes pardonné, dit-elle avec un sourire.

— Bien, je crois que nous avons fait le tour. Nous n'avons plus qu'à remonter, conclut Austin.

6

Austin s'étira longuement en grimaçant. Cela faisait plusieurs nuits qu'il dormait sur le canapé, si on pouvait appeler cela dormir, et il commençait à en ressentir les conséquences dans ses articulations. Une bonne tasse de café noir allait être la bienvenue.

À travers les volets, une faible lumière filtrait. Le soleil n'allait pas tarder à se lever mais, pour le moment, il ne faisait pas suffisamment clair pour se déplacer sans tâtonner.

— Ça sent très bon, dit soudain Maria depuis la chambre, peu après qu'il a mis la cafetière en marche.

Austin n'avait pas envie de se rappeler que, la nuit, elle était tout près de lui et qu'il l'entendait respirer.

— J'allais m'en servir une tasse, il est presque prêt, répondit-il avant d'en sortir deux du lave-vaisselle. Comment va ta tête, ce matin ?

— Deux comprimés d'ibuprofène et une tasse de café me feront le plus grand bien.

Elle repoussa les couvertures mais se leva lentement.

— Le médecin a bien spécifié qu'il ne fallait pas prendre d'ibuprofène avec l'estomac vide.

Il disposa un fruit et un yaourt sur le comptoir à côté de la tasse et des comprimés.

Maria prit la tasse en premier, comme il l'aurait fait. Il ne put retenir un sourire.

— Quoi ?

La voir tellement belle au lever du lit le bouleversait. Mais il devait se blinder, sans quoi il était bon pour creuser sa propre tombe.

— Rien. J'étais en train de réfléchir à ton agression et à l'incident d'hier. En fait, c'est ce qui m'a réveillé…

Il but une gorgée de café pour s'éclaircir les idées.

— Oui, l'enchaînement des événements me tracasse moi aussi.

Après avoir rapidement mangé son fruit et son yaourt, elle prit les deux comprimés.

Austin s'efforça de ne pas contempler la peau soyeuse de son cou tandis qu'elle renversait la tête en arrière pour avaler.

— Quand il sera…

Elle jeta un regard à la pendule.

— … 6 h 30, je serai en pleine forme.

Elle se pinça l'arête du nez, un geste qui, il le savait, indiquait qu'elle était encore sujette à une sévère migraine. Sa posture était raide, et elle serrait sa tasse un peu trop fermement. Elle était tendue, ce qui n'avait rien d'étonnant. Il se dit qu'il devait faire de son mieux pour réinstaller un semblant de quotidien normal, sans quoi elle ne se détendrait pas. En outre, cela lui permettrait peut-être de débloquer sa mémoire.

Il se leva et alla ramasser la paire de chaussures de sport posée près de la porte.

— Ce matin, on va aller courir un peu.

— C'est vrai ?

Son visage s'éclaira.

— Je sais que tu adores ça, et prendre l'air ne peut pas te faire de mal. Mais avant tu dois me promettre d'y aller doucement. Je te rappelle que le médecin ne t'a pas officiellement donné son feu vert pour reprendre l'exercice.

— Si je dois me contenter de marcher, ce sera déjà bien, répondit-elle. Tant que je prends l'air, c'est tout ce qui compte.

Elle lui prit les chaussures des mains.

— Hop ! Désormais, impossible de changer d'avis.

Il se contenta de lui sourire. La voir radieuse lui faisait du bien.

— Dans la matinée, nous appellerons ton patron pour lui raconter ce qui s'est passé hier, dit-il pendant qu'elle laçait ses chaussures.

— Je pensais exactement la même chose.

Quand elle leva la tête et qu'il croisa son regard, il sentit immédiatement son pouls s'emballer.

— Je suppose que tu as d'autres chaussures ici que tes bottes. Tu…

— Non, je n'ai rien d'autre, la coupa-t-il. Mes chaussures de sport sont dans la voiture.

— Ah, fit-elle, l'air troublé. D'accord.

— Je les prendrai au passage.

Avec un peu de chance, la satisfaction de se retrouver dehors la distrairait et lui éviterait de poser trop de questions embarrassantes.

Hélas ! À peine furent-ils sortis de l'immeuble que la première question fusa :

— Pourquoi n'as-tu même pas une paire de chaussures de rechange à l'appartement ?

Il n'eut pas le temps de répondre.

— En fait, avant mon accident, nous n'avons pas seulement connu quelques remous, n'est-ce pas ? ajouta-t-elle.

— Non.

Comme ils arrivaient à sa voiture, il ouvrit la portière côté passager et attrapa les chaussures posées sous le siège.

Il referma.

— Tu es prête ?

Elle le regarda en silence, se mordit la lèvre inférieure, puis finit par acquiescer.

Deux minutes plus tard, ils s'engageaient sur le sentier de promenade autour de Bird Lake.

— On démarre tout doucement et ensuite on prend un rythme tranquille. D'accord ? proposa-t-il avec la volonté qu'elle oublie ses questions.

— Entendu.

Il fit quelques mouvements d'échauffement en étirant les bras tandis qu'elle s'assouplissait les chevilles.

— Cet après-midi, nous irons faire un tour en kayak ? lui demanda-t-elle.

Il pensa au jour où ils avaient fait une balade en kayak ensemble pour la première fois. Ils avaient déniché une petite crique isolée, s'y étaient reposés et y avaient fait l'amour. Mais il ne croyait pas qu'elle avait volontairement cherché à faire allusion à ce jour précis.

— Nous verrons comment tu te sentiras après déjeuner. Allez, go, dit-il avant de partir en petite foulée.

Maria le rattrapa et cala sa foulée sur la sienne.

À cette heure-ci, hormis quelques joggeurs, il n'y avait personne sur le sentier. Dans la journée, la ville était trop bruyante, il y avait trop de monde à son goût mais, pour le moment, le calme qui régnait lui procurait un sentiment de symbiose avec la cité d'après laquelle il avait été baptisé. Le même sentiment qu'il éprouvait quand il parcourait le domaine du ranch.

— Ça t'ennuie si on accélère un peu ? lui demanda Maria avec un regard dans sa direction.

— Pas du tout.

Il changea de rythme.

— Tu peux faire mieux que ça, le provoqua-t-elle sur le ton de la plaisanterie avant de prendre quelques mètres d'avance.

Mais, au bout d'une centaine de mètres, elle s'arrêta net et se prit la tête entre les mains.

— Qu'est-ce que j'ai mal au crâne !

Austin regarda autour d'eux, à la recherche d'un endroit pour s'allonger ou d'une fontaine. Il repéra seulement un banc et se dit que ce serait toujours mieux que s'asseoir par terre.

Il la rejoignit et la conduisit vers le banc.

— Ne t'inquiète pas, ça va se calmer, lui dit-il pour la rassurer.

Elle avait les yeux fermés et ne semblait pas très solide sur ses jambes.

Il lui fallut cinq bonnes minutes pour se reprendre.

— Ça va mieux, fit-elle enfin avant de se lever.

À son expression, il comprit que ce n'était pas encore la grande forme, mais il lui faisait confiance pour conjurer la douleur. Elle avait toujours été très forte pour tenir à distance la souffrance, physique ou psychologique. C'était sans doute ainsi qu'elle avait surmonté la perte de sa mère alors qu'elle n'était qu'une ado. Lui ne voyait pas comment il aurait réussi à grandir sans ses parents. Mais, maintenant qu'il les avait perdus, il comprenait mieux ce qu'elle avait dû ressentir.

Ils marchaient depuis cinq minutes quand il entendit des gémissements en provenance d'un buisson sur leur droite. Il regarda autour de lui. Quand il était au ranch et qu'il lui arrivait d'entendre ce genre de gémissements, c'étaient ceux d'un animal en détresse.

— Tu as entendu ? lui demanda Maria, qui se dirigeait déjà vers le buisson.

Du coin de l'œil, Austin vit une forme bouger. Il observa de nouveau les alentours, mais il n'y avait personne sur le sentier.

Un frisson lui parcourut l'échine. Un animal. Sans doute blessé. Et ce alors qu'ils étaient seuls sur le sentier…

Encore une « coïncidence » ?

— Fais attention ! lança-t-il à Maria, inquiet.

Sans se retourner, elle se baissa légèrement et sortit son arme de service.

— Ça va aller, mon grand, dit Austin au chien blessé et effrayé qu'il découvrit, tapi dans les buissons.

Il se pencha et le prit dans ses bras. Il avait toujours su s'y prendre avec les animaux, et l'animal se laissa faire, comme s'il comprenait qu'il était là pour l'aider.

Quand il voulut le soulever, le chien, un épagneul, poussa un cri de douleur. Austin le reposa et s'agenouilla à côté de lui.

— Qu'est-ce qu'il a ? s'enquit Maria.

Austin l'examina. Il devait être âgé d'à peine un an et avait une méchante entaille à la patte arrière. La blessure était nette, et Austin eut la certitude qu'il n'avait pas pu se blesser par accident. Il repéra alors un morceau de verre taché de sang un peu plus loin. Comme si quelqu'un l'avait jeté à la hâte après s'en être servi.

— Quelqu'un s'est amusé à lui entailler la patte, répondit-il d'un ton où se mêlaient dégoût et colère.

Maria prit une expression grave et se mit à surveiller le sentier.

Il prit de nouveau le chien dans ses bras, mais très délicatement.

— Nous ferions mieux de quitter le sentier et de rentrer en empruntant les trottoirs.

L'heure d'ouverture des bureaux approchant, il commençait à y avoir du monde sur les trottoirs, et ils risquaient moins de tomber dans une embuscade.

Maria n'était pas en pleine forme, mais la découverte du chien blessé lui avait causé une poussée d'adrénaline qui la rendait plus alerte. Austin poussa un soupir de soulagement quand Maria referma la porte de son appartement derrière eux.

Après avoir posé doucement le chien sur le canapé, il passa un coup de fil.

Un quart d'heure plus tard, une vétérinaire frappait à la porte.

— Bonjour, je suis le Dr Hannah.

Austin la fit entrer.

— Je remarque que ce chien n'a pas de collier, commenta la vétérinaire tandis qu'elle examinait l'animal.

— Nous l'avons découvert ainsi, dit-il.

Elle palpa les côtes du chien.

— Il est jeune, mais il est trop maigre pour son âge. S'il a un maître, on ne peut pas dire qu'il prend soin de lui.

— S'il a fugué, son propriétaire devrait être à sa recherche, commenta Austin.

— Sauf s'il erre depuis plusieurs jours ou plusieurs

semaines. Je ferai en sorte que son signalement soit diffusé afin que son éventuel propriétaire puisse se manifester.

— En attendant, je peux l'emmener dans mon ranch, le temps qu'il se remette.

Maria suivait les échanges mais restait silencieuse, et Austin commençait à craindre que cette sortie lui ait fait plus de mal que de bien.

La vétérinaire finit de panser la patte du chien.

— J'ai comme l'impression que ce brave toutou va voir sa vie s'améliorer nettement, maintenant qu'il est avec vous.

— En tout cas, si personne ne le réclame, je vous promets de lui trouver un endroit où il sera bien, docteur.

La vétérinaire se redressa et lui sourit. Maria fit un pas en avant et se posta entre eux, comme pour éviter qu'ils se regardent.

Qu'est-ce que c'était ? De la jalousie ? Il préférait ne même pas y songer, car c'était trop d'ironie.

— Il va entièrement recouvrer l'usage de sa patte ? demanda-t-elle à la vétérinaire.

Tandis que celle-ci lui répondait, Austin passa dans l'espace cuisine pour préparer du café. Il en profita également pour appeler Dallas et lui raconter ce qui s'était passé.

— Si tu veux, je peux venir chercher le chien, lui proposa son frère.

— Si c'était possible, ce serait parfait. Comment vont les veaux ?

— Pas de changement.

— Bien. Au moins, leur état n'empire pas, commenta Austin.

— Oui, mieux vaut voir les choses sous cet angle. Et

sinon, toi, ça va ? reprit Dallas après avoir marqué une petite pause.

— En pleine forme.

Austin, tout comme ses frères, n'était pas du genre à se plaindre. De toute façon, ils savaient tous que si l'un d'eux avait de sérieux ennuis, les autres rappliqueraient dans la seconde. C'était une certitude réconfortante.

— D'accord, fit Dallas qui n'insista pas.

Austin avait conscience du fait que, à son ton de voix, son frère avait compris dans quel état d'esprit il était.

— Tu sais ce que tu fais, c'est bien, reprit Dallas.

Un instant, Austin se demanda s'il ne lui dissimulait pas volontairement une partie de la vérité sur la situation au ranch pour ne pas l'accabler davantage.

— L'état des veaux est stable, tu me le promets ?

— Oui, je te le jure, répondit Dallas.

— Très bien.

Dire qu'il se sentit mieux aurait été exagéré, mais il croyait son frère sur parole.

— Maria a-t-elle recouvré quelques souvenirs ? s'enquit Dallas.

— Non, pas encore.

— Ça viendra, assura son frère, résolument optimiste.

Austin ne lui révéla pas que c'était précisément ce qu'il redoutait. Une fois encore, il se rappela qu'il ne devait pas se faire d'illusions, même si des liens entre Maria et lui s'étaient renoués. Avec elle, reprendre d'anciennes habitudes aurait été très facile, mais ça ne le mènerait nulle part.

— Hé, Austin, tu es sûr que ça va ? Tu sais, personne ne t'en voudrait si tu ne te sentais pas capable d'assumer.

— Si, je peux le faire.

Il échangea encore quelques paroles avec son frère, le remercia puis raccrocha. La vétérinaire en avait terminé avec le chien.

— Voilà, tu es en de bonnes mains, maintenant, dit celle-ci à l'épagneul en lui caressant la tête.

Elle sourit à Austin et, une fois encore, cela parut déplaire à Maria.

Il décida de prendre les devants.

— Merci d'être venue aussi vite. Je vous raccompagne, dit-il en désignant la porte. Ma secrétaire se chargera de régler la facture sans délai.

Le Dr Hannah lui sourit une dernière fois et prit congé.

Maria s'était assise à côté du chien et lui susurrait des paroles rassurantes. Elle avait toujours eu un bon feeling avec les animaux et il se rappelait que, quand elle était partie, Denali, le labrador de la maison, avait connu une véritable période de déprime. Tous les soirs, il restait longtemps sous le porche, à attendre vainement qu'elle revienne.

Dans les jours qui avaient suivi sa fausse couche, Maria avait pris l'habitude d'aller s'asseoir là. Denali venait s'installer à ses pieds et elle passait de longs moments à le caresser derrière les oreilles pour se réconforter.

Quand il repensait à cette époque, Austin s'en voulait terriblement. Il prenait conscience que, dans ces moments-là, il aurait dû la prendre dans ses bras, la consoler et lui promettre que, tôt ou tard, ils réussiraient à avoir un enfant. Au lieu de cela, il était resté en retrait, habité d'un sentiment d'impuissance. Il n'avait pas été à la hauteur. Là était l'origine de la dégradation de leur relation. Il était trop tard pour revenir en arrière, mais il devait assumer ses erreurs.

— Il faut que nous appelions ton patron, nous ne pouvons plus attendre, dit-il en revenant dans le salon.

Maria leva les yeux vers lui.

— Tu penses que ce n'est pas une coïncidence si nous sommes tombés sur cet animal blessé, n'est-ce pas ?

— Non, je crois que c'était un piège.

Il se remémora le mauvais pressentiment qu'il avait eu quand ils avaient découvert le chien.

— Mais dans quel but ?

— Je ne sais pas. Peut-être était-ce un moyen pour celui qui a blessé ce chien de déterminer si tu étais protégée ou pas. Tu veux du café ? lui demanda-t-il.

— Merci, mais je peux me servir toute seule, rétorqua-t-elle sèchement en se levant.

Un mur s'était réinstallé entre eux. Pourquoi ? Un souvenir lui était-il revenu ?

Quand elle passa près de lui, il se retint de lui dire qu'elle n'était pas obligée de se lever, qu'elle… Oh et puis, à quoi bon ? Elle était très forte et, quand elle avait une idée en tête, il était impossible de la faire changer d'avis.

— Je vais appeler mon supérieur, reprit-elle après s'être servi une tasse.

Ils restèrent quelques instants à s'observer en silence. Austin aurait été bien incapable de dire ce qu'elle pensait.

Maria se sentait démunie. La vétérinaire qui était venue soigner le chien était clairement sous le charme d'Austin, et en être le témoin l'avait vexée. Bien qu'il n'ait en rien profité de la situation, cela avait été dur à vivre pour elle. Austin et elle n'étaient-ils pas mariés ? Si cette femme en avait eu conscience, n'aurait-elle pas eu davantage de retenue ?

Le tumulte dans sa tête l'accaparait et, alors qu'elle avait annoncé son intention de passer un coup de fil, elle restait immobile, tandis qu'Austin l'observait d'un air curieux.

Elle prit son portable sur le comptoir et composa le numéro de l'agent Vickery.

Il répondit à la troisième sonnerie.

— Allô, Maria ? Quoi de neuf ?

— Vickery, il faut qu'on parle de…

— Je t'ai déjà dit que sans autorisation formelle de ton médecin, je ne te laisserai pas reprendre le travail, la coupa-t-il d'un ton impatient, comme s'il était sûr qu'elle l'appelait pour cela.

— Écoute, je ne t'appelle pas pour essayer de te convaincre de me laisser revenir plus tôt que prévu.

Cependant, pour déterminer si oui ou non quelqu'un en avait après elle, elle allait devoir passer en revue les dossiers sur lesquels elle travaillait avant son agression. En outre, remettre ses habits d'enquêtrice lui ferait du bien, surtout après avoir vu cette vétérinaire faire ouvertement du charme à Austin. Se concentrer sur son travail l'aiderait à tempérer ses émotions.

— En fait, je voulais te mettre au courant de ce qui m'arrive depuis ma sortie de l'hôpital, reprit-elle.

— Ah… D'accord. Et qu'est-ce qui se passe, alors ?

Elle fut troublée de percevoir autant d'hésitation dans la voix de Vickery. Quelle en était la raison ?

— Il se passe des trucs bizarres.

— Comme quoi ?

Elle lui raconta l'épisode du serpent puis celui de la découverte du chien blessé.

— Bien sûr, personne ne s'en est de nouveau pris directement à moi, et ces deux incidents pourraient être de simples coïncidences. Mais j'ai du mal à m'en convaincre, alors je préfère t'en parler.

— Tu as bien fait. Je suis d'accord avec toi, c'est étrange, répondit Vickery.

— Ce serait bien que je puisse passer au bureau pour jeter un œil à mes dossiers. Peut-être qu'un élément me reviendra et que je pourrai déterminer d'où vient la menace avant que les choses empirent.

— Non, désolé, tu n'as pas le droit de venir au bureau pour le moment. Sinon, je suis bon pour finir devant une commission de discipline. Tu es en arrêt de travail, et ce n'est pas à prendre à la légère.

Bien. Elle comprenait son raisonnement. De toute façon, elle disposait d'un accès à ses dossiers depuis son ordinateur. Donc, elle travaillerait à la maison.

— Promets-moi de ne pas débarquer au bureau et de ne pas me mettre dans l'embarras, insista Vickery. Dans le même temps, je tiendrai compte de ce que tu m'as appris et je ferai en sorte que l'enquête sur ton agression progresse du mieux possible.

— N'aie crainte, je n'agirai pas en dépit du bon sens, lui assura-t-elle.

— Je vais envoyer quelqu'un prendre ta déposition. Et, s'il te plaît, repose-toi pour revenir en pleine forme dès que possible.

— Entendu.

Elle savait ce qu'il lui restait à faire et n'avait nul besoin des recommandations de son patron.

— Ce que tu viens de m'apprendre ne me dit rien qui vaille, reprit-il. Je vais assigner un homme à ta protection jusqu'à ce que ton agresseur soit derrière les barreaux.

— Non, nous ne disposons pas des effectifs nécessaires, protesta-t-elle, hérissée à l'idée d'avoir quelqu'un qui la suivrait partout.

D'autant qu'elle avait déjà un mari surprotecteur pour veiller sur elle.

— Je me montrerai plus prudente, c'est tout.

— Oui, et pour le prouver, tu vas commencer par accepter la protection que je t'offre.

Elle connaissait son patron. Sa décision était prise, il ne lui demandait d'accepter que pour la forme.

— C'est bon, fais comme tu veux, marmonna-t-elle.

— Bien.

Il marqua une pause, comme s'il s'attendait à ce qu'elle oppose d'autres arguments.

Elle n'en fit rien. Au-delà de la résolution de son patron, elle pensait aussi à Austin. Tant qu'elle serait en danger, il le serait également, et elle n'avait pas le droit de prendre le moindre risque.

— Je t'envoie un agent au plus vite, reprit Vickery pour conclure la conversation.

Maria le remercia, le salua et raccrocha. Son service était en sous-effectif et ne pouvait donc pas se permettre de perdre un agent. Et il semblait clair que celui qui s'en était pris à elle avait commis des actes suffisamment graves pour être prêt à aller jusqu'à son élimination, histoire de ne jamais être découvert. Cela valait la peine d'utiliser des moyens importants pour l'interpeller.

7

Austin était appuyé contre le comptoir de la cuisine, une tasse de café à la main, les yeux rivés sur elle.

— Vickery va m'envoyer un baby-sitter, dit-elle avec une petite grimace ironique.

— Je crois que c'est une bonne idée.

L'atmosphère avait changé. Il paraissait avoir écarté l'éventualité que les derniers événements n'aient été que des coïncidences. Son expression indiquait qu'il n'avait plus le moindre doute à ce sujet. Quelqu'un lui en voulait, et elle avait réellement une épée de Damoclès au-dessus de la tête.

— Celui qui en a après toi n'a pas renoncé, il a simplement changé de tactique, poursuivit-il. Il cherche à t'atteindre et à faire passer ça pour un accident.

— Ce qui signifie certainement qu'il tient à arriver à ses fins en évitant qu'il y ait une enquête. À mon avis, c'est quelqu'un qui a davantage à perdre que la liberté si ses crimes venaient à être découverts. Il tente de préserver sa réputation ou son standing.

D'une certaine manière, elle était soulagée de pouvoir se concentrer sur cette affaire. Cela lui évitait de chercher vainement à se remémorer le moment où sa relation avec Austin s'était dégradée. Il y avait tellement de choses qu'il ne lui disait pas ! Cette idée ne la quittait pas, pas plus que ne la quittait la certitude que l'attirance qu'il y avait toujours eue entre eux était toujours là mais qu'il luttait contre. Quoi qu'il se soit passé entre eux, c'était grave et profond.

Dans de telles circonstances, se plonger dans cette enquête était tout ce qui lui restait pour ne pas céder à l'exaspération. Austin ne semblait pas disposé à parler, et elle avait besoin de focaliser son esprit sur autre chose.

— Ça pourrait être quelqu'un d'important, dit-il. Quelqu'un qui ne s'en relèverait pas si son nom apparaissait dans une enquête.

— Oui, quelqu'un dont la réputation serait anéantie, renchérit-elle.

— Est-il possible de passer en revue les affaires que tu traitais au moment de ton agression ?

Elle alla chercher son ordinateur.

— Oui, et ça me fera du bien parce que je n'ai plus guère de souvenirs des affaires sur lesquelles je travaillais. Chaque fois que je sonde ma mémoire, je finis avec une bonne migraine et rien d'autre.

Austin lui adressa un regard qui la fit fondre. Ce n'était pas un regard compatissant, mais celui d'un homme qui la connaissait mieux que quiconque et qui comprenait parfaitement ce qu'elle éprouvait. Ce sentiment d'être comprise lui avait toujours fait un bien fou.

Se laisser aller à une telle sentimentalité ne rimait à rien. Elle détourna donc les yeux et refoula ces émotions malvenues.

— Qu'est-ce qu'il y a ? lui demanda-t-il.

Elle lui adressa un regard vide.

— Je te sens contrariée, insista-t-il.

— Non, ça va, assura-t-elle en secouant la tête.

— J'ai cru qu'un souvenir t'était revenu, dit-il d'un ton incertain.

— J'aimerais bien. Peut-être que me plonger dans le travail stimulera ma mémoire, répondit-elle tandis qu'elle s'activait sur son clavier.

— Maria…, reprit-il d'une voix grave.

— Oui ? fit-elle sans lever les yeux de l'écran.

— Rappelle-toi au moins ce que je vais te dire, dit-il avec une solennité qui l'interpella.

— Oui, je te promets de m'en souvenir.

— Quoi qu'il arrive à l'avenir, sois sûre que je t'ai aimée du mieux possible.

Sur ce, il tourna les talons et sortit.

Elle resta figée. Devait-elle lui demander de préciser son propos ? Peut-être comprendrait-elle mieux leur situation et parviendrait-elle enfin à rassembler une partie des pièces manquantes du puzzle qu'était sa mémoire. Car elle avait la sensation d'errer dans le brouillard, avec une menace invisible qui pesait sur elle.

Elle n'avait vraiment aucune idée de la façon d'interpréter ce qu'il venait de lui dire. Avait-elle eu une attitude blessante ? Si elle n'en avait aucun souvenir, comment pourrait-elle réparer ses torts ? Cette seule réflexion suffit à faire revenir sa migraine. Le médecin l'avait prévenue que chercher à forcer le processus était vain et ne ferait que la fatiguer inutilement. Mais il y avait tellement d'éléments qui lui manquaient ! Aurait-elle dû courir après Austin et le supplier de tout lui apprendre sur l'état de leur relation ?

Une sensation d'impuissance l'assaillit ; elle avait mal

à la tête, une boule au ventre. Elle avait rarement été en proie à une telle détresse.

Elle repensa à son enfance, à sa mère. La seule fois de sa vie où elle s'était sentie aussi triste et désemparée, c'était le jour où sa mère était morte. Elle revit le moment où elle était rentrée chez elle, repensa au très mauvais pressentiment qui l'avait traversée quand elle avait vu la porte entrouverte. Elle s'était dirigée vers la cuisine. Sa mère était étendue sur le sol, inerte.

Un terrible sentiment de culpabilité l'avait envahie car, lorsqu'elle était partie le matin, elle n'avait pas verrouillé la porte derrière elle. C'était sa faute si le meurtrier de sa mère avait pu s'introduire dans l'appartement. Après avoir surmonté sa souffrance, elle s'était préparée à affronter ce monstre le jour où il ferait face à un tribunal. Car elle s'était accrochée à l'espoir qu'un jour justice serait faite.

Des semaines, puis des mois s'étaient écoulés sans que la police trouve la moindre piste. L'enquêteur chargé du dossier avait commencé à douter d'aboutir et, au fil du temps, son implication dans l'affaire avait décru. Elle n'avait jamais obtenu les réponses dont elle avait besoin ; le meurtrier de sa mère était toujours dans la nature, et la plaie était encore ouverte.

Après avoir pris une grande inspiration, elle entra son nom et son mot de passe pour accéder à la base de données du FBI. Rendre justice aux autres était devenu pour elle le meilleur moyen d'éviter que le passé la détruise. Elle ne pouvait pas revenir en arrière. En revanche, elle avait encore la possibilité de découvrir pourquoi quelqu'un était résolu à l'éliminer.

Soudain, un message s'afficha à l'écran :

Accès refusé.

Accès refusé ?

Elle poussa un juron, fit une nouvelle tentative et obtint le même résultat. Impossible de se connecter.

Son téléphone se mit à sonner. Inutile de consulter l'écran, elle savait qui l'appelait : Vickery. Sans doute avait-il demandé à la sécurité informatique de le prévenir dans le cas où elle tenterait d'accéder à la base de données depuis chez elle.

La barbe !

Il fallait qu'elle trouve un moyen de consulter ses dossiers. Évidemment, ce serait plus simple si elle recouvrait la mémoire… Exaspérée, elle saisit son portable, qui avait cessé de sonner, et fit défiler la liste des contacts, dans l'espoir qu'un nom provoque une étincelle.

Soudain, elle s'arrêta sur un nom : Mitch DeCarlo.

Elle chercha d'où elle le connaissait.

Rien ne lui vint.

Alors pourquoi ce nom lui paraissait-il familier ? Austin saurait-il lui répondre ?

— Je suis vraiment content de te voir, vieux ! s'exclama Austin quand Dallas ouvrit la portière de son pick-up.

Il éprouvait un immense besoin de parler à quelqu'un en toute sincérité. C'était vital. Car, chaque fois qu'il regardait Maria, il lisait tellement d'interrogations dans ses yeux que ne rien lui révéler était une torture. Il avait beau savoir que c'était pour son bien, ce n'en était pas moins difficile. D'autant plus qu'ils étaient toujours dans l'impasse : ils n'avaient fait aucun progrès. Et, chaque fois qu'ils se retrouvaient dans une situation d'intimité, un mur se dressait entre eux et ils retombaient dans le silence.

— Et moi je suis content d'avoir pu venir, répondit

son frère après lui avoir donné l'accolade. Comment ça se passe, ici ? lança-t-il en désignant de la tête l'immeuble de Maria.

— Je suis complètement coincé. Pour son propre bien, je ne peux rien lui dire, mais ça me ronge parce qu'on ne peut rien régler, avoua-t-il sans détour.

— J'en déduis qu'elle n'a toujours aucune réminiscence de ce qui s'est passé entre vous. Et toi, tu fais ce qu'il y a de mieux pour elle au détriment de ton propre intérêt, remarqua Dallas avec empathie.

— Non, rien ne lui est revenu.

Il ne commenta pas le reste des propos de son frère. De toute façon, si les rôles avaient été inversés, Dallas aurait agi comme lui.

— Tommy t'a-t-il parlé de ce qu'il a appris de la bouche de l'agent Garretson ? lui demanda-t-il.

— Non, pourquoi ? fit Dallas en haussant les sourcils.

Austin comprit qu'il croyait que c'était au sujet de l'enquête sur le meurtre de leurs parents.

— Ça concerne Maria, précisa-t-il. Elle va bientôt se remarier.

Dallas en resta bouche bée. Austin avait eu la même réaction en apprenant la nouvelle.

— Alors là, je ne sais pas quoi dire… Je suis vraiment désolé. Vous êtes séparés depuis un moment, mais je n'imaginais pas que c'en était là. Ça doit te rendre la situation encore plus éprouvante.

— En fait, ce qui l'étonne le plus, c'est que je l'ai ramenée ici. Pour elle, sa maison, c'est le ranch.

Un juron échappa à Dallas.

— C'est encore plus compliqué que ce que j'imaginais. Tu sais, pour faire passer son intérêt avant le tien

322

dans un tel contexte, il faut vraiment que tu sois un type bien, Austin.

Encore une fois, il ne doutait pas que Dallas aurait agi comme lui s'il avait été à sa place. Néanmoins, le compliment le toucha.

— Et sinon, pas d'autres veaux malades ?

Non seulement il s'inquiétait de ce qui se passait au ranch mais, aussi, il avait besoin de penser à autre chose qu'à Maria.

— Malheureusement si. On en a mis deux de plus en quarantaine, répondit Dallas. Et le vétérinaire ne comprend toujours pas. Quant à ceux qui sont tombés malades en premier, ils perdent du poids.

— Ce n'est pas bon signe. Prions pour que ce soit seulement un virus, pas un mal plus grave. Tiens-moi au courant.

Il se rendit compte que les problèmes de Maria l'avaient tellement accaparé qu'il avait tout simplement laissé à ses frères le soin de gérer la situation au ranch, ce dont il n'était pas fier.

— J'ai pas mal de paperasse à traiter, mais si tu as besoin que…

Dallas leva la main pour l'interrompre.

— Tu as déjà suffisamment à faire ici, alors laisse-nous nous occuper du ranch. Je te promets qu'à ton retour tout sera en ordre.

— D'accord. Merci beaucoup.

— Austin, si tu as besoin de me parler, n'hésite pas, je suis là.

— Très bien, fit Austin qui ne chercha pas à éluder. En fait, il y a un type qui s'en prend à Maria. Mais ce serait mieux d'en parler en sa présence. Viens, on va aller prendre un café.

Ils se dirigèrent vers l'entrée de l'immeuble.

Quand il ouvrit la porte de l'appartement, Maria leva la tête de son ordinateur. Ils échangèrent un regard gêné avant qu'elle pose les yeux sur son frère.

— Dallas, que je suis heureuse de te voir ! lui dit-elle avec un grand sourire.

Elle avait les yeux rouges. Austin aurait parié qu'elle avait pleuré, mais elle n'avait pas son pareil pour surmonter ses états d'âme et recouvrer son aplomb. Après ce qu'elle avait vécu dans sa jeunesse, elle avait appris à contrôler ses émotions. Bien qu'il le comprît parfaitement, il ne put s'empêcher de songer que cela ne facilitait pas leurs relations. Il n'avait toutefois pas de droit de lui reprocher d'être à l'origine de leur rupture. Lui aussi avait sa part de torts. Lors de la perte du bébé qu'elle attendait, il n'avait pas su comment se comporter, il n'avait pas répondu aux attentes de son épouse. Mais c'était tout de même elle qui avait pris la décision de s'en aller, sans même qu'ils aient une véritable explication.

— Moi aussi je suis heureux de te voir, répondit Dallas qui alla l'embrasser.

— Comment ça se passe, au ranch ? lui demanda-t-elle.

— Je vais préparer du café, intervint Austin pour faire diversion.

— C'est lui, le petit gars que vous avez trouvé blessé ? reprit Dallas en désignant l'épagneul couché sur le canapé.

— Oui, c'est lui. Il lui faudrait un nom, au moins provisoirement, fit Maria. Tu as des idées ?

Une étrange expression passa dans le regard de Dallas.

Austin, qui lui tendait une tasse de café, sentit qu'il y avait un problème.

— Qu'est-ce qu'il y a ?

Dallas s'assit et l'invita à faire de même. Il obtempéra ; l'attitude de son frère ne lui disait rien de bon.

— C'est Denali, dit enfin Dallas en évitant de le regarder.

— Qu'est-ce qui lui est-il arrivé ? Il va bien ?

— Nous l'avons découvert étendu dans la buanderie. Nous avons immédiatement appelé le vétérinaire. Le Dr Peters est à son chevet en ce moment même. Tout semble indiquer qu'il a été victime d'un empoisonnement.

Maria poussa un gémissement.

— Oh non ! Est-ce qu'il…

Elle n'arriva pas à terminer sa phrase.

— Peters n'a pas voulu se prononcer sur ses chances de survie.

Dallas regarda enfin son frère.

— Je ne voulais pas te l'annoncer au téléphone, d'autant que c'est compliqué pour toi en ce moment de rentrer à la maison. Il y a en permanence l'un de nous auprès de lui, et nous te tiendrons au courant de l'évolution de son état. Pour le moment, le Dr Peters le qualifie de « critique mais stable ».

Austin eut la sensation que son esprit refusait d'intégrer les paroles de son frère. Il ne pouvait pas perdre Denali, son compagnon fidèle ! Pas après tout ce qu'il avait enduré : la fausse couche de Maria, leur séparation, la mort de ses parents… Il sentit l'amertume et la colère l'envahir. Ses parents avaient eux aussi été empoisonnés. Celui qui s'en était pris à Denali était forcément familier du ranch.

— Ça s'est passé où ? demanda-t-il à Dallas.

— Apparemment, dans le couloir qui relie la cuisine à la buanderie.

— On dirait que Denali était sur le point de révéler la présence d'un intrus dans la maison, commenta Austin qui réfléchissait à voix haute en se passant la main sur le menton.

— C'est affreux…, murmura Maria.

Soudain, elle se plaqua la main sur la bouche.

— Oh ! Mon Dieu ! Un souvenir vient de me traverser. Je me revois en train apprendre la nouvelle de la mort de vos parents dans la presse. Mais pourquoi ai-je appris cela par le journal ? Pourquoi n'étais-je pas sur place ?

Austin et Dallas échangèrent un regard puis baissèrent tous deux les yeux.

— L'année écoulée a été très mouvementée, Maria, dit Austin. Nous en reparlerons plus tard.

Elle semblait en proie à une extrême confusion et, une fois encore, il se sentit mal. Il songea à l'homme avec lequel, désormais, elle partageait ses secrets. Ce n'était plus lui. Mais cela ne contribua guère à atténuer sa culpabilité.

— Vous avez renforcé la sécurité du ranch ? lança-t-il à Dallas.

L'empoisonnement de Denali laissait présager que le meurtrier de leurs parents rôdait encore dans les parages.

— Oui, toutes les précautions possibles ont été prises. On a demandé aux employés de se montrer extrêmement vigilants et de rentrer chez eux dès qu'ils ont terminé leur journée. Fisher est sur les dents.

Gideon Fisher était le responsable de la sécurité du ranch.

— Je suppose qu'il n'a pas repéré d'intrusion sur les images de vidéosurveillance.

— Non. Et ça veut dire que le coupable savait par où passer pour ne pas être vu, remarqua Dallas. Nous avons quand même isolé une empreinte de botte et, avant que tu poses la question, je t'apprends que la police s'est déjà rendue chez oncle Ezra avec un mandat. Mais ils n'ont pas découvert de correspondance.

— Ce qui ne veut pas dire que ce n'était pas lui, marmonna Austin.

Dans le cadre de l'enquête sur la mort de leurs parents, leur oncle avait été entendu à plusieurs reprises, mais il avait un alibi en béton. Le soir du meurtre, il se trouvait chez leur tante Bea pour tenter de la convaincre de lui vendre ses parts du ranch.

— Écoutez, vous pensez arriver à laisser cette histoire de côté pendant quelque temps, vous deux ? demanda Dallas. Vous avez déjà suffisamment de soucis sans avoir à en rajouter.

Austin aurait voulu protester, mais il se retint. Dallas avait raison. Il lui raconta l'épisode du serpent puis celui de leur promenade.

— Et moi, je n'ai pas accès à mes dossiers. Je ne peux rien faire, dit Maria avec une mimique de dépit.

— Et tu n'as aucun souvenir d'une affaire récente que tu as traitée ? fit Dallas.

— Non, rien du tout. De toute façon, le danger est inhérent à mon travail, mais je ne vois pas qui pourrait aller jusqu'à chercher à m'éliminer à cause d'une enquête. Et, comme je suis dans le brouillard, c'est encore plus compliqué. Je n'arrive pas à croire que j'avais oublié la mort de vos parents. Je m'en veux tellement !

— C'était à prévoir, répliqua Austin, qui faisait référence au fait que son accès à ses dossiers était verrouillé.

Mieux valait éviter d'avoir à évoquer la période de la mort de ses parents et se retrouver obligé de lui expliquer pourquoi elle n'était plus au ranch à ce moment-là.

L'idée d'en parler lui était doublement pénible. Il aurait eu besoin que Maria soit là pour le soutenir, mais elle l'avait quitté avant le drame. Certes, elle l'avait appelé quand elle l'avait appris, mais il était trop enfermé dans sa douleur pour lui répondre. Il était malgré tout parvenu à survivre à cette année épouvantable, alors il surmonterait cette nouvelle épreuve.

— Le FBI veut éviter que tu accèdes à leur base de données au cas où tu aurais la mauvaise idée de travailler depuis chez toi, ajouta-t-il.

— Je travaille pour la section de prévention des crimes contre les mineurs, précisa-t-elle à l'intention de Dallas. Ce n'est en soi pas étonnant que je me fasse des ennemis. Les gens sur lesquels j'enquête se font généralement passer pour des individus respectables alors qu'ils s'en prennent à des enfants. Ils ont beaucoup à perdre à être découverts. Mais je ne me souviens pas de quoi que ce soit de particulier en lien avec mes dernières enquêtes.

— Et du côté de tes collègues ? demanda Austin.

— J'y ai pensé. Le problème est que je ne peux pas leur poser de questions sans les mettre en position de violer leur obligation de confidentialité. Je suis certaine que beaucoup, qui en plus d'être des collègues sont des amis, seraient prêts à passer outre, mais je refuse de compromettre leur carrière.

— C'est compréhensible, convint Austin, qui se demanda qui étaient ses amis.

Depuis leur séparation, elle avait obtenu une promotion, et il ne connaissait plus les gens avec qui elle travaillait.

En outre, c'était la première fois qu'il l'entendait affirmer que ses collègues étaient ses amis, ce qui le frappa.

Elle caressa le chien qui était toujours assis à côté d'elle.

— Au fait, Austin, reprit-elle, connais-tu un dénommé Mitch DeCarlo ?

...
Mitch DeCarlo ?

8

Austin se leva et alla jusqu'à l'évier en faisant de son
mieux pour dissimuler sa tension. S'il savait qui était
Mitch DeCarlo ? Il aurait donné cher pour ne jamais
avoir entendu ce nom et n'avait aucune envie de parler
de lui avec Maria. Tôt ou tard, sans qu'il ait à l'y aider,
elle se rappellerait que c'était l'homme dont elle était
désormais amoureuse. Il n'avait pas non plus envie
d'imaginer qu'elle contemplait ce type avec le même
regard énamouré qu'elle avait pour lui quand ils étaient
heureux ensemble. Entre cela et les nouvelles de Denali,
ça faisait beaucoup.

— Je ne l'ai jamais rencontré, dit-il entre ses dents.

Dallas dut se sentir lui aussi mal à l'aise car il se leva
subitement et prit l'épagneul dans ses bras.

— Il faut que je retourne au ranch.

Maria le raccompagna à la porte.

— N'hésite pas à nous appeler quand tu auras d'autres
nouvelles de Denali, lança Austin.

Il avait la plus grande difficulté à canaliser les émotions
qui l'assaillaient. Le meurtrier de leurs parents était
toujours dans la nature, Denali, qui était pour lui bien
plus qu'un simple labrador, se trouvait entre la vie et la

mort. Et tout cela venait s'ajouter aux problèmes de Maria et aux mensonges qu'il était obligé de lui raconter.

Il prit une grande inspiration. Devoir lui mentir, même par omission, lui pesait.

Elle semblait fatiguée et, quand il la vit retourner s'asseoir sur le canapé et fermer les yeux pour se reposer, il fut soulagé.

Quelques instants plus tard, elle dormait.

Peu avant midi, on frappa à la porte. Maria changea de position mais ne se réveilla pas.

Austin, qui s'était installé au comptoir de la cuisine pour lire le journal, se leva et alla ouvrir.

Le nouveau venu se présenta comme étant l'agent spécial Cliff Ford.

Austin se présenta en retour et lui serra la main en le détaillant. Âgé d'une trentaine d'années, l'agent Ford mesurait environ un mètre quatre-vingts et était doté d'une carrure impressionnante. Avec le jean et le T-shirt qu'il portait, il était impossible de deviner sa fonction en se fiant à son allure.

Il ne put s'empêcher de se faire la réflexion que ce type était peut-être ami avec DeCarlo.

— Votre patron vous a-t-il expliqué la… situation de Maria ?

— Oui, absolument. Il m'a conseillé de ne pas évoquer le passé, et de lui apprendre qu'il n'était pas ravi qu'elle ait tenté de se connecter à la base de données du Bureau depuis son ordinateur personnel.

— Cette tentative risque-t-elle de lui causer des ennuis ?

— Non. Vickery passera l'éponge, répondit Ford avec

un sourire entendu. Et sinon, Maria n'a pas non plus de souvenirs concernant sa vie personnelle ?

Austin fit non de la tête.

— Elle croit que nous sommes toujours mariés.

Ford parut surpris.

— Je pensais que c'était le cas.

— Pardon ?

Qu'est-ce que cela signifiait ? Maria racontait-elle à tout le monde qu'ils étaient toujours ensemble ? Certes, leur divorce n'avait pas encore été officiellement prononcé, puisque les papiers sur son bureau au ranch attendaient toujours sa signature. Mais ils étaient séparés depuis plusieurs mois, et c'était elle qui avait pris l'initiative de demander le divorce. En outre, de son côté, DeCarlo ne se privait pas de faire savoir qu'il allait l'épouser.

C'était étonnant. Maria avait toujours été prudente et discrète… Peut-être aurait-il dû lui conseiller d'appeler DeCarlo, au cas où parler avec lui raviverait ses souvenirs. Après tout, si la mémoire lui revenait ne serait-ce que sur ce point, ça rendrait la vie plus facile à tout le monde.

— Vous voulez entrer ? proposa-t-il à Ford qui était toujours sur le pas de la porte.

— Non, merci. Je vais aller faire le tour de l'immeuble et du secteur pour avoir une idée de la configuration des lieux et déterminer où je dois me positionner pour que ma surveillance soit la plus efficace. En revanche, ce serait bien qu'on puisse se joindre à tout moment.

— Oui, je vous donne mon numéro.

Austin sortit son portable, communiqua son numéro à l'agent et enregistra le sien.

— Évidemment, si vous êtes amenés à vous déplacer,

prévenez-moi. Et n'ayez aucune réticence à m'appeler ou à m'envoyer un message à tout moment.

— Pareil pour vous, répondit Austin. Si vous voyez quoi que ce soit qui vous paraît suspect, prévenez-moi.

— Entendu. D'expérience, je sais que les individus qui s'en prennent à des membres des forces de l'ordre sont extrêmement dangereux car, la plupart du temps, cela signifie qu'ils se sentent menacés et obligés d'agir vite.

Austin médita les paroles de Ford en le regardant s'éloigner dans le couloir. Peut-être, avec son renfort, seraient-ils plus à même d'arrêter l'individu en question. Ensuite, il pourrait reprendre le cours de son existence. À cette pensée, il eut un pincement au cœur.

Devoir une nouvelle fois se séparer de Maria lui serait très pénible.

Maria se réveilla et s'étira. Elle ignorait combien de temps elle avait dormi, mais sa difficulté à se remettre les idées en place signifiait qu'elle avait sombré dans un sommeil profond. C'était toujours autant de pris, car cela faisait un moment que ça ne lui était plus arrivé. Elle vit Austin assis au comptoir de la cuisine.

— Tu as faim ? lui demanda-t-il.

— Oui, j'avalerais bien un petit quelque chose.

Elle n'avait pas mal à la tête. C'était bon signe, se dit-elle.

Austin se leva et sortit un plat de nouilles chinoises du réfrigérateur.

Il les fit réchauffer au micro-ondes puis les servit dans deux assiettes.

— Ta garde rapprochée est arrivée et sillonne le secteur, lui annonça-t-il.

— Ah oui ? Qui ont-ils envoyé ? s'enquit-elle tandis qu'elle s'asseyait à côté de lui pour manger.

— Cliff Ford.

— Oh ! Parfait. Je suis contente que Vickery se soit adressé à lui, il est très compétent. Où est-il ?

— Il avait l'intention de faire le tour du quartier. Si tu as besoin de lui parler, j'ai son numéro.

— A-t-il fait allusion à mes ennuis ? reprit-elle avec un petit sourire.

— Il a dit que Vickery n'était pas content, mais qu'il passerait l'éponge et qu'il n'y aurait pas de conséquences.

— J'étais en train de penser que je pourrais peut-être le cuisiner pour qu'il me parle des dossiers sur lesquels je travaillais, mais ce n'est pas une bonne idée, tout compte fait. Vickery l'a certainement briefé.

Austin acquiesça. La tension qu'elle avait perçue dans la matinée semblait être redescendue d'un cran. Ou alors, c'était le fait d'avoir dormi qui lui faisait voir les choses sous un autre angle.

— Oui, je suppose qu'il sait précisément ce qu'il peut te révéler ou pas.

— Le problème, c'est que nous n'avons rien pour avancer. Et chaque fois que je tente de fouiller ma mémoire, je me heurte à un mur. C'est vraiment frustrant.

— Ne t'en fais pas, dit-il sans conviction. Après tout, ton agression a eu lieu il y a à peine une semaine. C'est normal que, pour le moment, rien ne te soit revenu.

Elle ne répondit pas et termina son assiette. Le médecin lui avait tenu le même discours, mais se sentir aussi démunie était vraiment difficile.

— Tu sais, quoi que j'aie pu te faire… Je suis désolée, murmura-t-elle après avoir posé sa fourchette.

— Comme je te l'ai déjà dit, ce n'est rien.

Il prit leurs assiettes et alla les déposer dans l'évier.

— Je n'en ai pas l'impression, poursuivit-elle sur le même ton. Denali me manque beaucoup, ajouta-t-elle plus fort. J'espère sincèrement qu'il va s'en sortir.

À son insu, une larme coula sur sa joue.

— Pardon, je ne me suis même pas rendu compte que je pleurais.

Austin resta à la regarder sans savoir que répondre.

Elle détourna les yeux, essuya ses larmes, puis but à petites gorgées le café qu'il avait préparé à son intention. Il était parfait, exactement comme elle l'aimait.

— Pouvons-nous aller marcher un peu ? Je suis moulue après avoir dormi sur le canapé.

— Je vais envoyer un message à Ford, répondit-il.

Elle l'observa pendant qu'il sortait son portable, envoyait le message, puis finissait son café et allait poser la tasse dans l'évier.

— Était-ce à cause du travail ? Avant ?

Il ne comprit pas ce qu'elle lui demandait et haussa des sourcils interrogateurs.

— La raison pour laquelle tu esquives toutes les questions sur la cause de nos problèmes, précisa-t-elle. Est-ce que je consacrais trop de temps à mon travail ?

— Et pourquoi ne poses-tu pas la question à Mitch DeCarlo, répliqua-t-il impulsivement.

Il regretta immédiatement sa sortie.

— Désolé. Écoute, je… C'est compliqué. C'est tout.

— Oui, ça, je l'avais compris, fit-elle avant de se lever.

Elle alla mettre ses chaussures.

Comme elle s'apprêtait à ouvrir la porte, Austin posa la main sur la poignée pour la retenir. Il la fixait d'un air grave. Son expression était un mélange de tristesse et de… désir. Elle sentit aussitôt son pouls s'emballer. Avant qu'elle comprenne ce qui se passait, il la plaqua contre la porte et l'embrassa. Sa réaction fut instantanée : elle brûlait d'envie qu'il la touche. Le souvenir de l'intensité de leurs ébats amoureux n'avait pas disparu de sa mémoire et, en cet instant, il était plus fort que jamais. Elle posa les mains à plat sur son torse et perçut les battements de son cœur sous sa paume. Elle se mit à suivre le contour de ses pectoraux.

Il se détacha d'elle et recula. Beaucoup trop vite.

— Désolé, c'était une erreur.

— Mais enfin, pourquoi, Austin ? Tu viens d'embrasser ton épouse. Qui pourrait te le reprocher ? s'exclama-t-elle, complètement dépitée.

— Quand je t'ai dit que nous avons connu quelques remous, ce n'étaient pas des paroles en l'air. Je refuse de profiter du fait que tu ne t'en souviens pas. Ce serait trop facile. De plus, le médecin m'a bien recommandé de ne pas t'imposer la réalité avant qu'elle te revienne naturellement.

Elle ne comprenait pas. Comment pourrait-elle lui reprocher de l'avoir embrassée, même une fois que sa mémoire serait revenue, alors que son corps réagissait avec une telle intensité et qu'elle avait envie d'aller plus loin ?

— Le baiser que je t'ai donné a-t-il fait remonter un souvenir à la surface ? lui demanda-t-il avec, dans la voix, une nuance d'espoir qu'elle n'avait pas envie de décevoir.

— Non, avoua-t-elle néanmoins. Mais ce baiser m'a une fois encore convaincue qu'entre nous il y a une atti-rance qui ne se dément pas.

— Oui, à une époque, c'était vrai, marmonna-t-il.

Sa réaction lui cassa le moral. Elle n'en pouvait plus d'être étrangère à elle-même. Et puis d'abord, était-ce si important qu'elle se souvienne ou pas ? Son corps lui faisait comprendre qu'elle désirait intensément Austin. N'était-ce pas suffisant ? Quoi qu'il se soit passé entre eux, la certitude que cette alchimie particulière n'avait pas disparu n'était-elle pas de nature à prouver que tout n'était pas perdu, qu'ils pouvaient repartir du bon pied ? Mais qu'était-il arrivé exactement ? Quelle faute avait-elle commise ? Travaillait-elle trop ? Ou alors, avaient-ils eu une violente dispute sur laquelle ils n'étaient pas revenus ? Quoi que ce soit, ils passeraient outre. Elle en était convaincue.

— Dis-moi une seule chose. Je ne te demande pas de dresser la liste de tous les griefs que tu as contre moi, mais donne-moi un seul élément tangible auquel je puisse me raccrocher.

Il resta longuement silencieux, comme s'il évaluait ce qu'il pouvait lui dire ou pas.

— Eh bien, tu dois savoir que tu m'as envoyé des papiers de demande de divorce.

Elle resta interdite.

— Mais pourquoi aurais-je fait ça ? Il y a quelqu'un d'autre ?

— Oui.

— Comment s'appelle-t-elle ? voulut-elle savoir en se préparant mentalement au choc que lui causerait la réponse.

— Ce n'est pas moi qui ai quelqu'un d'autre, mais toi. Il s'appelle Mitch DeCarlo.

Là-dessus, il ouvrit la porte et sortit.

Une terrible douleur la traversa. Alors tout était sa faute

à elle ? Elle avait une liaison avec un collègue de travail ? Une fois de plus, elle fouilla sa mémoire, à la recherche de la moindre bribe de souvenir. Elle ne comprenait même pas comment c'était possible. C'était tellement évident pour elle qu'elle était amoureuse d'Austin, qu'elle désirait plus que tout retourner au ranch et vivre auprès de lui !

Mais si tout cela était vrai, comment pouvait-il y avoir un autre homme ?

Au moins, maintenant, elle comprenait mieux pourquoi Austin arborait si souvent une expression blessée. Elle retourna dans tous les sens l'information qu'il lui avait donnée. Pourquoi le nom de Mitch DeCarlo n'avait-il rien éveillé en elle ?

Elle resta immobile quelques instants à se répéter son nom. Certes, quand elle avait fait défiler la liste des contacts de son téléphone, elle s'était arrêtée dessus. Sa réaction n'avait cependant eu aucun rapport avec ce qu'elle ressentait quand Austin était près d'elle. En tout cas, si elle n'avait pas de souvenir de lui, cela signifiait qu'elle ne le connaissait pas depuis longtemps.

La réaction d'Austin l'affectait. À présent qu'elle en connaissait la cause, elle s'en voulait énormément. Elle refusait de se voir comme capable d'avoir une aventure extraconjugale alors qu'elle éprouvait des sentiments aussi forts pour son mari. Elle n'arrivait pas à se convaincre non plus que Mitch DeCarlo puisse avoir une si grande importance pour elle sans qu'elle n'ait aucun souvenir lié à lui. Était-ce concevable ?

Depuis le début, elle avait la sensation diffuse que c'était sa faute s'il y avait une telle tension entre Austin et elle. Désormais, elle en avait la confirmation.

Une promenade contribuerait peut-être à lui éclaircir les idées. Elle ouvrit la porte et sortit à son tour.

— Salut, Cliff ! Comment vas-tu ? lança-t-elle à l'agent qui l'attendait à côté d'Austin, qu'elle évita sciemment de regarder en face.

— Ça va, merci. Loraine, ma copine, me reproche de trop travailler, mais tu sais ce que c'est, ajouta-t-il avec un clin d'œil.

Lui, au moins, elle s'en souvenait. Discuter avec quelqu'un qu'elle appréciait lui permettrait d'oublier momentanément la tension entre Austin et elle.

— Et toi, reprit Cliff, comment tu te sens ?

— Oh ! le médecin affirme que je récupère très bien et que je ne tarderai pas à être complètement rétablie, mais je trouve que ça ne va pas assez vite. Je me suis dit qu'une marche me ferait du bien.

— Oui, l'air frais, c'est toujours bon, acquiesça Cliff. Dans quelle direction allons-nous ?

Elle haussa les épaules et prit à droite. Cliff marcha à côté d'elle et Austin les suivit à quelques mètres. Il semblait avoir besoin de garder ses distances. Comment le lui reprocher ? Depuis près d'une semaine, il veillait sur elle vingt-quatre heures sur vingt-quatre, et ce alors qu'elle lui avait fait savoir qu'elle voulait divorcer. Il devait vivre une période extrêmement pénible. Elle se demandait ce qui avait bien pu la pousser à demander le divorce, mais ce ne serait certainement pas lui qui le lui expliquerait. Soi-disant pour son bien.

— Prenons Veterans Drive, suggéra-t-elle.

À cette heure-ci, il y aurait du monde ; ce serait facile de se fondre dans la foule.

— Le long de Zilker Park, commenta Cliff. Bonne idée ! C'est très agréable, à cette période de l'année.

Ils reprirent leur conversation et parlèrent de tout sauf de boulot, ce qui lui convenait très bien.

— Et comment va Loraine ? demanda-t-elle à Cliff, comme elle se souvenait du prénom de sa compagne.

— Bien. Avec des enfants en bas âge qui courent partout, tu imagines que ses journées sont remplies.

Il prit soudain un air confus, comme s'il avait commis un impair.

— Pardon, reprit-il, j'avais oublié que…

— Quoi ?

— Rien, s'empressa-t-il de répondre en fixant droit devant lui.

— Si je m'entends répondre encore « rien » la prochaine fois que je pose une question, je hurle ! rétorqua-t-elle.

Cliff s'excusa de nouveau.

— Tu n'as pas à t'excuser.

— Avoir une partie de ses souvenirs enfermés dans un coin de la tête, ce doit être l'enfer.

— Oui, c'est le mot.

Le jour commençait déjà à décliner, et l'air était vif. Étudiants, personnes qui sortaient du travail et simples promeneurs se croisaient, il y avait beaucoup de monde. Maria observa les gens affairés qui marchaient d'un pas pressé et se demanda si sa vie ressemblait à cela. Était-ce possible ? S'imaginer partir travailler le matin, se retrouver dans la foule des transports en commun ou de la circulation, revenir tard le soir, tout cela lui semblait tellement loin de ses aspirations !

Marcher dans le parc, à l'écart de la circulation, lui conviendrait mieux. Elle avait depuis longtemps l'habitude de se lever tôt le matin pour aller courir avant qu'il y ait trop de monde. C'était la raison pour laquelle ses chaussures de sport étaient toujours posées près de la porte. Ça, au moins, ça n'avait pas changé.

— Et comment vont tes enfants ? poursuivit-elle.

— Mikey grandit à toute vitesse. Janie est adorable et la petite dernière… elle est craquante, mais ne fait pas encore ses nuits ? Je commence à ressentir les effets du manque de sommeil.

La petite dernière ? Elle était persuadée qu'il avait deux enfants. Elle ne dit rien. Sans doute était-elle née pendant la période de sa vie absente de son esprit.

Super.

— Quel âge a-t-elle, maintenant ? demanda-t-elle finalement.

— Quatre mois, dit-il d'un ton de papa fier.

— Waouh ! Le temps passe tellement vite !

— Ouais. J'ai vraiment de la chance d'avoir Loraine. C'est elle qui reste avec les enfants pendant la journée, et elle est toujours la première levée quand la petite pleure en pleine nuit. Je fais de mon mieux pour l'aider mais, avec les enfants, c'est Wonder Woman.

— Tu as fait beaucoup d'heures supplémentaires, ces derniers temps ?

Elle faisait de son mieux pour adopter un ton naturel, sans trop comprendre ce qui la titillait.

— Un peu trop, oui, répondit-il simplement.

Elle était toujours bloquée sur l'information selon laquelle sa femme avait eu un autre enfant. Si elle ne s'en souvenait pas, cela voulait dire qu'il lui manquait les souvenirs de toute une année. Elle revint à Mitch DeCarlo. Était-ce à cause de lui qu'elle avait demandé le divorce ? Sa relation avec Austin s'était-elle dégradée au point que tout l'amour qu'elle ressentait à l'instant même se soit évanoui ? Elle avait toutes les difficultés du monde à le concevoir, et pourtant…

Ils approchaient de Zilker Park, et la foule était toujours aussi dense.

Cliff ne semblait pas étonné qu'Austin s'occupe d'elle. Pourtant, c'était un collègue de travail qui la connaissait bien. N'aurait-il pas été normal qu'il sache qu'elle était séparée de lui et sur le point de divorcer ?

Elle jeta un coup d'œil à Cliff. Il paraissait troublé.

— Qu'est-ce qui ne va pas ? lui demanda-t-elle.

— Oh ! Je me disais simplement qu'en un an, c'est la première fois que nous échangeons autant.

— Vraiment ?

— Oui, je t'assure. C'est vrai que tu n'es pas une grande bavarde, et tu l'es encore moins depuis…

Il fit un geste vague de la main.

— Enfin, disons que la vie ne t'a pas épargnée.

— Je suis désolée.

En plus d'avoir gâché son mariage, elle avait maintenant la sensation d'avoir laissé se dégrader une relation amicale.

— Non, ne t'excuse pas. Nous savions tous que tu traversais une passe difficile, alors nous t'avons laissée tranquille.

— Oui, une séparation, c'est toujours éprouvant, dit-elle, persuadée qu'il parlait de son mariage.

— Oui, bien sûr, ça aussi c'est dur, répliqua-t-il, comme s'il paraissait surpris qu'elle ne comprenne pas à quoi il faisait précisément allusion.

Elle était de plus en plus perdue. D'après ce qu'elle saisissait de leur conversation, elle avait vécu un événement traumatique. Austin semblait vouloir lui livrer un élément important pour réveiller ses souvenirs mais craignait de faire plus de mal que de bien en lui causant un choc. Si seulement elle parvenait à deviner ce qui lui était arrivé un an plus tôt, peut-être qu'enfin tout se débloquerait !

Venu de la droite, il y eut tout à coup un claquement sec suivi d'un bruit étouffé. Un nuage de fumée se forma presque instantanément, si dense qu'elle ne vit plus rien. Ses yeux se mirent à la piquer et des larmes ruisselèrent sur ses joues tandis qu'elle tentait de sortir de ce brouillard âcre pour respirer.

Sa gorge la brûlait. Pliée en deux, elle se mit à tousser, trébucha et tomba à genoux.

Elle n'arrivait plus à respirer normalement, comme si elle avait du papier mâché dans la bouche. Elle tâtonna autour d'elle, à la recherche d'un appui, d'un point de repère.

Saisissant le col de son T-shirt, elle le remonta sur son nez pour se protéger.

Elle voulut appeler à l'aide mais aucun son ne sortit de sa gorge en feu.

Soudain, des mains vigoureuses la saisirent sous les aisselles et la soulevèrent du sol. Avant qu'elle ait eu le temps de comprendre ce qui se passait, elle fut transportée sur quelques mètres et se retrouva hors de la fumée. Alors qu'on la reposait au sol, elle entendit des exclamations derrière elle.

Puis un coup de feu retentit.

9

Maria n'arrivait toujours pas à prononcer le moindre mot. Chaque fois qu'elle ouvrait la bouche, elle était prise d'une nouvelle quinte de toux. Elle s'essuya les yeux avec le bas de son T-shirt et vit qu'elle était assise à côté d'Austin. Quand elle avait senti des mains la saisir fermement, elle avait su d'instinct que c'étaient les siennes. Elle ne s'était pas trompée.

Tous deux avaient la bouche ouverte, à la recherche d'air, tandis qu'en fond retentissait le son de sirènes de police en approche.

Il y avait des éclats de voix, beaucoup d'agitation.

— Tout va bien se passer, les secours sont en chemin, dit quelqu'un.

Elle chercha Cliff des yeux, mais c'était peine perdue. Ses yeux irrités continuaient de larmoyer, et elle ne cessait de tousser.

Soudain, un homme se pencha sur elle et lui appliqua un masque à oxygène sur le visage. Elle inspira à fond à plusieurs reprises puis tenta de se lever.

— Non, restez assise, lui conseilla l'auxiliaire médical.

À côté d'elle, Austin s'était levé.

Il fallait qu'elle voie Cliff. Quand le fumigène avait

éclaté, elle l'avait perdu de vue ; elle avait besoin de s'assurer qu'il était hors de danger.

— Ici le lieutenant Danville, police d'Austin, entendit-elle annoncer une voix derrière elle. J'ai besoin qu'on nous envoie des renforts pour évacuer le périmètre.

Elle constata qu'une foule de curieux s'était rassemblée autour d'eux.

Elle souleva son masque à oxygène pour demander :

— Mon collègue de travail était avec nous. Comment va-t-il ?

L'auxiliaire médical lui remit immédiatement le masque en place.

— Je ne sais pas. Si vous me promettez de ne pas toucher au masque et de rester là, je vais me renseigner.

Elle acquiesça.

— Ne bougez pas, ajouta-t-il.

Il avait son prénom brodé sur sa poche : Roger. Elle souleva de nouveau son masque.

— Roger, mon collègue est peut-être encore là, au milieu de cette fumée, dit-elle en luttant contre sa toux. Je ne pourrai pas rester tranquille tant que je ne serai pas certaine qu'il va bien.

Elle avait nettement entendu un coup de feu et espérait de tout cœur que Cliff n'avait pas été atteint. C'était elle qui était visée, pas lui. En outre, il avait une femme, des enfants. Elle ne supporterait pas qu'il lui soit arrivé malheur.

Scrutant les alentours à travers ses larmes, elle vit un peu plus loin un secouriste occupé à pratiquer un massage cardiaque sur un homme inanimé allongé sur une civière. Cet homme inanimé, ce ne pouvait pas être Cliff !

Roger, l'infirmier, lui parlait, mais elle ne l'entendait

plus. Des images lui traversèrent l'esprit. Elle repensa à une intervention lors de sa première année dans la police. Elle poursuivait un suspect en compagnie de Carl Sullivan, son supérieur à l'époque. L'homme s'était retrouvé pris au piège dans un hangar désaffecté. Sullivan lui avait demandé d'appeler des renforts mais, au lieu d'attendre leur arrivée, il avait tenté d'intervenir seul. Et, comme elle était restée en arrière pour passer l'appel d'urgence, elle n'avait pas été là pour couvrir Sullivan quand il avait tenté de déloger le suspect de sa cachette. Il avait reçu une balle en plein cœur et était mort sur le coup.

Quelques minutes plus tard, les renforts étaient arrivés et avaient neutralisé l'homme. Mais Carl Sullivan, qui était son mentor, avait péri. Sa femme et lui attendaient leur premier enfant. C'était un souvenir épouvantable.

Son estomac se noua. Elle avait la sensation que l'histoire se répétait.

D'autres images lui revinrent en rafale. Elle se revit au ranch avec Austin. Ils venaient de perdre le bébé qu'elle attendait. Ils ne s'étaient pas remis du choc ; ils se parlaient de moins en moins, se muraient dans leur douleur.

Le drame était survenu alors qu'elle était enceinte de sept mois. C'était une fille, et ils avaient déjà choisi son prénom : Raina. Sa chambre était quasiment prête.

Un jour, elle avait éprouvé de violentes douleurs, elle avait perdu du sang, et…

Le sort avait une fois encore frappé. Et il ne l'avait pas épargnée.

Austin se laissa aller contre l'appui-tête du siège de la voiture de police dans laquelle il était assis et se repassa le film des événements. Ford, Maria et lui étaient tombés dans une embuscade. On avait lancé un fumigène pour les piéger ; c'était forcément quelqu'un qui avait des notions militaires. Mais, en partie à cause de lui, tout ne s'était pas passé comme prévu. En effet, il était resté quelques mètres derrière Maria et Ford pour leur permettre de bavarder tranquillement, et l'agresseur n'avait certainement pas remarqué qu'il était avec eux. Qu'il lance ainsi une attaque en plein jour, au beau milieu de la foule, indiquait qu'il devait être de plus en plus aux abois.

Ford avait été emmené à l'hôpital après être passé tout près de se retrouver directement à la morgue.

L'agent qui les raccompagnait se gara devant de l'immeuble de Maria et les escorta jusqu'à son appartement. Austin comprit qu'il avait pour consigne de rester avec eux et n'entendait pas lui compliquer la tâche.

— Vous voulez entrer ? lui proposa-t-il après avoir ouvert la porte.

L'homme, qui s'était présenté sous le nom d'Edward Long, acquiesça :

— Mon supérieur m'a demandé de faire le tour de l'appartement pour vérifier que tout était en ordre. Je vais entrer le premier, si vous n'y voyez pas d'inconvénient.

— Je vous en prie.

— Merci. Restez là, vous pourrez entrer dès que je serai sûr qu'il n'y a aucun danger.

— Entendu.

— Il faut que je prévienne Vickery, dit Maria dès que Long leur confirma que tout était en ordre.

Austin avait remarqué que, depuis qu'ils avaient pris place dans la voiture de police, son comportement avait changé. Il se demandait si des souvenirs n'étaient pas remontés à la surface.

— Dès que tu auras passé ton coup de fil, je t'emmènerai au ranch, annonça-t-il.

Il avait failli dire « chez nous » et s'était rattrapé de justesse.

— Je commence à recouvrer la mémoire, lui apprit-elle, ce qui confirma ses doutes.

Elle alla dans l'espace cuisine puis fit volte-face pour le dévisager.

— Alors réfléchissons une minute avant que je prévienne mon patron. Au ranch, il y a un système de sécurité performant, donc, c'est une bonne idée. Mais…

— Je sais que l'empoisonnement de Denali signifie qu'il s'y passe également des choses étranges, mais j'ai la conviction que c'est en rapport avec la mort de mes parents, pas avec toi. De plus, celui qui s'est introduit dans la maison doit bien se douter que, désormais, nous sommes tous encore plus sur nos gardes. Alors je ne pense qu'il fasse quoi que ce soit dans les jours à venir.

— Tu as raison. Avec les événements de ces dernières heures, je n'ai même pas pensé à te demander si tu avais des nouvelles de Denali.

— J'ai eu un message de Dallas. Il n'est pas en grande forme, mais son état est stable. Toutefois, j'aimerais bien être sur place, au cas où…

Il n'arriva pas à finir sa phrase. Imaginer que Denali pourrait ne pas survivre était trop dur. Ce labrador avait pris une place immense dans son existence. Après le départ de Maria, il avait été un véritable point d'ancrage.

— Oui, et ce sera également plus facile pour toi de superviser la bonne marche du ranch. Maintenant, il faut que tu sois sûr que tu as envie de me savoir près de toi.

— Je suis avec toi depuis ta sortie de l'hôpital, lui

rappela-t-il, sans trop savoir comment interpréter sa phrase. Et moi aussi j'ai envie que le type qui te veut du mal soit arrêté.

— D'accord. J'appelle Vickery pour le tenir au courant de nos projets.

Son supérieur décrocha à la première sonnerie. Maria lui expliqua rapidement qu'elle était avec Austin et enclencha le haut-parleur. Puis elle raconta à son patron ce qui était arrivé à Cliff. Elle s'exprimait d'une voix claire et posée et s'en tenait aux faits. Austin songea à quel point il l'avait toujours admirée pour son sérieux et son implication dans ses enquêtes. Il avait compris que son besoin de rendre justice aux autres venait, ne serait-ce qu'en partie, du fait qu'elle ne l'avait jamais obtenue pour la mort de sa mère.

— Cette fois, je dois t'assigner une résidence surveillée que personne ne connaîtra, dit Vickery dont la voix trahissait l'inquiétude.

Il était clair qu'il se souciait sincèrement de la sécurité de ses agents. Austin songea qu'il serait facile de reprocher au patron de Maria le fait qu'elle se soit noyée dans le travail, ce qui avait contribué à la détérioration de leurs rapports, mais cela aurait été injuste. Car Vickery, au contraire, ne faisait que lui répéter qu'elle devait prendre du recul.

— Trouver le bon endroit risque de prendre du temps, intervint Austin. Je préfère emmener Maria au ranch. Compte tenu de l'urgence de la situation, c'est le meilleur compromis possible.

Ce n'était pas le moment de mentionner qu'un meurtrier rôdait peut-être autour du ranch. Ses frères et lui avaient soupçonné leur oncle Ezra mais, encore une fois, il avait un alibi pour la nuit du meurtre de leurs parents. Et comme c'était leur tante Bea qui le lui avait fourni alors que frère et sœur n'avaient jamais été en bons termes, cela le rendait d'autant plus solide.

Vickery mit du temps à répondre, comme s'il soupesait le pour et le contre.

— Entendu, on fait comme ça. Mais je vais quand même envoyer un nouvel homme en renfort, dit-il finalement.

— Non, ce n'est pas nécessaire, intervint Maria.

Austin leva la main.

— Je suis d'accord. Envoyez-moi son nom pour que je le transmette au personnel de sécurité du ranch.

— Entendu, répondit Vickery. Je m'en occupe dès que possible. Et je vais m'arranger pour que l'agent Long vous escorte jusqu'au ranch.

— Très bien. Je vous enverrai l'adresse précise du ranch. Et sinon, serait-il possible que Maria et moi, nous passions demain à vos bureaux pour éplucher ses dossiers en cours ? Nous ne pouvons pas exclure qu'il y ait un lien direct entre ses enquêtes et les attaques dont elle est victime.

Il entendit Vickery pousser un long soupir.

— Bien, de toute façon, nous aurons besoin de son témoignage. Mais je vais d'abord aviser les Affaires internes pour ne pas avoir d'ennuis. En attendant, prenez soin d'elle.

— Je n'ai pas besoin de baby-sitter, Vickery ! s'exclama Maria, agacée que l'on prenne des décisions la concernant sans lui demander son avis.

Austin ne put retenir un sourire.

— Quand tu es à cent pour cent, je n'ai aucun doute à ce sujet, répliqua Vickery. Mais pour le moment tu es en convalescence, et je n'ai aucune envie de me retrouver avec un second agent à l'hôpital. Et, au cas où tu l'aurais oublié, je suis toujours ton supérieur.

Austin ne pouvait que donner raison à Vickery. Et Maria semblait avoir retenu la leçon puisque, au lieu de protester, elle se mordit la lèvre inférieure et garda le silence.

Austin en fut soulagé. Convaincre son patron de la laisser s'installer au ranch était déjà une victoire.

— Nous avons le même objectif, qui est de découvrir qui est l'agresseur de Maria. Nous resterons donc en contact permanent avec vous.

— Bien.

Vickery parut plus détendu, mais pas complètement.

— Prends soin de toi, Maria, ajouta-t-il. Tu es sans doute le meilleur de mes agents, alors il est hors de question qu'il t'arrive malheur.

Maria sembla prise de court par le compliment.

— Entendu, patron. Aucun malfrat ne m'approchera plus.

Elle mit fin à la communication et posa son téléphone sur le comptoir.

— Je vais rassembler quelques affaires, et nous pourrons y aller.

Quelques minutes plus tard, alors qu'elle revenait avec un petit sac de voyage, son téléphone vibra. Elle avait reçu un message.

— Vickery a assigné l'agent Long au premier tour de garde, c'est donc lui que tu devras présenter à ton service de sécurité.

Austin acquiesça et poussa un soupir de soulagement.

Ils rentraient à la maison.

*
**

— Cet endroit est exactement comme dans mon souvenir, commenta Maria en descendant de voiture.

Elle parcourut le garage des yeux avec dans le regard une expression qu'il n'aurait pas su interpréter. Était-ce de l'espoir ?

— La dernière fois que tu es venue ici ne remonte pas à si longtemps.

Ils sortirent du garage et entrèrent dans la maison par la cuisine.

L'agent Long, qui s'était garé devant la maison, attendait à la porte. Austin alla lui ouvrir.

— Vous voulez une tasse de café ? lui proposa-t-il.

— Avec plaisir. Ça vous ennuie, si je fais le tour de la maison ?

— Non, je vous en prie, faites comme chez vous. Je vais préparer le café.

Il trouva Maria sur le seuil de la cuisine, son sac de voyage à la main.

— Je vais aller m'installer dans la chambre d'amis. Je me rappelle où elle se situe, dit-elle en s'engageant dans le couloir.

— Attends. L'agent Long est en train de faire le tour de la maison. Nous irons quand il aura terminé.

Pour se rendre dans la chambre d'amis, elle devrait passer devant la chambre d'enfant, et il souhaitait éviter que sa vue lui fasse revenir violemment un souvenir désagréable.

Elle s'immobilisa, parut sur le point d'insister puis, finalement, posa son sac et revint dans la cuisine.

— Tu prendras toi aussi du café ?

— Oh oui ! Je veux bien.

— Donne-moi juste une minute, je vais d'abord servir l'agent Long.

— Si vous avez pour moi un mug que je puisse emporter dehors, ce serait parfait, lança celui-ci depuis le couloir. Le système de sécurité est vraiment perfectionné, continua-t-il en les rejoignant. Je doute que vous ayez besoin de moi, mais je vais quand même faire le tour des environs.

— Entendu. Je vais prévenir Gideon Fisher, notre responsable de la sécurité. Si vous avez la moindre question ou requête, il sera à votre disposition, répondit Austin qui sortit son portable pour envoyer un message.

Il servit ensuite le café et tendit un mug à l'agent Long puis à Maria.

Quelques minutes plus tard, Gideon Fisher frappa à la porte. Austin le fit entrer, le présenta à l'agent Long et, sans attendre, tous deux partirent.

Il se retrouva seul dans la cuisine avec Maria.

— Tu peux dormir dans notre… Enfin, dans la chambre principale, dit-il après un moment.

— Non, je ne vais quand même pas te priver de ton lit, répliqua Maria, qui avait les mains serrées autour de son mug.

— Ça ne me dérange pas. De toute façon, une fois sur deux, je dors dans mon bureau ou sur le canapé.

— Tout va bien pour toi, tu n'es pas trop surmené ? reprit-elle.

— Oh ! tu sais que ces veaux malades m'inquiètent ! déclara-t-il avec un haussement d'épaules, pour éviter de réellement répondre.

— Depuis quand as-tu cessé de passer des nuits normales ?

— Eh bien, il y a forcément plus à faire au ranch, depuis la mort de mes parents.

— Je suis vraiment triste quand je repense à eux. Je sais que vous avez toujours été une famille très soudée. Que s'est-il réellement passé ?

— Je t'ai déjà raconté tout ça, répliqua-t-il, sur la défensive.

— Depuis leur mort, précisa-t-elle. Peut-être pourrais-je lire les rapports de Tommy. Un détail qui vous a échappé pourrait retenir mon attention.

— Non, ne te tracasse pas, tu as déjà suffisamment de soucis comme ça.

Il la dévisagea. Pour la première fois depuis bien longtemps, il la sentait prête à parler d'autre chose que de ses propres problèmes. Alors c'était à lui de faire l'effort de s'ouvrir pour apaiser la tension entre eux.

— Étant donné ce que je ressens, tout ce qui me fera oublier un tant soit peu mes propres soucis est bon à prendre. J'essaie encore de comprendre ce qui s'est passé mais, comme je ne cesse de penser à Cliff, j'ai du mal à réfléchir.

— Je veux bien te dire tout ce que je sais, et je demanderai à Tommy s'il est d'accord pour te laisser consulter le dossier d'enquête. Je suis sûr qu'il appréciera de bénéficier d'un nouveau point de vue, répondit-il.

Après une semaine loin du ranch, il était heureux d'être de retour chez lui.

— Et Joshua ? Tu crois que je pourrais lui parler ? Ou, plutôt, acceptera-t-il de me voir ? s'enquit prudemment Maria.

— Tu sais, tu fais partie de la famille, Maria. Et ce n'est pas un bout de papier qui changera ça.

354

Elle but une gorgée de café.

— Après cette nouvelle attaque, des souvenirs me sont revenus, annonça-t-elle après quelques secondes.

— Comme quoi ?

— Je me rappelle que nous avons perdu un bébé. C'est pour cette raison que tu es réticent à l'idée que je m'installe dans la chambre d'amis. Tu crains qu'en passant devant la chambre que nous avions aménagée pour notre fille, je…

Il sentit ses yeux sur lui mais n'osa pas tourner la tête et fixa son café.

— Cet événement est à l'origine de notre séparation, n'est-ce pas ?

Il se contenta d'acquiescer en silence.

— Je suis désolée, reprit-elle. C'est ma faute. Je m'étais sans doute trop préparée à l'idée de devenir maman et, en même temps, je générais trop de stress. J'aurais dû arrêter de travailler pour…

— Non, ne recommence pas, la coupa-t-il sans dissimuler son dépit. Si nous n'avons pas eu la force de surmonter ensemble ce traumatisme, c'est que notre relation n'était peut-être pas aussi solide que nous le pensions. Tu as eu raison de partir.

Il osa tourner la tête et lut une peine immense sur son visage. Il voulut s'excuser, mais elle ne lui en laissa pas le temps.

— Je vais me reposer. Si tu souhaites de l'aide pour la résolution du meurtre de tes parents, mon offre tient toujours. C'étaient des gens bien, ils n'ont pas mérité leur sort, dit-elle d'une voix qui avait perdu toute empathie.

— Maria…

— Non, Austin, il est inutile de t'excuser.

Elle sortit de la cuisine. Il la regarda traverser le couloir. Elle ne marqua même pas un temps d'arrêt en passant devant la chambre d'enfant. La chambre qui aurait dû devenir celle de leur fille.

10

Le matin suivant, Maria affichait une expression fermée. Elle portait un jean noir, un T-shirt à manches courtes à col en V, et avait attaché ses cheveux en queue-de-cheval.

— J'ai préparé du café, dit Austin en étouffant un bâillement.

Il n'avait pas beaucoup dormi. Il n'avait cessé de repenser aux menaces qui pesaient sur Maria et au baiser qu'ils avaient échangé. Un baiser qui avait fait plus que réveiller ses sens. En aucun cas il n'aurait dû se laisser aller ainsi, mais il s'agissait de Maria, qui était encore son épouse. Et, quand elle était près de lui, il devait bien admettre qu'il souffrait à l'idée que, bientôt, ce ne serait plus le cas. Et c'était encore plus dur maintenant qu'elle était là, à la maison. Il ne devait cependant pas tout mélanger : seules les circonstances expliquaient sa présence au ranch, elle n'était pas revenue de son plein gré.

Sans un mot, Maria se dirigea vers le plan de travail. La tension qui émanait d'elle était palpable. Il la connaissait très bien et savait que quand elle adoptait cette expression et cette posture, c'était pour lui faire comprendre qu'elle n'était pas d'humeur à bavarder aimablement.

— Je suis désolé pour hier soir, je me suis comporté comme un imbécile, reprit-il.

— Ne t'en fais pas, ça n'a aucune importance, répliqua-t-elle d'un ton forcé.

— Tu sais, quand, après la perte du bébé, tu t'es renfermée, je n'ai pas insisté, je t'ai laissée tranquille. Et je crains de ne jamais m'être excusé de mon attitude.

— Quelle attitude ?

Sa réplique lui fit l'effet d'une gifle. La vérité n'était pas toujours facile à entendre.

— J'ai mérité ce commentaire… On dirait bien que tes souvenirs te reviennent à grande vitesse. Tu dois donc te rappeler que, sur mon bureau, il y a les papiers de divorce que tu m'as envoyés et qui n'attendent plus que ma signature.

Elle allait répondre, mais il l'arrêta.

— Ne t'inquiète pas, je les signerai. Mais je ne peux pas te laisser mettre fin à notre mariage sans t'avoir dit avant que je n'aie jamais eu l'intention de te faire du mal.

Elle se raidit, soupira et sembla faire un énorme effort pour se détendre.

— Les torts sont partagés, dit-elle. C'est moi qui aurais pu commencer par m'excuser, regretter que nous n'ayons jamais eu la conversation qui s'imposait après ce que nous avons vécu. Alors ne te reproche rien. Maintenant, si tu n'y vois pas d'inconvénient, j'aimerais prendre mon café. Nous avons beaucoup à faire, aujourd'hui. À moins que tu ne sois obligé de rester ici pour t'occuper du ranch.

— Tu te souviens des affaires que tu traitais avant ton agression ?

— Non. Seules des bribes de ma vie personnelle me sont revenues. Mais c'est suffisant pour que je cesse de te poser des questions sur ce qui s'est passé entre nous.

Et, comme je viens de te le dire, ne te sens pas obligé de rester avec moi en permanence.

— Et moi, je t'ai déjà dit que je comptais bien aller au bout de cette histoire.

Elle se montrait volontairement froide et hostile, mais ce n'était qu'une posture défensive. Il le comprenait très bien, désormais. Peut-être que s'il avait été plus perspicace par le passé, ils n'en seraient pas là aujourd'hui. Cependant, revenir en arrière n'était pas possible.

— Tu es sûr ? Je peux m'arranger pour aller au bureau avec… Au fait, qui Vickery a-t-il envoyé, finalement ?

— Mitch DeCarlo.

Elle fit de son mieux pour dissimuler le choc que lui provoqua cette nouvelle, sans y parvenir totalement.

— Mitch est ici ? fit-elle.

— Oui, il est dehors. Il fait une ronde.

Quand, la veille au soir, Mitch DeCarlo s'était présenté à la porte, Austin avait eu toutes les peines du monde à se contrôler. Mais DeCarlo s'était excusé maintes fois d'arriver si tard et de le déranger, si bien qu'il avait décidé de laisser de côté ses sentiments personnels et d'oublier qu'il avait affaire à l'homme qui sortait avec sa femme.

— Je dois lui parler, dit Maria.

— Oui, j'imagine, marmonna-t-il, incapable de trouver mieux.

Quand Austin entra dans sa chambre et ferma la porte derrière lui, Maria poussa un soupir de soulagement. Se présenter ce matin devant lui avec aplomb, sans rien montrer de ce qu'elle éprouvait réellement, lui avait coûté.

Car, en vérité, se retrouver de nouveau dans la maison où elle avait vécu avec lui avait fait remonter à la surface de nombreux souvenirs, notamment de la période où elle était enceinte. Dès qu'elle avait appris qu'elle attendait un bébé, elle avait eu la sensation d'être déjà devenue maman.

À cette évocation, elle porta une main à son ventre. À quoi bon ? Leur fille n'avait jamais vu le jour. La tristesse s'abattit sur elle comme une averse subite. Toutes les barrières défensives qu'elle avait érigées autour d'elle s'effondrèrent en même temps, pour ne laisser place qu'à la douleur. Comme elle avait été naïve de croire qu'Austin et elle pourraient repartir de zéro ! Hélas ! La tragédie de la perte de leur fille était indélébile et pesait toujours autant sur leur relation.

Le fantôme de ce drame la suivait partout. Et voilà qu'en plus d'un fantôme, un homme, bien réel lui, la pourchassait pour l'éliminer. Elle avait l'impression que les murs se refermaient sur elle.

Que pouvait-elle faire pour améliorer sa relation avec Austin ? Elle lui avait infligé la pire des blessures. Évidemment, en tant que gentleman, il mettrait un point d'honneur à se tenir à ses côtés jusqu'à ce qu'elle soit de nouveau en sécurité. Peut-être en avait-il d'ailleurs besoin pour pouvoir définitivement tourner la page de leur histoire et passer à autre chose. À la pensée qu'une fois que tout serait terminé, ce serait également la fin de son histoire d'amour avec lui, elle était très malheureuse. Mais elle l'aimait trop pour l'obliger à vivre avec une douleur qui ne la quitterait sans doute jamais. Elle était tout simplement meilleure pour rendre justice aux autres et les aider à passer outre leur souffrance. Elle devait se faire une raison.

Elle avait le cœur serré. Cesserait-elle un jour d'aimer Austin ? Elle doutait de pouvoir éprouver autant de sentiments pour un autre homme. Avant, ils étaient heureux. Fous amoureux. Le souvenir de cette époque ne disparaîtrait jamais non plus.

Elle se rendit compte qu'elle avait toujours la main sur le ventre.

La vue d'une silhouette qui passait devant la fenêtre la tira de ses pensées. Elle sut alors précisément ce qu'elle devait faire.

— Mitch ! appela-t-elle après avoir ouvert la porte, son mug de café à la main.

Elle le serrait tellement fort qu'elle eut peur de le briser.

Mitch DeCarlo s'approcha d'elle et ouvrit les bras pour l'embrasser, mais elle leva la main pour l'en dissuader. Après tout, elle se trouvait dans la maison où elle avait vécu avec l'homme qui était encore son mari. Elle refusait d'avoir une attitude déplacée.

— Nous devons parler, dit-elle.

— Oh ! ça oui ! C'était tellement pénible pour moi de ne pas pouvoir t'appeler ni venir te voir. Je voulais être auprès de toi, mais j'ai dû en prendre mon parti. D'autant que personne au boulot ne sait que nous sommes ensemble.

Elle se sentait vraiment perturbée. Entendre le nom de Mitch avait à peine éveillé la sensation que c'était celui d'un homme qu'elle connaissait ; en aucun cas celui de l'homme qu'elle aimait. Et, maintenant, elle se rappelait qu'avant son agression elle avait justement l'intention de lui expliquer qu'elle éprouvait encore des sentiments pour son mari. Le voir devant elle, les yeux pleins d'espoir, lui fit mal car elle s'apprêtait de nouveau à blesser quelqu'un.

Quoi qu'il en soit, elle s'accrochait à la certitude qu'il comprendrait. Avant de se lancer dans une nouvelle histoire, quoi de plus normal que souhaiter remettre de l'ordre dans sa vie ?

— Si je me fie à ta réaction, j'en déduis que tu n'as plus idée de ce que nous étions l'un pour l'autre, reprit-il d'un ton désabusé.

Mince…

— C'est justement de ça que nous devons parler, répondit-elle avant de prendre une grande inspiration pour se donner du courage.

— Dois-je comprendre que tu es prête à rendre notre relation publique ?

Cela allait être encore plus difficile que prévu. Elle avait la sensation d'être sur le point d'anéantir ses illusions.

— Moi, je pense que ce serait bien, continua-t-il. D'autant que c'est le bon moment, puisque je me suis vu proposer une promotion…

— … Que tu devrais accepter, finit-elle pour lui.

Mitch resta un long moment à l'observer en silence. Il était large d'épaules, mais un peu trop carré à son goût ; il avait des cheveux blonds coupés très court et un air sérieux. Trop sérieux. Il n'y avait aucune comparaison possible entre ce qu'elle ressentait en le regardant et en regardant Austin. En outre, à part le fait qu'ils étaient tous deux très impliqués dans leur travail, elle ne voyait pas ce qu'ils pouvaient avoir en commun.

— Je croyais que nous étions d'accord sur le fait que rendre officielle notre relation serait bien pour nous deux, reprit-il.

Son expression avait changé, comme s'il savait déjà ce qu'elle allait lui annoncer.

Elle fit non de la tête.

— Je n'ai jamais dit ça.

— Pourtant, je me souviens t'avoir entendue affirmer que prendre un nouveau départ ne pouvait qu'être bénéfique.

— Oui, mais pour *toi*. Je faisais justement allusion à ta possible promotion, précisa-t-elle. Et je le pense toujours.

Quand il avait évoqué la possibilité pour lui de prendre du grade, elle l'avait encouragé à accepter. Mais elle avait omis d'ajouter que c'était une décision qu'il lui revenait de prendre seul. Maintenant, elle comprenait que, dans l'esprit de Mitch, c'était une décision qui les engageait tous les deux, comme si ce choix faisait en quelque sorte figure d'acte fondateur de l'officialisation de leur couple. C'était un énorme malentendu. Car, elle, au contraire, était persuadée qu'une fois qu'il occuperait ce nouveau poste, il oublierait leur brève passade pour se consacrer à ses nouvelles fonctions.

La première fois qu'elle avait accepté de sortir avec lui, c'était parce que cela faisait un an qu'elle était séparée d'Austin et qu'elle estimait le moment venu pour elle de fréquenter un autre homme. Or, ce rendez-vous n'avait fait que mettre en exergue qu'elle n'était absolument pas prête, pour la bonne raison qu'Austin occupait toujours une place centrale dans son cœur.

Elle avait tenté de le faire comprendre à Mitch, mais subtilement, par allusions. Apparemment, il n'avait pas capté les signaux qu'elle lui avait envoyés.

— Tu n'as toujours pas répondu à ma question, reprit-il, de plus en plus agité.

— Rappelle-moi ce que tu m'as demandé, dit-elle, tellement perdue dans ses pensées qu'elle ne suivait plus le fil de la conversation.

— As-tu eu le moindre sentiment pour moi ? lui

demanda Mitch avant de détourner le regard. Non, laisse tomber… Je m'exprime comme un gamin capricieux.

Ne sachant que répondre, elle garda le silence. Mitch était du genre volubile, elle non.

— Je me suis fait des idées, ajouta-t-il. Je croyais que nous avions un projet commun.

Il releva la tête pour la fixer. Plutôt que de la souffrance, comme elle s'y attendait, son regard exprimait de la déception.

— Je suis désolée…

C'était à Austin qu'elle aurait dû dire cela. Elle commençait à comprendre son comportement. À sa place, comment aurait-elle réagi si elle avait cru qu'il fréquentait une autre femme ?

— Nous sommes sortis ensemble deux fois, Mitch, c'est tout.

— Et de combien de rendez-vous as-tu besoin pour savoir si tu as envie ou pas d'être avec quelqu'un ? répliqua-t-il, légèrement vexé.

— Je ne sais pas. Mais deux rendez-vous, ce n'est pas assez. C'est tout ce que je peux dire.

Elle voulait lui faire intégrer qu'elle ne changerait pas d'avis sur l'évolution de leur relation.

— D'accord. Mais ça faisait longtemps que nous nous connaissions, ce n'était pas comme si nous venions de nous rencontrer.

— C'est vrai.

Elle ne pouvait le nier. Mais ils n'avaient jamais passé de temps ensemble en dehors du travail. Peut-être était-ce plus confortable de sortir avec un collègue car, au moins, il ne pouvait pas y avoir de tensions au sujet du temps que l'un ou l'autre passait au boulot. En outre, les relations entre collègues étaient un sujet tabou, et elle était partie du principe qu'ils resteraient discrets et que personne n'apprendrait qu'elle était sortie avec lui. Hélas ! Mitch avait fait savoir qu'ils étaient ensemble.

— Si j'ai pu te donner de fausses impressions sur ce que je pensais de nos rapports, j'en suis désolée. Mais, encore une fois, sortir une ou deux fois avec un homme, ce n'est pas ce que j'appelle avoir une relation sérieuse.

Mitch s'empourpra.

— Si ce n'était pas clair avant, cette fois j'ai compris, répliqua-t-il avec sarcasme.

Elle ne releva pas. Il fallait qu'elle garde son calme. Il était blessé, ou à tout le moins vexé. Quoi qu'il en soit, c'était sa faute à elle. Elle aurait dû couper court à ses avances et refuser de sortir avec lui.

— Vickery est au courant ? lui demanda-t-elle.

Elle craignait que, dans ce cas, sa carrière soit compromise.

— Non. J'en ai seulement parlé à un ami, dit-il. Est-ce là ta seule préoccupation ? ajouta-t-il avec colère. Ta carrière ?

— Je me disais simplement que ce ne serait bon ni pour toi ni pour moi si…

— Non, Vickery n'est pas au courant. Tu penses sincèrement qu'il me virerait, si c'était le cas ?

Il parlait de plus en plus fort.

— Non, je…

— De toute façon, s'il le faisait, je m'en ficherais. Je croyais vraiment qu'entre nous c'était du sérieux, lança-t-il.

Elle s'éloigna de la porte. Si Mitch ne baissait pas le ton, Austin allait l'entendre et viendrait voir ce qui se passait. Elle n'avait aucune envie que Mitch et lui se retrouvent face à face.

— Je suis désolée, Mitch, je te l'ai déjà dit, répéta-t-elle tandis qu'elle s'assurait qu'il la suivait.

— Tu sais, trouver du boulot, c'est plus facile que rencontrer quelqu'un avec qui on a envie de passer le reste de sa vie.

— Pardon ?

— Voilà, c'est dit. Je comptais te demander de m'épouser, Maria.

Cette fois, c'est elle qui s'empourpra. Elle se sentait vraiment mal de ne pas avoir du tout pris la mesure de ce qu'elle représentait pour lui.

— Mitch…

Il leva les mains.

— Non, ne dis rien. C'est clair que tu es encore amoureuse de ton ex.

Il regarda autour de lui.

— Je vais demander à être remplacé ici.

Elle ne sut que répondre. Était-elle encore amoureuse d'Austin ? Oui. Avait-elle digéré leur séparation ? Non.

— Avant de partir, j'aimerais quand même te poser une question, poursuivit-il. Pourquoi as-tu déménagé ? Pourquoi l'as-tu quitté alors qu'il est évident que tu l'aimes encore ?

— Mitch…

— Je me sens vraiment idiot, tu sais, alors n'aggrave pas la situation en me prouvant à quel point je compte peu pour toi.

— Ce n'est pas vrai, tu comptes pour moi.

Elle le pensait réellement, mais de là à considérer que

c'était de l'amour, à envisager le mariage… Non, un seul homme avait suscité cela en elle. Et elle avait tout gâché.

Mitch partit à grands pas après l'avoir avertie qu'il allait appeler Vickery pendant sa ronde. La détresse qu'elle avait lue dans son regard lui avait fait mal. Elle commençait à se dire que la fréquenter était toxique. Certes, il paraissait plus contrarié que profondément meurtri, mais quand même, c'était sa faute.

La porte s'ouvrit, et Austin fit son apparition. À son expression, elle comprit qu'il n'avait pas idée de la scène qui venait d'avoir lieu.

— Si tu veux passer au bureau, nous ferions mieux de nous préparer à partir, dit-il d'une voix distante.

— D'accord, donne-moi deux minutes. Je vais chercher mon sac.

Encore sous le choc des propos de Mitch, elle alla prendre son sac à main dans sa chambre puis rejoignit Austin.

Manquait-elle à ce point de perspicacité, pour ne pas deviner les sentiments des autres à son égard ?

Pour faire court : oui. Et Austin serait plus heureux sans elle. D'ailleurs, à en juger à son expression, il commençait à se tenir le même discours.

Maria présenta son badge et déclencha une lumière rouge. Elle essaya de nouveau et obtint le même résultat.

Génial !

Son badge avait été temporairement désactivé. Il fallut donc qu'elle sonne pour demander l'autorisation d'être admise dans les locaux. Quand enfin ils pénétrèrent dans le vestibule, elle se sentit dans son élément.

D'autres souvenirs personnels lui revenaient petit à

petit, et ils étaient loin d'être tous agréables. Pour ne rien arranger, Austin était resté silencieux tout le long du trajet, et elle se demandait s'il n'avait pas surpris des bribes de sa conversation avec Mitch. Ce n'était sans doute pas le cas, mais elle ne devait pas oublier que, depuis leur séparation, un an était passé. En un an, les gens pouvaient changer. Ou alors, elle ne le connaissait pas aussi bien qu'elle le croyait.

— Bonjour, heureuse de te voir, Maria, lança Janet Alderman à la réception.

— Merci, Janet, c'est réciproque. Je suis terriblement impatiente de reprendre le travail, admit-elle avant de lui présenter Austin.

Janet se leva et adressa un sourire enjôleur à Austin. Tentait-elle de le séduire ? Non, elle ne devait pas se laisser gagner par la jalousie.

— Sans toi, ici, l'ambiance n'est pas la même, reprit Janet à son intention. Et pourquoi n'ai-je jamais vu ton mari avant ? lui demanda-t-elle.

Maria se sentit gênée.

— Eh bien, parce que je n'ai pas eu l'opportunité de venir ici avec lui, je suppose.

C'était en partie vrai.

Elle quitta avec soulagement Janet pour se diriger vers son bureau. Cela lui faisait vraiment du bien de se retrouver là et de laisser de côté ses soucis personnels.

— Tiens, bonjour, Maria. Je constate avec satisfaction que tu as trouvé le temps de venir faire ta déposition, dit Vickery, qui sortit de son bureau.

Elle tourna la tête et remarqua qu'il n'était pas seul. Un homme en costume sombre se tenait juste derrière lui. Certainement un membre des Affaires internes.

— Tu veux m'attendre ici ? demanda-t-elle à Austin en lui désignant son bureau à elle. Ou alors tu peux aller prendre un café dans la salle de pause, de l'autre côté.

Austin acquiesça.

— Je vais lui montrer où elle se trouve, intervint Janet.

D'habitude, Maria appréciait la diligence de sa collègue. Alors pourquoi la trouvait-elle aussi irritante, aujourd'hui ?

— D'accord. Je ne devrais pas en avoir pour plus de dix minutes, dit-elle en s'efforçant de sourire.

— Entendu. Prends ton temps, répliqua Janet.

Elle adressa un regard contrit à Austin, mais il paraissait plongé dans ses pensées et ne le remarqua même pas.

L'homme en costume sombre lui tendit la main et lui sourit :

— Norm Falderal. Enchanté.

— Maria O'Brien, répondit-elle en lui serrant la main.

Elle entra dans le bureau et prit un siège. Le dénommé Norm ferma la porte.

11

— Alors, ça s'est bien passé ? lança Austin à Maria en lui tendant une tasse de café tandis qu'elle se laissait tomber sur le siège derrière son bureau. Non, ça s'est mal déroulé, reprit-il après l'avoir observée un instant.

— Non, ça va, merci.

Elle prit la tasse et but une gorgée. La chaleur du café lui fit du bien.

— Ça aurait pu être pire. Il m'a posé des questions basiques, et je lui ai révélé tout ce que je savais, autrement dit, pas grand-chose. C'est son boulot de chercher à déterminer si je mens ou si j'omets volontairement de lui livrer des éléments. Mais je dis la vérité, alors devoir me répéter sans cesse, m'en tenir aux mêmes déclarations, c'est épuisant.

Elle se pinça l'arête du nez pour prévenir la migraine qu'elle sentait pointer.

La partie la plus pénible de l'entretien, lors de laquelle on lui avait demandé de clarifier la teneur de sa relation avec Mitch, elle ne lui en parla pas. Sortir avec un collègue était contraire aux règles du service, et elle avait affirmé que ses relations avec lui n'allaient pas au-delà de l'amitié. Si elle se fiait à la conversation qu'elle avait eue avec lui plus tôt le matin, il n'aurait pas dit la même chose, et elle s'en voulait de l'avoir induit en erreur.

Cependant, ils étaient bel et bien sortis ensemble deux fois, pas plus. Il était donc évident que Mitch s'était emballé, même si elle regrettait de ne pas s'être montrée plus claire dès le départ. Jamais elle n'aurait pensé que deux soirées le convaincraient que leur relation était sérieuse et durable. Tout cela la contrariait. Elle but une nouvelle gorgée de café et s'efforça de passer outre.

— J'ai l'impression qu'un pas a néanmoins été franchi pour qu'une enquête soit ouverte afin de découvrir l'identité de celui qui te harcèle, remarqua Austin. D'autres éléments te sont-ils revenus ?

— Non, hélas ! Certaines parties de ma vie personnelle remontent à la surface au fur et à mesure, mais rien qui concerne mon travail. J'espère que ça changera une fois que j'aurai consulté mes dossiers.

Elle alluma l'ordinateur de son bureau.

— J'ai droit à un accès temporaire. En gros, nous avons une demi-heure. On m'a aussi fermement fait comprendre que je n'avais pas intérêt à suivre la moindre piste seule de mon côté. Mais je ne comptais de toute façon pas partir à la chasse d'un type prêt à me tuer, sans que je sache pourquoi il m'en veut.

— Je suppose que te donner cet avertissement fait partie de la procédure. Ils veulent absolument être couverts en cas de problèmes.

Elle avait bien compris ce qu'il entendait par « en cas de problèmes ». Elle était une cible, et sa vie était en danger.

— Tu as raison. Mais c'est dur d'être traitée comme une personne extérieure au service. Je le vis comme une mise à l'écart.

— Je comprends.

Le ton de sa voix et sa présence lui faisaient un bien fou. C'était grâce à lui si elle ne craquait pas nerveusement. Il avait toujours eu cet effet sur elle. Elle repensa également à ce qu'elle éprouvait quand ils vivaient des moments passionnés, mais ces souvenirs-là n'étaient pas appropriés.

Au cours des minutes qui suivirent, elle prit conscience de l'ampleur de la tâche qui l'attendait. Elle avait tellement d'affaires en cours qu'à l'idée de se remettre au travail, elle se sentait à la fois impatiente et accablée. À présent, elle se rappelait qu'elle consacrait toutes ses soirées et tous ses week-ends à ses enquêtes. Se noyer dans le travail était un moyen efficace pour ne pas traiter ses ennuis personnels.

Quand Vickery vint la prévenir que le temps imparti était arrivé à son terme et qu'elle devait se déconnecter, elle avait sélectionné cinq dossiers. Pour chacun d'eux, elle avait eu la sensation que, s'il s'avérait que les principaux suspects étaient coupables, ils ne s'en relèveraient pas.

— Ce sont les dossiers que tu souhaites passer en revue en profondeur ? s'enquit Austin en désignant les icônes sélectionnées.

— Oui, mais ce sera à quelqu'un d'autre de s'en charger.

Elle avait mis les dossiers de côté pour son patron. Celui-ci lui avait appris que l'agent spécial Wheeler avait été désigné pour travailler exclusivement sur son affaire et qu'il superviserait en personne ses avancées.

— Tu peux ouvrir le premier ? demanda Austin.

Elle s'exécuta sans lui poser de questions.

— Fais défiler lentement les documents, reprit-il.

Elle lui jeta un coup d'œil et vit qu'il avait sorti son téléphone.

— Je n'ai pas le droit…, commença-t-elle.

— Mais tu ne fais rien, l'interrompit-il. En fait, tu ne me vois même pas.

— Je ne sais pas si c'est une bonne idée. Bien sûr, j'ai envie de découvrir qui…

— Évidemment que tu as envie de tout faire pour savoir qui c'est, la coupa-t-il de nouveau.

Sa voix douce et chaude la fit frissonner.

Elle se concentra sur l'écran.

— Si tu relis toi-même ces dossiers, tu auras davantage de chances qu'un élément déterminant te revienne, reprit Austin. Attention, je ne dis pas que je veux que nous menions une enquête parallèle, sans rien dire à personne. Ce serait trop dangereux. Mais stimuler ta mémoire ne peut que t'être bénéfique.

Elle réfléchit à ses propos et dut admettre qu'il n'avait pas tort. D'autant qu'elle souhaitait faire de son mieux pour que l'enquête avance. Elle connaissait Wheeler ; c'était un agent consciencieux. Si elle lui livrait des éléments cruciaux, ses progrès n'en seraient que plus rapides. Et rien ne l'obligerait à avouer avoir fait une copie des dossiers.

— Tu as raison, continuons, dit-elle.

Il leur fallut dix minutes supplémentaires pour filmer l'ensemble des documents.

Quand ils eurent terminé, elle avait hâte d'être de retour au ranch et de s'attaquer à la lecture des dossiers. Austin avait mille fois raison. Jamais elle ne pourrait rester à attendre que d'autres dénichent des éléments dans des dossiers qu'elle-même avait constitués.

Avant de partir, elle s'arrêta au bureau de Vickery pour lui dire au revoir.

— Sais-tu dans quel délai le médecin t'autorisera à reprendre le boulot ? lui demanda-t-il.

— Pas précisément. Le plus tôt possible, c'est tout ce que je souhaite, répondit-elle.

C'était la vérité. Elle était impatiente de retrouver sa routine quotidienne.

— J'ai un rendez-vous demain, ajouta-t-elle.

— Tiens-moi au courant.

— Je n'y manquerai pas.

Elle posa les yeux sur les barres chocolatées en évidence sur son bureau.

— Ne mange pas trop, lui lança-t-elle avec malice.

— Il faut que je tienne jusqu'à ce soir, c'est mon carburant pour toute la journée, répliqua-t-il. Merci d'être venue. Wheeler n'aura aucune autre affaire que la tienne à traiter. On va tout faire pour que le malade qui s'en prend à toi soit arrêté au plus vite.

— Merci. Et comment va Cliff ?

Vickery baissa les yeux.

— Il est dans un état critique. Selon le médecin, les prochaines vingt-quatre heures seront cruciales.

— Je croyais qu'il allait mieux et que ses jours n'étaient plus en danger !

Elle eut soudain le cœur serré et sentit des larmes lui piquer les yeux.

— Je sais, mais son état s'est brusquement dégradé dans la nuit.

— Oh non !

Elle tenta en vain de repousser les images de son épouse et de ses enfants, et ne put empêcher une larme de couler sur sa joue. Et, à l'idée que Wheeler allait se plier en quatre pour résoudre son affaire alors qu'elle aurait dû être elle-même sur le terrain, elle fut encore plus reconnaissante à Austin d'avoir pris l'initiative de copier les dossiers. Elle devait réussir à débloquer ses souvenirs pour résoudre l'affaire.

— Repose-toi, nous nous chargeons de tout, dit Vickery. Tu dois nous revenir en pleine forme.

Elle acquiesça.

Elle sentit la main d'Austin se poser en bas de son dos. Ce simple geste lui procura un immense réconfort.

— Tout va bien ? demanda Austin à Maria, qui n'avait pas prononcé le moindre mot depuis plus de vingt minutes.

— Oui, merci.

Il sentit que ce n'était pas vrai.

— Tu as faim ?

— Non, je ne crois pas que je serais capable d'avaler quoi que ce soit, répondit-elle en regardant par la vitre de sa portière.

Elle semblait démunie, abattue, et il détestait la voir ainsi. Maria était la femme la plus forte qu'il connaissait. Une force qui ajoutait à son charme, lui glissa sa voix intérieure. Il la fit taire. Il avait rencontré l'homme qui, selon Tommy, était sur le point d'épouser Maria, et cette rencontre avait eu l'effet escompté. Ce type était bien réel. Cette fois, ce n'était plus une idée abstraite, Maria l'avait bel et bien remplacé.

— Tu penses à Cliff ? s'enquit-il.

— Oui, je n'arrive pas me sortir de la tête ce que m'a appris Vickery. Il a une femme, des enfants. La petite dernière a seulement quelques mois. S'il ne survit pas, ce sera affreux.

Quand il dut s'arrêter à un feu rouge, il en profita pour poser la main sur la sienne en un geste qu'il voulait réconfortant. Elle tourna la tête vers lui puis baissa les yeux sur son portable, qu'il avait posé entre les deux sièges.

— Je peux ? lui demanda-t-elle.

Il acquiesça. Le feu passa au vert, et il dut reposer les mains sur le volant et se concentrer sur la route.

— J'ai toujours adoré cette photo, dit Maria qui observait le cliché en fond d'écran. Nous étions tellement...

— Insouciants.

— J'allais dire heureux.

En vérité, il pensait comme elle.

Elle continua à contempler la photo, et ils restèrent longuement silencieux.

— Je suis désolé pour Cliff, dit-il enfin. C'est un type bien. Je souhaite de tout cœur qu'il s'en sorte.

— Si jamais ce n'est pas le cas, je vivrai le reste de mes jours avec l'idée que j'ai encore brisé la vie d'une famille...

Il ne répondit pas, mais ces paroles lui tournèrent en boucle dans la tête. Quand ils arrivèrent au ranch, il se gara et Maria descendit de voiture sans attendre. Il sentait des mots se former dans son esprit, des mots dont il devait lui faire part le plus vite possible. Il se demanda s'il fallait qu'il la rattrape pour lui parler sans attendre ou pas. À plusieurs reprises, elle avait dit que c'était sa faute si elle avait perdu le bébé qu'elle attendait et que c'était également à cause d'elle s'ils n'étaient plus ensemble. Désormais, elle culpabilisait aussi pour Cliff.

Il fallait qu'il coupe court à cette logique.

— Attends, Maria !

Elle se tourna. Il remarqua que des larmes avaient coulé sur son visage.

— Il faut que je me libère de ce qui me pèse…, commença-t-il.

Ses propos parurent l'inquiéter.

— Tout va bien ? intervint l'agent Vincent, le nouvel homme assigné à la sécurité de Maria.

— Oui, pas de problème, lui répondit-elle.

Austin alla se poster à côté d'elle.

— J'espère que tu es convaincue que ce qui est arrivé n'est pas ta faute, n'est-ce pas ?

Il refusait qu'elle se sente responsable d'un crime qu'elle n'avait pas commis.

— Cliff…

Elle secoua vigoureusement la tête.

— Tu te trompes, Austin. Bien sûr que si, c'est ma faute.

— Et tu peux m'expliquer pourquoi ? Qu'as-tu fait exactement ?

— Tu veux dire, en quoi suis-je directement responsable ? Eh bien, c'est moi qui ai voulu sortir prendre l'air alors qu'il aurait été plus sage que je reste à l'appartement. Sans cela, à l'heure qu'il est, Cliff ne serait pas à l'hôpital à lutter pour sa survie.

Il y avait tellement de douleur dans son regard qu'Austin en fut bouleversé.

— Je vais aller au bout de ton raisonnement, répondit-il. Un homme te pourchasse, cherche à t'éliminer, mais toi, tu penses que c'est ta faute.

— Si j'avais bien fait mon travail, ce type ne serait même plus en liberté ! répliqua-t-elle.

— Alors si une enquête n'est pas bouclée en un

tournemain, tu es responsable de tout ce qui arrive par la suite, c'est bien ça ?

— Si j'échoue à résoudre une affaire, je mets les autres en danger.

Un nouveau sanglot la secoua, mais elle se reprit rapidement.

Elle n'avait jamais été du genre à étaler ses états d'âme, à laisser paraître ses émotions. Il commençait à se dire que ce n'était pas sain de tout garder pour soi ; il était bien placé pour le savoir. Depuis qu'elle l'avait quitté, il s'était comporté de la même façon.

— Si vous avez besoin de moi, je reste à proximité, intervint de nouveau l'agent Vincent, quelque peu embarrassé.

— Merci, lui dit Austin.

— Nous n'avons pas avancé d'un iota pour découvrir l'identité du type qui s'en prend à moi, poursuivit Maria, et un autre agent pourrait en payer les conséquences parce que…

Elle leva les bras et fit de grands gestes d'impuissance.

— Parce que la réponse à tous ces événements est quelque part dans ma tête et que je n'arrive pas à la faire remonter à la surface !

— Tu es trop sévère avec toi-même, fit doucement Austin. Tu n'es pour rien dans tout ça.

— C'est faux. Quand ma mère est morte, j'ai cherché à me convaincre que ce n'était pas ma faute. Pareil quand mon équipier a été tué en mission au début de ma carrière, quand j'ai perdu le bébé que je portais, et… quand je t'ai perdu, toi. Mais ce sont des mensonges. Je refuse de continuer à vivre dans le déni.

Elle s'exprimait avec une telle force qu'il comprit que cette certitude était solidement ancrée en elle.

— Je ne veux pas continuer à discuter de ça avec toi, Austin. Je te retrouve à la maison dans quelques minutes.

Il resta immobile et se demanda que faire. Il y avait forcément un moyen de lui démontrer qu'elle se trompait, qu'elle n'était qu'une victime de la fatalité.

— Maria, ne…

— Quoi ? Tu vas me dire de ne pas tout prendre sur moi ? Mais alors, qui assumera ces actes ?

Sa voix s'était teintée de lassitude, elle avait perdu en véhémence.

— Je suis fatiguée. Et j'aimerais jeter un œil à l'enregistrement des dossiers sur ton téléphone, au cas où quelque chose me reviendrait.

— Je doute que ce soit une bonne idée de le faire maintenant. Tu as besoin de repos et de reprendre le contrôle de tes émotions.

— Mais oui, et pendant que je me lamente, Cliff, lui, se bat pour sa vie. C'est indécent.

— Maria, tu es très compétente dans ton boulot. J'ai entendu ton patron dire que tu étais son meilleur agent. Et tu sais qu'on t'a prévenue que chercher à forcer le retour de ta mémoire risquait d'être contre-productif.

Comme elle ne répondit pas, il s'approcha d'elle et lui posa la main sur l'épaule. Elle tremblait.

Elle ouvrit la bouche, sans doute pour protester, mais les mots ne sortirent pas. Elle resta à le fixer droit dans les yeux. Après quelques secondes, il vit l'éclat de son regard changer. Ce n'était plus du dépit qu'il exprimait, mais du désir. Ils étaient tout proches l'un de l'autre et, comme chaque fois, une envie réciproque de se toucher, de s'embrasser, se manifesta.

Maria baissa les yeux la première.

— Nous allons éplucher ces dossiers ensemble, et nous découvrirons l'identité du type qui te menace. Et je t'assure que nous l'arrêterons.

De nouveau, ils se fixèrent. Maria sembla vouloir détourner les yeux puis se raviser.

— Embrasse-moi, Austin.

— Je te rappelle que tu es avec quelqu'un d'autre.

Elle parut choquée.

— Avec qui ? Mitch ? Nous sommes sortis deux fois ensemble…

— Mais il affirme que vous avez l'intention de vous marier.

— Il s'est trompé. Je suis désolée qu'il ait cru que sortir deux fois ensemble signifiait que c'était sérieux entre nous. En fait, j'ai seulement accepté de sortir avec lui pour savoir si je serais capable de fréquenter un autre homme que toi. Mais, désormais, c'est terminé.

Elle n'avait pas besoin de lui en dire davantage. Il prit son visage entre ses mains, le cœur battant, comme s'il s'apprêtait à vivre son premier baiser.

Il effleura ses lèvres des siennes. C'était parfait. Elle avait le rouge aux joues, les yeux étincelants. Puis, après avoir pris une grande inspiration, il l'embrassa franchement.

Ses lèvres étaient douces et humides, elle s'offrit sans hésitation à son baiser.

Il ne put retenir un gémissement de contentement. Combien de nuits avait-il passées à fixer le plafond, dévoré par l'envie de la serrer de nouveau dans ses bras ? Il n'aurait su le dire…

Elle posa les mains à plat contre son torse, puis le prit par les épaules pour l'attirer à elle. Ils se retrouvèrent pressés l'un contre l'autre, haletants.

Il y avait tant de passion et de désir dans ce baiser ! Il se prolongea encore et encore et, s'ils n'avaient pas été dehors, ils n'en seraient peut-être pas restés là.

Pourtant, bien qu'il n'en ait pas envie, il finit par s'écarter légèrement. Maria ouvrit doucement les yeux et le regarda.

— Tu me manques, dit-elle.

C'était trop fort, trop inespéré. Il l'embrassa de nouveau.

Doucement, garde ton sang-froid !

Il releva légèrement la tête et appliqua son front contre celui de Maria.

— Que nous est-il arrivé ? demanda-t-elle.

— Franchement, je ne serais pas capable de répondre clairement.

Un baiser, aussi intense soit-il, ne pouvait pas tout effacer. Il restait encore beaucoup à faire pour recoller les morceaux.

Ils restèrent longuement serrés l'un contre l'autre, sans dire un mot.

— Nous devrions aller passer ces fichiers en revue, dit-il enfin. Quand tout sera terminé, ce sera plus facile de faire le point sur notre relation.

12

Confuse, Maria le suivit. L'atmosphère entre eux avait-elle changé ? « Changé » n'était pas le bon terme ; elle était plutôt chargée de tension sexuelle, au point qu'ils avaient été tout près de s'arracher leurs vêtements pour faire l'amour sur la pelouse. Car elle était certaine de ne pas avoir été la seule à ressentir une violente attirance.

Cependant, Austin avait raison sur un point : leur priorité devait être de découvrir qui la pourchassait et de l'arrêter. Le fait que Cliff soit à l'hôpital ne faisait qu'accentuer sa volonté de le retrouver. Et rien ne devait la détourner de cet objectif.

Elle accompagna Austin dans la cuisine.

— Janis a préparé le déjeuner, annonça-t-il.

Tant de questions se bousculaient encore dans sa tête qu'elle avait besoin d'un petit moment pour reprendre ses esprits. Il fallait qu'elle laisse de côté ses sentiments pour Austin. Heureusement qu'il avait eu la lucidité de lui rappeler leur priorité. Et mieux valait raisonner ainsi car, en vérité, qu'ils ne soient pas allés plus loin après avoir échangé un baiser aussi passionné lui donnait l'impression d'avoir été rejetée.

— Je vais prendre une douche en vitesse avant de passer à table, dit-elle.

Elle s'empressa de se diriger vers sa chambre. Austin marmonna quelques paroles d'une voix rauque. Bien. C'était la confirmation que lui aussi était affecté par ce qui venait de se passer entre eux. Cela la rassura. L'espace de quelques instants, ils avaient recouvré leurs bonnes habitudes, songea-t-elle en s'engageant dans le couloir.

Elle ralentit quand elle arriva devant la porte de la chambre d'enfant et resta à la fixer en se demandant si elle était intacte. Austin s'était-il débarrassé du berceau qu'ils avaient choisi et installé ensemble ?

La boule au ventre, elle posa la main sur la poignée. Elle se souvenait nettement du bonheur qui avait illuminé le visage d'Austin quand elle lui avait annoncé être enceinte. Elle, au début, n'était pas tout à fait convaincue d'être prête à devenir maman, mais la joie d'Austin avait renforcé sa confiance en elle.

Cependant, les premiers mois de sa grossesse avaient été difficiles. Elle était angoissée à l'idée de ne pas être une bonne mère et, de plus, souffrait de très fréquentes nausées. Puis, soudain, l'accident était survenu. On lui avait appris que son bébé ne verrait jamais le jour, et elle en avait eu le cœur brisé. Elle ne parvenait pas à comprendre comment il était possible que la perte d'un enfant qu'elle n'avait jamais tenu dans ses bras ait pu être aussi douloureuse.

Parce que, au fond de toi, tu désirais cet enfant plus que tout, lui suggéra sa voix intérieure.

Un bruit de vaisselle en provenance de la cuisine la ramena à la réalité. Elle recula d'un pas puis se hâta vers la salle de bains et se posta devant le miroir. Après avoir longuement contemplé son reflet, elle tourna le robinet d'eau froide et s'aspergea le visage.

Il fallait qu'elle se reprenne. Elle était capable d'être avec Austin sans se laisser assaillir par le passé et regretter ce qui n'arriverait jamais.

Elle prit une grande inspiration pour recouvrer son calme. Résoudre l'affaire qui l'occupait était tout ce qui comptait.

— Ça sent très bon, dit-elle à Austin une fois qu'elle fut de retour dans la cuisine et alors qu'elle s'installait sur un tabouret.

— Janis nous a préparé des sandwichs toastés à réchauffer et la salade de pommes de terre dont elle a le secret, répondit-il en s'asseyant à côté d'elle.

Leurs coudes s'effleurèrent, et elle sentit de petits picotements lui parcourir le bras. Elle était toujours hypersensible à son contact.

Ils mangèrent sans beaucoup parler.

— Je vais faire la vaisselle, dit-elle quand ils eurent terminé.

Austin la retint. Cette fois, elle en eut des frissons d'excitation.

— Non, laisse.

Elle avait oublié à quel point les O'Brien étaient orgueilleux. Et têtus. Austin était chez lui et la traitait comme une invitée. Il était inutile qu'elle insiste ; elle savait que jamais il ne la laisserait faire la vaisselle. Elle lui tendit son assiette.

Quand elle l'observa plus attentivement, elle lut de l'inquiétude et de la tristesse dans son regard. Elle préférait ne pas penser en être à l'origine. Il n'avait pas été épargné. En plus de leur séparation, il avait perdu ses parents et s'inquiétait pour Denali.

Denali... Elle sentit son cœur se serrer. Combien de fois le labrador était-il venu s'installer à ses pieds quand elle s'asseyait sous le porche le soir, accablée par son incapacité à s'ouvrir à Austin de ce qu'elle ressentait ?

Et ses parents ? Songer à leur disparition lui fit encore plus mal. Elle se rappelait parfaitement où elle était lorsqu'elle avait appris leur mort. Dans un café sur Lavaca Street. C'était un samedi. Elle était partie faire son jogging et, avant de rentrer, s'était arrêtée pour boire un café et lire le journal. Le titre qui barrait la une lui avait fait l'effet d'un direct à l'estomac. Immédiatement, elle avait sorti son portable pour appeler Austin. Mais il n'avait pas décroché.

Elle chassa ces pensées. Une fois encore, elle laissait le passé la ronger au lieu de se concentrer sur le présent. Avec Austin, ils avaient déjà déduit que le suspect qu'ils recherchaient était probablement un homme. À son admission à l'hôpital, après l'examen de sa blessure à la tête, on lui avait dit que le coup qu'elle avait reçu avait été porté par quelqu'un qui mesurait plus d'un mètre quatre-vingts. C'était également sans doute quelqu'un qui ne souhaitait pas compromettre son image publique, ce qui expliquait qu'après sa première tentative il ait essayé de s'en prendre à elle de manière indirecte, pour faire passer sa mort pour un accident. Tout cela laissait présager qu'elle était tout près d'arriver à lui, et qu'il voulait à tout prix l'éviter. Pourtant, elle n'avait pas souvenir d'avoir été sur le point de boucler une affaire ou de procéder à une interpellation. Il fallait qu'elle se replonge dans ses dossiers au plus vite.

— Je peux voir ce que tu as filmé avec ton téléphone ? demanda-t-elle à Austin.

— Vas-y, je t'en prie, répondit-il en désignant l'ordinateur portable posé sur le plan de travail. J'ai déjà tout transféré pour que les documents soient plus faciles à lire.

Le voir s'affairer dans la cuisine réveilla d'autres souvenirs. Pour ne pas se laisser happer une fois de plus, elle fixa obstinément l'écran.

— Tu vois quelque chose ? lui demanda-t-il soudain.

Sa question lui fit prendre conscience qu'il avait fini de ranger la vaisselle depuis plusieurs minutes. Les coudes posés sur le plan de travail, il la regardait intensément.

Elle en eut le rouge aux joues.

— Dans chaque affaire, il y a un suspect qui perdrait très gros s'il venait à être confondu. Je travaille au sein de la cellule de prévention des crimes sur mineurs, tu le sais. Et, évidemment, être condamné pour atteinte sur mineur coûte très, très cher, dit-elle.

— Mais tu n'as pas une idée plus précise de qui pourrait être celui qui s'en prend à toi ?

— Non. Mais les affaires que j'ai sélectionnées sont les pires sur lesquelles j'ai eu à travailler.

— Déjà, nous recherchons un homme. Le coup qu'il t'a porté et le fait qu'il ait réussi à avoir le dessus sur Cliff lors de l'attaque au fumigène l'indiquent.

— Oui, et il est également probable qu'il ait reçu une formation militaire ou quelque chose qui s'en approche.

— Et, enfin, c'est quelqu'un prêt à tout pour ne pas être découvert. À qui as-tu parlé en dernier dans le cadre de ces affaires, avant ton agression ?

— Selon la date du rapport d'interrogatoire, Ansel Sanders. Un homme de cinquante-quatre ans que je soupçonnais d'avoir enlevé sa nièce.

— Quel est le point de départ de l'enquête ?

— Une petite fille de six ans a été enlevée alors qu'elle jouait dans le jardin de sa maison. Le chien n'a pas réagi, ce qui, selon les parents, signifiait que le kidnappeur était un proche. L'enquête de proximité a révélé que, quelques mois plus tôt, Sanders, l'oncle de la petite, avait été condamné pour avoir été surpris à épier une fillette de huit ans par la fenêtre de sa maison.

— Entre jouer les voyeurs et enlever une enfant, il y a de la marge.

— Oui, mais c'est malheureusement un cheminement classique. Sanders avait perdu son boulot l'année d'avant, le seul travail stable qu'il avait réussi à décrocher depuis plusieurs années. Quand je l'ai interrogé, il était très agité. Il a quitté la ville quelques jours après.

— Ou c'est ce qu'il cherche à faire croire. Peut-être qu'il rôde autour de toi et tente de t'éliminer avant que tu tombes sur une preuve qui lui serait fatale.

— C'est une possibilité. Mais je n'ai aucun moyen de le localiser. À mon avis, il a déménagé. Peut-être vit-il chez un ami ou un parent.

— Tu sais s'il a reçu une formation militaire ?

— Pas à ma connaissance, et il n'a jamais appartenu à l'armée. Mais c'est un type costaud, et je ne peux pas écarter l'éventualité qu'il me voie comme celle qui risque de l'envoyer en prison.

— Si c'est lui, ça signifie aussi qu'il a les moyens d'effectuer des recherches sur toi en toute discrétion.

— S'il utilise une connexion Internet qui n'est pas à son nom, c'est possible, oui.

— Contrairement à ce que tout le monde pense, le gouvernement ne peut pas connaître les faits et gestes de tout un chacun, remarqua Austin.

— Pas tant qu'un nom ne ressort pas en lien avec une enquête officielle, non.

Elle passa au second dossier.

— Dans cette affaire, je surveillais un chauffeur de bus, avec la collaboration de la police d'Austin.

Elle secoua la tête.

— Il a une femme et des enfants, mais je le soupçonne de faire des avances à de jeunes garçons sur Internet.

— Tu es sur cette affaire depuis longtemps ?

— Ça fait un moment qu'on le suit, oui.

— Et l'enquête a connu de nouveaux développements récemment ?

— Non, pas que je sache. Et aucune pièce n'a été ajoutée au dossier.

Tandis qu'elle relisait les rapports, des bribes de souvenirs lui revenaient.

— Il n'est pas certain qu'il n'y ait pas eu de nouveaux éléments, reprit Austin. Il se pourrait que tu n'aies pas eu le temps de les consigner.

Il se redressa et vint se poster juste à côté d'elle. Il était si près qu'elle sentait les effluves de son after-shave.

— Cette affaire-ci concerne un professeur de sport. Mais il ne mesure qu'un mètre soixante-quinze, ce qui ne correspond pas à la taille présumée de notre suspect, annonça-t-elle. J'avais mis ce dossier de côté au cas où il se révélerait qu'il avait un complice que je n'aurais pas encore identifié.

— S'il y a des pages que tu souhaites relire plusieurs fois, je peux les imprimer.

— Ça, c'est une affaire qui me taraude, dit-elle en pointant l'écran du doigt.

Austin lut le descriptif d'ouverture de l'enquête. Un

garçon de douze ans contacté sur Internet par un adulte dans le but d'obtenir des faveurs sexuelles.

Elle le vit grimacer. Impliquant des enfants innocents, les affaires qu'elle traitait étaient très lourdes sur le plan émotionnel.

— Dans le cadre de l'enquête, je suis allée poser des questions à un ex-policier car il était possible qu'un ordinateur du poste où il travaillait ait été utilisé pour se connecter à des sites interdits. C'était un interrogatoire de routine, parce qu'il aurait pu s'avérer que cela s'était fait pour les besoins d'une enquête, justement. Pourtant, j'en suis ressortie avec le sentiment que cet homme ne m'avait pas tout dit. Il a paru déstabilisé par ma présence. À l'époque, j'en avais conclu qu'être interrogé sur une affaire de ce genre l'avait contrarié, plus encore parce que je suis une femme. Il y a encore des types que ça dérange. Il faisait partie de la police de Round Rock. Au moment où cette affaire est sortie, il a démissionné pour devenir agent de sécurité. Il m'a expliqué en avoir eu assez des horaires impossibles et de voir toutes ses décisions contestées par les tribunaux. Il s'appelle Garret Halpern.

— À t'entendre, il a tout du type aigri qui ne supporte plus les représentants des forces de l'ordre.

— Au départ, c'est ce que je pensais, oui. Le problème, c'est qu'il a répondu à toutes mes questions, si bien qu'après l'avoir interrogé je n'avais pas de raison objective de continuer à le suspecter. Mais, quelques semaines plus tard, des photos ont été postées sur le web. Il y avait un autre suspect. Malheureusement, les présomptions contre lui étaient trop peu solides pour obtenir un mandat de perquisition. Et je crois qu'il y avait encore autre chose, mais je ne sais plus quoi.

— On devrait peut-être aller voir le chef du bureau de police où travaillait Halpern pour se renseigner sur lui, suggéra Austin.

— Oui, Vickery ne devrait pas se mettre en rogne pour ça.

En vérité, elle cherchait seulement à se rassurer, car il était clair qu'en menant l'enquête de son côté elle prenait le risque d'avoir de sérieux ennuis.

— Si on se débrouille bien, on peut s'arranger pour avoir une conversation informelle avec le chef de la police. Peut-être en apprendrons-nous assez pour rayer Halpern de la liste des suspects. Quel mal pourrait-il y avoir à cela ?

— Et que fais-tu de l'agent assigné à ma protection ? rétorqua-t-elle. On lui propose de nous accompagner ou on essaie de le semer en faisant croire que ce n'était pas volontaire ?

— Laissons-le nous suivre, ce sera plus prudent. Encore une fois, nous ferons passer cette rencontre pour une simple demande de renseignements. Nous n'avons rien à cacher.

— D'accord. Alors laisse-moi le temps de l'appeler et, si tu veux bien, nous partirons dans la foulée.

— Allons-y.

Elle reporta son attention sur l'écran et constata qu'il restait encore un dossier qu'elle n'avait pas consulté.

— Attends une minute. La dernière affaire que j'avais sélectionnée n'est pas à négliger. Elle concernait la possible mise en place d'un réseau de prostitution. J'étais sur le point d'interroger un dénommé Ronald Ferguson, qui est pilote de ligne.

Austin prit un stylo et nota le nom.

— Un pilote pourrait avoir un physique qui correspond à celui de notre suspect. En outre, j'imagine qu'il n'est pas dans le besoin et qu'il a pu suivre une formation militaire.

— Je ne l'avais pas encore interrogé parce que j'en étais seulement à tenter de rassembler des éléments.

— Dans ce cas, si c'est notre homme, cela signifie qu'il était au courant de ton enquête, releva Austin.

Elle acquiesça.

— Tu as raison. Logiquement, il ne devrait même pas savoir qu'il figure sur la liste des suspects.

— Bien. Dans ce cas, commençons par aller nous renseigner sur Halpern. S'il s'avère que nous pouvons le rayer de la liste des suspects, nous reviendrons à ce type.

Il leur fallut moins d'une demi-heure pour se rendre à Round Rock. Grand et mince, le chef Blair avait les tempes grisonnantes et l'allure d'un homme qui faisait régulièrement de l'exercice physique.

Il se rappelait avoir déjà rencontré Maria, qui lui présenta Austin. Il leur proposa de le suivre dans son bureau.

— Alors, que puis-je faire pour vous ? s'enquit-il.

C'était une question purement rhétorique puisque, quand elle avait appelé son bureau pour solliciter un entretien, elle avait dû expliquer à son assistant la raison de cette demande.

— D'abord, merci d'avoir accepté de nous recevoir, monsieur, répondit-elle.

— Comment aurais-je pu refuser une entrevue à mon agent du FBI préféré ? répliqua le chef Blair avec un clin d'œil.

Maria le trouva un peu trop entreprenant, mais elle l'appréciait et il était important d'entretenir de bonnes relations avec les forces de l'ordre.

— C'est au sujet de l'affaire sur laquelle je travaille en relation avec votre service.

Il acquiesça.

— Dans le cadre de cette affaire, j'ai eu à interroger un de vos hommes. Aujourd'hui, il a démissionné et travaille pour une société de sécurité. Il s'agit de Garret Halpern, précisa-t-elle.

Le chef Blair acquiesça de nouveau, mais il y eut une très légère altération dans son regard.

— Que pouvez-vous me dire sur lui ?

— Eh bien, Halpern a eu du mal à s'intégrer à notre équipe. Il n'est resté que deux ans chez nous.

— Ses collègues ne l'appréciaient pas ?

— Il manquait un rapport de confiance, admit Blair. Sans trop entrer dans les détails, les hommes qui travaillaient avec lui n'étaient pas certains de pouvoir compter sur lui sans se poser de questions.

Dans un service de police, c'était un problème majeur, songea Maria.

— Je comprends que vous ne puissiez pas trop m'en dire, mais je me demandais si c'était la seule raison qui puisse expliquer sa démission.

— Je vais vous parler franchement, parce que je sais que je peux me fier à vous. Nous essayions de monter un dossier contre lui. Vous savez à quel point c'est compliqué de licencier un fonctionnaire. Halpern faisait preuve d'insubordination et supportait mal les critiques. Les relations avec lui commençaient à se tendre. Et alors, du jour au lendemain, c'est lui qui a décidé de partir de son propre chef. Notre problème était réglé, et je ne vous cache pas que nous en avons éprouvé du soulagement. Plus encore quand, il y a quelques semaines, vous êtes venue l'interroger.

Mentalement, Maria récapitula ce qu'elle venait d'apprendre. Halpern était un solitaire qui ne s'accordait pas bien avec ses collègues, dans un secteur où une parfaite entente était primordiale.

— Par hasard, savez-vous s'il a appartenu à l'armée ?

— Il y est resté quelques mois, en effet. Mais c'est le cas pour la grande majorité de nos nouvelles recrues.

— Et connaissez-vous son adresse ?

— Je vais demander qu'on vous la fournisse avant votre départ. En revanche, je ne peux pas vous assurer qu'elle est encore valide.

— D'accord. Merci beaucoup pour le temps que vous nous avez consacré, monsieur.

Ils saluèrent Blair, récupérèrent l'adresse de Halpern puis quittèrent le poste de police.

— Il a le profil du type capable de préparer une attaque surprise, commenta Maria une fois qu'ils furent remontés en voiture.

Elle commençait à avoir mal à la tête et se pinça l'arête du nez.

— Que ce soit lui ou pas, il est clair que celui qui te harcèle devient de plus en plus pressant. Nous allons devoir nous montrer très prudents.

— Je transmettrai l'adresse de Halpern à l'agent Wheeler, dit-elle. Et je me disais que nous pourrions aller poser quelques questions à son nouvel employeur.

— Pas aujourd'hui, je te sens fatiguée, répliqua Austin.

Nous avons déjà enfreint les consignes du médecin, ce n'est pas la peine de trop en faire.

Pourtant, rentrer à la maison avec Austin lui paraissait encore plus risqué.

13

À leur retour au ranch, Austin redouta le pire pour Denali en voyant Dallas qui les attendait. Au lieu d'entrer au garage, il se gara à l'extérieur, descendit de voiture, et se dirigea sans attendre vers son frère. Un petit chien sortit de la maison. Il reconnut l'épagneul qu'ils avaient secouru sur le sentier du lac.

— Oh ! mais qui voilà ! entendit-il s'exclamer Maria derrière lui.

Le chien courut vers elle pour lui faire fête.

Austin continuait de fixer son frère, car son expression grave l'inquiétait.

— Je suis passé pour t'annoncer la nouvelle en personne et éviter que tu l'apprennes par hasard, dit Dallas.

De nouveau, il craignit de l'entendre lui dire que Denali était mort et, à cette pensée, il sentit son cœur se serrer.

— Tu veux entrer ? proposa-t-il.

Dallas acquiesça. Ils entrèrent, suivis par Maria et le chien.

— Je vais nous faire du café, dit Maria.

— C'est à propos de Denali ? demanda Austin avec difficulté à son frère.

— Non, c'est au sujet de l'enquête sur la mort de papa et maman, répondit Dallas. J'ai parlé à Tommy, ce matin.

— Tu es allé le voir à l'hôpital ?

Dallas secoua la tête.

— Non, il est sorti hier.

Austin n'en savait rien. Depuis l'agression de Maria et les autres attaques dont elle avait été l'objet, il ne se tenait plus au courant de ce qui se passait dans sa propre famille.

— C'est une bonne nouvelle, commenta-t-il.

— Oui. Selon le médecin, il s'est rétabli beaucoup plus rapidement que prévu et, très bientôt, il aura recouvré cent pour cent de ses moyens physiques.

— Tant mieux. Merci de me l'avoir appris. Et sinon, qu'y a-t-il de nouveau dans l'enquête sur la mort de papa et maman ?

— Eh bien, tu connais Tommy, il a du mal à rester à ne rien faire… Il avait donc demandé à un de ses collègues de lui apporter à l'hôpital une copie du dossier d'enquête. Un passage de l'interrogatoire de Janis a retenu son attention. En effet, elle avait mentionné que papa et maman étaient tous deux enrhumés au moment de leur mort.

— Je ne m'en souviens pas, mais pourquoi ce détail l'a-t-il frappé ?

Maria posa des mugs fumants devant eux. Sentir sa présence, savoir qu'elle était là, lui procurait un sentiment de réconfort qu'il repoussa. Il ne devait pas se laisser aller à trop de sentimentalisme. Il y avait déjà cédé le soir où il avait appris son agression. La voir à l'hôpital, la découvrir diminuée, lui avait fait mal, et il avait immédiatement éprouvé le besoin de rester auprès d'elle, de la soutenir pour qu'elle se remette au plus vite. Pourtant, il savait qu'elle était du genre à se rétablir beaucoup plus rapidement que la plupart des gens. Cette dernière réflexion lui rappela que, à cet égard, elle était comme ses parents, qui n'étaient jamais longtemps malades.

Il comprit alors pourquoi Tommy avait été frappé par le fait que ses parents étaient tous deux enrhumés au moment de leur mort.

— Tommy pense que le poison qui a été fatal à papa et maman était dans les médicaments qu'ils prenaient pour soigner leur rhume ?

Dallas acquiesça.

— Il a minutieusement passé en revue toutes les photos de la scène de crime et a remarqué la présence d'une boîte de médicaments à côté du lavabo de la salle de bains.

— Cette boîte a-t-elle été saisie pour analyse ?

— Non, pas à l'époque. Tommy a demandé l'autorisation de passer de nouveau leur chambre au peigne fin. Mais, depuis la mort de nos parents, le ménage a été fait régulièrement dans leur chambre et leur salle de bains. Il n'est donc pas certain qu'il découvre quoi que ce soit de probant.

Austin réfléchit. Si la thèse de l'empoisonnement via les médicaments était la bonne, cela signifiait que le meurtrier avait accès à la chambre de leurs parents. Or, seuls ceux qui possédaient une clé pouvaient y entrer car, comme la maison accueillait fréquemment des visiteurs extérieurs, leurs parents verrouillaient la porte du couloir qui la desservait.

— Janis a d'ores et déjà accepté de répondre à d'autres questions, reprit Dallas.

— Nous savons tous qu'elle n'est pour rien dans la mort de nos parents, répliqua Austin.

— Je savais que tu dirais ça. Et je te confirme qu'aucun d'entre nous n'a de doute à ce sujet. C'est pourquoi, dès que la nouvelle de l'audition de Janis par la police sera divulguée, notre avocat transmettra à la presse un communiqué en ce sens. Tommy m'a promis de tout faire pour rester discret mais, tôt ou tard, il y aura une fuite.

— Et je suppose que l'ensemble des employés du ranch est également prêt à coopérer ?

Dallas acquiesça, mais Austin remarqua une légère hésitation dans son regard.

— Est-ce que tu penses à tante Bea et oncle Ezra ? demanda-t-il.

— Tous deux ont déjà fait savoir qu'ils considèrent n'avoir rien de plus à dire sur cette affaire et que, au lieu de venir déranger les membres de la famille, le shérif ferait mieux de rechercher le meurtrier pour de bon.

— Eh bien, au moins, pour une fois, ils sont d'accord sur quelque chose, commenta Austin avec amertume.

Il tapa du poing sur le plan de travail. Son geste fit sursauter l'épagneul qui tournait autour de ses pieds. Il se baissa pour le soulever, le posa sur ses genoux et le caressa derrière les oreilles.

— Personne ne s'est manifesté pour réclamer notre petit protégé ?

Dallas secoua la tête.

— Ce serait bien de lui donner un nom, suggéra Austin en levant les yeux vers Maria. Même si ce n'est que temporaire.

— Bailey. Je trouve que ça lui irait bien, répondit-elle. Et j'ai toujours aimé ce prénom.

Austin fit pivoter l'épagneul pour le regarder en face.

— Bailey… Ça te plaît, comme nom ?

Le chien, tout frétillant, tenta de lui lécher le visage.

— Je prends ça pour un oui, reprit Austin avant de le reposer par terre.

— Je n'aime pas dire ça d'un membre de la famille, dit alors Dallas, mais, depuis le premier jour, oncle Ezra a fait partie des suspects. Il est capable d'avoir convaincu tante Bea de lui fournir un alibi pour la nuit du meurtre. Mais si Tommy a vu juste et si oncle Ezra est coupable, cela signifie qu'il a empoisonné les médicaments de papa et maman plusieurs jours avant leur mort.

— Depuis combien de temps étaient-ils enrhumés ? se demanda Austin tout haut.

— Quelques jours. Mais il est possible que seulement quelques comprimés aient été empoisonnés.

— Je me demande si c'était papa qui était visé en priorité, commenta Austin. Et, si oncle Ezra est coupable, qu'avait-il à gagner à éliminer papa ou maman ?

— Je me suis posé la même question, répliqua Dallas qui se passa la main sur le menton. Tommy a découvert l'existence d'une correspondance suivie entre oncle Ezra et Hollister McCabe. Dans les grandes lignes, McCabe affirmait qu'Ezra toucherait un joli pactole s'il réussissait à nous convaincre de lui vendre les vingt hectares qu'il convoitait.

— McCabe a toujours dit que ces vingt hectares lui revenaient de droit. C'est d'ailleurs là l'origine de la brouille entre papa et lui.

— Ça ressemble à un mobile, intervint doucement Maria, comme pour exprimer qu'elle ne voulait pas s'immiscer dans leur conversation sans y être autorisée.

Dallas la regarda et acquiesça.

— Je pense que Tommy devra insister pour auditionner oncle Ezra encore une fois. Même si celui-ci a fait comprendre qu'il ne se montrerait pas coopératif.

— A-t-il songé aux réactions que ça pourrait susciter ? Faire preuve de mauvaise volonté ne fera que le rendre plus suspect. D'ailleurs, faire valoir cet argument serait peut-être une bonne façon de l'inciter à accepter de répondre à la demande de Tommy, reprit Austin, qui réfléchissait à voix haute.

— Nous verrons bien. Mais je tenais à ce que tu sois au courant de l'évolution de l'enquête, déclara Dallas qui but une gorgée de café.

— Ezra était censé être chez Bea le soir de la mort de nos parents, n'est-ce pas ? questionna Austin qui fouillait dans sa mémoire.

— Oui, c'est ça. Son alibi était inattaquable.

— Me permettez-vous une petite remarque ? intervint Maria.

— Vas-y, je t'en prie, répondit Austin, curieux de connaître son opinion.

— D'expérience, j'ai appris que, dans ce genre de situation, celui ou ceux qui ont le comportement le plus suspect se révèlent effectivement coupables.

— Si nous suivons ton raisonnement, le coupable est oncle Ezra, répliqua Austin. D'ailleurs, depuis la mort de papa, il ne cesse de réclamer toujours plus.

— Plus de quoi ? voulut savoir Maria.

— De tout. Plus de responsabilités, de pouvoir de décision, de parts des terres…

— Mais, jusqu'à présent, Tommy n'est pas parvenu à démonter son alibi, précisa Dallas.

— Qui est solide, étant donné que Bea et lui n'ont jamais été en bons termes, releva Maria. Mais il y a autre

chose qui me semble bizarre : la majorité des empoison-
nements sont l'œuvre de femmes.

— Eh bien, ce n'est pas un secret que, depuis le début,
oncle Ezra laisse entendre, plus ou moins subtilement,
que quelqu'un d'autre qui vit en permanence à la maison
est coupable.

— En d'autres termes, il tente d'instiller l'idée que ce
serait Janis la meurtrière ? s'exclama Maria, scandalisée.
Je n'y crois pas un instant !

— Ezra semble prêt à tout pour qu'on s'intéresse à
quelqu'un d'autre que lui, ajouta Austin.

— Théoriquement, Janis est la seule personne qui
avait accès en permanence à la chambre de nos parents,
reconnut Dallas.

— Et qu'en pense Joshua ? demanda Maria.

— Il pense comme nous. Il ne croit pas à la culpabilité de Janis. Il trouve également que l'attitude d'Ezra
est étrange, mais il n'a pas envie de croire qu'il aurait
été capable d'aller jusqu'à tuer nos parents. Ce n'est pas
quelqu'un de facile, il peut se montrer colérique, jaloux,
mais il n'en fait pas moins partie de la famille, dit Dallas.

— Et dans la semaine qui a précédé le meurtre s'est-il
trouvé dans la maison à un moment ou un autre ?

— Oui. Et d'ailleurs, au même moment, notre mère
déjeunait en ville avec Bea.

— Et quelles pourraient être les autres options ? insista
Maria. Est-ce que, par exemple, la personne chargée de
l'organisation des réceptions au ranch pourrait être entrée
dans la chambre ?

— Non, c'est peu probable. Le soir du meurtre, la
responsable des réceptions et l'ensemble de son personnel
ont pu justifier de leurs faits et gestes pour toute la soirée,

expliqua Dallas. En outre, cela fait des années que nous faisons appel au même traiteur pour les réceptions, ce qui signifie que, pour la société, la mort de nos parents, c'est la perte d'un de leurs plus gros clients. Ezra, lui, avait à y gagner, à condition de nous convaincre d'accéder à ses demandes.

— Et sinon, vous ne voyez personne d'autre ?

Dallas fit non de la tête.

— Les personnes auxquelles nous pourrions penser n'avaient ni raisons valables ni moyens d'accès. Le seul homme à qui nous sommes certains que la mort de notre père n'a pas causé la moindre tristesse, c'est Hollister McCabe, mais il est en prison.

— Et les autres employés du ranch ?

— Notre responsable de la communication, Cynthia Stoker, a passé toute la soirée avec nos invités.

— Oui. Et Stacy a été embauchée après la mort de nos parents, renchérit Austin.

— Qui est-ce ? voulut savoir Maria.

Austin se demanda s'il n'y avait pas une pointe de jalousie dans sa voix.

— Stacy est une personne que nous avons embauchée pour assister Janis. Une personne de confiance.

— Et c'est tout ? Il n'y a personne d'autre ?

— Non. Espérons que l'analyse de la boîte de médicaments apportera de nouveaux éléments à Tommy, dit Dallas.

— Tu crois qu'il est possible qu'il reste des empreintes dessus ? lança Austin à Maria.

— C'est possible, oui. Il serait cependant plus facile de relever et d'identifier des empreintes dans la chambre, notamment sur des supports métalliques ou en verre. Mais un laboratoire bien équipé peut relever des empreintes sur une boîte touchée par différentes personnes, même après plusieurs mois. Pour en revenir à la dénommée Stacy, vous la connaissez bien ?

— Son précédent patron a perdu la vie et, quand nous lui avons offert un emploi, nous lui avons rendu un grand service. Elle nous est redevable.

Dallas se leva.

— Voilà où nous en sommes. Maintenant, nous n'avons plus qu'à attendre que Tommy ait pu interroger Ezra. Il compte se faire assister par quelqu'un d'extérieur.

— Il a raison. Quelqu'un qui n'a pas participé à l'enquête auparavant pourrait penser à un détail que lui a oublié, commenta Maria. Si vous le voulez, je pourrais moi aussi assister discrètement à l'interrogatoire.

— J'en parlerai à Tommy. Tu as déjà tes propres soucis, c'est vraiment gentil de ta part de t'intéresser à cette affaire.

Maria acquiesça et sourit.

— En ce qui concerne Denali, reprit Dallas, il récupère mais, selon le vétérinaire, il est encore très faible et son état peut se dégrader très vite. D'autant qu'il n'est plus tout jeune…

— Quelle tristesse ! C'est un chien tellement attachant, dit Maria, sincèrement affectée.

— Tu sais qui était au ranch au moment où il a été empoisonné ? demanda Austin à son frère.

— Les personnes habituelles. Les employés, la famille.

Dallas laissa échapper un soupir de lassitude. Austin comprenait que son frère soit épuisé. Diriger un ranch, ce n'était pas un métier comme les autres ; il fallait être sur la brèche en permanence, tout prévoir en cas d'absence.

Il se sentit coupable d'avoir laissé ses frères faire son boulot depuis une semaine.

— Rentre chez toi et tâche de te reposer, lui dit-il avec une tape amicale sur l'épaule. Je m'occupe de la paperasse et de prendre des nouvelles des veaux malades. D'ailleurs, à ce sujet, le vétérinaire a avancé ?

Dallas fit non de la tête.

— Tout ce qu'il peut dire, c'est que leur état n'empire pas.

Décidément, ils devaient être sur plusieurs fronts et, chaque fois, ils butaient sur un mystère.

— Nous n'avons perdu aucune bête. Du moins pas encore. C'est la seule bonne nouvelle que je puisse te donner.

— Je m'en contenterai, répondit Austin qui raccompagna son frère à la porte.

Il voulait croire que la stabilisation de l'état des veaux était un bon signe.

— Tu veux que je le remmène avec moi ? proposa Dallas en indiquant le chien.

Austin observa Maria qui tenait l'épagneul dans ses bras.

— Non, il peut rester avec nous, ne t'inquiète pas.

Dallas acquiesça.

— Très bien, j'y vais. Ça m'a fait plaisir de te revoir, Maria. Et j'espère que tu ne m'en voudras pas de dire ça, étant donné les circonstances, mais c'est bon de te savoir à la maison.

Austin se demanda comment Maria allait le prendre. Elle se contenta de sourire et répondit :

— Je suis contente d'être là.

Dallas allait tourner les talons, mais elle leva la main pour le retenir.

— Cet accord tacite entre votre oncle et Hollister McCabe ne peut pas être ignoré. Mais sachant que, même avec la disparition de votre père, il y avait peu de chances qu'ils arrivent à leurs fins, on ne peut pas se focaliser uniquement là-dessus. Ezra aurait-il autre chose à gagner avec sa mort ?

— Je vois où tu veux en venir, dit Dallas. Tu cherches de potentielles motivations. Mais Bea et lui ont hérité de leur part du ranch il y a plusieurs années.

— Et rien d'autre n'était censé leur revenir à la disparition de votre père ?

Dallas et Austin firent tous deux non de la tête.

— Dans le cas contraire, Ezra et Bea auraient été encore plus suspects, commenta Austin.

— Toutefois, depuis la mort de vos parents, Ezra insiste auprès de vous pour obtenir davantage de responsabilités et d'influence ?

Ils acquiescèrent.

— Il faut donc établir si votre père et lui étaient en conflit. Ou si Ezra avait un intérêt direct à voir votre père mourir. Mais on ne peut pas non plus écarter la possibilité qu'il ait considéré que ce serait plus simple de vous convaincre d'accéder à ses demandes une fois votre père disparu.

— Notre père n'a jamais eu de propos désobligeants pour son frère, assura Austin. De toute façon, il n'était pas du genre à dénigrer qui que ce soit. S'il avait un différend avec quelqu'un, il s'en ouvrait au principal intéressé mais ne le faisait pas savoir autour de lui.

— Oui, c'était un homme bien, très droit, se souvint Maria.

Ils restèrent silencieux quelques secondes.

Finalement, Dallas donna l'accolade à son frère.

— Dès que j'aurai d'autres nouvelles de Tommy, je vous appellerai, dit-il avant de s'en aller.

14

Évoquer la mort de ses parents avait sapé le moral
d'Austin. Cependant, il alla voir Denali. Le labrador
était allongé sur la table du vétérinaire, une couverture
remontée sur lui. Janis était là. Elle avait les yeux gonflés
et serrait un mouchoir en papier dans sa main.

— Je vais te laisser seul avec lui, dit-elle tout bas.

— Comment va-t-il ? lui demanda Austin.

Janis pinça les lèvres et secoua la tête, incapable de
prononcer la moindre parole. Elle baissa les yeux et
quitta la pièce.

Austin inspira avec difficulté. Pour se consoler, il se dit
que c'était bon de savoir que Denali était entouré d'autant
d'affection. Depuis qu'il était chez le vétérinaire, il y avait
quelqu'un quasiment en permanence à son chevet. C'était
naturel, après tout. Plus qu'un animal, Denali était un
compagnon d'une fidélité à toute épreuve depuis quatorze
ans. Et… Non, il ne voulait pas penser qu'il pourrait y
rester. Il fallait qu'il se remette.

Il s'installa sur le tabouret à côté de la table. La respiration du labrador était laborieuse. Dans son sommeil, il
poussait de petits gémissements, et sa patte droite était
secouée de légers spasmes. Austin ne put retenir ses larmes.
La dernière fois qu'il avait pleuré, c'était à l'annonce de

la mort de ses parents. Lorsqu'on lui avait dit que Maria avait perdu le bébé qu'elle attendait, les larmes n'étaient pas venues. Toutes ses émotions étaient restées en lui, il n'avait pas su les exprimer, les laisser sortir.

— Ça va aller, mon beau, je te le promets, dit-il au chien en le caressant derrière les oreilles, tandis que les larmes continuaient de couler sur ses joues.

Denali ouvrit les yeux et remua la queue. Il redressa légèrement la tête, mais ce mouvement parut lui coûter énormément d'énergie. Austin lui posa doucement la main sur le flanc pour le calmer.

— Ne bouge pas, mon beau, reprit-il d'une voix apaisante.

Le chien obtempéra mais continua à agiter la queue.

Austin fut assailli par les souvenirs. Durant l'année écoulée, Denali ne l'avait pas quitté, comme s'il sentait qu'il avait doublement besoin de sa présence. Même lorsqu'il travaillait jusqu'au milieu de la nuit, le labrador restait près de lui.

Le chien eut un petit spasme, et Austin fut pris d'une crise de sanglots irrépressible.

— Je t'en supplie, mon beau, ne me laisse pas, réussit-il à articuler.

Tout se déversait soudain : la douleur d'avoir perdu ses parents, sa fille et la femme qu'il aimait, la peur de voir disparaître son fidèle compagnon.

— Ne me laisse pas, répéta-t-il.

Austin rentra chez lui avec son ordinateur et une pile de dossiers sous le bras. Laisser Denali n'avait pas été facile, bien que le vétérinaire lui ait assuré à plusieurs reprises que son état était stable. De toutes ses forces, il s'accrochait à l'espoir que le labrador s'en sorte.

Quand il arriva à la maison, il était 2 heures du matin ; il y avait encore de la lumière dans le salon.

Il entra, ôta ses bottes et chercha Maria du regard. Il n'aurait pas été surpris de la découvrir assise à l'attendre, mais elle n'était pas là. Sans doute dormait-elle déjà. Sans savoir pourquoi, il se dirigea vers la chambre qu'elle occupait. Peut-être avait-il besoin de se convaincre qu'elle était bien là. Sa présence au ranch avait quelque chose de rassurant.

Il avait du mal à interpréter ce qu'il ressentait, et ses émotions étaient trop à vif pour qu'il les analyse.

La porte de la chambre d'enfant était entrouverte, et un rai de lumière filtrait de l'intérieur.

Il s'arrêta net.

Maria avait toujours évité de s'approcher de cette chambre. Il lui fallut quelques instants pour comprendre que c'était elle qui s'y trouvait. Il fit un pas supplémentaire et s'arrêta à la porte sans oser regarder à l'intérieur. Il redoutait d'y découvrir Maria en pleurs. Puis il prit conscience du fait que, comme lui, elle n'avait pas versé de larmes pour la perte de leur bébé. Du moins ne l'avait-il jamais vue le faire.

— Austin ?

Il se sentit idiot à se tenir là, devant la porte.

— J'ai vu de la lumière…, se justifia-t-il, comme s'il venait d'être pris en faute.

— Tu te souviens de cette photo ? lui demanda Maria.

Il entra dans la chambre pour voir de quelle photo elle parlait. Des souvenirs l'assaillirent. Depuis que Maria l'avait quitté, il était entré une ou deux fois dans cette chambre, comme pour y chercher une explication à son départ.

Elle était assise par terre dans un coin. Il s'approcha et vit qu'elle tenait un album photos ouvert à la page où figurait un cliché sur lequel on la voyait rayonnante avec, à la main, le test de grossesse qui avait révélé qu'elle était enceinte. Ses cheveux étaient attachés en queue-de-cheval, et elle portait un T-shirt bleu. Il se souvenait parfaitement de ce moment. Elle venait de rentrer de son jogging matinal et lui avait dit avoir été prise deux fois de nausées. Elle avait passé un coup de fil à une amie médecin qui lui avait conseillé d'aller acheter un test de grossesse dans une pharmacie.

À l'époque de cette photo, ils n'avaient pas idée de ce que la vie leur réservait, songea-t-il.

Il se rappelait également comme il était très vite tombé amoureux d'elle. Pourtant, leur relation ne s'était pas concrétisée du jour au lendemain. Ils s'étaient vus maintes et maintes fois, avaient passé de longues soirées ensemble. Et, un jour, ils avaient fini par s'avouer leur attirance mutuelle.

Maria lui prit la main et la serra. Il sentit l'émotion le submerger mais, cette fois, se dit qu'il devait être fort pour la soutenir.

— Je suis désolée, dit-elle.

— Ce n'était pas ta faute.

— J'espérais qu'elle te ressemblerait.

Des larmes se mirent à couler sur les joues de Maria. Austin s'était assis à côté d'elle et, sans réfléchir, elle lui passa les bras autour du cou et l'embrassa. Il l'entoura de ses bras, et la sensation de force et de tendresse qu'elle éprouva la bouleversa. Des frissons d'excitation la parcoururent, une douce chaleur monta en elle.

Une myriade d'émotions contrastées la traversa. Il y avait du regret mêlé à une irrépressible envie de renouer avec un sentiment qu'elle n'avait plus connu depuis qu'elle était partie un an plus tôt.

— Je manque de… *Tu* me manques.

Il avait parlé tellement bas qu'elle crut d'abord avoir imaginé qu'il avait prononcé ces paroles. Car, au fond d'elle, c'était ce qu'elle voulait entendre. Pourtant, c'est elle qui était partie, pas lui. Tout était sa faute.

Cette pensée la ramena à la réalité. Elle se leva, s'excusa et sortit de la chambre avant qu'il puisse voir la honte inscrite sur son visage.

— Non, ne fais pas ça ! lança-t-il en se levant à son tour pour la suivre.

Même s'il ne s'était pas exprimé, Maria aurait su qu'il était derrière elle. Austin avait une présence magnétique. Elle s'appuya contre le plan de travail de la cuisine, prit une grande inspiration, puis fit volte-face.

— Que veux-tu dire ?

— Ne te referme pas sur toi-même une fois de plus, dit-il d'une voix dans laquelle perçait tellement de souffrance qu'elle en fut ébranlée. Explique-moi ce que j'ai fait pour que tu t'échappes de cette façon.

Comment pouvait-elle le regarder en face et lui expliquer que tout était sa faute à elle ?

— Rien du tout.

Elle voulut s'en aller, mais il la retint par le bras.

— Nous n'avons jamais parlé de ce qui nous a éloignés l'un de l'autre, Maria.

— Si, je te l'ai déjà dit.

Dès qu'elle fit mine de dégager son bras, il la lâcha. Elle réfléchit. Elle n'avait pas le droit de lui dire ce qu'elle attendait de lui. Pourtant, elle était tout près de le faire.

Elle leva la tête, se passa la langue sur les lèvres. Elle avait besoin de courage, car elle craignait de lire de la souffrance dans son regard.

— Je voudrais que tu m'embrasses, osa-t-elle lui dire.

Sans le regarder, elle attendit sa réponse.

Celle-ci ne tarda pas. Il prit son visage entre ses mains et l'embrassa avec ferveur.

Elle se hissa sur la pointe des pieds, passa les bras autour de son cou et se pressa contre lui.

Il posa les mains sur ses hanches, la souleva du sol et l'assit sur un tabouret devant le comptoir. Il fit un pas en avant et se retrouva tout contre elle, tandis qu'il intensifiait son baiser. Leurs langues s'entremêlaient frénétiquement, l'excitation montait de seconde en seconde. Elle perçut son érection, ce qui ne fit qu'intensifier son désir et sa conviction qu'elle était avec le seul homme qu'elle voulait vraiment. Il lui avait tellement manqué…

Leurs vêtements lui firent l'impression d'une barrière entre eux, et cette sensation était insupportable.

Elle avait envie d'être peau contre peau, sans restrictions, avec l'homme qu'elle aimait.

L'homme qu'elle aimait ?

Oui, évidemment qu'elle aimait toujours Austin. Mais elle, elle était toxique, et elle redoutait de le blesser de nouveau. C'est pourquoi elle hésitait à aller plus loin. Il le sentit car il recula d'un pas et la dévisagea.

Il avait les pupilles dilatées, ses yeux brillaient de désir.

— J'aimerais pouvoir dire que c'est une bonne idée, dit-elle d'une voix incertaine.

— Si nous faisons l'amour, ça changera la donne, répondit-il d'une voix rauque.

— C'est vrai, admit-elle alors qu'elle s'efforçait de respirer normalement.

— Ce qui ne serait pas forcément négatif, reprit-il.

À condition qu'ils soient capables de gérer les conséquences, songea-t-elle. En son for intérieur, elle était convaincue que, tôt ou tard, elle lui ferait de nouveau du mal.

— Ton hésitation me fait dire que mieux vaut qu'on se retienne, ajouta-t-il.

Il appliqua son front contre le sien et soupira.

Ce n'était effectivement pas le bon moment mais, pour elle, il en serait toujours ainsi. Trop de démons la tiraillaient de toutes parts, et elle n'avait aucune envie d'entraîner Austin dans son enfer personnel.

Pleurer pour de bon avait ses vertus. Souvent, elle avait souhaité que ses larmes coulent, mais elles ne venaient pas. Pourtant, la veille au soir, c'était comme si toutes celles qu'elle gardait en elle depuis des années s'étaient déversées.

Et, ce matin, elle se sentait mieux que depuis bien longtemps.

Elle s'étira puis se leva pour se débarbouiller et se brosser les dents. Elle attacha ses cheveux et enfila des vêtements de sport ; elle avait très envie d'aller courir. Sur le domaine du ranch, elle serait en sécurité.

Après le petit déjeuner, elle ferait le point avec Vickery suite aux informations qu'elle lui avait transmises.

Austin était sans doute déjà au travail, il y avait de la lumière dans sa chambre. Elle n'avait pas envie de le déranger, mais elle devait le tenir au courant de ses projets. Elle traversa le couloir. La porte était entrouverte. Austin était assis à son bureau, Bailey couché à ses pieds.

Elle frappa un petit coup.

— Entre, fit-il en se frottant les yeux.

Comme elle préférait rester dans le couloir, elle ouvrit la porte davantage et s'appuya contre le montant.

— Je m'apprêtais à aller courir, dit-elle.

Austin s'étira et elle put se délecter du spectacle de ses muscles car, à part un jean, il ne portait rien.

— Tu veux de la compagnie ? lui proposa-t-il en dissimulant un bâillement.

— On dirait qu'une petite dose de caféine ne te ferait pas de mal.

— Ce n'est pas faux, mais un peu d'exercice ne peut pas être nocif non plus. J'ai dû m'y reprendre à trois fois pour boucler la mise à jour de la comptabilité.

Il lui adressa un sourire qui la fit fondre.

Bailey se mit à agiter la queue et se leva.

— De toute façon, lui, il a besoin de se dégourdir les pattes.

Il se leva à son tour. Maria ne put s'empêcher de contempler son corps musclé tandis qu'il traversait la chambre pour aller chercher un T-shirt et l'enfiler.

Elle aurait pu se sentir mal à l'aise à être là, incapable de détacher ses yeux de lui, mais le voir se déplacer dans une pièce à moitié habillé ou entièrement nu ne l'avait jamais dérangée. Au contraire, ça lui semblait naturel.

Toutefois, quand il déboutonna son jean, elle sentit monter en elle un désir primaire totalement incontrôlable.

Il ôta son jean et le posa sur le lit. Faisait-il déjà chaud, dehors ? Parce qu'elle, elle commençait à avoir très chaud. Elle avait la bouche sèche, les mains moites, les yeux toujours rivés sur lui tandis qu'il enfilait un short.

Heureusement, il était trop affairé pour la regarder et n'avait pas remarqué dans quel état elle était.

Lorsqu'il se redressa et qu'elle croisa son regard, ce fut comme si un éclair zébrait l'atmosphère.

Elle tenta de déglutir, sans véritablement y parvenir. Austin esquissa un sourire, ce sourire ravageur auquel elle n'avait jamais su résister, sans arrogance mais terriblement sexy.

— Je vais mettre la cafetière en route pour que le café soit prêt à notre retour, parvint-elle à dire avant de tourner les talons.

Des images érotiques commençaient à flotter devant ses yeux.

Il fallait qu'elle sorte de cette chambre… et vite !

15

Austin secoua la tête et partit d'un petit rire. Tant mieux si son comportement l'amusait car Maria avait dû faire appel à toute sa force pour quitter la pièce et… ne pas compliquer davantage les choses. Et ce même si elle était consciente qu'elle aurait passé un moment merveilleux si elle avait cédé à son élan. Car faire l'amour avec Austin comptait parmi ce qui lui était arrivé de mieux dans la vie. Bien sûr, il était très viril et lui plaisait énormément physiquement, mais ce qui rendait ces moments si particuliers, c'était plus que cela. Quand elle faisait l'amour avec lui, elle se livrait corps et âme, tout ce qu'elle éprouvait pour lui s'exprimait.

Avec lui, jamais elle n'avait ressenti le besoin d'être sur la réserve, elle ne craignait rien. Et son attitude avait fait croire à Austin qu'elle avait confiance en elle, qu'elle n'avait peur de rien. Pourtant, c'était tout le contraire. Elle avait énormément de failles.

Elle sut précisément à quel moment Austin entra dans la cuisine, et ce n'était pas à cause du bruit caractéristique des griffes de Bailey sur le carrelage. Elle sentait naturellement sa présence.

Il vint se poster derrière elle, si près qu'elle entendit sa respiration. Elle aurait voulu s'appuyer contre lui, fermer les yeux et s'abandonner à la sensation de plénitude qu'elle éprouvait dans ces instants-là. Soudain, elle sentit sa main sur sa hanche, et ce contact lui causa un frisson qui la fit haleter.

— Ça va ? lui demanda-t-il.

— Oui.

Quand il lui déposa un léger baiser à la base du cou, elle faillit perdre toute contenance.

— La nuit dernière a été éprouvante, avoua-t-il.

Il lui passa doucement la main sur le ventre, et une sensation de chaleur l'envahit.

— Le fait de m'être retrouvé dans la chambre d'enfant avec toi m'a bouleversé, poursuivit-il. J'ai été incapable de trouver le sommeil.

— Comment va Denali ? lança-t-elle, avant tout pour mettre un frein au désir qui montait en elle.

La plupart de ses souvenirs lui étaient revenus, et elle était persuadée qu'Austin n'arriverait jamais à lui pardonner complètement ce qu'elle lui avait fait endurer. Et, même s'il en était capable, il méritait mieux que ce qu'elle avait à lui offrir. Elle traînait trop de casseroles ; elle ne se débarrasserait jamais de ses démons et de ses tendances autodestructrices. Et, fatalement, ses proches en pâtiraient toujours.

Il fit courir un doigt sur son cou, son épaule, son bras, et elle dut lutter de toutes ses forces pour garder son sang-froid. Que n'aurait-elle donné pour oublier tous ses soucis et s'abandonner au plaisir du moment présent ! D'autant qu'avec Austin, ce serait magique. Elle se retourna pour lui faire face et comprit vite que c'était une erreur. Car, immédiatement, son corps réagit à sa présence. Ses yeux verts lui parurent encore plus attirants que d'ordinaire, elle était comme envoûtée. Elle chercha des mots pour exprimer ce qu'elle ressentait, mais le tumulte qui l'agitait était tel qu'elle n'en trouva pas.

— Il va s'en sortir, n'est-ce pas ? insista-t-elle, sans masquer son inquiétude.

— Le vétérinaire ne peut pas l'affirmer. J'aimerais d'ailleurs repasser le voir ce matin.

— Oui, moi aussi j'aimerais y aller. Enfin, si tu m'y autorises, bien sûr.

Il acquiesça, ce qu'elle prit pour un bon signe.

Elle lui posa les mains sur les épaules et se hissa sur la pointe des pieds. Une ombre passa dans le regard d'Austin, comme s'il se demandait si c'était une bonne idée qu'ils s'embrassent de nouveau.

Apparemment, il décréta que ce n'en était pas une car il s'écarta d'elle et recula.

— Je ne peux pas, Maria. C'est trop facile de reprendre de vieilles habitudes quand tu es là, et je ne peux pas nier que te voir dans la maison me donne le sentiment que c'est naturel, qu'il doit en être ainsi, que l'année qui s'est écoulée, sans toi, était une anomalie. Mais te lancer dans une nouvelle relation n'a pas semblé te poser de problèmes. Et ça, je dois en tenir compte.

— Qu'est-ce que tu veux dire ? Tu crois vraiment que, si j'étais avec quelqu'un d'autre, nous serions passés si près de faire l'amour hier soir ?

— Est-ce ce qui te tracasse ? lui demanda-t-il en retour, les bras croisés. La peur de vivre dans l'ambiguïté ?

— Pourquoi ne me dis-tu pas franchement ce que tu as sur le cœur, Austin ?

— Tu as besoin que je te fasse un dessin ? D'accord.

Après m'avoir quitté, combien de temps t'a-t-il fallu pour courir après un autre homme ?

Sa voix était pleine de venin.

— C'est vraiment comme ça que tu vois les choses ? lança-t-elle, blessée.

— Et comment suis-je censé les voir ? J'apprends par Tommy que tu es fiancée à un autre au moment où je reçois une demande de divorce de ta part.

— Je n'étais pas… Je n'ai jamais envisagé de me remarier ! protesta-t-elle, la vision brouillée par les larmes. Encore moins avec un type avec lequel je suis sortie deux fois.

— Dans ce cas, je n'ai pas tout compris.

— Ça, tu peux le dire ! s'exclama-t-elle avant de quitter la cuisine.

Quand elle se retrouva dans sa chambre, secouée de sanglots, elle prit conscience qu'en vérité elle aurait voulu se jeter dans ses bras et implorer son pardon. Mais elle avait perdu ses repères. De toute sa vie, elle avait rarement pleuré. Or, depuis deux jours, elle se faisait l'effet d'une véritable fontaine de larmes. Elle avait baissé la garde et doutait que ce soit pertinent. Surtout après être entrée dans la chambre qui aurait dû devenir celle de leur fille. Cela avait fait surgir des émotions inattendues.

Au moment où cette pensée la traversait, elle sentit la colère monter en elle. Non, elle n'allait pas implorer le pardon d'Austin ni rester dans son coin à se lamenter.

Elle allait lui dire tout ce qu'elle avait en elle, sans rien omettre. Dès qu'elle aurait retrouvé une contenance.

Elle prit une minute pour se ressaisir complètement, sécha ses larmes, se leva et inspira à fond. Voilà, elle était prête. Elle ouvrit la porte, sortit résolument et entra en collision avec Austin. Mince, elle ignorait qu'il était là, à la porte de sa chambre !

— Ne dis rien, dit-il en levant la main.

Pendant quelques secondes, elle fixa cette main levée. Elle avait toujours aimé ses mains, qui dégageaient tellement de force et se révélaient pourtant si douces lorsqu'il la caressait. Mais elles ne détenaient pas de pouvoirs magiques. Et elle refusait de se taire simplement parce qu'il en avait levé une. Cette dernière réflexion ne fit qu'accroître sa détermination.

— Ne t'avise pas d'essayer de me faire taire ! lâcha-t-elle d'une voix tranchante.

L'expression incrédule qui apparut sur le visage d'Austin lui arracha un sourire.

— Euh… Bon. Alors vas-y, parle, dit-il avec une mine faussement déconfite.

Avec lui, il était impossible d'avoir une vraie querelle. Chaque fois que le ton montait, il esquissait une moue ou lançait un bon mot qui, immanquablement, les faisait tous deux éclater de rire. La tension retombait alors comme un soufflé.

Cependant, cette fois, elle s'accrocha à la colère qui s'était emparée d'elle.

— Premièrement, je ne suis pas et je n'ai jamais été fiancée à Mitch DeCarlo.

— C'est noté, répliqua-t-il. Mais je dois te demander si lui le sait, ajouta-t-il d'un ton légèrement amusé.

— Oui, maintenant, il le sait, rétorqua-t-elle en lui pointant un doigt sur le torse. Nous sommes sortis ensemble deux fois, continua-t-elle. Récemment.

— Récemment ?

— Le mois dernier, précisa-t-elle.

420

— Mais alors pourquoi clame-t-il qu'il va t'épouser ?

Elle haussa les épaules.

— Franchement, je ne sais pas comment il a pu s'emballer aussi rapidement. Ça faisait longtemps qu'il me proposait de sortir avec lui, mais qu'il se soit persuadé que le fait que je finisse par accepter signifiait que j'étais prête à l'épouser, c'est un peu fort.

Austin ne fit aucune remarque et attendit qu'elle poursuive.

— Si j'ai accepté de sortir avec lui, c'est parce que j'ai considéré qu'il était temps pour moi d'essayer de mettre mes sentiments pour toi derrière moi, reprit-elle. Mais ne va pas t'imaginer que je suis incapable d'avoir une relation avec un autre homme, parce que maintenant que je sais à quel point tu me détestes, ce sera beaucoup plus facile.

— Moi, je te déteste ? protesta-t-il.

— C'est l'impression que tu m'as donnée.

Quand elle vit son visage se décomposer, elle regretta de s'être laissée aller à lui communiquer ses états d'âme.

— Mais qu'est-ce qui te fait croire ça ? demanda-t-il, les yeux écarquillés.

Son expression ébahie lui donnait un charme irrésistible. Décidément, Austin était plus que jamais l'homme avec qui elle avait envie d'être. Et, en plus, il était intelligent. Une petite voix dans sa tête lui rappela néanmoins que ce n'était pas le moment de lister l'ensemble de ses qualités.

Il prit un air renfrogné, comme s'il était blessé, mais elle décida de ne pas se laisser impressionner. Avant, elle aurait gardé le silence et pris la fuite. Mais cette époque était révolue. Elle refusait de continuer à esquiver, à se refermer sur elle-même.

Certes, rester face à Austin et résister à la tentation de

le toucher était une épreuve, tout comme trouver les mots appropriés, mais ils avaient besoin de rompre avec les erreurs du passé, de parler, pour en finir une bonne fois pour toutes avec les malentendus qui les avaient séparés pendant un an.

Ring of Fire retentit et interrompit leur conversation. Austin poussa un juron silencieux, car il était sur le point de révéler à Maria à quel point il l'aimait. À quel point il l'aimait ?

Oui, inutile de se voiler la face, songea-t-il tout en sortant son téléphone. C'était Dallas.

— Dallas, quoi de neuf ? demanda-t-il après avoir décroché.

— Il fallait que je t'appelle. Je suis en chemin pour venir te voir. J'ai une surprise pour toi. Tu es toujours à la maison, n'est-ce pas ?

— Oui, j'y suis.

— Et tu n'avais pas l'intention de t'absenter ?

— Non, non, je t'attends.

Il fit quelques pas pour s'éloigner de Maria.

— Je ne suis plus très loin ; il y a quelque chose que je dois te montrer au plus vite.

Dallas semblait tout excité. Austin en fut intrigué.

— Je suppose que tu ne vas pas me dire de quoi il s'agit au téléphone ?

— Non, en effet.

— Alors je t'attends, répéta-t-il.

Il prit une grande inspiration pour se détendre, car lui aussi était agité.

— Je serai là dans dix minutes au maximum, reprit Dallas qui coupa la communication avant qu'Austin ait pu lui en demander davantage sur ce qu'il comptait lui montrer.

Lorsqu'il se retourna, Maria n'était plus là. Elle n'était pas passée près de lui et devait donc être dans sa chambre. Il faillit aller vérifier mais, finalement, se rendit dans la cuisine et mit la cafetière en route.

Il arpenta la cuisine de long en large. La patience n'avait jamais été son fort. Il se souvint que, quand ses frères et lui étaient enfants et que l'un d'entre eux se montrait impatient, leur mère leur disait toujours qu'il était inutile de retirer une bouilloire du feu avant que l'eau soit à ébullition. Il eut beau se répéter ce vieil adage, ce fut sans effet.

La conversation avec Maria lui avait donné la sensation qu'une muraille invisible était tombée. Il aurait voulu aller la trouver sans attendre pour lui dire ce qu'il avait sur le cœur. Mais, avant de reprendre cette conversation essentielle qu'ils étaient enfin prêts à avoir, il avait besoin de se calmer. Et il n'avait pas envie qu'ils soient de nouveau interrompus par Dallas.

Quelques secondes plus tard, il entendit le crissement des pneus du pick-up de son frère sur le gravier devant la maison. Il posa son mug et appela Maria pour la prévenir de son arrivée. Il espérait de tout cœur que, cette fois, Dallas lui apporte une bonne nouvelle.

Il se dirigea vers la porte d'entrée et vit Maria remonter le couloir.

— Je suis désolée d'avoir disparu avant la fin de notre…

— … Discussion, finit-il pour elle.

— Oui, c'est ça.

Elle fit une grimace et il supposa qu'elle s'apprêtait à s'excuser.

— Si tu te défiles systématiquement, nous n'arriverons à rien. Tu en es bien consciente, n'est-ce pas ?

Elle avait l'air malheureuse.

— Oui, je l'ai compris.

Entendre cette simple phrase de sa bouche lui fit un bien fou. Il lui sourit.

— Tant mieux. Nous reprendrons notre conversation dès que mon frère sera parti.

Elle le fixa droit dans les yeux.

— D'accord, c'est promis.

Austin sentit l'espoir renaître en lui. Apprendre qu'elle ne s'était pas engagée dans une histoire sérieuse avec un autre homme avait déjà contribué à lui remonter le moral. Il se demanda encore une fois comment leur relation avait pu se dégrader à ce point. Il y avait eu tant de non-dits et de malentendus… Si enfin ils parvenaient à rétablir la communication entre eux, tout n'était pas perdu. Car, ils avaient beau être séparés depuis un an, ses sentiments n'avaient pas varié. Il ne demandait qu'à avoir une chance de tout recommencer. En mieux. Car ils en avaient la force et l'envie, il le sentait.

— Je suis curieux de savoir ce que Dallas a de si important à nous annoncer.

Il lui prit brièvement la main avant d'ouvrir la porte.

Son cœur bondit dans sa poitrine quand il vit Denali courir vers lui. Il tomba à genoux pour serrer le labrador dans ses bras.

— Son état s'est soudainement amélioré hier soir, peu de temps après ton départ, lui apprit Dallas. Le vétérinaire m'a d'ailleurs chargé de te demander quel est ton secret, car il compte s'en servir au plus vite sur d'autres animaux.

Austin était trop ému pour répondre. Il se contenta de caresser son chien, de frotter son front contre le sien.

— Tu l'as fait, mon beau, tu as survécu !

Maria s'agenouilla à côté de lui. Curieux, Bailey s'approcha prudemment, et tendit le museau pour faire connaissance avec Denali.

— Tu comprends pourquoi je ne t'ai rien dit au téléphone, reprit Dallas avec un grand sourire. Je ne voulais pas gâcher vos retrouvailles.

— Revoir Denali sur ses pattes et en pleine forme va au-delà de toutes mes espérances, dit Austin, qui songea que Maria était toujours là pour partager les meilleurs moments de sa vie.

— Pour continuer dans la même veine, je vais t'annoncer une seconde bonne nouvelle, ajouta Dallas. Les veaux vont mieux.

Austin n'eut pas le temps de répondre. Le portable de son frère sonna et celui-ci décrocha.

— C'est vrai ? demanda Dallas à son interlocuteur. Attends une seconde.

Il s'adressa à Austin :

— C'est Gideon. Il dit qu'Ezra et Bea sont à l'entrée et souhaiteraient nous voir.

— Bien. Je vais avertir Tommy, répondit Austin qui sortit à son tour son portable.

Il envoya un message et reçut immédiatement une réponse de Tommy qui lui annonçait son arrivée.

— D'accord, dit Dallas à Gideon avant de raccrocher.

— Tu as une idée de ce qui pousse Ezra à venir ici ? s'enquit Austin.

— Tommy a obtenu un mandat de perquisition et a fouillé sa maison ce matin même, lui apprit Dallas.

— Eh bien, ça nous promet de l'animation ! remarqua Austin.

Il regarda Maria puis Denali. Quoi qu'il arrive, rien ne viendrait assombrir cette journée, se dit-il.

16

Plusieurs coups secs furent frappés à la porte. Austin posa sa tasse et se leva pour aller ouvrir.

À peine eut-il entrebâillé la porte qu'Ezra la poussa pour entrer et passa devant lui sans lui dire un mot.

— Bonjour, Bea, dit Austin à sa tante, qui suivait Ezra.

Elle se contenta de lui retourner un petit signe de tête puis entra à son tour, les yeux baissés. Austin fut surpris par son attitude et lança un regard interrogateur à Gideon, qui était là aussi. Tommy, qui n'avait pas perdu de temps, était en train de se garer devant la maison. Austin l'attendit à la porte.

— Salut, Tommy. Alors, tu ne te plaisais pas à l'hôpital ?

— Non. Ça manquait d'action. Et je suis resté trop longtemps allongé, de toute façon.

Il nota que Tommy semblait néanmoins fatigué.

— Je vois que tout le monde est déjà arrivé, ajouta ce dernier.

— Oui, à l'instant, répondit Austin.

Il invita Tommy à le suivre dans la cuisine, où se tenait déjà une conversation plutôt animée.

— Bien, tout le monde se calme ! ordonna Austin.

Ezra, qui était celui qui parlait le plus fort, prit la remarque pour lui et s'empourpra. Il paraissait furieux.

— Alors, peut-on m'expliquer ce qui se passe ? reprit Austin.

Ezra foudroya Tommy du regard.

— C'est à *lui* que tu devrais poser la question ! J'aimerais bien savoir quand il compte laisser notre famille tranquille et se consacrer enfin à rechercher pour de bon celui qui a tué mon frère et ma belle-sœur !

Tommy soupira.

— Ezra, je suis désolé si mon enquête vous contrarie, mais je me dois de suivre les indices dont je dispose.

Ses propos ne firent qu'amplifier la colère d'Ezra.

— Tu mens ! Si tu avais de véritables indices, tu ne me tournerais pas autour comme tu le fais. Tu n'arrêtes pas de revenir m'interroger. C'est pour cette raison que je suis venu avec Bea. Pour qu'elle te redise, à toi et à tout le monde, pour la énième fois, que le soir du meurtre, j'étais avec *elle* !

Bea, qui se tordait nerveusement les mains, se contenta d'acquiescer en silence. Elle paraissait au bord de la panique. À ce moment-là, Maria entra dans la cuisine avec les chiens. Immédiatement, Denali poussa un gémissement craintif et voulut s'enfuir.

Le comportement du labrador mit Austin en alerte. Il se planta devant Bea.

— Tu confirmes la version d'oncle Ezra ?

— Je souhaite seulement que celui qui a tué vos parents soit arrêté le plus tôt possible, répondit-elle.

Elle évitait sciemment de le regarder en face. Austin remarqua que Denali était à la porte, la queue entre les pattes, et demandait à sortir. Son attitude trahissait la peur et était tout à fait inhabituelle.

Intriguée elle aussi, Maria observa alternativement Denali et Bea.

— Nous pensons tous la même chose, Bea, dit-elle. Nous souhaitons que Tommy arrête le meurtrier sans délai.

Bea paraissait de plus en plus mal à l'aise ; elle gardait les yeux baissés et se tordait les mains. Austin repensa à ce qu'avait dit Maria, à savoir qu'un comportement coupable n'est généralement pas dû au hasard.

— Depuis le début, Tommy recherche un homme…, continua Maria. Peut-être aurait-il dû rechercher une femme, qui sait ? Qu'en dites-vous, Bea ?

Cette fois, la panique s'empara de Bea pour de bon. Elle releva brusquement la tête et chercha Ezra des yeux.

Celui-ci brandit alors un couteau.

— Reculez tous ! lança-t-il, sa lame devant lui.

— Qu'est-ce que ça signifie ? lui demanda Austin.

Ce fut Bea qui répondit :

— J'avais passé un accord avec McCabe pour lui céder une partie des terres, mais votre père était trop têtu. Il m'a tenu des propos inacceptables. Alors j'ai compris que je devais prendre les choses en main. Ma fille venait de perdre son emploi, elle traversait une période difficile et je voulais l'aider quand j'ai parlé à votre père de la proposition de McCabe. Mais lui, il m'a envoyée paître et m'a même menacée de me reprendre ma part du ranch. Je ne pouvais pas le laisser faire ça. J'en ai parlé à Ezra, et nous sommes tombés d'accord.

Bea fit un pas en direction de la porte. Austin profita du fait que tous les regards étaient braqués sur elle pour se jeter sur Ezra et le plaquer au sol, tel un footballeur américain. Avant qu'il ait pu saisir le poignet de son oncle pour le lui faire lâcher, il sentit la lame du couteau lui érafler l'épaule. La seconde d'après, Tommy, Gideon et Dallas venaient à la rescousse et, en deux temps trois mouvements, Ezra se retrouva face contre terre, tandis que Tommy lui menottait les poignets dans le dos.

Maria, de son côté, s'était déjà occupée de Bea. Quand Austin se releva, il vit sa tante allongée sur le sol, immobilisée par le genou de Maria calé sur ses reins.

Tommy sortit une deuxième paire de menottes et la lui tendit.

— J'espère que, quand on vous emprisonnera, on jettera la clé et qu'on ne la retrouvera jamais, dit Maria en refermant les bracelets métalliques sur les poignets de Bea.

Austin s'approcha de Denali et s'accroupit.

— Tout va bien, mon beau, lui dit-il d'un ton apaisant. Elle ne peut plus te faire de mal.

Denali s'appuya contre lui pour se réconforter.

— Je sais, je sais. Elle t'a fait souffrir, continua Austin, mais c'est terminé.

Cette phrase ne valait pas seulement pour Denali. Certes, ses parents n'étaient plus là mais, au moins, ils obtiendraient enfin justice. Pendant qu'il maintenait son oncle au sol, il avait dû se maîtriser pour ne pas le frapper. Il aurait été facile pour lui de laisser libre cours à sa colère et, ensuite, de faire passer cela pour de la légitime défense. Mais Ezra aurait ce qu'il méritait. Il finirait ses jours à souffrir derrière des barreaux. Tout comme Bea.

Dallas vint s'accroupir à côté de lui, lui entoura les épaules du bras et, de sa main libre, caressa Denali. Austin sentit également Maria s'approcher de lui et lui passer la main dans le dos en un geste de réconfort. Il lui jeta un coup d'œil et vit que des larmes brillaient dans ses yeux. Mais c'étaient des larmes libératrices, pas de tristesse.

Enfin, c'était fini ! Ses parents pouvaient reposer en paix.

— Je vais appeler tout le monde pour qu'on se réunisse et que chacun sache ce qui s'est passé aujourd'hui, annonça Dallas une fois que Bea et Ezra furent hors de la maison.

Gideon aida Tommy à les faire monter tous deux dans son SUV.

— Enfin, nous avons des réponses, dit Austin. Et nous obtiendrons justice.

Dallas acquiesça avant de sortir à son tour.

Austin et Maria restèrent l'un près de l'autre à caresser les chiens. Bailey et Denali n'avaient pas mis longtemps à devenir amis. Puis Austin prit Maria dans ses bras, et la tenir ainsi lui fit un bien fou.

Ils retournèrent dans le salon, suivis des chiens qui s'endormirent peu après sur le canapé. Austin et Maria les laissèrent tranquilles et allèrent dans la cuisine où ils restèrent silencieux, comme si parler risquait de briser le calme qui régnait désormais dans la maison. De toute façon, ils n'avaient pas besoin de mots pour communiquer. Les regards qu'ils échangeaient suffisaient à exprimer à quel point ils avaient besoin d'être ensemble. Austin finit par se lever et prit Maria par la main pour la conduire dans la chambre. Elle n'opposa aucune réticence.

Ils s'embrassèrent. Puis Austin saisit le bas de son T-shirt et elle leva les bras pour qu'il puisse le lui ôter plus facilement. Il resta quelques secondes à observer ses seins qui se soulevaient au rythme de sa respiration puis les caressa doucement.

Elle poussa un soupir de bien-être puis l'incita à l'embrasser de nouveau.

Tandis que leurs langues se mêlaient, Maria enleva son soutien-gorge puis s'attaqua aux boutons de la chemise d'Austin. Quand ils se retrouvèrent peau contre peau, une onde dévastatrice les traversa. Il ne fallut pas longtemps pour qu'ils finissent de se déshabiller, abandonnant négligemment leurs vêtements sur le sol.

Maria détacha ses cheveux, qui cascadèrent sur ses épaules et vinrent le chatouiller. Cette sensation intensifia encore son excitation. Il ne pouvait plus attendre d'être en elle, c'était trop fort.

Elle s'allongea sur le lit et, sans perdre une seconde, il la couvrit de son corps et la pénétra. Elle était brûlante et moite, prête à l'accueillir. Il commença à aller et venir lentement, comme s'il craignait de lui faire mal. Cependant, quand elle poussa un long gémissement de plaisir, il faillit perdre toute retenue. Mais il souhaitait prolonger ce moment le plus possible, aussi s'efforça-t-il de brider ses ardeurs.

— J'ai besoin de toi, Austin, dit-elle entre deux halètements, tandis qu'elle bougeait les hanches pour accompagner chacun de ses mouvements.

— Maria, ma belle Maria, parvint-il à articuler alors qu'il se sentait proche du point de non-retour.

Il accéléra son rythme, alla plus loin, plus fort, et c'était précisément ce qu'elle attendait. Elle renversa la tête en arrière et se mit à crier à gorge déployée. Leur étreinte devint frénétique…

Il se mit à respirer bouche ouverte pour soutenir la cadence. Maria était tout près d'atteindre l'orgasme, elle avait enroulé ses longues jambes autour de ses hanches pour s'accrocher à lui, elle haletait, les yeux écarquillés, les cheveux étalés sur l'oreiller autour d'elle. Cette vision le galvanisa, jusqu'à ce qu'il sente ses muscles se contracter et, finalement, se laisse retomber lourdement sur elle.

Pendant de longues secondes, ils restèrent immobiles, cherchant à reprendre leur souffle. Quand il releva la tête pour croiser son regard, Maria lui adressa un grand sourire.

— Mon amour…

Ils se regardèrent longuement, les yeux pleins d'étoiles.

— Tu m'as tellement manqué, murmura-t-il finalement.

Elle fut touchée par son commentaire et se blottit contre lui. Il lui passa un bras autour des épaules et déposa un baiser sur son front.

— Toi aussi, tu m'as manqué, Austin, répondit-elle.

Elle avait les yeux brillants et son sourire était rayonnant.

— Tous les aspects de notre vie d'avant m'ont manqué, ajouta-t-elle.

— Maintenant, la question est… de déterminer ce que nous devons faire, dit-il après une brève hésitation.

— Ce que nous aurions dû faire il y a un an, répliqua-t-elle. Parler.

Austin s'étira, ouvrit les yeux et battit des paupières pour s'habituer à la luminosité. Il observa la femme qui dormait à côté de lui et se sentit fier. Ils avaient réussi à se retrouver, à surmonter toutes les épreuves ; ils avaient fait l'amour, parlé et s'étaient endormis dans les bras l'un de l'autre. Il avait la sensation d'être le plus heureux des hommes. Il subsistait toutefois une ombre, et de taille : celui qui voulait la mort de Maria était toujours dans la nature.

Dans la pièce voisine, il entendit retentir la sonnerie du portable de Maria. Il n'avait pas envie de la réveiller, car elle paraissait enfin complètement détendue pour la première fois depuis très longtemps.

Denali entra alors dans la chambre.

— Je sais, j'ai entendu, mon beau, dit-il au chien qui, en parfait compagnon, venait les avertir qu'un téléphone sonnait.

Maria se réveilla à son tour et s'étira.

— Combien de temps ai-je dormi ? s'enquit-elle.

Il jeta un rapide regard à la pendule. Elle avait dormi deux heures.

— C'est mon téléphone que j'ai entendu sonner ? reprit-elle.

Il acquiesça, lui donna un bref baiser.

— Si seulement nous pouvions rester ici et laisser les autres s'occuper de tout…, commenta-t-elle avec regret en se levant pour aller voir qui l'avait appelée.

— Je ne demanderais pas mieux.

Il ne résista pas à l'envie de la saisir par les hanches pour la faire retomber sur le lit et l'embrasser.

Elle poussa un petit cri et éclata de rire.

— Je te préviens, ne recommence pas, sinon je vais te réclamer beaucoup plus qu'un petit baiser, dit-elle avec un regard explicite.

La tentation était grande de la prendre au mot, mais l'empêcher d'aller vérifier s'il y avait du nouveau n'aurait pas été responsable. Il la laissa se lever et sortir de la chambre.

Après s'être habillé rapidement, il alla la rejoindre. Il la trouva avec son portable collé à l'oreille, en train d'écouter le message qu'elle avait reçu. Il l'observa pour déterminer à son expression si c'étaient de bonnes ou de

434

mauvaises nouvelles. Quand elle raccrocha, elle avait un air grave.

— Vickery va mettre en place un dispositif de surveillance autour d'un centre commercial en ville, dit-elle. Il a tendu un piège à un homme sur un forum de discussion et il a de bonnes raisons de croire qu'il s'agit de Halpern. Celui-ci croit qu'il va rencontrer cet après-midi un garçon de treize ans dans ce centre commercial. Je dois y aller, pour m'assurer qu'il s'agit bien de lui.

À son regard, il devina que sa résolution était totale. Il le comprenait d'ailleurs bien, car elle avait besoin de voir cesser la menace qui pesait sur elle.

— Tu crois que c'est sage d'y aller en personne ? lui demanda-t-il néanmoins. Je ne veux pas que tu prennes des risques inconsidérés. Nous sommes sur le point de tout recommencer, Maria. Du moins, j'espère que c'est ce que tu te dis toi aussi.

— Pour être honnête, ma seule crainte est que les démons qui m'accompagnent depuis des années resurgissent à mon insu et te rendent malheureux.

Lui faire cet aveu lui coûtait énormément, il le sentit.

— Personne n'est à l'abri du malheur, Maria. Tu as pu constater que j'ai vécu des événements pénibles depuis que tu m'as quitté il y a un an. Mais tu n'étais pas là, tu n'y es donc pour rien.

Il s'approcha d'elle pour l'embrasser.

— Tu n'es pas maudite, Maria. Nous avons traversé une tempête, mais nous sommes sur le point d'en sortir. Le malheur, c'est de vivre sans toi.

— J'avais besoin d'entendre ça depuis tellement longtemps, Austin, dit-elle avant de se hisser sur la pointe des pieds pour lui rendre son baiser. Mais serai-je en mesure de te rendre heureux si je ne suis pas capable de t'offrir des enfants ? Et si, après avoir perdu Raina, je ne pouvais plus concevoir ? T'obliger à vivre avec moi en te privant des enfants que tu espères avoir depuis tant d'années, ce serait te demander un trop grand sacrifice.

Il balaya ses inquiétudes d'un geste.

— Il y a différentes façons de bâtir une famille, tu sais. Regarde Tommy. Il n'est pas mon frère biologique et pourtant, pour moi, c'est un O'Brien. Si nous n'arrivons pas à avoir d'enfants, alors nous trouverons un autre moyen. Par ailleurs, étant donné que deux de mes frères ont eu des enfants récemment, nous aurons la possibilité de compenser autrement.

— Je t'aime, Austin, répondit-elle, touchée par son esprit positif.

— Tant mieux. Parce que moi aussi je t'aime et, cette fois, je ne te laisserai pas t'en aller. À partir d'aujourd'hui, au moindre souci, nous en parlerons pour le surmonter.

— Oui, c'est promis.

Elle lui adressa un sourire qui le fit fondre. C'était comme ça depuis le premier jour. Aucune autre femme n'avait jamais eu ce pouvoir sur lui. Elle entrecroisa leurs doigts.

— J'ai envie de faire l'amour avec mon mari encore une fois.

Il avait décidément beaucoup de chance. Il la prit dans ses bras.

— Tes désirs sont des ordres.

17

— Tout est en place, annonça Vickery au téléphone.
Maria se fit la réflexion que son patron semblait fatigué.

— Je veux être là, répondit-elle. Je lui ai déjà parlé,
je sais comment il peut se comporter. Ma présence sera
précieuse.

— Je te rappelle que tu n'es pas censée participer à
l'enquête. Ni de près ni de loin, objecta Vickery.

— Le médecin m'a examinée et est parti il y a une
demi-heure. À l'heure qu'il est, tu as peut-être déjà reçu
l'e-mail qui confirme que je suis apte à reprendre le travail.

Elle s'était démenée pour obtenir qu'un médecin vienne
l'examiner au ranch et lui rédige un certificat d'aptitude.
Elle n'était pas peu fière d'avoir réussi.

Vickery mit quelques secondes à répondre.

— Ne te fais pas d'illusions, il va falloir que tu
m'expliques comment tu t'es débrouillée pour qu'un
médecin se déplace jusque chez toi.

Cela signifiait qu'il était sur le point d'accéder à sa
requête.

— Tout le monde a le droit d'avoir ses petits secrets,
non ? rétorqua-t-elle sur le ton de la plaisanterie pour
alléger l'atmosphère.

Dans une situation tendue, insuffler une touche d'humour

permettait de faire baisser le stress. Elle en avait elle aussi besoin, car elle sentait déjà l'adrénaline lui parcourir le corps et avait du mal à tenir en place.

Quand elle était dans cet état, il lui était toujours plus facile de stimuler son esprit, et elle était plus forte physiquement. En outre, plus que tout, elle voulait en finir avec cette histoire. Elle voulait voir Halpern, si c'était bien lui le coupable, ou qui que ce soit d'autre, derrière les barreaux. Pourtant, cette fois, la sensation grisante provoquée par la résolution possible d'une enquête n'était pas là. Et elle s'était toujours dit que, le jour où elle n'éprouverait plus ce sentiment de satisfaction à l'idée qu'il y aurait un criminel de moins dans la nature, le temps serait venu pour elle de changer de métier. Cette réflexion la laissa songeuse ; elle ne savait trop qu'en faire. Quoi qu'il en soit, ce n'était pas le moment de s'interroger à ce sujet. Elle se fit néanmoins la promesse qu'elle en parlerait avec Austin dès que ce serait possible, pour lui demander son avis.

Vickery resta silencieux plus longtemps que la fois précédente. Elle devina qu'il était en train de consulter ses e-mails.

— Entendu, tu peux venir, dit-il finalement.

— Merci, monsieur, répondit-elle cérémonieusement.

— Mais je te préviens, tu seras là seulement pour observer le déroulement des opérations. C'est clair ?

— Très clair.

De toute façon, elle avait tout intérêt à faire preuve de prudence, car Halpern s'était montré doué pour lui tendre des embuscades. Elle se promit d'être attentive et sur ses gardes.

— J'agirai avec tout le professionnalisme nécessaire, déclara-t-elle.

— Je n'en attends pas moins de toi. Je veux que tu sois en mesure de reprendre les enquêtes au plus vite.

Cette fois, au lieu de répondre spontanément, elle préféra changer de sujet :

— Comment va Cliff ?

— Mieux. Il a repris connaissance. Il n'est plus obligé de rester allongé en permanence et commence même à se plaindre de la nourriture, ce qui est bon signe, dit Vickery avec un petit rire.

— Ça ne m'étonne pas, c'est bien lui.

Elle éprouva un immense soulagement. Au moins n'aurait-elle pas la perte d'un collègue sur la conscience.

— L'infirmière qui s'occupe de lui n'est pas loin de regretter qu'il soit sorti du coma, ajouta Vickery.

— Alors, c'est sûr, il va recouvrer l'ensemble de ses moyens ? voulut savoir Maria qui avait besoin de se rassurer complètement.

Vickery répondit que oui, puis il y eut un nouveau silence.

— Nous allons coincer le responsable de tout ça, reprit son patron. Je me fiche de savoir qui c'est. Je veux le voir à l'ombre, c'est tout ce qui m'importe.

— Pourquoi Wheeler pense-t-il qu'il s'agit de Halpern ?

— Le message pour confirmer le rendez-vous émane de l'adresse IP de son ordinateur.

— Ça ne m'étonne pas. Vickery ?

— Oui ?

— Tu en es à combien de barres chocolatées, aujourd'hui ?

— J'attaque la troisième.

Elle savait qu'engloutir des confiseries était sa façon

de tempérer sa nervosité à l'approche de la conclusion d'une affaire.

— Lève le pied. Ce soir, il dormira en prison.

— J'y compte bien.

Vickery lui expliqua les détails du dispositif. Wheeler et lui suivraient les opérations depuis un véhicule qui servirait de PC de commandement garé sur le parking du centre commercial. Un agent serait en faction à l'arrière du bâtiment. Halpern serait mis en état d'arrestation dès son arrivée. Présenté ainsi, ça semblait une formalité mais, d'expérience, elle savait qu'un grain de sable venait souvent enrayer la mécanique et qu'il était rare que tout se passe comme prévu.

Elle nota les informations importantes : le nom des participants à l'opération, où ils se trouveraient, quel serait leur rôle.

— Je serai discrète, dit-elle. Je ne ferai pas capoter l'opération.

— J'en suis sûr, répondit Vickery.

Austin était dans la cuisine et suivait sa conversation. Elle sentait son regard sur elle. Après avoir encore une fois promis que personne ne la reconnaîtrait, elle mit fin à la communication.

— Le rendez-vous est prévu pour 16 heures, dit-elle. Vickery sera dans une unité mobile avec Wheeler. Le dispositif de surveillance a été établi à l'intérieur et autour du centre commercial.

Austin s'approcha d'elle et lui posa les mains sur les hanches. Il la fixa droit dans les yeux et lui demanda :

— Tu es sûre que c'est une bonne idée pour toi d'y aller ?

— Oui. Je me sens mieux, et ma mémoire est revenue.

Le médecin a d'ailleurs confirmé que j'étais apte à reprendre le travail.

Elle lui posa les mains sur les épaules puis ajouta :

— J'ai besoin d'assister à son arrestation, d'être certaine que ce type ira en prison. Il faut que je voie tout ça en personne pour tourner la page et reprendre le cours de mon existence. Tant qu'il sera en liberté, j'aurai la sensation d'être prisonnière dans ma propre maison.

— Il y a pire, comme prison, commenta-t-il.

Il recula d'un pas et croisa les bras. Elle comprit à son attitude qu'il s'était résigné à la laisser agir comme elle l'entendait, et en fut soulagée, car il était important pour elle d'obtenir son soutien.

— Vickery m'a demandé de me tenir à distance, je serai seulement là en observation. Je ne prendrai pas directement part à l'interpellation, dit-elle.

— Si tu me promets de rester effectivement en retrait et que tu es d'accord pour que je t'accompagne, je ne m'opposerai pas à ta décision.

— Je parie que Vickery sait déjà que tu ne me laisseras pas y aller seule. Et je t'assure que, cette fois, je me satisfais complètement de ne pas être en première ligne.

Il ne sourit pas mais acquiesça néanmoins d'un petit signe de tête.

— Et quand ce sera fini, il faudra que je te parle de quelque chose, ajouta-t-elle.

— De quoi ? la pressa-t-il.

— Pas maintenant. Je ne veux pas m'avancer trop vite.

Quand elle avait appelé son patron, Austin avait pris un air grave. Elle ne pouvait pas lui en vouloir. Si la situation avait été inversée, elle aurait réagi de la même façon. Car elle s'apprêtait à se retrouver face à l'homme qui voulait sa mort.

Maria avait enfilé une veste en kevlar et s'était vissé une casquette du FBI sur la tête avec la visière rabattue pour dissimuler son visage. Un agent de la police locale était venu les chercher et roulait en silence en direction du centre commercial où devait se dérouler l'opération.

C'était le début de l'été. De nombreuses mamans se promenaient avec leurs enfants et profitaient du temps encore clément. Car, dans peu de jours, la chaleur à cette heure serait tellement accablante qu'il n'y aurait rien d'autre à faire que rester à l'ombre jusque dans la soirée. Même l'eau des piscines deviendrait trop chaude pour réellement rafraîchir.

Vickery devait déjà être avec Wheeler dans l'unité mobile de commandement. Ce dernier avait pris contact avec les autorités locales pour que quelques policiers soient placés temporairement sous ses ordres.

Si Maria avait eu son mot à dire, elle aurait demandé à être elle aussi dans l'unité de commandement afin de suivre de près toutes les opérations et, éventuellement, de donner des consignes. Mais elle était consciente de devoir faire profil bas. Elle était déjà heureuse d'être sur place et n'en demanderait pas davantage à Vickery. En outre, si par malheur Halpern la voyait, toute l'opération tomberait à l'eau. Et ça, c'était hors de question.

L'adrénaline lui donnait des frissons. Pour se rassurer, elle effleura la crosse de son revolver. Elle espérait ne pas avoir à en faire usage, mais savoir qu'elle était en mesure de se défendre s'il le fallait était réconfortant.

L'opération avait été mise sur pied en très peu de temps,

ce qui signifiait que des imprévus étaient possibles. Ils n'avaient pas pu répéter ni s'assurer que le maillage du centre commercial était parfait. S'ils ne restaient pas extrêmement vigilants, un drame risquait de survenir à tout moment. Le périmètre n'avait pas non plus été sécurisé. Elle passait en revue tous les aspects pour se préparer à toute éventualité. En vérité, la réussite d'une opération de ce genre dépendait pour beaucoup de la capacité de chacun à gérer les aléas. Elle avait besoin d'évaluer mentalement les risques pour réagir de façon optimale. Et elle ne pouvait que souhaiter qu'il n'y ait pas de blessés.

L'agent de la police locale, Henry Adrienne, avait été désigné pour la conduire sur les lieux de l'opération et on lui avait également dit que l'agent spécial Kendrick se trouvait dans l'immeuble juste derrière le centre commercial.

Adrienne se gara sur le parking devant l'immeuble où était Kendrick, qui vint l'accueillir. Son regard gris acier exprimait une concentration totale.

— Jusqu'ici, tout est calme, annonça-t-il après s'être présenté à Austin.

— Bien, j'ai fait ma part, intervint l'agent Adrienne. J'aimerais rester avec vous, mais on m'a bien spécifié que je ne devais en aucun cas outrepasser mes prérogatives. J'ai compris que j'avais tout intérêt à obéir.

— Merci de nous avoir amenés ici, lui répondit Maria qui lui serra la main.

Austin, qui était resté silencieux depuis leur départ de la maison, le remercia également.

— L'appât est en place ? demanda Maria à Kendrick.

— Affirmatif, répliqua-t-il.

Il les invita à le suivre dans l'immeuble. Le FBI y avait loué pour la journée un local vide. Étant donné le peu de temps dont ils avaient disposé pour préparer l'opération, c'était une aubaine d'avoir trouvé ce local. À l'intérieur, un ordinateur portable était relié à un moniteur sur lequel passaient en direct les images des caméras de surveillance du centre commercial. Austin les rejoignit ,et tous trois regardèrent les images. Maria remarqua que le trafic était très dense sur la route qui longeait le centre commercial, et elle redouta que Halpern reste bloqué dans les embouteillages et soit retardé.

— Depuis quand le jeune homme qui sert d'appât est-il sur place ? voulut savoir Maria.

Il s'agissait en réalité d'un élève officier habillé et maquillé pour paraître plus jeune qu'il ne l'était.

— Environ dix minutes, répondit Kendrick après avoir consulté sa montre.

Il s'activa sur l'ordinateur portable pour monter le son.

Le pire moment commençait. Celui de l'attente.

— Depuis quand l'unité mobile est-elle en place ? reprit Maria, qui souhaitait connaître les détails avant tout pour briser le silence.

Austin ne disait rien, mais elle devina à son expression concentrée qu'il cherchait lui aussi à évaluer les risques.

— Deux heures, dit Kendrick. Si notre suspect se montre et s'adresse à notre appât, nous sommes prêts à l'interpeller sur-le-champ.

Derrière eux, il y eut un cliquetis suivi d'un coup de feu. Instinctivement, Maria se jeta au sol et atterrit aux côtés d'Austin et de Kendrick qui avaient manifestement fait comme elle. Elle vit que du sang avait éclaboussé

Austin. Ce n'était pas le sien mais celui de Kendrick, qui gisait immobile. Il avait reçu une balle en pleine tête.

Elle leva les yeux. Halpern se tenait au milieu de la pièce, jambes écartées, son arme pointée sur elle. Elle en resta bouche bée.

— Je savais que vous seriez là. Pour arriver jusqu'à vous, il m'a suffi de suivre la voiture banalisée. Je vous rappelle que j'ai fait partie de l'armée et des forces de l'ordre. Vous croyez que je ne sais pas reconnaître un piège ? Vous croyez que j'ignore comment s'y prendre pour traquer un suspect sur Internet et l'appâter ? J'ai tenté d'en finir avec vous avant, de faire passer votre mort pour un accident, mais vous êtes coriace.

— Que voulez-vous ? lui demanda Maria en se relevant lentement.

— À votre avis ? rétorqua-t-il avec un rire méprisant. L'autre jour, quand je vous ai croisée à proximité de votre immeuble et que vous ne m'avez pas reconnu, j'ai compris que vous aviez oublié qui j'étais. Mais j'étais sûr que, tôt ou tard, vos souvenirs reviendraient. Le soir où je vous ai frappée à la tête, si je n'avais pas dû décamper plus vite que prévu, je vous aurais achevée. Mais il a fallu qu'une serveuse du bar sorte fumer une cigarette à ce moment-là. Je savais que vous me soupçonniez et que vous finiriez par remonter jusqu'à moi. Figurez-vous que je n'ai aucune envie d'aller en prison !

Austin, qui s'était levé aussi, se mit devant elle pour la protéger de son corps. Elle profita du moment où il la dissimula à la vue de Halpern pour dégainer discrètement son arme. Austin étant un civil, sa présence avait été tolérée, mais on lui avait interdit d'avoir une arme sur lui. En d'autres termes, c'était à elle de les sortir de ce pétrin. Si elle échouait, Halpern les abattrait à coup sûr. Elle avait beau porter un gilet pare-balles, le moindre faux mouvement pourrait lui être fatal. Quant à Austin, il était dans la ligne de mire, et elle refusait qu'il lui arrive malheur par sa faute.

Elle pria pour qu'il ne cherche pas à jouer les héros et à se jeter sur Halpern pour la sauver, au péril de sa propre vie. Car elle était consciente qu'il en était capable.

— Si vous voulez mon avis, ça va très mal finir pour vous, lui lança Halpern.

Il était tellement suffisant, tellement certain de sa toute-puissance qu'il ne se méfiait pas d'Austin. Soudain, à la vitesse de l'éclair, ce dernier se jeta sur lui.

Maria brandit son arme, mais elle ne pouvait tirer sans risquer d'atteindre Austin. Les deux hommes roulèrent au sol, un coup de feu partit et une balle alla se ficher dans le plafond. Tandis qu'Austin et Halpern continuaient à lutter, elle bipa les renforts à l'aide de l'émetteur dont on l'avait équipée avant leur départ. Elle ne pouvait rien faire d'autre qu'attendre un moment propice pour intervenir.

Elle avait le cœur battant, sa lourde veste en kevlar lui comprimait la poitrine, l'empêchant de respirer normalement. Elle cherchait à éviter d'être trop près afin que Halpern ne puisse se saisir d'elle et l'utiliser comme bouclier. Elle tenait toujours son arme devant elle, le doigt sur la détente. Mais, Halpern et Austin ne cessant de se débattre dans tous les sens, il était impossible pour elle de tirer en ayant la certitude d'atteindre sa cible.

Regarder l'homme qu'elle aimait se battre pour sa survie était terriblement éprouvant. Elle n'aurait pu imaginer pire scénario. Soudain, Halpern se retrouva immobilisé au sol. C'était le moment qu'elle attendait, elle allait pouvoir faire feu et mettre fin à ce cauchemar. Mais, dans un ultime effort, Halpern réussit à échapper à l'étreinte d'Austin et la lutte reprit de plus belle.

Non, non, non !

Elle recula d'un pas supplémentaire et aperçut alors le revolver de Halpern. Il le tenait mais ne l'avait pas suffisamment bien en main pour s'en servir. Austin tentait de le lui arracher.

Un nouveau coup de feu claqua. Elle poussa un gémissement et sentit la balle fuser tout près d'elle.

Elle vérifia qu'Austin n'était pas blessé. Il avait du sang sur lui, et elle ne savait plus si c'était celui de Kendrick ou le sien.

— Ça suffit, Halpern, vous ne pouvez plus vous en sortir ! Lâchez votre arme, c'est votre seule chance ! lança-t-elle.

Elle s'en tenait au protocole, mais c'était uniquement pour la forme.

Elle se rendit alors compte qu'elle tremblait et dut tenir son arme à deux mains pour la stabiliser. La panique commençait à l'envahir. Où étaient les renforts ? Elle se mettait à envisager une issue tragique. Il fallait qu'elle se ressaisisse à tout prix. Elle suivait les moindres mouvements des deux hommes du regard, avec l'impression qu'Austin et Halpern luttaient depuis des heures.

Tous deux poussaient des grognements et des jurons, jetant toute leur énergie dans la bataille.

Mais rien ne pouvait arriver à Austin, rien du tout ! se dit-elle pour se rassurer. Pas après ce qu'ils avaient traversé et alors qu'ils venaient de se retrouver.

— Halpern, lâchez votre arme ! Vous avez été identifié, nous savons de quoi vous vous êtes rendu coupable. Vous ne pourrez pas nous échapper indéfiniment. Votre seule chance d'éviter le pire est de vous rendre !

Elle tentait de s'exprimer avec autorité mais, encore une fois, Halpern avait été flic et était forcément familier de cette tactique.

Pour toute réponse, il ne fit que se débattre de plus belle. Soudain, elle entendit la voix de Vickery derrière la porte :

— Maria, tu peux sortir ?

— Négatif. Nous avons un agent mort et un homme en danger. Le suspect ignore mes avertissements. À la première occasion, je tire.

Elle avait lancé cette menace d'une voix ferme pour être sûre que Halpern comprenne que, pour lui, il n'y avait que deux choix possibles : la prison ou la mort.

Au même instant, elle vit Austin réussir à saisir les poignets de Halpern et rouler pour se retrouver sur lui.

Elle avança, prête à faire feu, mais ce fut inutile. Dans un dernier effort, Austin arracha le revolver des mains de Halpern et l'immobilisa en se mettant à califourchon sur lui.

— Vas-y, tire ! ordonna Halpern d'un ton méprisant à Austin, alors qu'il était complètement à sa merci.

La porte s'ouvrit brusquement et les hommes du FBI investirent la pièce. Avant même qu'elle puisse réaliser que c'était bel et bien terminé, Halpern était face contre terre, menotté.

Austin resta assis, haletant. Elle se précipita vers lui tandis que d'autres agents se penchaient sur le corps sans vie de Kendrick.

Une heure plus tard, ils avaient fait leur déposition et pris une douche dans les locaux du FBI.

C'était enfin fini ! Des larmes embuaient le regard de Maria tandis qu'elle se répétait cette phrase en boucle.

— Je n'en peux plus d'être ici. Rentrons à la maison, dit-elle à Austin.

Une nuit de sommeil réparatrice permit à Maria de récupérer. À son réveil, elle avait les idées claires et se sentait prête à faire le bilan. Il y avait eu tant de drames, tant de vies perdues ! Il était temps d'aller de l'avant et de prendre un nouveau départ. Elle s'étira et regretta qu'Austin ne soit pas à côté d'elle.

Elle entendit du bruit en provenance de la cuisine, puis la voix d'Austin qui s'adressait aux chiens. Une délicieuse odeur de café vint lui chatouiller les narines et la convainquit de se lever.

Après être passée rapidement à la salle de bains, elle se rendit dans la cuisine. Quand il la vit, Austin lui sourit et se pencha vers elle pour l'embrasser. Elle se fit la réflexion qu'elle ne se lasserait jamais de commencer une journée de cette façon.

— J'ai eu un coup de fil de Dallas, lui annonça-t-il.

— Ah oui ? Des nouvelles de Bea et Ezra ? demanda-t-elle en prenant le mug de café qu'il lui tendait.

— Il y a fort à parier qu'ils finiront leurs jours en prison. Bea a avoué qu'au départ, c'était son idée. Finalement, c'est elle qui a tenté de passer un accord avec McCabe. Elle croyait que si elle nous proposait de nous revendre sa part du ranch, nous accepterions en contrepartie de vendre à McCabe les terres qu'il convoite depuis si longtemps.

— McCabe a dû lui promettre un sacré pactole si elle réussissait dans cette entreprise, commenta-t-elle.

— Ouais. Mais ce n'est pas surprenant car, avant qu'il

soit condamné pour fraude, McCabe avait un énorme paquet de fric à dissimuler. Bea pensait que l'arrestation de McCabe mettrait un frein à l'enquête sur la mort de mes parents, mais, comme Tommy ne semblait pas vouloir lâcher le morceau, elle a pris peur et a essayé de faire disparaître les preuves qui risquaient de la confondre.

— C'est pour ça qu'elle s'est introduite dans la maison et que Denali l'a surprise.

Maria secoua la tête en soupirant. Comment l'appât du gain pouvait-il pousser les gens à aller aussi loin, à faire tant de mal ?

— Et, évidemment, Ezra était pris au piège puisque son alibi reposait uniquement sur le témoignage de Bea.

Austin acquiesça d'un air grave.

— D'un commun accord, nous avons décidé que leurs parts du ranch reviendraient à Tommy. Nous lui sommes redevables et, de toute façon, nous le considérions déjà comme un membre de la famille à part entière.

Maria posa son mug et enlaça Austin.

— Voilà une des choses qui me plaisent chez vous. Vous êtes des types bien.

Il lui passa le bras autour des épaules.

— Et pourtant, en ce moment, je n'ai pas que de chastes pensées.

Elle éclata de rire.

— Pas si vite, monsieur ! Avant, nous devons parler.

— Ah, bravo ! Belle façon de casser l'ambiance.

À l'éclat de son regard, elle comprit qu'il plaisantait. Après ce qu'ils avaient vécu, un peu d'humour ne pouvait pas leur faire de mal, bien au contraire.

— J'en ai assez du FBI, dit-elle.

— Mais je croyais que tu adorais ton boulot, remarqua Austin, manifestement surpris.

— Ce que j'aimais, c'était l'idée de venir en aide à des enfants. Arrêter un type, l'envoyer en prison, disons que c'est… une satisfaction, dans une certaine mesure. Mais j'ai compris que je pourrais continuer à envoyer des criminels derrière les barreaux jusqu'à la fin de mes jours sans que cela contribue à chasser les démons qui me hantent.

— Et tu es certaine que quitter le FBI t'aidera à y arriver ? Ne te méprends pas… Si je suis convaincu que tu souhaites démissionner pour de bonnes raisons, je te soutiendrai. Mais je refuse que tu le fasses pour moi, par sacrifice. Car, quel que soit le métier que tu exerces, je t'aimerai toujours autant, Maria. Et ce que je souhaite par-dessus tout, c'est que tu sois heureuse.

— Tu sais, il y a des milliers de façons d'aider les enfants, sans que ça oblige à porter une arme. Aujourd'hui, je me rends compte qu'on me félicite, qu'on me dit que je fais bien mon boulot quand je résous une affaire et que le coupable est condamné. Mais qu'en est-il des enfants qui ont été victimes de ces types ? Le traumatisme qu'ils ont subi s'évapore-t-il du jour au lendemain parce que leur bourreau est en prison ? J'imagine que c'est un soulagement pour eux, bien sûr, mais il est illusoire de croire que c'est la réponse à tout. Les enfants qui ont souffert doivent trouver les moyens de surmonter les séquelles de ce qu'ils ont subi et là, nous ne leur sommes d'aucune aide. Moi, désormais, c'est à cet aspect que j'aimerais me consacrer. Être là pour les aider à prendre un nouveau départ, à se reconstruire.

Elle le dévisagea. Il l'écoutait attentivement, avec sérieux.

— Je crois comprendre ce que tu veux dire.

Il lui donna un petit baiser affectueux.

— Tu veux aider les enfants à panser leurs blessures et à repartir du bon pied.

— Exactement. C'est sans doute parce que j'aurais bien aimé avoir quelqu'un pour m'aider à surmonter mes propres traumatismes.

— Et Vickery ? demanda Austin en se frottant la mâchoire. Si tu lui annonces que tu veux quitter le FBI, il va faire une dépression.

Maria éclata de rire. Vickery serait certainement affecté par sa décision, elle ne le niait pas.

— Je ne le mettrai pas devant le fait accompli du jour au lendemain. Je lui laisserai le temps de trouver quelqu'un pour me remplacer et de le former. Je suis sûre qu'il y a des tas d'agents qui seront aussi compétents que moi.

— Tu es bien sûre de toi ?

Il avait beau garder un air grave, elle sentait à l'éclat de son regard que cette perspective ne lui déplaisait pas, bien au contraire.

Elle laissa courir un doigt le long de son bras musclé.

— De toute façon, je ne démissionne pas pour devenir la femme au foyer d'un fermier.

Le terme « fermier » lui déplaisait, elle le savait, et il s'apprêta à protester. Elle l'arrêta d'un geste.

— Avant que tu me tiennes un discours pour m'expliquer la différence entre un fermier et un propriétaire de ranch, j'aimerais terminer.

Il fit une grimace mais la laissa continuer.

— Je suis consciente qu'en démissionnant je cherche à fuir quelque chose. Mais c'est pour aller vers un métier qui sera complètement en phase avec ce que je ressens et avec ce qui est aujourd'hui ma priorité : toi.

Immédiatement, sa moue boudeuse disparut et un grand sourire illumina son visage.

— Je veux aller vers un métier que je désire exercer et en finir avec un boulot derrière lequel je me cache, ajouta-t-elle.

À chaque parole, il paraissait davantage sous le charme.

— Et je veux également aller vers un projet dont je souhaite discuter avec toi.

— Tu sais déjà que je me plierai à tes moindres désirs. Tu n'as qu'à demander.

— J'espérais entendre ça car, ce que je veux, ce n'est pas rien !

— Tu vas me dire de quoi il s'agit ou tu comptes me laisser mariner toute la journée ?

— Je veux un bébé.

Comme il ne répondit pas instantanément, elle eut peur d'avoir commis un impair. Était-ce trop, trop tôt ?

Pour toute réponse, il se leva, la prit par la main et l'emmena dans la chambre.

Quelques instants plus tard, il était allongé sur elle et l'embrassait passionnément.

Puis il releva la tête et dit avec le plus grand sérieux :

— Comme c'est un projet qui peut prendre un peu de temps, je me suis dit que mieux valait s'y atteler sans tarder.

Elle éclata de rire et croisa les bras autour de son cou.

— Tu as raison. Il n'y a pas de meilleur moment pour commencer.

Il l'embrassa avec une telle ferveur qu'elle en eut le souffle coupé.

Elle se dit qu'elle était enfin vraiment là où elle voulait être. Chez elle, auprès de l'homme qu'elle aimait plus que tout.

Qu'aurait-elle pu demander de plus ?

Retrouvez en septembre 2018, dans votre collection

BLACK ROSE

Au cœur du risque, d'Elizabeth Heiter - N°495

SÉRIE LES HOMMES DE LOI - TOME 3/3

Muet de stupéfaction, Marcos regarde la femme que son hôte vient de lui présenter comme étant une de ses amies. Par quel hasard, Brenna Hartwell, son premier amour, se trouve-t-elle dans la demeure du baron de la drogue qu'il est venu espionner ? Priant pour qu'elle comprenne, à l'écoute de son nom d'emprunt, qu'elle ne doit pas révéler sa véritable identité, il croise alors le regard de Brenna et se détourne aussitôt. Car ce qu'il a lu dans ses yeux le déstabilise au plus haut point : la surprise, bien sûr, la méfiance aussi, mais surtout un trouble égal au sien, preuve que les sentiments qu'ils partageaient autrefois n'ont rien perdu de leur intensité...

L'instinct de protection, de Barb Han

Dans la cabane de rondins où elle vient de se réveiller, Ella lutte contre une terrible douleur à la tête et se demande comment elle est arrivée là, alors qu'elle effectuait une randonnée en solitaire sur les terres de son père. Mais bientôt elle aperçoit une silhouette d'homme dans la pièce et sent une vague de panique la submerger. Car elle ignore tout des motivations du mystérieux inconnu qui l'a amenée dans ce refuge précaire. L'a-t-il enlevée pour demander une rançon à sa riche famille ? Ou doit-elle au contraire le remercier pour lui avoir sauvé la vie ?

Les disparues de Black Canyon, de Cindi Myers - N°496

Des larmes dans la voix, Jana se confie à Ryan Spencer et sent peu à peu l'espoir renaître. Car le séduisant inspecteur qui enquête sur les disparitions mystérieuses de plusieurs jeunes femmes lui a fait une promesse : il va remuer ciel et terre pour retrouver Jenny, sa petite sœur dont elle est sans nouvelles. Quitte à passer au crible chaque kilomètre carré du parc national de Black Canyon et à interroger tous ceux qui y séjournent actuellement. En commençant par l'étrange individu qui s'est présenté comme étant le « fiancé » de Jenny et dont Jana n'a jamais entendu parler...

Un allié très séduisant, de Julie Miller

Grand, musclé, sexy à se damner... Décidément, Gina va avoir du mal à résister à l'attraction que Mike Cutler exerce sur elle. Pourtant, pas question de céder à son attirance pour le beau kiné chargé de sa remise en forme. Car elle a bien d'autres chats à fouetter : d'abord, récupérer des blessures subies lors d'une attaque de sa patrouille. Ensuite, découvrir qui les a ainsi pris pour cible... Une enquête à haut risque pour laquelle elle va trouver un allié aussi inattendu qu'efficace : Mike lui-même, dont le calme et l'assurance l'encouragent, et dont la présence la trouble chaque jour un peu plus...

HARLEQUIN   BLACK ROSE

Retrouvez en septembre 2018, dans votre collection

BLACK ROSE

Au secours de son fils, de Delores Fossen - N°497

Ivy est en danger... En recevant le message qu'un de ses collègues vient de lui transmettre, Theo Canton décide de retourner à Blue River. Qu'importent les histoires de famille qui l'ont contraint à quitter la ville, dix ans plus tôt, mettant une fin tragique à son histoire d'amour avec Ivy. Au diable les souvenirs douloureux qui le hantent, il va voler au secours de celle qu'il n'a jamais cessé d'aimer ! Mais, une fois arrivé au ranch, il fait une découverte qui le bouleverse et renforce sa détermination : Ivy a un fils, un enfant de dix ans qui lui ressemble comme deux gouttes d'eau...

La mémoire en pièces, de Tyler Anne Snell

Qui a tué Erin Walker ? C'est le mystère qui hante la journaliste Maggie Carson depuis des années et qui, avec la découverte de nouvelles preuves, promet d'être enfin résolu. Mais ce que Maggie n'a pas prévu c'est que les assassins d'Erin la surveillent. Une nuit, elle est agressée et se réveille à l'hôpital, amnésique. Désespérée d'avoir perdu tous les éléments du puzzle qu'elle était en train de reconstituer, elle découvre avec stupéfaction que le policier chargé de sa protection n'est autre que Matt Walker, le mari d'Erin. Matt, qui lui a reproché autrefois de s'être mêlée de l'enquête. Matt, qui aujourd'hui semble bien déterminé à l'aider...

À l'épreuve du doute, de Rachel Lee

Liza s'en veut terriblement : pourquoi s'est-elle mis en tête de tout savoir sur Max McKenny ? Évidemment, elle doit le reconnaître, elle a été charmée dès le premier regard par le séduisant professeur en criminologie, rencontré lors d'un gala... Et comment ne pas l'être, face à un homme aussi cultivé, brillant, et bien plus viril que ses autres collègues ? Seulement voilà, elle a tout gâché. Car Max se tient désormais devant elle, furieux, après lui avoir annoncé qu'il est en réalité agent secret et que, en entreprenant des recherches sur lui, elle vient de permettre aux dangereux criminels qui le recherchent de le localiser...

Une mère en cavale, de Elle James - N°498

Lorsque le regard azur de l'inconnu se pose sur elle, Kayla est bouleversée. Jamais elle n'a été aussi troublée par un homme, elle qui après de nombreuses déceptions a résolu de renoncer à l'amour... et de faire un enfant toute seule. Mais quand le père de son futur bébé se présente, Kayla sent la panique la gagner : il s'appelle Gabe McGregor, il est le chef de la police locale, et il enquête sur l'assassinat d'une jeune fille, survenu à quelques pas seulement du cottage où elle vient d'emménager... Pour protéger la vie qui grandit en elle, elle va devoir fuir à nouveau. Car visiblement, l'homme qui l'a agressée quelques semaines plus tôt l'a retrouvée...

HARLEQUIN   BLACK ROSE

Retrouvez en septembre2018,
dans votre collection

BLACK ROSE

Troublantes prédictions, de Paula Graves

Rose Browning a un don : elle distingue un « voile d'amour » sur les visages des êtres faits l'un pour l'autre. Mais le jour où une union qu'elle a facilitée tourne au drame, Rose est effondrée. D'autant que, dans le même temps, ses visions vacillent : désormais, les femmes qu'elle « voit » sont poursuivies par un tueur. Incapable de garder son terrible secret pour elle, Rose fait appel à la police. Aussitôt, elle se heurte à l'incrédulité de Daniel Hartman. Criminologue de renom, aussi arrogant que séduisant, celui-ci ne lui épargne aucun sarcasme. Jusqu'à ce que les événements donnent raison à Rose...

Poursuivie dans la nuit, de Susan Peterson - N°499

Se souvenir. Et trouver une explication aux images atroces qui l'assaillent. Pour Tess, c'est une question de vie ou de mort. Car si elle est incapable de se rappeler quoi que ce soit – excepté son prénom –,en revanche elle est certaine d'une chose : quelqu'un cherche à la tuer. Qui ? Elle doit le découvrir, et vite – quitte pour cela à accepter l'aide que lui propose Ryan Donovan, le psychiatre qui l'a prise en charge après qu'elle a été retrouvée hagarde, errant nue à travers champs. Ryan, qui semble être le seul à la croire quand elle affirme se sentir en danger, et à qui elle décide finalement de s'en remettre corps et âme...

Un troublant dilemme, de Kylie Brant

Jacey Wheeler dirige avec succès une agence de détectives à La Nouvelle-Orléans, avec Lucky Boucher, son coéquipier et ami... Un ami dont Jacey ne peut nier l'irrépressible pouvoir de séduction, et qui la trouble infiniment. Cependant, comment leurs relations pourraient-elles évoluer sans que leur travail en pâtisse ? Avec la très difficile enquête en cours - une affaire d'héritage - Jacey s'efforce de garder la tête froide et lutte contre ce que lui dicte son cœur...

HARLEQUIN   BLACK ROSE

OFFRE DE BIENVENUE

Vous êtes fan de la collection Black Rose ?
Pour prolonger le plaisir, recevez gratuitement

1 livre Black Rose gratuit
◆ et 2 cadeaux surprise ! ◆

Une fois votre colis de bienvenue reçu, si vous souhaitez continuer à recevoir nos romans Black Rose, cela se fera automatiquement. Vous recevrez alors chaque mois 3 volumes doubles inédits de cette collection au tarif unitaire de 7,50€ (Frais de port France : 1,99€ - Frais de port Belgique : 3,99€).

➡ LES BONNES RAISONS DE S'ABONNER :

➡ ET AUSSI DES AVANTAGES EXCLUSIFS :

Aucun engagement de durée ni de minimum d'achat.
◆
Aucune adhésion à un club.
◆
Vos romans en avant-première.
◆
La livraison à domicile.

Des cadeaux tout au long de l'année.
◆
Des réductions sur vos romans par le biais de nombreuses promotions.
◆
Des romans exclusivement réédités notamment des sagas à succès.
◆
L'abonnement systématique et gratuit à notre magazine d'actu ROMANCE.
◆
Des points fidélité échangeables contre des livres ou des cadeaux.

➡ REJOIGNEZ-NOUS VITE EN COMPLÉTANT ET EN NOUS RENVOYANT LE BULLETIN !

✂

N° d'abonnée (si vous en avez un) ⊔⊔⊔⊔⊔⊔⊔⊔⊔⊔

I8ZEA3
I8ZE3B

Mme ☐ Mlle ☐ Nom : .... Prénom : ....

Adresse : ....

CP : ⊔⊔⊔⊔⊔ Ville : ....

Pays : .... Téléphone : ⊔⊔⊔.⊔⊔.⊔⊔.⊔⊔.⊔⊔

E-mail : ....

Date de naissance : ⊔⊔⊔ ⊔⊔ ⊔⊔⊔⊔

☐ Oui, je souhaite être tenue informée par e-mail de l'actualité d'Harlequin.

☐ Oui, je souhaite bénéficier par e-mail des offres promotionnelles des partenaires d'Harlequin.

Renvoyez cette page à : Service Lectrices Harlequin – CS 20008 – 59718 Lille Cedex 9 - France

Rendez-vous sur notre nouveau site
www.harlequin.fr

Et vivez chaque jour,
une nouvelle expérience de lectrice connectée.

- ♥ **Découvrez** toutes nos actualités, exclusivités, promotions, parutions à venir...
- ♥ **Partagez** vos avis sur vos dernières lectures...
- ♥ **Lisez** gratuitement en ligne, regardez des vidéos...
- ♥ **Échangez** avec d'autres lectrices sur le forum...
- ♥ **Retrouvez** vos abonnements, vos romans dédicacés, vos livres et vos ebooks en pré-commande...

ebooks

Le mag'

Le Salon

Promotions

L'application Harlequin
Achetez, synchronisez, lisez... Et emportez
vos ebooks Harlequin partout avec vous.

OFFRE DÉCOUVERTE !

Vous souhaitez découvrir nos collections ? Recevez **votre 1er colis gratuit*** avec **2 cadeaux surprise !** Une fois votre colis de bienvenue reçu, si vous souhaitez continuer à recevoir nos livres, cela se fera automatiquement. Vous recevrez alors vos livres inédits** en avant première.

Vous n'avez aucune obligation d'achat et cette offre est sans engagement de durée !

*1 livre offert + 2 cadeaux / 2 livres offerts pour la collection Azur + 2 cadeaux.
**Les livres Ispahan, Sagas, Hors-Série et Allegria sont des rééditions.

☛ **COCHEZ** la collection choisie et renvoyez cette page au
Service Lectrices Harlequin – CS 20008 – 59718 Lille Cedex 9 – France

Collections	Références	Prix colis France* / Belgique*
❑ AZUR	Z8ZFA6/Z8ZF6B	6 livres par mois 28,19€ / 30,19€
❑ BLANCHE	B8ZFA3/B8ZF3B	3 livres par mois 23,20€ / 25,20€
❑ LES HISTORIQUES	H8ZFA2/H8ZF2B	2 livres par mois 16,29€ / 18,29€
❑ ISPAHAN	Y8ZFA3/Y8ZF3B	3 livres tous les deux mois 23,02€ / 25,02€
❑ HORS-SÉRIE	C8ZFA4/C8ZF4B	4 livres tous les deux mois 31,65€ / 33,65€
❑ PASSIONS	R8ZFA3/R8ZF3B	3 livres par mois 24,49€ / 26,49€
❑ SAGAS	N8ZFA4/N8ZF4B	4 livres tous les deux mois 33,69€ / 35,69€
❑ BLACK ROSE	I8ZFA3/I8ZF3B	3 livres par mois 24,49€ / 26,49€
❑ VICTORIA	V8ZFA3/V8ZF3B	3 livres tous les deux mois 25,69€ / 27,69€
❑ ALLEGRIA	A8ZFA2/A8ZF2B	2 livres tous les mois 16,37€ / 18,37€

N° d'abonnée Harlequin (si vous en avez un) ⎵⎵⎵⎵⎵⎵⎵⎵

Mme ❑ Mlle ❑   Nom : _____

Prénom : _____   Adresse : _____

_____

Code Postal : ⎵⎵⎵⎵⎵   Ville : _____

Pays : _____   Tél. : ⎵⎵⎵⎵⎵⎵⎵⎵⎵⎵

E-mail : _____

Date de naissance : _____

❑ Oui, je souhaite recevoir par e-mail les offres promotionnelles des éditions Harlequin.
❑ Oui, je souhaite recevoir par e-mail les offres promotionnelles des partenaires des éditions Harlequin.

Date limite : 31 décembre 2018. Vous recevrez votre colis environ 20 jours après réception de ce bon. Offre soumise à acceptation et réservée aux personnes majeures, résidant en France métropolitaine et Belgique, dans la limite des stocks disponibles. Prix susceptibles de modification en cours d'année. Conformément à la loi Informatique et libertés du 6 janvier 1978, vous disposez d'un droit d'accès et de rectification aux données personnelles vous concernant. Par notre intermédiaire, vous pouvez être amené à recevoir des propositions d'autres entreprises. Si vous ne le souhaitez pas, il vous suffit de nous écrire en nous indiquant vos nom, prénom et adresse à : Service Lectrices Harlequin CS 20008 59718 LILLE Cedex 9. Service Lectrices disponible du lundi au vendredi de 8h à 17h : 01 45 82 47 47 ou 33 1 45 82 47 47 pour la Belgique.

Harlequin® est une marque déposée du groupe HarperCollins France – 83/85, Bd Vincent Auriol – 75646 Paris cedex 13. SA au capital de 1 120 000€ – R.C. Paris. Siret 3186715910069/APE5811Z.

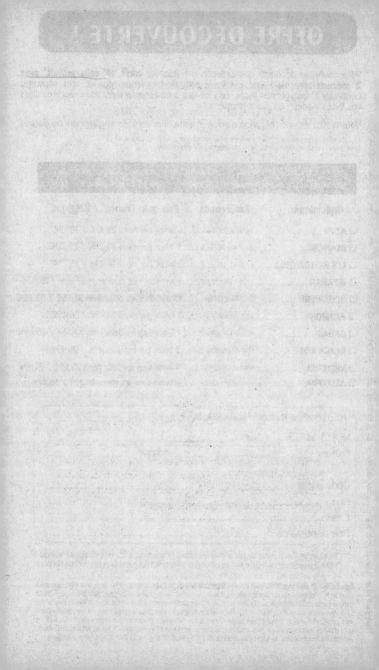

Composé et édité par HarperCollins France.

Achevé d'imprimer en juillet 2018.

Barcelone

Dépôt légal : août 2018.

Pour limiter l'empreinte environnementale de ses livres, HarperCollins France s'engage à n'utiliser que du papier fabriqué à partir de bois provenant de forêts gérées durablement et de manière responsable.

Imprimé en Espagne.